CANTIQUE DU CHAOS

DU MÊME AUTEUR

Au Tripode

Attaquer la terre et le soleil, 2022
(Prix littéraire Le Monde 2022, Prix du Livre Inter 2023)
Le Petit Roi, 2023
Moi, le Glorieux, 2024
Le Temps des Crocodiles, 2024
avec des peintures de Kamel Khélif
Emma Picard, 2024

En cours de réédition

Le Pas suspendu de la révolte, Flammarion, 2017
C'était notre terre, Albin Michel, 2008

Mathieu Belezi

CANTIQUE DU CHAOS

PAVILLONS

Robert Laffont

ISBN 978-2-221-28293-9
Dépôt légal : août 2025
Éditions Robert Laffont – 92, avenue de France, 75013 Paris
contact@robert-laffont.com

De quel royaume de lumière fûmes-nous les ombres,
nous qui obscurcissons la semence de la terre ?
Henry Miller

Qui suis-je ? Où suis-je ?
Je sais avec de moins en moins de certitude
– si tant est que je l'aie jamais su –
vers où court ce monde d'herbes et d'ombres.
Je reste éternellement immobile dans mon sang qui bouillonne, chez moi nulle part et toujours perdu.
William T. Vollmann

Ma journée est faite ; je quitte l'Europe.
L'air marin brûlera mes poumons ;
les climats perdus me tanneront.
Arthur Rimbaud

Tendez l'oreille
Écoutez
Voici ce qu'on raconte encore

Il fut un temps où tout avait fini par aller de travers
Des hommes ne cessaient de se menacer
De s'écharper et de se massacrer
Et pour cela multipliaient les escadres de drones meurtriers
Et les tirs de missiles assassins
Qui labouraient le ciel et semaient la terreur
Ô nations égarées
Et d'autres hommes incendiaient les grandes et nobles forêts
Noyaient d'un brouillard chimique
Les plaines miraculeuses et les collines sereines
À seule fin d'asservir la terre à leurs mortelles cultures
Et d'autres hommes déversaient des tonnes de béton
Sur des villes empoisonnées de gaz et de poussière

Dressaient dans la lumière du soleil des gratte-ciel de quatre-vingt-dix-neuf étages
Coulaient des dalles de macadam pour des parkings immensurables
Multipliaient à l'infini les rubans mortifères de tant et tant d'autoroutes
Édifiaient des cathédrales de gares et d'aéroports
Pour des destinations anesthésiantes
Bâtissaient à grand renfort de capitaux fumeux
Des palaces pour milliardaires peuplés de faux princes et de fées Carabosse
Ô nations obscènes
Et d'autres hommes encore inventaient de perverses machines à communiquer
Des applications invasives, des intelligences artificielles
Plus rapidement intelligentes que l'intelligence humaine

Où donc menaient ces débordements
Ô nations aveugles ?

Et puis un jour d'automne d'une année bissextile
On vit apparaître aux quatre coins de l'horizon
Des nuages pas comme les autres
Des nuages anormalement lourds, anormalement noirs
D'un noir de suie, de jais, d'un noir de linceul
Et ces nuages restèrent au moins deux mois immobiles
Un temps si long que les femmes, les hommes et les petits enfants
Allèrent se percher sur les collines pour mieux les voir
Mieux les observer à travers leurs jumelles, mieux les photographier

Et que des scientifiques se réunirent pour émettre des hypothèses
Et poser des questions
De quelles immensités du cosmos étaient-ils venus ?
Et pourquoi avaient-ils choisi de stationner sur la planète Terre ?
C'étaient des questions qui n'avaient pas de réponses
Alors on attendit de voir ce que ces nuages allaient devenir
Et on a vu
Il n'était pas midi ce dimanche-là lorsque d'un coup les horizons s'agrandirent
Les yeux effarés des humains virent les nuages
Dresser des trompes de pachyderme, se tordre en lançant des éclairs
À la fin gonfler d'une inconsolable colère et se ruer dans le vide du ciel
Les yeux effarés des humains virent les nuages
Mener de toutes parts des galops d'enfer
Et se bousculer sabots contre sabots pour colmater les brèches de lumière
Afin que la terre ainsi étranglée n'ait plus aucune échappatoire
Et que dans ces obscurités nouvelles advienne ce qui devait advenir

Et ce qui devait advenir advint
Et peut ainsi se raconter

Par la volonté d'une main irréductible et vengeresse
Les ventres obèses des nuages s'ouvrirent d'un coup
Déversant sur la terre et les humains qui la peuplaient
Des eaux cataclysmiques qui n'épargnèrent rien ni personne
Des vagues échevelées défoncèrent à coups d'épaule
Usines et entrepôts, banques et administrations

Et les gratte-ciel de quatre-vingt-dix-neuf étages
Les parkings immensurables, les milliers de rubans d'autoroutes
Et les cathédrales rutilantes des gares et des aéroports
Sans oublier les palaces pour milliardaires et fées Carabosse
Des maelströms de boue soulevèrent et emportèrent
Les concentrations de camions sur leurs aires et d'avions sur leurs tarmacs
Les théories d'automobiles alignées le long des trottoirs
Et tout un fatras d'écrans de télévision, de réfrigérateurs
De fours à micro-ondes et de climatiseurs
Des mascarets gravillonneux s'engouffrèrent dans les fast-foods
Cantines chinoises, bars à spritz et autres débits de chai
Qui s'alignaient sur des mètres et des mètres de trottoirs
De toutes les villes de cette infortunée planète

Pourquoi Dieu qui voit tout et le reste laissait-il faire ?
Oui, pourquoi ?

Le déluge
Le grand déluge biblique dura cinquante-quatre jours et cinquante-quatre nuits
Cinquante-quatre jours et cinquante-quatre nuits
Pendant lesquels quelques milliards de femmes et d'hommes
Et leurs milliards de téléphones greffés à ce qu'il leur restait de cerveau
Balayés comme fétus disparurent
Pauvres femmes et pauvres hommes qui employèrent toutes leurs forces
À résister aux flots cruels du ciel
S'accrochant en hurlant aux réverbères et aux troncs d'arbre

Grimpant quatre à quatre les escaliers des immeubles
Et s'agglutinant sur les terrasses et sur les toits
Avant que les immeubles par pans entiers ne s'effondrent
Pauvres femmes et pauvres hommes qui ouvraient des bras de crucifiés
Et des yeux de condamnés à une mort certaine

Que sont-ils devenus
Ces milliards de femmes et ces milliards d'hommes ?

Au cinquante-quatrième jour
On vit le soleil reprendre sa place dans le ciel
Les eaux disparaître dans les profondeurs de la terre
Et ce qui restait de femmes et d'hommes sortir de leurs abris
Tout comme les chiens et les chats, et les oiseaux rescapés de l'holocauste
Sortir de leurs abris et chercher comment vivre
Sur ces kilomètres et kilomètres de terres dévastées
Que boire ? que manger ? où dormir ?
S'interrogeaient-ils jour après jour

Et il fallut attendre des années pour oublier le déluge
Nettoyer, réparer, organiser une autre manière de vivre
Des années que mirent à profit des femmes sans foi et des hommes sans loi
Pour prendre le pouvoir, installer par la violence des tyrannies tristement célèbres
Imposer aux quatre coins de la planète de nouvelles formes d'esclavage

Une pensée politique et religieuse
Un asservissement contre lequel il était bien difficile de lutter

Ô nations coupables
Dans quelles ténèbres avez-vous sombré ?

… …

L'ÎLE

J'AI FINI par ne plus répondre à rien

à peine remis de mes égarements, et décidé à rompre une fois pour toutes les amarres, j'ai pris le bateau de 15 h 54, celui qui fait la navette entre l'île et le continent, c'était un jeudi de grisaille automnale, le Front avait décidé de réduire encore les libertés individuelles, apathiques les gens étaient repartis au travail, se faufilant entre les villas des nouveaux riches et le délabrement des immeubles de l'époque diluvienne, baissant la tête, allongeant des mines d'enterrement

j'ai abandonné ma Fiat sur le parking du port d'embarquement, ai traversé la passerelle et suis monté à bord du bateau comme n'importe quel passager, et comme n'importe quel passager je me suis assis dans un fauteuil, tout contre le hublot – pour voir quoi ? je serais bien incapable de le dire puisque la crasse jamais ôtée de la vitre m'empêchait de voir quoi que ce soit –, ai croisé les bras sur ma poitrine en soupirant, soulagé de n'avoir que deux autres compagnons de voyage, une femme et un homme qui portaient l'une et l'autre des bottes de caoutchouc en prévision de la pluie acide que la météo annonçait pour aujourd'hui le bateau s'est éloigné du quai, a laissé derrière lui le port de Saint-Gabriel, doublant à petite vitesse le phare rongé de vermine

— Vous avez votre billet, monsieur ?

je me suis retourné, ai présenté le billet que me réclamait l'agent de la compagnie de navigation, ai attendu qu'il me le rende en inclinant sa grosse tête fatiguée sur une espèce de remerciement mâchouillé comme un chewing-gum

— Merci, monsieur

avant d'allonger les jambes et de fermer les yeux jusqu'à ce que le bateau atteigne la pointe de l'île et ralentisse son allure, un temps à peine mesurable, une demi-heure de répit tout au plus, pendant lequel je crois bien avoir dormi

et rêvé peut-être

dormi et rêvé qu'un monde meilleur avait existé en des temps anciens, et aussitôt ricanant derrière mes mains et me demandant quels avaient pu être ces temps anciens, c'est vrai, comment des temps anciens auraient-ils pu être meilleurs ?

foutaises scolaires à l'usage des peuples

même les temps de la Bible avaient été des temps de larmes et de sang

la femme et l'homme s'étaient levés et postés près de la porte de sortie, je les ai suivis, la tête bourdonnante, douloureuse, à mes épaules les deux sacs pesaient lourdement, dans l'un il y avait ma trousse de toilette, une veste en cuir et un blouson d'hiver, des jeans, pulls, tee-shirts, et mon flingue, une arme qui m'avait sauvé la vie deux ou trois fois, et qu'à présent je gardais comme ultime recours, dans l'autre des boîtes de conserve, des pâtes, du riz, et puis des paquets de café, de sucre et de sel, de quoi tenir un mois ou deux dernier à descendre sur le quai désert, j'ai pris à droite le sentier qui conduisait à une espèce de lande broussailleuse semée de cailloux, autant dire à rien, si ce n'est à une sombre fatalité que bien peu d'êtres humains avaient osé défier, un chien m'a suivi dans la pente, tirant la langue derrière moi, haletant comme un coureur de fond, je me suis retourné

— Va-t'en, le chien

il s'est arrêté, a dressé les oreilles

— Va-t'en

ai-je répété, joignant le geste à la parole pour mieux me faire comprendre, c'était un chien au poil noir et squameux, peu intelligent sans doute car il a mis du temps à comprendre ce que j'exigeais de lui

— Va-t'en

mais il a quand même fini par m'obéir, baissant la tête et soupirant il a fait demi-tour, et sans se retourner a dégringolé la pente et repris le chemin du village, de ces quatre maisons qui avaient résisté à tous les malheurs, puisqu'elles étaient encore debout aujourd'hui, crevassées certes et un peu bancales, mais habitables au vu des rideaux pendus aux fenêtres des deux dernières

là où j'allais vivre je n'avais pas plus besoin de chien que d'autre chose

soulagé j'ai repris ma marche, devant moi la lande sentait le thym et le genêt sous la grisaille humide des nuages, odeurs qui se mêlaient aux détours du sentier à celle de la mer en contrebas, recluse dans une immobilité huileuse et malsaine, une mer que rien ne semblait pouvoir réveiller, pas même les derniers tankers qui passaient au large en emportant dans leur sillage les malédictions dont il n'était plus possible de se défaire à l'horizon une échappée de ciel cherchait à piéger l'œil, mais l'œil n'en avait que faire, le mien en tout cas, las de ce qui aurait pu le distraire, de ce qui autrefois le séduisait

j'en ai bien fini avec ça

me suis-je dit

bien fini, ou tout au moins étais-je enclin à le croire.

•

J'ai d'abord repéré le figuier avant d'apercevoir le mur, et la maison tout entière, sorte de parallélépipède dressé comme un marabout à l'extrémité de l'île, j'avais chaud à présent, la marche m'avait réveillé, je me suis arrêté pour allumer une cigarette

alors c'est à toi

me suis-je dit

à toi ces quatre murs et ces quatre fenêtres achetés une bouchée de pain, mais voilà que debout en travers du sentier tu te demandes si tu as bien fait de devenir propriétaire, alors qu'en demeurant libre de tes mouvements tu aurais pu traverser l'Atlantique et refaire la route que tu avais faite avec elle, avec Léonore je veux dire, du temps de ton premier mariage

je suis reparti

du temps où tu croyais au pouvoir de ta jeunesse

ai grimpé les derniers mètres du sentier, devant la porte cherché la clef au fond de mes poches, et finissant par la trouver l'ai introduite dans la serrure

du temps où tu étais sûr de renverser les montagnes

à l'intérieur la pièce avait encore ses meubles d'autrefois, armoire ici, rongée de vers et de moisissures, évier là, fauteuil, table, chaises, et dans l'angle le plus obscur un lit, c'était rien moins que le strict nécessaire, aurait-on pu dire, mais pour moi c'était suffisant, vivre n'exigeait pas autant qu'on aurait pu croire, qu'on avait fini par croire

j'ai posé mes sacs sur la table, suis allé ouvrir les fenêtres, l'air marin qui est entré s'en est pris à la poussière des meubles, une feuille de papier s'est envolée jusqu'au plafond avant de retomber dans l'évier, la chaux des murs a changé de couleur, délivrée me semblait-il de son silence la maison s'ébrouait comme un animal dans la lumière tardive d'un ciel qui lentement se débarrassait des nuages

alors c'est à toi

me suis-je répété plusieurs fois de suite sans bien comprendre ce qui m'arrivait

le dos calé contre le mur j'ai glissé jusqu'au sol et suis resté ainsi, tête entre les jambes repliées, mains soudées entre elles, priant je ne sais quel Dieu de l'île de m'épargner toute faiblesse, devant moi et par le cadre étroit de la fenêtre suintait un peu de cette lumière tardive qui n'avait pas de nom, qui s'en venait mourir à un mètre de mes pieds, mystérieusement bue par les volutes géométriques du carrelage, j'ai suivi des yeux le vol en V d'une colonie d'oiseaux que l'instinct poussait à rejoindre les côtes occidentales de l'Afrique, pensé qu'il leur faudrait des jours avant d'atteindre leur but

et puis le ciel s'est éteint, et je me suis levé pour aller puiser un seau d'eau au puits, une poule est venue caqueter dans mes jambes, qu'est-ce qu'elle faisait là cette poule ? j'ai regardé autour de moi, il y avait les restes d'un poulailler sous le figuier, c'était sans doute là qu'elle passait la nuit, à l'abri des planches de ce qui tenait encore debout, le jour elle devait faire comme tout le monde, se démener d'une manière ou d'une autre pour se remplir le ventre j'aurais dû la chasser tout comme le chien, mais je n'en ai pas eu la force, ce qui restait de lumière s'évanouissait vite, j'avais autre chose à faire avant que la nuit ne me prive de tout mouvement, j'ai remonté un seau plein d'eau, l'ai rapporté à bout de bras sans me donner le temps de souffler, juste parce que j'avais envie de me faire mal aux muscles, ai abandonné le seau dans l'évier

— Dehors la poule !

et renvoyant le volatile d'une main, j'ai de l'autre claqué la porte, allumé l'une des bougies que j'avais fourrées dans mon sac, sorti le sandwich au pâté acheté au port de Saint-Gabriel

tu n'as pas vraiment faim, mais tu te forces à manger, et en mastiquant tu regardes la mouche qui te tourne autour et tu te demandes pourquoi celle-là n'est pas morte, pourquoi elle se maintient en vie alors que toutes les autres mouches de l'île sont passées de vie à trépas durant l'automne.

•

La lune m'a réveillé deux fois, la première en éclaboussant l'oreiller sur lequel ma tête reposait, la deuxième en éclatant de rire

je me suis redressé, la lune avait-elle jamais éclaté de rire ?

d'un pas mal assuré j'ai marché jusqu'à la fenêtre demeurée ouverte, me suis penché pour l'apercevoir qui s'enfuyait à l'horizon du ciel

c'était elle ou ce n'était pas elle qui avait ri ?

•

Et c'est comme ça que j'ai commencé à vivre là où j'avais décidé de vivre, avec rien, une table, des chaises, un lit, une armoire dans laquelle s'empilaient couvertures et vieux draps que l'abandon avait irrémédiablement jaunis

enfin presque rien

et puis des graines que j'avais fourrées au dernier moment dans mes sacs, des graines de tomate, de courge, de pomme de terre, de haricot vert, de radis, de carotte, et que sais-je encore, j'avais volé tout ce que j'avais pu

la maison n'avait ni l'eau courante, ni l'électricité, et très vite il m'a fallu tenir compte de la lumière du jour, les yeux grands ouverts dès la première aube, j'ai pris l'habitude de gratter le jardin avec les outils de l'appentis, de sarcler, bêcher le plus profondément possible, et puis de planter dans la terre ameublie mes graines, et ce jusqu'à la nuit, jusqu'à ce que par la force des choses je devienne aveugle, et me couche, et m'endorme

la poule me surveillait du coin de l'œil, se jetait sur moi dès que je déterrais un ver, l'emportait dans son bec pendant que je faisais une pause, un pied sur la bêche, essuyant d'un revers de manche la sueur qui me brouillait la vue, j'en profitais toujours pour allumer une cigarette, la seule que je m'autorisais à fumer jusqu'au lendemain parce que je n'avais que trois paquets à ma disposition, donc trois fois vingt Camel qui, au rythme d'une Camel par jour, devaient me permettre de fumer durant deux mois, si je comptais bien, mais dans ma vie je ne crois pas avoir un jour mal compté

quelquefois je tournais la tête et regardais du côté du continent, au-delà des flots toujours trop huileux où naviguaient d'insignifiants navires, et par beau temps je pouvais distinguer la frise percée de trous des falaises contre lesquelles l'œil venait buter invariablement

roches blanchâtres ondulantes

et derrière lesquelles s'élevaient d'inquiétantes fumées qui me laissaient penser que tout allait de travers à Saint-Gabriel, et que certains en profitaient pour installer à leur seul profit un pouvoir radical, dictatorial, autant dire fasciste

se pouvait-il qu'on en soit revenu là ?

•

Dans l'appentis il y avait du bois, et avec ce bois j'ai commencé à faire du feu dans la cheminée, autant pour me chauffer que pour avoir un peu de lumière à opposer aux ténèbres des nuits sans lune

j'avais trouvé un vieil agenda au fond du tiroir de l'armoire, et perdu dans les obscurités du soir qui n'en finissait pas, dont il était chaque fois plus difficile d'imaginer la fin, j'ai commencé à écrire, tout contre les flammes j'ai commencé à écrire, traçant au crayon le premier mot qui me venait à l'esprit, *Louisiane*, non, pas Louisiane, et vite gommant pour écrire à la place *Louisiana*, État d'Amérique que traverse le Mississippi

LOUISIANA
X

En ai-je assez, déjà ?
Tu me dis que des voies sont encore libres
Lesquelles ?
Qu'il ne faut pas se décourager, qu'il y a toujours un avenir
Peut-être pas pour nous mais pour nos enfants
Ah oui, alors dis-moi ce qu'il faut faire ?

———— Je ne sais pas
Elle ne sait pas, elle me regarde avec ses yeux de femme fatiguée
Passant d'un geste gracieux la main dans ses cheveux
Dis-moi ce qu'il faut faire ?
———— Un enfant
Elle répond qu'il faut faire un enfant
Mais moins que tout autre homme j'ai ce désir-là

Dehors
Je veux dire au-delà des portières
Les champs de coton se déhanchent
Et droit devant le clocher de l'église chevauche un ciel de gueux
Il faudrait dire l'heure, et le jour, et l'année
À quoi bon ?

Nous roulons depuis des heures
Au compteur le niveau d'essence est au plus bas
———— On ne va pas s'arrêter ?
Demande-t-elle
Je hausse les épaules
Quand le reste de moi-même est comme un chien
Un chien en déroute
Ou un trader défoncé
———— On ne va pas s'arrêter ?
C'est vrai que depuis ce matin
Elle a passé son temps à nous rouler des joints
Qu'elle allume à la flamme d'un briquet
Trouvé la veille dans les chiottes du motel où nous avons couché
Où nous avons baisé elle et moi
Pendant que l'écran de la télé nous bombardait de spots publicitaires

Dehors
Au-delà des portières
La route s'ancre dans les ténèbres de la nuit qui vient
Et les lampadaires promènent au-dessus de nous leurs têtes de croquemorts
Il faudrait dire l'heure, et le jour, et l'année
À quoi bon ?

Nous finissons par quitter la route
Par descendre en trombe sur le parking d'un McDo
———— Je n'ai pas faim
Constate-t-elle en posant sur son ventre une main qui tremble
Et puis son front se plisse
Sa poitrine s'affaisse
Sa bouche se referme sur des lèvres sans désir
Tu as froid ?
———— Oui, j'ai froid
Alors enfile ton manteau
Je le prends sur la banquette arrière et le lui tends
Et ensemble nous sortons de la voiture, claquons les portières
Traversons le parking en courbant l'échine
Putain de temps
Le vent du nord pousse des hurlements de coyote en chasse
———— Théo !
Tourne autour de Léonore en cherchant des prises
Avec l'idée d'entamer sa chair, de la mordre
De la déchiqueter, et peut-être de la...
Est-ce qu'on peut savoir ?
Je l'attrape par la taille, l'arrime à ma hanche

La conduis jusqu'à la porte du McDo
Qu'elle pousse des deux mains en s'arc-boutant
Avant de se laisser choir sur la première banquette à sa portée
Qu'est-ce que tu veux, Léonore ?
———— Je n'en ai aucune idée
Tout de suite elle retire ses gants
Les abandonne avec son téléphone sur la table en formica
Promène des yeux égarés autour d'elle
———— Théo, dis-moi où sont les toilettes
Je les lui montre du doigt
———— Merci
Et elle s'y précipite tête baissée
Pendant que je défroisse un billet de vingt dollars trouvé dans ma poche
Et commande au comptoir deux Big Mac, des frites et du Coca
Le garçon qui me sert a des boutons sur le visage
Deux mains patientes qui reproduisent des gestes appris par cœur
Au-dessus de sa tête l'écran de la télé annonce une nuit agitée
Vents forts, mer démontée, pluies diluviennes
Il va pleuvoir ?
———— Oui, monsieur, c'est ce que dit la météo
Où est-ce que je peux trouver un motel dans le coin ?
———— C'est facile, monsieur, au prochain croisement il y en a deux
Et à votre avis lequel est le mieux ?
———— C'est le Blue Swallow, monsieur
Je le remercie, tends mon billet, empoche la monnaie
Et emporte le plateau jusqu'à la table qu'a choisie Léonore
M'assois contre la vitre, observe en l'attendant les ténèbres chahutées
———— Il ne fallait pas m'attendre

Elle s'assoit à son tour, me regarde sans me voir
Me touche la main sans me la prendre, me sourit sans me sourire vraiment
Me parle en parlant à qui ?
———— Il ne fallait pas m'attendre
Je lui montre le plateau bien rempli, mais elle ne veut rien
Se contente d'une frite qu'elle enduit de ketchup et grignote
En la tenant entre le pouce et l'index
Pendant que j'empoigne un premier Big Mac
Et que je mords dedans comme un ogre affamé
———— Tu as faim ?
Oui, j'ai faim
Et si j'ai tellement faim c'est parce que j'ai conduit toute la journée
Que j'ai fait cinq cents, six cents miles
Pied au plancher comme si cette vieille Plymouth louée pour rien
Était une Mustang
Je regarde à mon tour Léonore
Elle a passé du rouge sur ses lèvres, attaché ses cheveux avec un élastique
Noirci ses cils au mascara
———— Je te plais ?

le feu s'était éteint, je ne voyais plus rien, ——— je te plais ? demandait Léonore, pouvais-je ne pas répondre, arrêter là cette sorte de poème parce que je ne voyais plus rien ?

bien sûr que oui

me suis-je dit

bien sûr que je peux l'arrêter là, cette sorte de poème

j'ai refermé l'agenda, pensant qu'il était temps d'aller dormir après avoir fait de ce jour ce que je devais en faire, bêcher d'abord, écrire ensuite, comme si rien d'autre n'avait d'importance à présent que j'étais sur l'île

entre mes jambes les braises n'étaient plus qu'un gros œil clignotant, une espèce de conscience surnaturelle qui veillait sur moi, tiède et rassurante bien que cernée de ténèbres, un rat venu sans doute se chauffer est ressorti par où il était entré, j'ai suivi sa manœuvre le long du mur jusqu'à la chatière découpée dans le bas de la porte

à présent que tu as écrit cette sorte de poème, réveillant en toi une mémoire et des mots que tu croyais avoir perdus, tu te demandes ce qu'a bien pu devenir Léonore, ta femme, ta première femme épousée et avec laquelle tu avais décidé de faire au bout d'un an de vie commune une manière de voyage de noces à l'envers, parce que depuis le jour de votre séparation tu n'as plus jamais eu de ses nouvelles, et tu n'as pas cherché à en avoir, alors qu'est-ce qui te prend de te demander ce qu'a bien pu devenir Léonore ? qu'est-ce qui te prend ?

je me suis levé, péniblement car la bêche m'avait endolori les muscles des jambes, me suis traîné à tâtons jusqu'au lit, m'y suis allongé tout habillé, et le front de Léonore inexplicablement tout contre mon front je me suis endormi.

•

Raconte, et n'oublie rien

un jour de pluie je suis allé dans l'appentis remuer les cartons où s'entassaient des piles de journaux d'une autre époque, celle de la guerre d'Algérie, des exploits de Bahamontes et de la mort d'Albert Camus, renversant au passage les casiers de bouteilles vides, les jarres en grès, tout un fatras de casseroles cabossées et de marmites dehors la pluie tambourinait de plus en plus fort sur le toit de tôle, dégringolait la pente et formait devant l'entrée une mare de gros bouillons grisâtres qui dansaient la gigue, je me suis accroupi le temps de l'averse, touchant du bout des doigts l'eau presque tiède, et me laissant envahir tout entier par cette sorte de solitude liquide

j'ai fermé les yeux

et puis les ai rouverts au moment où l'eau s'infiltrait dans les semelles de mes chaussures, sans savoir pourquoi, mais par réflexe sans doute, j'ai reculé d'un mètre et n'ai plus bougé jusqu'à ce que le ciel se calme, et que les nuages aillent s'amonceler avec d'autres nuages de l'autre côté de la baie, dans les parages de Saint-Gabriel et de ses banlieues factieuses

c'est terminé

me suis-je dit

le soleil va peut-être revenir

mais le soleil n'est pas revenu ce jour-là, alors j'ai continué à farfouiller, parce qu'il m'a paru plus utile d'occuper mes mains plutôt que de chercher à réveiller d'inopportuns souvenirs, c'était la vieille antienne de ma mère, Occupe tes mains si tu ne veux pas que le temps te joue des tours, et sans doute avait-elle raison, et c'est en continuant à farfouiller que j'ai découvert derrière une moitié de porte ce qui pouvait ressembler à une canne à pêche, et qui, en y regardant de plus près, en était une, et même en bon état, sans doute parce que son corps était en fibre de verre, et que la fibre de verre ne s'use pas

j'ai déroulé, enroulé le moulinet, et comme tout avait l'air de fonctionner, je suis descendu dans les rochers, la canne à la main, et sur la plateforme d'une roche en surplomb au-dessus de la mer j'ai lancé la ligne dans les vagues, l'ai vite récupérée en moulinant, l'ai relancée, et ainsi de suite des dizaines de fois, rien que pour le plaisir d'entendre siffler la canne et de voir la ligne s'envoler dans les airs en une courbe toujours plus ample

je poussais des exclamations lorsque j'arrivais à gagner deux ou trois mètres sur le lancer précédent, m'échauffais malgré moi, et c'est sans doute parce que j'étais trop occupé à améliorer mes performances de pêcheur amateur que j'ai mis du temps à remarquer la présence de quelqu'un à quelque trente mètres de moi, un garçon me semblait-il, immobile sur un rocher lui aussi, et qui me regardait faire sans oser s'approcher davantage

je lui ai fait signe, et comme il ne bougeait pas j'ai cru bon de crier

— Oh, gamin, qui es-tu ?

je ne sais pas si ma voix était suffisamment forte, si elle a réussi à passer par-dessus le chahut incessant des vagues et à se faire entendre distinctement, toujours est-il que le gamin en question a brusquement pris ses jambes à son cou et en quelques sauts de bouc a disparu dans l'enchevêtrement des rochers

— N'aie pas peur !

mais il était déjà loin, je l'imaginais galopant sur le sentier en direction des quatre maisons du débarcadère, parce qu'il ne pouvait pas habiter autre part que dans ces maisons-là, n'est-ce pas ?

puisque tu le dis, mais on peut aussi envisager qu'une quelconque maison construite dans un repli de terrain ait échappé à ton regard, tu t'es un peu promené sur la lande à n'importe quelle heure du jour, dans ces lumières changeantes des îles qui trompent si facilement l'œil, et dans ces brouillards qui se traînent à ras de terre en cherchant à te faire trébucher, et ce que tu as vu n'est peut-être pas ce qu'il fallait voir je suis retourné à la maison, ma gaule à la main, prenant garde de ne pas glisser dans le sentier détrempé, et pour cela agrippant les racines des genévriers mises à nu par le ravinement de la pente, j'aurais bien voulu savoir ce que ce garçon faisait là, était-il avec son père et sa mère ? avait-il des frères, des sœurs, et dans ce cas quelqu'un leur servait-il de maître, puisque aucune école n'avait jamais été construite sur l'île ?

tout agitée par mon retour, la poule est venue me glousser aux oreilles son impatience

— Tu as faim, la poule ?

elle avait même sacrément faim, me picorait les jambes du pantalon en se dandinant sur ses pattes

— Est-ce qu'au moins tu m'as pondu un œuf aujourd'hui ?

j'ai rangé la gaule dans l'appentis, ai pris la bêche et suis allé retourner un carré boueux de terre

un œuf égaierait mon repas du soir

et dans cette boue je n'ai pas eu de mal à trouver les vers que convoitait la poule et qu'elle n'était pas capable de déterrer toute seule, malgré son œil rond toujours en alerte.

•

Il s'est bien passé un mois avant que je ne sente à nouveau la présence de quelqu'un dans les parages de la maison

— Qui est là ?

j'ai vu bouger les branches du figuier sans que personne n'osât se montrer, je me suis dit qu'on cherchait à s'amuser, ou à me faire peur, mais j'ai préféré croire qu'on cherchait à s'amuser et suis moi aussi entré dans le jeu, disparaissant les mains dans les poches à l'intérieur de la maison, comme si je n'avais rien vu, et ressortant par la fenêtre courbé en deux, courant jusqu'à l'appentis et me précipitant d'un coup sur le figuier

— Qui est là ?

j'ai ouvert grand les bras au-dessus de moi, monstre soudain impossible à fuir, et le garçon et la fille que je venais de débusquer ont tressauté de peur, avant de se figer, les yeux exorbités

— Est-ce que vous êtes le diable ?

a lâché le garçon

— Ça dépend des jours et de ceux qui croisent mon chemin

un temps j'ai laissé planer le masque courroucé de mon visage au-dessus d'eux, et puis me lassant de ma pantomime j'ai renfilé la casaque du mortel à visage humain, un mortel à barbe de trois semaines qui me donnait des allures de Robinson ressuscité

— On voulait s'amuser, m'sieur

le garçon s'est tu, hésitant à en dire davantage, n'était-il pas celui qui m'avait observé dans les rochers ?

— Je t'ai déjà vu, toi… Est-ce que je me trompe ?

— Non, m'sieur, vous vous trompez pas

— Alors dis-moi pourquoi tu passes ton temps à m'espionner ?

il s'est gratté la tête, a regardé la fille comme si elle avait la réponse à ma question, et puis dans le silence qui pesait sur cet après-midi de novembre il a gonflé la poitrine, rejeté le menton en arrière pour se donner du courage

— Je vous espionne pas, m'sieur, non je vous espionne pas

— Alors qu'est-ce que tu fais ?

— J'essaye de savoir qui vous êtes, parce qu'on se demande ce que vous foutez ici tout seul

— Qui c'est, on ?

— Ma mère, ma sœur, moi, et puis les deux petits vieux qui vivent dans la maison à côté de la nôtre…

il a ricané, donné un coup de coude à sa sœur qui a compris que c'était à son tour de parler

— Alors, m'sieur, qu'est-ce que vous foutez ici ?

occupée à becqueter mes chaussures, la poule lorgnait du coin de l'œil les énergumènes qui piétinaient nos plates-bandes

— Je suis venu cultiver mon jardin

— Ça veut dire quoi, m'sieur ?

a demandé la fille en fronçant les sourcils

— C'est vrai, m'sieur, ça veut dire quoi ?

s'est impatienté le garçon

j'ai haussé les épaules, dans le ciel la mouette qui nous avait repérés tournait au-dessus de nos têtes en criant

— Ça veut dire que j'en ai eu marre de la vie qu'on mène là-bas

j'ai montré le continent, ses fumées de mauvais augure qui charbonnaient le ciel

— Et que j'ai fini par tout abandonner, même ma voiture, pour venir vivre ici dans une maison qui n'a ni l'eau courante ni l'électricité, vous voulez voir ?

ils ont secoué la tête, et sans se faire prier m'ont suivi, et par conséquent ont suivi la poule, puisque la poule ne quittait pas mes basques, quelle équipée nous formions sous les rayons narquois d'un soleil qui se foutait de nous, de nos pitoyables activités humaines privées de queue et de tête, mais je faisais ce jour-là comme si je ne me rendais compte de rien, pas même des chaussettes de la fille tirebouchonnant sur ses chevilles et du pantalon qui jouait de l'accordéon sur les pieds du garçon

— Entrez

je les ai poussés à l'intérieur pendant que j'allumais une cigarette, passant machinalement la langue sur la dent creuse qui m'agaçait la gencive, planté en travers du seuil j'ai jeté un coup d'œil aux humeurs du ciel, plus par habitude que pour savoir le temps qu'il allait faire, et puis je suis entré à mon tour

— Vous voulez un verre d'eau ?

ils ont secoué la tête, ils ne voulaient pas plus de verre d'eau que d'autre chose, ce qui les intéressait c'était de faire l'inventaire des meubles et des objets qui m'entouraient et avec lesquels je tentais de vivre

— Vous n'avez pas la télé ?

a demandé la fille

— Pour quoi faire puisqu'il n'y a plus qu'une chaîne… Et puis je vous ai dit que je n'avais pas l'électricité

— Et comment vous arrivez à cuire ce que vous mangez ?

— Je pends la marmite dans la cheminée et je fais du feu

finalement ils se sont assis sur mes chaises dépenaillées, ont posé les coudes sur la table, attendu que je prenne place à mon tour dans le fauteuil qui servait à me couper les ongles des pieds et des mains

— Vous avez des enfants, m'sieur ?

j'ai croisé les jambes avant de répondre à la question, et dans ce court silence la poule qui becquetait des miettes a relevé la tête, comme si elle s'intéressait à ce que j'allais répondre

— Deux, un garçon et une fille

— Où sont-ils ?

— Je ne sais pas, peut-être qu'ils sont morts, emportés par les eaux du déluge

ma réponse a eu l'air de les attrister, ils se sont regardés, ont passé la langue sur leurs lèvres muettes

— À mon tour de poser des questions

j'ai frotté mes mains l'une contre l'autre, autant pour les réchauffer que pour en faire tomber la terre qui avait séché aux jointures

— Comment vous appelez-vous ?

— Moi c'est Hugo, et ma sœur c'est Joan, mais tout le monde l'appelle Jo

le garçon a ricané, et sa sœur l'a aussitôt imité en éclatant de rire

— Ça veut dire quoi, tout le monde ?

— Ma mère, moi, et puis les deux petits vieux... c'est vrai que ça fait pas beaucoup de monde

— Et votre père ?

Joan a poussé du coude son frère, avant de prendre la parole

— On n'a pas de père

— Comment ça, vous n'avez pas de père !

— Ou si on en a un, on l'a jamais vu

je me suis levé, me demandant soudain si Basile et Lucie étaient encore en vie, et s'ils étaient en vie, homme et femme devenus adultes, ce qu'ils pouvaient bien faire dans ce monde effondré

appuyé au chambranle de la porte, j'ai regardé le golfe gonflé de nuages

et moi, est-ce que je pensais à eux ? pas aussi souvent que j'aurais dû sans doute, et cette constatation me laissait indifférent, comme si j'avais fait une croix sur cette fille et ce garçon qui avaient été mes enfants, que j'avais élevés quelques années durant avant de disparaître et de renoncer à mon rôle de père, cette servitude obscène qu'acceptent sans broncher la plupart des hommes

je suis retourné m'asseoir

— Je peux savoir ce que vous faites sur cette île avec votre mère ?

ils ont tous les deux haussé les épaules

— On ne fait rien

a dit Hugo

— On dort, on mange, on se promène... et puis on attend

— Vous attendez quoi ?

— Notre mère est persuadée qu'il va falloir quitter le pays, alors on attend qu'elle se décide

Hugo a ri, et sa sœur a fait de même

j'aurais voulu leur dire qu'il y avait bien peu de chances qu'ils trouvent autre part une vie meilleure, mais j'ai préféré me taire, croisant et décroisant une nouvelle fois les jambes, et les observant l'un et l'autre, surpris de la confiance qu'ils m'accordaient

le déclin de la lumière du soir a brusquement assombri la pièce, et la fille a tourné la tête en direction de la porte, plissé un front soucieux

— Il faut qu'on rentre, m'sieur

elle s'est redressée, a attrapé le bras de son frère pour le décider à la suivre

— Viens, dépêche-toi

mais il n'avait pas l'air pressé, il se trouvait bien sur sa chaise, cherchait un prétexte pour prolonger la conversation

— Vous avez attrapé du poisson ?

— Pas encore

pendant que Joan s'impatientait

— Hugo, ça suffit !

il a fini par se lever, et je l'ai imité, poussant les deux ados en direction de la porte

— Quel chemin vous allez prendre pour rentrer ?

— Ça dépend

a répondu Hugo, jetant un bref regard à sa sœur

— Quand il fait bien jour on prend par l'intérieur parce que c'est plus court, sinon on suit le chemin de la mer

— Et là ?

le garçon et la fille ont regardé autour d'eux, comme si les ombres qui s'allongeaient étaient une menace

— On va passer par la côte

a décidé Joan

— Ce serait mieux par le raccourci, mais y a le bois à traverser…

Hugo a laissé en suspens sa phrase, se contentant de danser d'une jambe sur l'autre dans l'espoir que je comprenne à demi-mot ce qu'il n'osait pas me dire

— C'est difficile de traverser ce bois ?

— Le jour c'est pas difficile, la nuit ça fait peur

— Comment ça ?

Hugo a jeté un œil à sa sœur, se demandant ce qu'il pouvait et ne pouvait pas me raconter

— Y a des sortes de monstres qui se promènent la nuit entre les arbres, des monstres avec des yeux rouges

— Et alors, ils vous ont sauté dessus ?

— Non, mais ils pourraient, on sait pas ce qu'ils veulent, ils sont comme des fantômes, tout noirs et tout mous, et leurs yeux rouges transpercent la nuit en silence, sans que jamais on entende un bruit

Hugo arrondissait les yeux en essayant d'imiter le déplacement d'un fantôme

— Si vous voulez bien nous accompagner, m'sieur, on est prêts à traverser le bois avec vous

a décidé Joan

je me suis dit qu'une promenade ne me ferait pas de mal

tu te dis ça alors qu'au fond de toi tu n'as pas plus envie d'accompagner ces deux gamins que d'aller te pendre, et encore, peut-être aimerais-tu mieux te passer la corde au cou, au point où tu en es aujourd'hui la mort vaut à peu près ce que vaut la vie

— M'sieur ?

ils me tiraient par la manche tous les deux

— Qu'est-ce que vous faites ?

— Je vous accompagne, parce que je n'ai jamais vu de fantômes aux yeux rouges, et que vous m'offrez l'occasion d'en voir

— Attention, m'sieur, c'est pas avec tous les gens qu'ils se montrent, ils choisissent leurs proies

Hugo avait dressé un doigt et me mettait en garde

— On verra

lui ai-je répondu

et nous nous sommes engagés sur le chemin de ce bois où je n'étais encore jamais allé, la nuit était en train de tomber, et le ciel où se dispersaient les nuages de l'après-midi montrait un champ incertain d'étoiles qui se dérobaient dès que l'œil cherchait à les fixer

dans les plis de terrain l'ombre était déjà si épaisse que nous avancions au jugé, et puis lorsque le chemin remontait la pente et que nous suivions les affleurements de quelque roche granitique nous retrouvions des bribes de lumière en suspens au-dessus de l'île et s'effilochant çà et là au ras de la mer, masse liquide et silencieuse plongée déjà dans le mystère de ses profondeurs

— Vous avez l'air de bien connaître le chemin

— Oui, m'sieur, on le connaît bien, ça fait deux ans qu'on vit ici

j'ai buté dans une pierre, me suis rattrapé à la branche d'un arbuste et arrêté un instant pour souffler

— On peut faire une pause ?

Hugo s'est retourné

lui et sa sœur se sont regardés, et malgré eux l'impatience de leurs jambes les faisait trépigner en travers du sentier, les mains sur les hanches, se demandant sans doute ce qui m'arrivait

bon sang, j'aurais voulu leur dire qu'il ne m'arrivait rien, que j'étais un peu essoufflé parce qu'ils marchaient trop vite, et c'est tout

mais j'ai préféré me taire, m'accroupir pour relacer ma chaussure, et me redresser avec un large sourire pendant qu'une mouette arrivée là par l'opération du Saint-Esprit nous observait d'un œil têtu, j'ai agité la main dans la direction du volatile qui a pris peur et s'est envolé en gémissant dans la nuit à peu près complète à présent

et puis j'ai poussé Hugo et Joan devant moi, et d'un commun accord nous avons repris notre marche, le garçon en tête et la fille derrière lui, à cadence réduite puisque rien ne se montrait plus distinctement et qu'il fallait faire attention dans les parties étroites du sentier, j'ai repensé à ce que Hugo venait de me dire

— Ça fait deux ans que vous vivez ici ?

— Oui, m'sieur

— Et comment vous faites avec l'école ?

— On n'y va pas !

s'est exclamée Joan en heurtant une pierre

— C'est notre mère qui nous donne des cours de maths et de français, elle a été prof dans sa jeunesse

a cru bon de préciser Hugo qui avait du mal à retenir sur ses hanches le pantalon trop grand pour lui

nous nous sommes tus parce que le chemin s'engageait sur une pente malcommode en s'entortillant autour d'un éboulis de rochers, et arrivés en haut Hugo a montré la masse plus sombre du bois de pins qui nous barrait la route

— C'est là qu'ils sont

— Qui ça ? Vos monstres aux yeux rouges ?

— Oui, m'sieur, c'est là qu'ils sont

mais nous avons traversé le bois sans rien voir, et je les ai laissés parcourir seuls le dernier kilomètre qui les séparait des maisons du débarcadère

— Revenez me voir

leur ai-je crié

ils ont secoué la tête, agité la main dans ma direction, et puis ils ont disparu alors qu'un quartier de lune escaladait le ciel, pendu comme un lampion au-dessus de l'île, et diffusant une lumière d'un autre temps

je suis reparti les mains dans les poches, goûtant dans l'air et sous mes pieds un silence qui semblait avoir conservé par son mystère et sa densité la matière même de la vie surgie sur Terre en des temps qu'il n'était plus possible d'imaginer, et lentement ai de nouveau pénétré l'obscurité du bois de pins, prenant garde de ne pas trébucher sur le réseau des racines qui bosselaient le sol couvert d'aiguilles

un oiseau de nuit, peut-être une chouette, s'est envolé à mon approche avec cette lenteur des bêtes qui n'ont jamais craint l'homme et soudain j'ai entendu derrière moi un craquement, comme celui d'une branche morte qu'un pied écrase, suivi presque immédiatement par un autre craquement sur ma gauche, et on aurait dit que quelqu'un était en train de s'enfuir ou de jouer à cache-cache

mais avec qui ? avec moi ?

je me suis arrêté, ai fait volte-face, fouillant avec une impuissance d'aveugle les ténèbres où pas un rayon de lune ne pénétrait, et opérant ainsi un balayage du terrain que je devinais plus que je ne le voyais dans un rayon de cent quatre-vingts degrés, et c'est sans doute pour cela que mes yeux à force de scruter l'invisible ont fini par surprendre

ou par deviner, ou imaginer

le mouvement d'une forme allant et venant d'un tronc d'arbre à l'autre, une forme aux contours imprécis, sans consistance véritable, qu'il eût été illusoire de vouloir saisir, tant elle semblait prête à déjouer tous les pièges, et, n'ayant d'autre alternative que de la laisser virevolter à sa guise devant moi, j'ai attendu qu'elle veuille bien dévoiler son stratagème, si stratagème il y avait, ce dont je ne doutais pas puisqu'il n'a jamais été dans ma nature de croire aux fantômes, et pourtant cette nuit-là mes yeux ont vu

ou surpris, ou deviné, ou imaginé

l'apparition soudaine de deux billes rouges qui me fixaient sans ciller, exprimant une compassion presque humaine mélangée si je puis m'exprimer ainsi à une sorte de très grande tristesse, et sans crier gare d'autres billes, oserais-je écrire d'autres yeux ? se sont multipliées dans les ténèbres impénétrables de ce bois de pins, toutes me fixant avec cette même compassion presque humaine, cette même très grande tristesse incompréhensible, comme si j'étais à la fois le coupable et la victime de l'extinction de l'humanité en préparation, et que tous ces fantômes, ces monstres, ou je ne sais quoi, venaient à ma rencontre pour me prévenir

et ils gardaient leur centaine d'yeux braqués sur moi, rouges et doux, comme si la couleur rouge pouvait être douce, et pourtant elle l'était au-delà de l'exprimable, douceur que je n'osais pas déranger, ne fût-ce que par le mouvement d'un bras ou de quelque doigt de la main

j'ai fermé les yeux en me demandant si je n'étais pas la proie d'hallucinations comme en d'autres temps j'avais pu être la proie d'obscurations de la vision, mais en les rouvrant j'ai bien vu qu'il n'en était rien, j'ai eu beau me mordre la lèvre jusqu'au sang, enfoncer les ongles dans la paume de ma main, ces créatures inexplicablement têtues demeuraient à leur place aussi nombreuses que tout à l'heure, et peut-être plus nombreuses, comme si elles avaient le pouvoir de se multiplier à l'infini

— Qui êtes-vous ?

ai-je fini par murmurer, et puis élevant la voix j'ai demandé

— Que me voulez-vous ?

et plus fort encore

— Suis-je condamné à mourir bientôt ?

mais ma réaction d'homme n'avait aucun sens, à peine si les yeux rouges de cinq ou dix créatures avaient changé de place, indiquant un mouvement de ce que je suis bien obligé d'appeler leur corps, l'inconsistance de leur corps que ces cinq ou dix créatures avaient redressé ou accroupi, en penchant ce que je suis encore bien obligé d'appeler leur tête à droite ou à gauche pour mieux me jauger, moi Théo Gracques, mammifère primate arrivé au bout du rouleau de sa vie, doué d'intelligence et d'une forme supérieure de langage articulé

j'avais bonne mine

découragé, je me suis contenté de hausser les épaules et de reprendre ma marche comme si les ténèbres du bois de pins n'avaient jamais été que d'ordinaires ténèbres, ce qu'elles n'étaient pas et ne seraient plus jamais, pour moi comme pour Hugo et Joan, de temps en temps je me retournais et voyais les yeux rouges de ces créatures se déplacer au rythme de mes pas, m'accompagnant en silence tout en respectant une prudente distance, des fois qu'il m'aurait pris l'envie de me ruer soudain sur les plus proches

je suis sorti du bois en poussant un soupir, ai retrouvé d'un coup la lune en pleine ascension, les ondulations de la lande, les bosses et les creux d'un maquis familier, j'étais presque soulagé, je veux dire qu'il me semblait remonter d'un coup à la surface du monde qui m'était connu, où j'avais mes repères et l'assurance de n'être berné par aucune vision surnaturelle

mais avais-je vraiment vu ce que déjà mon esprit cartésien de primate sceptique commençait à mettre en doute ?

par-dessus mon épaule j'ai jeté un coup d'œil suspicieux en direction du bois de pins, et je les ai vues une dernière fois, ces créatures sans consistance véritable, alignant leurs doucereux yeux rouges et leur très grande tristesse à la lisière du bois, se demandant si je reviendrais un jour leur tenir compagnie, satisfaire ce que je croyais être en mesure d'appeler leur curiosité de créatures, et qui était bien autre chose que de la curiosité

se pouvait-il qu'il existât à mon insu une lésion dans l'un des deux hémisphères du cerveau qui se tenait logé comme un boîtier de contrôle dans mon crâne ?

•

Finalement l'hiver est arrivé, les nuits sont devenues froides, immobiles, silencieuses, il ne gelait pas, mais à quatre heures du matin la température avait chuté de 10 degrés, et dans mon lit, sous l'amas de couvertures que j'empilais les unes sur les autres pour me protéger de ces humidités méditerranéennes, j'enfouissais les poings entre mes cuisses et me recroquevillais jusqu'à ce que je retrouve le sommeil, et souvent comme il ne m'était pas possible de le retrouver je me levais et allais raviver les braises du feu, jetais deux bûches de pin dans la cheminée avant de me recoucher et d'attendre qu'elles s'enflamment

j'avais toujours mon agenda, et je pouvais suivre à peu près l'évolution des jours, et donc des semaines qui passaient moins vite que sur le continent, qui avaient une manière de s'étirer, de se dilater, de se vautrer dans la bauge du temps libéré de la cadence qu'imprimait encore l'activité humaine, même si les quatre cinquièmes de la population avaient disparu dans les eaux du déluge, et le dimanche 3 décembre je venais d'y inscrire ce que j'avais fait la veille

Pêché deux heures sur le rocher du diable
Fini par attraper un poisson

lorsque des bruits de pas ont résonné dans la cour, aussitôt alertée la poule s'est faufilée entre la porte et le mur et précipitée dehors pour voir qui avait le culot de se présenter à pareille heure du jour, alors que nous nous apprêtions, elle et moi, à faire notre sieste quotidienne

j'ai entendu Hugo qui s'exclamait

— Alors, la poule, tu me reconnais pas ?

j'ai refermé mon agenda et je me suis levé

mais déjà Hugo et Joan avaient passé la tête par la fenêtre ouverte et m'appelaient

— M'sieur ! M'sieur ! Venez voir !

je suis sorti puisqu'ils me le demandaient, qu'allais-je donc voir qu'il ne m'avait pas encore été donné de voir ? le soleil d'hiver, bas dans le ciel, m'a d'abord ébloui, et il a fallu que je porte la main en visière sur mon front pour distinguer le visage de la personne que Joan et Hugo avaient prise par la main, c'était une femme aux cheveux bruns coupés court, grande, et le corps un peu dégingandé, portant un blouson de cuir et une jupe de gitane

— Voilà notre mère

a dit Joan

je me suis avancé en lui tendant la main

— Théo Gracques

elle l'a prise dans la sienne, et amusée en a profité pour observer de près l'allure négligée de ma barbe et de mes cheveux longs qui bouclaient dans le cou, de mon pantalon au velours râpé, de mon pull troué au coude

— Heureuse de vous rencontrer, moi c'est Chloé Dumont

j'ai secoué la tête, et comme je ne savais ni quoi faire ni quoi dire j'ai mis les mains dans mes poches en proposant

— Vous voulez entrer ?

— Oui

ont répondu Joan et Hugo

alors nous sommes entrés, d'abord les deux ados qui trépignaient d'excitation, ensuite leur mère pas très convaincue de l'utilité d'une telle visite

— Voulez-vous quelque chose de chaud ? Je peux vous faire une tisane de thym ou de romarin ? Un mélange des deux, si vous préférez

— N'en rajoutez pas, Théo, les cheveux longs, la barbe et le pull déchiré c'est déjà bien suffisant

a dit Chloé Dumont en clignant des yeux moqueurs

— Remettez plutôt des bûches dans la cheminée, et offrez-moi un whisky

— Je n'en ai pas

— N'importe quoi alors, gin, vodka, cognac, n'importe quoi fera l'affaire

j'ai pris cet air désolé de quelqu'un qui voudrait faire plaisir à son hôte et qui ne peut pas

— Je n'ai pas d'alcool, Chloé... mais j'ai des bûches

j'ai ravivé le feu, proposé mes chaises bancales, et ils se sont assis tous les trois autour de la table en regardant à droite et à gauche le fouillis de ce que je n'arrivais plus à ranger, tant il m'était indifférent de vivre dans le désordre

— Pouvez-vous me dire ce que vous êtes venu foutre dans ce trou ?

— Moi ?

— Oui, vous Théo

elle a ri en secouant la tête

— À qui voulez-vous que s'adresse ma question ?

j'ai ri à mon tour

— Je ne sais pas... la solitude fait perdre l'habitude d'être questionné

— C'est un soulagement ?

— Pour moi, oui

ses yeux ont fait le tour de mon visage

— Vous ne voulez donc pas répondre à ma question

— Bien sûr que si

croisant les bras sur ma poitrine, j'ai cherché ce que je pourrais bien lui dire

— J'ai fui le spectacle de notre nouvelle vie, de nos lâchetés, nous tous qui acceptons sans broncher ces pantalonnades autoritaires

par la porte demeurée ouverte j'ai montré le continent

— La rage ne me quittait plus, je me sentais capable de tuer quelqu'un, pour un rien, une simple réflexion de travers, alors j'ai compris qu'il était temps d'en finir, et j'ai décidé de me réfugier sur cette île, dans ce trou comme vous dites, et de vivre de rien, enfin de presque rien

— Et ça vous plaît, cette robinsonnade volontaire ?

j'ai haussé les épaules, sans doute trouvait-elle que j'avais été trop radical, mais comprenait-elle qu'il n'y aurait plus jamais de retour en arrière ? et comme je demeurais silencieux, ne trouvant pas de réponse appropriée à sa question, Hugo en a profité pour me demander

— Vous les avez vus, m'sieur, dans le bois de pins ?

sa mère a voulu le faire taire

— S'il te plaît, Hugo, n'embête pas Théo avec tes histoires

— Mais, maman, on veut savoir

a insisté Joan

— Oui, je les ai vus, dès que je suis entré dans le bois ils se sont approchés, et après m'avoir examiné des pieds à la tête ils m'ont accompagné jusqu'à l'orée du bois

— Et ils vous ont rien fait de mal ?

— Pourquoi m'auraient-ils fait du mal, puisque je ne cherchais pas à leur en faire ? ils ont l'air très pacifiques, vous savez, et même craintifs, je crois qu'ils se méfient de l'homme et de sa violence

Joan et Hugo se tortillaient sur leurs chaises en se demandant sans doute si je n'étais pas en train de me moquer d'eux

— Une autre nuit venez avec moi, et nous traverserons le bois ensemble

— Sûrement pas !

s'est exclamée Joan, toute parcourue de frissons

Chloé a posé la main sur l'épaule de sa fille

— Mais de quoi parlez-vous ? Qui se cache derrière ceux que vous ne nommez pas ? J'aimerais bien qu'on m'éclaire

Hugo a regardé sa sœur, et tous deux gênés par la question ont préféré quitter la table

— On va jouer avec la poule

se bousculant, renversant leurs chaises, ils se sont précipités en direction de la porte, me laissant face à leur mère que j'imaginais avoir à peine quarante ans, à l'aise plus que moi dans son blouson de cuir et sa jupe de gitane

— Alors, Théo ?

à l'aise au point de faire comme si nous étions des amis de longue date, capables de demeurer ensemble sans avoir besoin de parler

— Alors, Théo, vous m'expliquez ?

a-t-elle répété en pianotant sur le bois de la table

j'ai passé la main dans ma barbe pour cacher mon embarras, j'aurais pu lui mentir tout aussi bien que lui dire la vérité, mais puisqu'il n'y avait pas une heure que nous nous connaissions j'ai préféré être clair avec elle

— Vous devez savoir que j'ai raccompagné vos enfants l'autre soir, eh bien, en retraversant seul le bois de pins j'ai vu ce que Joan et Hugo m'ont affirmé avoir vu eux aussi, à savoir des créatures aux yeux rouges, je ne saurais leur donner un nom, des sortes de fantômes obscurs et fluides, avec au milieu de ce qui semblait être leur tête deux yeux rouges d'une grande douceur d'expression

Chloé a baissé la tête, caché son visage pour rire à son aise

— Théo, qu'est-ce que vous me racontez ?

— La vérité de ce que j'ai vu cette nuit-là

elle s'est redressée, l'air sérieux soudain, et a planté ses yeux dans les miens comme si elle cherchait à me radiographier le cerveau

— Ça peut vous paraître bizarre ce que je vous raconte, Chloé, et lorsque Joan et Hugo m'en ont parlé moi aussi j'ai ricané, et puis je me suis demandé s'ils se foutaient de moi ou avaient quelque déficience mentale qui les prédisposait à ce genre d'hallucinations, mais il a bien fallu me rendre à l'évidence, en traversant le bois de pins j'ai vu ces créatures de mes propres yeux

— Vous fumez, Théo ?

— Pas plus que vos enfants, je suppose

— Je veux dire de l'herbe

— Non

— Vous sniffez de la coke ?

— Encore moins, à une époque je me suis défoncé avec tout un tas de saloperies, coke, héro, zédrine, mais j'ai tout arrêté

par la porte et par les fenêtres entraient les cris de Joan qui essayait d'échapper à Hugo, et les protestations de la poule que tout ce bruit indisposait

— Vous croyez qu'on va pouvoir devenir amis si vous me racontez ce genre de sornettes ? Je n'ai pas besoin de ça, Théo, je suis confrontée à bien d'autres problèmes sur cette île, il n'est pas de tout repos d'y vivre au quotidien, il faut se battre, lutter sans ménager ses forces, et je me bats et je lutte avec mes armes de femme qui ne sont pas celles de l'homme, vous en conviendrez, et en même temps je veille à garder les deux pieds sur terre

— C'est ce que je me suis dit en arrivant ici, et c'est ce que je me dis tous les jours

— Alors ne compliquez pas la situation

je me suis levé, les flammes étaient hautes à présent, exécutaient des contorsions de bayadères en projetant contre les murs des ombres nerveuses, j'ai repoussé du pied une bûche bancale et suis allé m'appuyer contre l'armoire

— J'essaierai de ne plus vous en parler, Chloé

— Et ne jouez pas à ce jeu-là avec Joan et Hugo, s'il vous plaît, ce sont deux satanés rêveurs qui auront du mal à faire leur chemin dans le monde effondré que nous leur laissons

— Peut-être s'en sortiront-ils mieux que nous

j'avais envie de bouger, de fuir l'expression gênante de ses yeux qui s'immisçaient bien au-delà de ce que j'étais prêt à leur montrer, et parce que je ne jugeais pas nécessaire de poursuivre une conversation qui ne nous mènerait nulle part, je me suis dirigé vers l'entrée, mâchonnant en guise de cigarette le bout de bois coincé entre mes dents

— Vous voulez voir ce que j'ai planté dans mon jardin ?

— Pourquoi pas.

•

Pour le Nouvel An j'ai vu de clinquants feux d'artifice éclabousser la nuit trop noire du golfe et retomber en gerbes tristes au-dessus de ce que j'imaginais être les toits de Saint-Gabriel mais c'était si loin qu'aucun bruit ne parvenait jusqu'à moi

et je suis demeuré dans l'entre-deux de cette nuit de fête nationaliste qui n'en était pas vraiment une, tant les gens craignaient pour leur vie menacée chaque jour davantage par les manœuvres de dirigeants sans foi ni loi

ne t'es-tu pas réfugié sur cette île pour cette raison même ?

et je me suis demandé ce que pourrait bien me réserver la nouvelle année, rien de bon sans doute, puisque j'étais arrivé à un âge où il n'est plus nécessaire d'espérer quoi que ce soit, dans mon blouson élimé j'ai marché au hasard des sentiers qui sillonnaient l'extrémité de l'île, n'y voyant pas à trois mètres tant la nuit était grosse et lourde de ténèbres, lent à me déplacer comme les vagues étaient lentes à mourir contre les rochers, dans l'attente elles au moins de je ne sais quelle tempête qu'aurait pu annoncer le premier bulletin météo de l'année, cataractes de nuages déversant leur encre, convulsions liquides, vents du diable, grêlons d'outre-tombe

alors qu'attends-tu de toi ?

j'aurais peut-être voulu parler à quelqu'un, et ainsi m'étourdir de paroles sans importance, pour ne pas voir défiler les innombrables jours de l'an que j'avais été forcé de vivre dans la joie ou la tristesse, et le plus souvent animé malgré moi par une inexplicable colère impuissante à se fixer sur un objet, une colère noire qui balayait tout, piétinait tout, s'en prenait à tout ce qui se présentait, et ma mère, ma femme tout aussi bien que mes enfants en avaient été les premières victimes

qu'attends-tu ? si ce n'est pas de rouvrir les vannes à ce passé d'un monde qui n'est plus et que tu as tant de mal à oublier ?

et en désespoir de cause je suis retourné à la maison, et lorsque j'ai aperçu le même orifice trouer comme toutes les nuits les ténèbres aveugles de mon mur ouest, lorsque cet iris jaune et lumineux, et paisible au-delà de ce que mon infortuné cerveau pouvait imaginer, a dilaté sa pupille complice dans ma direction, j'ai décidé que tout allait bien, comme si tout était forcé par nature d'aller bien en cette année nouvelle, puisque au fronton de chaque maison brillait un même orifice jaune et lumineux pour ceux qui vivaient et espéraient continuer de vivre sous un toit

avant de pousser la porte j'ai fait volte-face, tirant une dernière fois sur le mégot de cigarette qui me brûlait les lèvres, et puis le laissant tomber dans le seau plein d'eau que l'averse d'hier avait aux trois quarts rempli j'ai franchi le seuil avec l'envie de croire que la marche m'avait fatigué, et qu'il me suffirait de m'allonger sur le lit et de fermer les yeux pour trouver le sommeil

le feu avait encore quelques flammes qui se déhanchaient tristement

tout en les regardant danser j'ai délacé mes chaussures, les ai jetées dans un coin, et puis j'ai tendu les pieds vers la cheminée jusqu'à ce que je sente les flammes brûler la laine de mes chaussettes, j'aurais aimé boire un verre d'alcool, tout comme Chloé en avait exprimé le désir l'autre jour

Chloé

déboucher une bouteille de whisky, avaler au goulot une ou deux gorgées puisque j'avais laissé les verres sales s'empiler les uns sur les autres dans le fond de l'évier

Chloé que je n'avais pas revue, espérait-elle que je lui rendrais visite ?

avec les assiettes, les fourchettes, les cuillères et les couteaux, tout ça abandonné depuis combien de jours ? je n'en avais aucune idée, et ne voulais pas faire le calcul les enfants non plus n'étaient pas réapparus, ce n'est pas que j'attendais leur visite, je m'étais installé sur cette île pour justement ne rien attendre, mais je craignais de leur avoir fait peur, ou plus exactement d'avoir fait peur à leur mère avec ma barbe, mes cheveux longs et mes vêtements troués, et puis plus grave encore avec mes histoires à dormir debout de créatures aux yeux rouges rôdant entre les troncs du bois de pins

foutue manière d'engager la conversation

me suis-je dit

et je riais presque lorsque je suis allé rejoindre la couverture du lit refroidi par les humidités de la mer

les yeux clos, la respiration le plus contrôlée possible, je me suis laissé glisser dans ce que je commençais à appeler mon no man's land électrochoqué, un territoire sans conscience parcouru de manière continuelle par la réaction en chaîne de courants électriques capables de nettoyer n'importe quel cerveau, et à plus forte raison le mien que guettait Alzheimer ou Parkinson

le chuintement acariâtre d'une chouette perchée comme à son habitude sur quelque tuile du toit venait de sonner l'heure de la sainte dérive

chaque fois s'élargissaient en moi les univers de ce champ magnétique qui avait pourtant commencé dans mes membres son lent processus de dégradation, détruisant en silence, que dis-je ? plus que détruisant, massacrant, sabrant organes et viscères, désormais n'avais-je pas plus de cellules réduites à néant que de cellules en état de marche ? mais peu importait, puisque chaque fois s'offraient à moi tous les possibles d'un macrocosme sans endroit ni envers, débarrassé de tout repère, et c'est dans cet élargissement, dans ce no man's land électrochoqué que j'aimais à me retrouver la chouette s'est envolée

j'ai fermé les yeux, croisé les mains sur mon bas-ventre, poussé un profond soupir, me confiant au silence de cette nuit sans lune, dérivant très loin des feux d'artifice que je savais mener leur gigue sinistre et comminatoire au-dessus des toits de la ville

et puis une autre est revenue, je veux dire que dans ce temps immensurable une autre chouette est revenue

et c'est à ce moment-là que je me suis redressé, attrapant mon agenda d'un geste fébrile de psychotique et écrivant aussitôt

Foudroyé
L'arbre est seul au milieu du champ
Où nous marchons, Léonore et moi

ensuite j'ai attendu

mais rien d'autre ne s'est écrit.

•

Et puis vers la fin du mois de janvier Chloé a frappé à ma porte, j'étais au lit, en train de regarder se tordre et se détordre les flammes du feu que j'avais allumé aux premières lueurs du jour, content d'être délivré des obscurités de la nuit, et retourné me coucher j'étais resté une ou deux heures à ne rien faire d'autre que regarder ces flammes, essayant de ne penser qu'au nombre d'œufs que pondrait la poule aujourd'hui

Chloé a donc frappé à ma porte au moment où je m'y attendais le moins, quatre coups résonnant comme quatre déflagrations dans le silence épais du matin, j'ai sursauté d'abord, et par réflexe ai passé la main sous le matelas pour récupérer mon flingue, comme s'il était possible que quelqu'un en veuille à ma vie, et puis j'ai entendu la voix de Chloé

— Théo ? Vous êtes là ?

me dépêchant de sortir du lit j'ai enfilé un pantalon, passé la tête et les bras dans un gros pull avant de répondre

— Entrez, Chloé

elle a poussé la porte, ouvert de grands yeux en voyant mon allure

— Je vous dérange ?

— Non, pas du tout

j'ai toussé pour m'éclaircir la voix, et l'ai entendue rire presque dans le même temps, sans doute que de me voir si emprunté en face d'elle la faisait rire, étais-je donc à ce point comique ? par réflexe j'ai cherché à redonner un peu d'allure au lit, ai rabattu la couverture sur l'oreiller, rassemblé chaussettes, tee-shirts et autres guenilles

— Vous avez du café ?

j'ai haussé les épaules, pris un air désolé

— Il y a bien quinze jours que je n'en ai plus

— Comment vous faites alors ?

— Je bois de l'eau

elle s'est assise dans un fauteuil, a croisé les jambes comme si ce qu'elle s'apprêtait à me dire l'obligeait à s'asseoir dans un fauteuil et à croiser les jambes

— Vous n'avez pas de café, pas plus que vous n'avez de thé je suppose, et encore moins d'alcool

— C'est à peu près ça, oui, je n'ai ni café, ni thé, ni alcool, mais je peux vous offrir un verre d'eau si vous avez vraiment soif elle a secoué la tête

— Pourquoi croyez-vous que je sois venue frapper à votre porte, Théo ?

— Je n'en ai aucune idée

— Si le temps est favorable, je vais demain faire des courses sur le continent, voulez-vous m'accompagner ?

— Vous avez un bateau ?

— Une simple barque avec un moteur

— Et Joan et Hugo ?

— Ils restent à la maison, c'est plus prudent

comme je ne savais pas quoi faire debout tel un suspect qu'on interroge, et face à cette femme si sûre d'elle que j'avais envie de la prendre en pitié, je suis allé puiser de l'eau dans le seau, ai mis la casserole sur le trépied qui chevauchait le feu, et au moment où l'eau a commencé à frémir j'ai rajouté du thym et du romarin séchés

— Vous êtes armée ?

— Pourquoi vous me demandez ça ?

— Parce qu'il est à peu près certain que vous aurez des ennuis en circulant dans les rues, ce que je vois de mes fenêtres depuis quelques jours a des allures de guerre civile

— Je sais, la seule chaîne de télévision qui demeure encore en activité a montré les affrontements de l'armée avec ceux qui tentent de s'opposer aux menées du pouvoir, il y a des morts tous les jours…

elle a passé la main dans ses cheveux, m'a fait comprendre en montrant la casserole qu'elle voulait bien un bol de ma tisane improvisée

— C'est comme ça, j'ai deux enfants à nourrir et je suis bien obligée d'aller tous les mois sur le continent pour acheter ces produits de première nécessité qui ne poussent pas dans mon jardin, sucre, sel, huile, conserves de viande, chocolat, mais j'ai un ami là-bas qui s'arrange pour que tout se passe bien, il me prête sa voiture, et vérifie l'état du bateau pendant que je fais les courses

puisqu'elle n'avait pas répondu à ma question, je me suis permis de la reposer

— Vous avez une arme pour vous défendre ?

— J'ai un fusil de chasse que je charge avec des plombs capables de tuer un bœuf, c'est un fusil qui ne fait pas dans la dentelle, vous pouvez me croire, j'en ai fait l'expérience

je lui ai tendu un bol de tisane brûlant

— C'est d'accord, je viens avec vous

elle a vidé d'un trait le bol, s'est levée, m'a tendu la main

— Soyez sur le quai à six heures. Et tâchez de ne pas être en retard, je ne vous attendrai pas

je l'ai raccompagnée jusqu'au sentier, il faisait froid dehors, le soleil qui se montrait par intermittence ne réchauffait rien

— Chloé, je peux vous demander pourquoi vous avez décidé de vous installer avec deux enfants dans un endroit pareil ? vous me paraissez avoir pourtant la tête sur les épaules

elle m'a jeté un drôle de regard, avant de fourrer les mains dans les poches de son blouson

— Moi, ce n'est pas la même chose, je suis seul, et j'ai l'âge des retraites insensées, mais vous qui n'avez pas quarante ans

— Je les ai

— Bon, d'accord, vous les avez, mais en quoi vos quarante ans étaient-ils un obstacle à votre fuite loin de ce foutu pays ? Même si le déluge a condamné la planète entière, il y a des pays moins dangereux deux mouettes se sont perchées sur un rocher près de nous, et Chloé a tourné la tête, observant le manège du mâle autour de la femelle, comme si je n'avais pas posé de question

— J'aimerais traverser l'océan, aller en Amérique, mais jusqu'à présent je n'en ai pas eu les moyens

a-t-elle fini par me répondre

j'ai hoché la tête, les questions d'argent n'entraient jamais dans mes raisonnements

— La maison que j'habite au village appartenait à mon grand-père, et lorsque j'étais petite et que je venais passer les vacances d'été avec lui, il me répétait toujours que c'était à moi qu'il donnerait sa maison, à moi et à personne d'autre, et lorsqu'il est mort, entraîné tout comme le reste de ma famille par les eaux du déluge, je suis venue voir ce qu'était devenu le village, pensant qu'il n'en restait rien ou pas grand-chose, mais une sorte de miracle l'avait épargné, et la maison de mon grand-père bien qu'inondée était encore debout

pour une raison que j'ignore, Chloé a soudain frappé dans ses mains, et les mouettes aussitôt se sont envolées, laissant traîner derrière elles des cris de protestation

— Sans trop savoir pourquoi, il était sûr que je finirais par avoir besoin de mettre les enfants à l'abri

— Et vous croyez qu'ils sont à l'abri ?

— Ça dépend des jours, il y en a où je me dis qu'en vivant ici j'assure leur protection, et d'autres où j'ai l'impression que je ferais mieux de fuir avec eux aux cent mille diables

j'allais lui poser une autre question, mais elle m'a coupé la parole

— On a assez parlé pour aujourd'hui

— Peut-être

et avec un sourire en coin elle m'a tendu la main

— Au revoir, Théo… à demain… six heures, n'oubliez pas !

j'ai secoué la tête, et suis resté planté au milieu du sentier sans oser faire demi-tour, j'observais sa marche volontaire, presque rageuse dans la montée semée d'embûches, s'accrochant d'une main aux arbustes lorsque l'un de ses pieds dérapait dans la caillasse, et se rétablissant d'un coup de reins, sans doute espérais-je qu'elle finirait par se retourner, par me faire un dernier signe amical, comme c'est l'usage quand on s'éloigne de quelqu'un avec qui on a parlé un bon quart d'heure, mais elle ne s'est pas retournée, d'un coup elle a disparu derrière un fourré de broussailles, et je n'ai eu d'autre solution que de rebrousser chemin, rentrer chez moi et me recoucher un moment, retrouver la chaleur lénifiante de la couverture

sous le matelas j'ai récupéré mon revolver, l'ai démonté, étalant les pièces sur le drap après les avoir nettoyées

pourquoi as-tu accepté de l'accompagner ?

et puis j'ai remonté le revolver, jouant avec la détente plusieurs fois

tu avais pourtant décidé de ne pas retourner sur le continent, de ne pas prendre le risque d'être à nouveau arrêté ou de devoir utiliser ton flingue pour te sortir du guêpier dans lequel Chloé et toi avez toutes les chances de tomber, alors pourquoi as-tu accepté de l'accompagner ?

bang ! bang ! bang !

le mécanisme répondait sans faillir à la pression de mon doigt

et rassuré je suis allé tirer deux ou trois balles dans les rochers qui surplombent la crique.

•

Réveillé à cinq heures, j'ai plongé la tête dans le seau, laissant l'eau glacée écorcher la peau de mon visage jusqu'à ce que, au bord de la suffocation, je n'en puisse plus et me redresse d'un coup

foutue manière de se secouer

me suis-je dit

mais avais-je une autre solution si je ne voulais pas me rendormir ? j'ai enfilé un pull à col roulé, un pantalon de velours, ai fourré mon flingue chargé dans la ceinture du pantalon, passé mon blouson par-dessus, et dans la nuit encore très noire je suis sorti, laissant à la poule le soin de veiller à ce que personne ne vienne fouiner en mon absence

— Ne te laisse pas embobiner par le premier pervers qui te lancera des graines ! garde tes distances !

ai-je encore lancé au volatile, avant de disparaître en courant dans le sentier

et j'ai couru comme ça jusqu'au village, croyant être en retard, et arrivant finalement sur le quai en avance

— Vous n'avez pas perdu de temps

Chloé était déjà dans sa barque en train de fixer le moteur, je ne l'avais pas vue tant l'obscurité était encore dense sur l'île, il y avait pourtant un lampadaire entre les deux premières maisons, mais il n'éclairait pas grand-chose

— Je suis en avance, non ?

— Oui, et c'est très bien ainsi puisqu'on ne peut jamais être à l'heure, soit on est en avance, soit on est en retard, j'ai mis du temps à comprendre ça, mais le jour où je l'ai compris je n'ai plus jamais été en retard

elle portait une espèce de parka avec une capuche en fausse fourrure, des rangers à gros crampons, un bonnet de laine

— Montez, on va partir

elle a tiré plusieurs fois sur le cordon du moteur, sans succès

— Laissez-moi essayer

ai-je fini par lui dire

en haussant les épaules elle s'est écartée, mais il a fallu que je m'y reprenne à quatre ou cinq fois avant que le moteur ne finisse par démarrer

— Vous avez de l'essence pour le retour ?

— Non, mais mon ami Robert s'en occupera

Chloé a empoigné la barre, et le bateau est sorti de l'abri en pétaradant avant de pointer son nez en direction de Saint-Gabriel, il n'y avait pas de vent, la mer était calme, et c'est à peine si on entendait le clapotis de l'eau contre les flancs de la barque, à l'extrême est une pointe de jour bleuissait le ciel sans nuages, et à l'extrême ouest les dernières étoiles se laissaient engloutir dans le trou noir des ultimes ténèbres

pendant la traversée qui a duré une bonne heure nous n'avons parlé ni l'un ni l'autre, nous regardions le jour qui se levait, les membres mous, la tête dodelinante, emportés malgré nous par une sorte de torpeur qui n'était que la réaction naturelle de nos corps à l'abrupt réveil qui leur avait été infligé une heure auparavant

en entrant dans le port de Saint-Gabriel j'ai vu que l'armée avait pris le contrôle de la ville, des patrouilles arpentaient les quais presque déserts, et à l'entrée du bassin principal un char veillait, canon pointé en direction des rues

Chloé s'est tournée vers moi et m'a demandé

— Vous êtes armé ?

j'ai ouvert mon blouson pour lui montrer le flingue que j'avais passé dans la ceinture de mon pantalon

— Et j'ai emporté deux chargeurs.

•

À mon tour de raconter. Je bous d'impatience, il me faut dire, décrire, répéter peut-être ce qui a été dit, délirer sûrement, et en tout cas inventer parce que la vérité s'invente aussi, ce n'est pas la peine de s'en offusquer, et force à prendre des voies aux issues incertaines. Alors. Alors lorsque nous sommes arrivés le jour s'était levé, pas grand-chose, un peu de grisaille dans un ciel sans lumière, mais c'était suffisant pour se rendre compte que ça ne tournait pas rond dans la ville, qu'il y avait de la violence dans l'air, et quand j'ai vu le char j'ai compris, j'ai compris que c'en était fini de nos pauvres libertés individuelles, qui déjà se réduisaient depuis dix ans comme peau de chagrin, et qui aujourd'hui venaient d'être liquidées. J'ai dit à Théo : « Vous êtes armé ? — Un flingue et deux chargeurs. » J'ai secoué la tête, manœuvré la barque entre les bateaux de pêche pour rejoindre Robert qui me faisait des signes à l'endroit habituel où nous nous donnions rendez-vous chaque fois que je débarquais sur le continent pour des raisons pas toujours avouables. Non, rien n'avait l'air de tourner rond dans cette grisaille d'enterrement. Même les mouettes semblaient faire la gueule, perchées en silence sur les mâts des bateaux, nous regardant passer avec de tristes mines d'oiseaux à qui on aurait coupé les ailes. Théo a lancé la corde, et Robert s'est empressé d'amarrer notre barque à l'anneau qu'il me réservait toujours, et puis il m'a tendu la main pour m'aider à grimper sur le quai, et tout de suite il m'a dit : « Retourne sur ton île, Chloé, ce n'est vraiment pas le moment d'aller faire des courses dans la ville. Te rends-tu compte de ce qui s'est passé ? Il y a des snipers cachés dans les immeubles et qui tirent sur les milices du Front. — Je n'ai pas peur, je n'ai jamais eu peur de quoi que ce soit, et ce n'est pas aujourd'hui que je vais commencer à pétocher. Et puis j'ai avec moi un garde du corps bien armé. » Robert a serré la main de Théo, avant de nous conduire dans la cabane où il rangeait ses affaires de pêcheur et sa vieille 4L, et de réchauffer une casserole pleine de café. Il n'était pas dans son état normal, ses traits tirés, ses gestes fébriles, sa parole assombrie par la crainte l'avaient vieilli de dix ans. « Chloé, je te le répète, fous le camp, prends tes gosses et tire-toi le plus loin possible. » Il m'a regardée, les poings sur les hanches, se demandant sans doute ce qu'il fallait qu'il fasse pour être entendu. J'ai posé la main sur son épaule. « Ne t'inquiète pas, je serai prudente. — Ce n'est plus une question de prudence. — N'insiste pas, Robert, s'il te plaît. — J'aurai fait ce que j'ai pu. » Il a haussé les épaules, rallumant le mégot de cigarette qui s'était éteint au coin de sa bouche. « La voiture est prête ? » lui ai-je encore demandé. Il m'a répondu qu'il avait fait le plein d'essence, vérifié la pression des pneus, rangé dans le vide-poche la boîte de cartouches que je lui avais commandée. Lorsque nous avons quitté la cabane les quais s'étaient un peu animés, des gens allaient et venaient avec une prudence inhabituelle, marchaient en étouffant leurs pas, l'œil aux aguets, la bouche close, comme scellée par quelque censeur qui aurait décidé que les exclamations et les rires n'étaient plus à l'ordre du jour. Et des soldats avaient pris position aux carrefours. Je conduisais, et Théo assis à côté de moi surveillait notre progression dans les rues désertées où nombre de magasins avaient jugé préférable de ne plus ouvrir leurs portes, les rares passants rasaient les murs, ignoraient les tables et les zincs des bistrots ouverts en désespoir de cause, les poubelles pleines débordaient sur les trottoirs, et les détritus éparpillés par le museau des chiens volaient en tous sens, se collaient au pare-brise de la voiture, et il me fallait actionner le lave-glace et les balais des essuie-glaces pour y voir clair. Trois fois j'ai ralenti et laissé traverser des milices du Front qui patrouillaient fusil d'assaut en travers de la poitrine, l'air mauvais de ceux qui cherchent la bagarre. « Où on va, Chloé ? je ne suis pas sûr que ce soit une bonne idée de se balader dans les rues. — J'ai mes habitudes dans un supermarché à la sortie de la ville, ne vous inquiétez pas, on est presque arrivés. » Mais Théo était énervé, tendu comme un arc, et il avait en permanence la main posée sur la crosse de son pistolet. Alors je lui ai dit : « J'ai comme vous envie de dormir dans mon lit ce soir. » Il a secoué la tête, aperçu le supermarché qui se profilait à l'horizon, et me l'a montré du doigt : « C'est celui-là ? » Je lui ai répondu qu'on avait effectivement atteint notre but, et deux cents mètres plus loin je me suis garée sur l'immense parking qui entourait le bâtiment. Des chars étaient en faction aux entrées pour prévenir tout débordement. Théo s'est emparé du caddie oublié entre deux voitures, et nous avons arpenté les allées du magasin, cherchant dans les rayons à moitié vides le sucre, le sel, les pâtes, le chocolat, le riz, et encore l'huile, le café, la farine, et raflant les dernières bouteilles de vin et d'alcool, vodkas et mauvais whiskies fabriqués tout spécialement pour ce genre de magasins. Et sans nous attarder nous sommes passés aux caisses, payant avec ce que nous avions dans les poches, moi un billet de cent, et lui un billet de cinquante. Les gens qui faisaient la queue avaient comme nous hâte de s'en aller et de rentrer chez eux, tant le discours abracadabrant de la Générale-Présidente que diffusaient en boucle les haut-parleurs glaçait le sang. Chacun fixait ses pieds, de peur de croiser le regard d'un membre de cette milice qui traquait jour et nuit les mauvais citoyens, lâches, traîtres et opposants de tout poil, et arrêtait sans motif celle ou celui qui manquait d'humilité face au trou noir des armes à feu. Nous avons retraversé le parking alors que des avions de chasse fonçaient dans le ciel en direction des montagnes. Le rugissement de leurs moteurs résonnait comme un avertissement aux oreilles de ceux qui avaient levé la tête. Un homme au caddie rempli de victuailles nous a demandé : « Vous croyez que ça va durer longtemps, ce manège ? » Il gardait sa main en visière au-dessus de ses yeux, suivait la traînée grisâtre des moteurs à réaction. « Le temps que mettront les gens à se révolter, a répondu Théo. — Alors ça risque de nous mener loin. — Aux calendes grecques, diraient certains, et je ne peux pas leur donner tort. » J'ai fait signe à Théo. Les sacs rangés dans le coffre, j'avais démarré le moteur et j'attendais qu'il veuille bien prendre place à côté de moi. Savait-il à quel bord appartenait réellement cet homme ? N'allait-il pas s'empresser de nous dénoncer ? J'ai klaxonné, et il a fini par comprendre. Sautant dans la voiture, il a claqué la portière pendant que j'accélérais et sortais du parking. Au premier carrefour j'ai voulu changer mon itinéraire habituel et emprunter des rues que je jugeais plus sûres. « Qu'est-ce que vous faites, Chloé ? s'est aussitôt inquiété Théo. — Je préfère prendre un chemin de traverse, ça réduit le risque d'être arrêté et contrôlé. — Je n'en suis pas certain. — Laissez-moi faire, j'ai l'habitude. » Je sentais bien qu'il n'aurait pas fallu grand-chose pour que nous nous disputions. Nous étions tendus l'un et l'autre, et sans doute tout près d'exploser à la moindre critique. « Je crains que votre choix ne soit pas le bon », a-t-il ajouté. Sans lui répondre j'ai enfoncé mon bonnet jusqu'aux oreilles et me suis engagée dans un quartier dévasté par le déluge, immeubles, maisons basses, commerces, tout était en ruine et rien n'avait été reconstruit, seuls des squatters s'étaient bricolé des abris entre les murs qui tenaient encore debout et vivaient là de trafic et de misère, j'ai zigzagué entre les nids-de-poule d'une rue que je croyais tranquille, et qui ne l'était pas. À peine avais-je fait cent mètres qu'un milicien surgi je ne sais d'où se plantait en travers de la rue, sa mitraillette pointée sur nous. « Halte ! » a-t-il crié, une main dressée au-dessus de sa tête. J'ai stoppé la voiture bien avant d'arriver sur lui, l'ai laissé s'approcher, pendant que trois autres miliciens sortis des ruines d'un immeuble s'avançaient eux aussi dans notre direction, les mains dans les poches et sans armes. « Où est votre fusil ? m'a demandé Théo. — Sous mon siège. — Prenez-le sur vos genoux et attendez que je donne le signal. — Le signal de quoi ? — De les tuer, parce qu'il n'y a pas d'autre moyen de leur échapper. » L'homme à la mitraillette est venu frapper du poing contre la portière de Théo. « Descendez ! » lui a-t-il ordonné. Théo est descendu sans dire un mot, s'est appuyé contre le capot de la voiture, observant du coin de l'œil les trois autres miliciens qui s'approchaient avec l'air de vouloir nous en faire baver. « Ouvrez votre coffre ! — Pour quoi faire ? je ne trimballe ni bombe ni cadavre. — Ouvrez ce putain de coffre ! » Et c'est alors que Théo a sorti brusquement son arme et fait feu sur le milicien, le renversant d'une balle en plein front. C'était le signal. J'ai bondi hors de la voiture, mon fusil dans les mains, le cœur battant une chamade du diable, mais je n'avais pas peur et je savais ce qu'il me restait à faire. Avant que les miliciens ne puissent se replier derrière les voitures, j'ai envoyé mes deux giclées de plomb dans leur direction, les fauchant tous les trois. Ils ont roulé dans le caniveau, le ventre et le visage troués. Et sans me préoccuper de savoir s'ils étaient morts ou encore en vie, je suis remontée dans la voiture, Théo a sauté sur le siège à côté de moi, et j'ai redémarré en trombe, fonçant à travers les ruelles du quartier jusqu'à ce que je débouche sur l'avenue Lyautey qui descendait en droite ligne jusqu'au port. Des chars, postés tous les cent mètres, surveillaient la circulation, mais nous avons atteint sans encombre les premiers bateaux. Et en longeant les quais à petite vitesse pour ne pas être remarquée, je me suis garée devant la cabane de Robert, ai lâché brusquement le volant en soufflant un grand coup, avant de plaquer mes mains moites et encore tremblantes sur mon visage en sueur. « On l'a échappé belle », a dit Théo. J'ai secoué la tête, observé Robert qui s'avançait vers nous en fronçant les sourcils, comme s'il avait déjà deviné qu'il s'était passé quelque chose. J'ai ouvert la portière et me suis empressée de répondre à la question qu'il ne m'avait pas encore posée. « On a été arrêtés par des miliciens, et il a fallu qu'on s'en débarrasse. — Combien ? — Quatre, un est mort, c'est sûr, les autres ne sont peut-être que blessés. — Alors il vaut mieux que je fasse disparaître la voiture. — C'est plus prudent, et pour toi, et pour nous. » Robert se grattait la tête et mâchouillait les restes de son mégot coincé entre deux dents. Je lui ai posé la main sur l'épaule, tout en observant derrière lui le mouvement d'une Jeep militaire qui passait en revue l'alignement des bateaux. « Je suis désolée pour les soucis que je te cause. Tiens, prends ce billet, ça te dédommagera. » Je lui ai tendu un billet de cinquante euros. « Il n'en est pas question, Chloé. Tu as bien plus que moi besoin de cet argent, ne serait-ce que pour les enfants. » Mais je n'avais pas envie de l'écouter. J'ai fourré le billet dans sa poche et je suis allée rejoindre Théo qui avait ouvert le coffre et commencé à porter les sacs et les cartons de victuailles dans notre barque. En moins d'un quart d'heure la voiture était vidée, camouflée dans le hangar adossé à la cabane. « Je viendrai vous voir le mois prochain », a dit Robert avant de m'embrasser et de serrer la main de Théo. Et puis il a défait le nœud qui retenait la barque à la bitte d'amarrage et nous a laissés partir, suivant longtemps le sillon écumeux que traçait le moteur dans les eaux noires du bassin. J'ai dressé une dernière fois mon bras et agité la main dans sa direction, avant d'engager la barque entre les murs de l'étroit chenal et d'affronter la haute mer, cap sur l'île qui montrait au loin la découpe de ses côtes rocheuses et de sa forêt de pins.

•

À présent lorsque j'ouvrais la porte c'était d'abord ce que je faisais, regarder le ciel de l'autre côté du golfe, suivre des yeux la danse des avions de l'armée au ras des toits, écouter et compter les explosions, repérer les flammes des incendies, avec la crainte de voir se profiler à l'horizon un bateau de police qui aurait retrouvé notre trace

et qu'est-ce qui se passerait si la police débarquait dans l'île ? y as-tu pensé ? t'es-tu préparé à cette éventualité ?

ensuite j'allais marcher du côté du bois de pins, je m'appuyais contre le tronc d'un arbre, et j'attendais qu'elles veuillent bien montrer leurs yeux rouges, ces créatures dont Chloé ne voulait pas entendre parler

y as-tu pensé ? t'es-tu préparé à cette éventualité ?

le temps de fermer les yeux et de reprendre ma respiration, après le train d'enfer que j'imposais à mon cœur rien que pour voir de quoi il était encore capable dans les sentiers escarpés de l'île, et elles étaient là qui m'entouraient à bonne distance, fixant toute leur attention sur moi comme si elles n'avaient rien d'autre à faire, curieuses sans doute, mais je n'aurais su dire si c'était vraiment de la curiosité qui les faisait se rassembler et me dévisager de leurs yeux rouges sans se lasser

un jour je leur ai dit

— Voulez-vous savoir qui je suis ? ce que je fais là ?

répétant dans un autre murmure la question

— Voulez-vous savoir qui je suis ?

tout en me gardant bien de hausser le ton

mais ma voix pas plus que le reste ne semblait les atteindre, à peine si j'ai remarqué un mouvement de tête de la créature la plus à droite, et encore, n'étais-je pas le jouet de quelque illusion d'optique ? peu importait, puisque j'avais commencé à leur parler, autant continuer

— Mon nom est Théo Gracques, et j'ai vécu bien d'autres vies avant de vivre celle-ci, qui n'est pas vraiment une vie mais une retraite, qui n'est pas vraiment une retraite mais une façon comme une autre de tirer sa révérence, ce que j'ai fait en ces temps d'avant le déluge je n'en suis pas vraiment fier, d'ailleurs qui en se retournant pourrait être fier de ses années passées à manger, boire et dormir, et à trouver l'argent nécessaire au bon déroulement de ces trois activités qu'il n'est guère envisageable de traiter par-dessus la jambe sous peine de se retrouver au tapis, je vous pose la question, qui ?

comme si ces créatures avaient une réponse

— J'ai commencé par détester ma mère à l'âge où il est naturel de l'aimer de tout son cœur, ensuite j'ai détesté la société dans laquelle j'étais sommé de trouver mon rang, et l'emploi qu'il m'a fallu accepter, et le mariage d'argent que j'ai contracté par naïveté, et la famille que j'ai fondée avec une autre femme, je n'ai aimé que mes enfants, mes deux enfants que j'ai pourtant faits sans en avoir envie, poussé à bout par ce désir irrépressible du ventre de Clara, ma seconde femme, qui voulait – mais qui voulait quoi au juste ? l'ai-je jamais su ?

là, par l'effet d'une commune et bizarre curiosité la presque totalité des yeux rouges de ces créatures se sont agrandis, et j'ai compris qu'il ne m'était plus possible de revenir en arrière, l'aurais-je voulu qu'elles m'en auraient empêché par un quelconque stratagème, j'ai levé la tête, observé le travail du vent de mer entre les branches des pins, écouté la plainte continuelle des arbres secoués

— Alors forcément j'ai fini par en avoir marre, vingt ans à vivre une vie domestique sans queue ni tête, occupé à exécuter des tâches qui au bout du compte ne menaient à rien, vingt ans à tromper femme et enfants, à reproduire chaque jour ce que j'avais fait la veille et ce que je ferais le lendemain, forcément ça épuise, et puis si ça ne coupe pas bras et jambes ça met en rage, une rage sourde, souterraine, mauvaise comme un venin, qui s'empare des veines, envahit le cœur et finit par remonter jusqu'au cerveau, et c'est ainsi qu'un jour en me regardant dans la glace de la salle de bain où j'avais l'habitude d'effacer au rasoir électrique les stigmates poilus de mes pires cauchemars, un jour où je m'apprêtais à rejoindre les bureaux de l'entreprise qui m'employait, je ne me suis pas reconnu, et ça fait un drôle d'effet de ne pas se reconnaître, vous savez, ça ouvre sans crier gare des perspectives inouïes, qui dépassent l'entendement humain, qui vous propulsent à des distances immensurables du quotidien docile où vous avez œuvré des années durant, comment décrire le visage qui brusquement me faisait face ? je n'ai jamais su le décrire, et aujourd'hui encore je ne le saurais pas, disons que j'étais devenu quelqu'un d'autre, voilà, une sorte d'étranger à moi-même qui, je l'ai vite compris, avait décidé de redresser la tête, de faire front quoi qu'il arrive, et avec la froide détermination des monstres de devenir à son tour un monstre, un monstre doté du pouvoir de tuer celles et ceux qu'il jugeait coupables de laisser pourrir et s'effondrer un monde que rien ne prédisposait à une telle fin

j'ai cherché un peu de salive, avec la langue l'ai passée sur mes lèvres anormalement sèches

— Dois-je vous le dire ?

malgré moi j'ai eu de la peine à déglutir

— Est-ce la pression patiente de votre silence de créatures qui me pousse à confesser des fautes que jamais, au grand jamais, je n'ai avouées à personne, pas même à ma mère qui se doutait de quelque chose dans sa maison de retraite où je l'avais obligée à finir sa vie, mécontente de tout celle-là, des repas qu'on lui servait, des ressorts du lit qui torturaient ses escarres, de la fréquence relâchée de mes visites de mauvais fils, s'imaginait-elle que je puisse oublier sa poigne de fer qui m'avait cassé les reins au temps de ma jeunesse ? non, ce sont des choses qu'on n'oublie pas et dont on se venge à la première occasion

deux yeux rouges sont venus me regarder de si près que j'en ai été comme transpercé

— Dois-je vous le dire ? dois-je vous dire alors ce qu'en moi le monstre a été capable de faire, comment avec sa détermination de monstre il a réussi à intéresser à peu près tous les journaux de France et de Navarre, occupant la une et souvent plusieurs pages de ces canards si mal en point qu'ils en étaient réduits à ne plus chroniquer que la fange merdeuse des faits divers ? la décapitation de jeunes filles et de jeunes gens sans histoire fut pour eux une aubaine inespérée, un bras charitable tendu aux rédacteurs en chef démoralisés qui en ont profité pour freiner la chute vertigineuse de leurs ventes, dois-je vous le dire ? des corps sans tête et souvent violés, je leur en ai servi une bonne dizaine en l'espace de quelques saisons de folie meurtrière, et chaque fois les affreux canards de ce pays en ont fait les choux gras de leur première page, avec force photos, commentaires et entretiens, lançant du même coup leurs plus teigneux reporters sur la piste des têtes tranchées jamais retrouvées, et pour cause, là où je m'en débarrassais elles ne risquaient pas de réapparaître, dois-je vous le dire ? le monstre en moi tuait sans scrupule, avec une sorte de soulagement de tous les nerfs, à peu près certain d'œuvrer pour le bien d'une humanité tétraplégique et qu'il était de mon devoir de réveiller avant de l'éjecter de son fauteuil roulant de quelque manière que ce soit, dois-je vous le dire ? le monstre en moi prenait un malin plaisir à chasser dans les rues sa prochaine victime, à suivre la piste de ces filles en minijupe, poitrine regonflée au kapok et œil charbonneux, de ces garçons aux insolences de clown, toutes et tous le cerveau dévoré par les écrans de leurs smartphones, aussi ignorants qu'indifférents, se contrefoutant de l'avenir qui menaçait leur génération, c'étaient ces filles-là, ces garçons-là que le monstre en moi s'efforçait de ne pas perdre de vue, qu'il accompagnait pas à pas dans leurs tribulations décervelées, avant de choisir enfin la victime appropriée, celle ou celui qui devait payer de sa vie son inconséquence criminelle, et de noter avec soin son emploi du temps, ses allées et venues, ses engouements pour le cinéma, les bars, les concerts en tous genres, et puis un soir de solitude où la victime rentrait tard il passait à l'action, se déchaînait sur son corps et le décapitait, et avec le même sang-froid emportait dans un sac la tête ensanglantée pour que personne, et surtout pas la famille de la victime, ne puisse tirer un trait sur l'acte abominable commis par les mains de quelqu'un que les canards avaient tout de suite qualifié de dangereux psychopathe

pour la première fois les yeux rouges de cinq ou six créatures se sont détournés, se posant avec tristesse sur l'alignement des troncs derrière lesquels il leur arrivait de se cacher

— Et cette violence de monstre est demeurée en moi jusqu'au tremblement de terre de Saint-Gabriel, au volant de ma voiture je roulais comme un fou, et ce jour-là je suis tombé dans le trou que le séisme avait ouvert en travers de la route, j'ai perdu connaissance et me suis retrouvé sur un lit d'hôpital pour une durée que je ne suis pas capable de mesurer, puisque l'accident m'avait plongé dans un coma profond que les médecins jugeaient irréversible, et pourtant j'ai fini par revenir à la vie, en un lent cheminement de tout mon être à travers le labyrinthe de je ne sais combien d'années, dix ? quinze ? vingt ? je me suis glissé à nouveau dans la peau de Théo Gracques et suis retourné vivre en compagnie de ce qui restait de femmes et d'hommes rescapés du déluge, aussi miraculeux que cela puisse paraître je suis retourné à la vraie vie d'un homme normal, répondant normalement aux questions que de jeunes médecins éberlués n'ont pas manqué de me poser, je me souviens que la première fois où je me suis planté devant la glace, c'était dans la chambre d'un autre hôpital, seul au milieu de la nuit, le néon fixé au-dessus du miroir jetant sur mon visage une lumière blafarde de lampe torche inquisitrice, je me souviens de ne pas avoir eu peur de ce que j'étais devenu, j'avais changé, oui c'est d'accord, mes yeux avaient vieilli, mes joues s'étaient creusées, mes cheveux avaient blanchi, mais le reste avait bonne allure, et je me sentais prêt, prêt à quoi ? ça je n'en avais pas la moindre idée, mais je me sentais prêt il commençait à se faire tard, l'horizon du ciel s'assombrissait, et les créatures se mêlaient insensiblement aux ténèbres du bois, leurs yeux seuls les trahissaient, plus rouges que jamais

— J'ai donné les chiffres de dix, quinze ou vingt ans, mais peut-être que la durée de mon coma est tout autre, comment mesurer le temps d'avant et d'après le déluge ? ce qu'on m'a dit c'est que ma mère est morte, et que ma femme et mes enfants convaincus par les médecins du caractère irréversible de mon état ont fini par se lasser et par m'abandonner à mon sort, que sont-ils devenus ? ont-ils échappé au déluge ? je n'en ai pas la moindre idée, quant à moi dans cette histoire que me reste-t-il en mémoire ? y a-t-il la moindre trace de cet état végétatif dans lequel j'avais le sentiment d'être demeuré en suspension, à baigner comme un fœtus dans une sorte de liquide amniotique protecteur ? ce que je peux vous dire c'est que je n'étais pas malheureux à flotter comme un imbécile entre les quatre murs de ma chambre d'hôpital, je n'avais plus d'obligations, me sentais libéré de toute responsabilité, et me contentais d'écouter les beaux discours de ceux qui me rendaient visite, de moins en moins nombreux au fil des jours, c'est compréhensible, rien n'est plus déprimant qu'un homme réduit à l'état de légume, et bientôt se limitant aux soins silencieux de l'infirmière de service, fini les portes qui s'ouvraient sur de tonitruants Alors Théo comment vas-tu ! suivis de baisers claquant sur mes joues, fini les caresses, les rires nerveux qui cachaient mal l'embarras des visiteurs obligés de suivre à la lettre les recommandations des médecins qui préconisaient des comportements on ne peut plus naturels afin de réveiller autant que possible les lobes détraqués, et peut-être bien définitivement cramés, de mon cerveau, oui, que me reste-t-il en mémoire si ce n'est ces voix, et une accumulation considérable de bruits identifiables et non identifiables qui s'entrechoquaient contre les parois de verre d'une espèce de bocal hermétiquement clos que même le pandémonium chaotique du déluge n'avait pas réussi à forcer, et parfois contre ces parois venaient s'agglutiner des créatures qui n'étaient pas loin de vous ressembler, elles avaient des yeux aussi verts que les vôtres peuvent être rouges, me fixaient des heures durant, attendaient je ne sais quoi, que je les rejoigne peut-être, que je passe définitivement dans leur camp, qui est aussi votre camp je présume, que j'abandonne sans regret l'enveloppe de chair qui me faisait et qui me fait encore l'homme que je suis devant vous

j'étais au bout du rouleau, privé de salive et les yeux brûlants de fièvre je me suis tu, réfugié dans la nuit d'encre de mes paupières je sentais que je n'avais plus la force de raconter quoi que ce soit, le sentaient-elles aussi ? et me pardonnaient-elles ma propension à mélanger vérités et mensonges ?

les bras le long du corps j'ai compté cent inspirations-expirations avant de me décider à rouvrir les yeux, et il était trop tard, dans la clairière abandonnée qu'étaient-elles devenues ces créatures qui l'instant d'avant la peuplaient de leurs yeux si rouges et si tristes ? je n'ai pas cherché à comprendre, après tout j'avais dit ce que je souhaitais dire depuis longtemps, et les mots prononcés s'en étaient allés rejoindre les limbes qu'occupent généralement les créatures aux yeux verts ou rouges, emmaillotées dans la gaze ondulante de leur corps ectoplasmique

rassuré, et d'une certaine manière soulagé, j'ai repris en sens inverse le sentier qui m'avait conduit jusqu'au bois, et je suis rentré chez moi.

•

Sans en informer ni Chloé ni les deux ados, j'ai trouvé un arbre suffisamment commode pour m'y installer et regarder le ciel

et des heures durant je m'intéressais à ce qui le traversait, des nuages la plupart du temps, des nuages chargés de particules nocives à des degrés divers et qui couraient, que dis-je ? qui se précipitaient d'un horizon x vers un horizon y avec une obstination qui dépassait l'entendement, et de rares avions de ligne que je repérais avec difficulté tant ma vue avait baissé, que j'entendais mieux que je ne voyais parce qu'ils volaient trop haut, et que j'imaginais aux trois quarts vides, délaissés à présent par ces gens à qui on avait retiré le droit de prendre la planète pour un parc d'attractions

à une autre époque n'as-tu pas versé toi aussi dans cette mode de l'agitation compulsive, du déplacement obsessionnel ?

des heures durant je demeurais ainsi perché sur ma branche, délivré des lourdeurs de l'attraction terrestre, oiseau de poil que les oiseaux de plume venaient lorgner du coin de l'œil, et il n'y avait que les avions de chasse qui m'en chassaient, les avions de chasse de la Générale-Présidente, l'imprédictible et brutale Julie Faten Lelamer, Rafale aux allures de fléau qui aux heures régulières du soir viraient de bord au-dessus de l'île et repartaient dans un grondement de tonnerre à l'assaut du continent

un après-midi, l'agenda coincé entre deux branches, j'ai fini par trouver une suite aux trois vers griffonnés à l'aveugle sur la page et qui attendaient depuis des semaines un développement, mais lequel ? me disais-je, et plus je me le disais moins je trouvais d'issue

TEXAS
X

Foudroyé
L'arbre est seul au milieu du champ
Où nous marchons, Léonore et moi
Je la tiens par la main, et l'entraîne
En direction de l'endroit où nous croyons avoir vu paître des chevaux
Il faudrait dire l'heure, et le jour, et l'année
À quoi bon ?

C'est par-delà le torrent qu'ils sont
Les chevaux, je veux dire
Ces chevaux sauvages qu'enfourchaient les Apaches
Au temps de la liberté
——— Théo ?
Le vent, l'éclat sous le soleil de cette terre étrangère
Oui, je t'écoute
Et tellement familière
Tellement familière que je ne m'explique pas pourquoi j'ai pu naître ailleurs
Sortir des entrailles d'une si vieille Europe
——— Théo ?
Le vent, l'éclat sous le soleil d'un nuage en forme de bison
Me pardonnent de ne pas être américain
——— Théo, il faut que je te dise quelque chose
Dis-moi
Alors elle s'arrête, laisse passer sur elle l'ombre du nuage
Et puis elle me dit
——— Je crois que je suis enceinte

Tu crois ?
————— J'en suis même certaine
Sa main qui ne tient pas son sac
Sa main gauche, donc, se pose sur son ventre, en fait d'abord le tour
Avant d'en caresser une pointe imaginaire
De stupeur je lui tourne le dos
Vais rejoindre en silence l'arbre foudroyé
Comme un gyrovague trahi
————— Théo !
Elle me fait signe de revenir
Me crie des mots que je ne comprends pas
Mais que je pourrais comprendre si je prêtais l'oreille
Seulement voilà, je ne prête pas l'oreille
Parce que le vent, l'éclat sous le soleil de cette terre étrangère
Me donnent envie d'entendre de tout autres nouvelles
————— Théo ! Reviens !
Des nouvelles de Kerouac, Ginsberg, Wolfe
De Blackburn et de son cancer de l'œsophage
Est-il mort ?

Les chevaux ont bu l'eau du torrent, et puis ils sont repartis
Et là-haut dans le ciel le bison les a suivis
Léonore, que nous reste-t-il ?
Elle me montre ce qui est dans son ventre, mais je n'en veux pas
———— Tu n'en veux pas ?
Non, je n'en veux pas
Alors elle ouvre la bouche pour crier quelque chose
Que finalement elle ne crie pas
Et sa bouche se referme
Et ses mains se crispent sur la pointe de son ventre

Est-ce ma faute si je n'ai jamais voulu et ne voudrai jamais d'enfant ?
Elle se détourne, pour ne pas entendre ce que je lui dis
Sort un mouchoir pour cacher ses yeux qui pleurent
Et dans le champ immense labouré par le vent
Des corbeaux s'envolent
Croassent en passant au-dessus de nous
Noircissent à vue d'œil
Ne sont bientôt plus que des points noirs à l'horizon
Pourquoi lui as-tu dit ça, mon fils ?
Tais-toi, maman
Léonore est ta femme
Faut-il que je te rappelle
Qu'on ne traite pas sa femme de cette façon ?
Tais-toi
J'envoie un coup de pied dans une motte de terre
Et puis rattrape Léonore qui marche en direction de la Plymouth
Tente de poser la main sur son épaule
———— Laisse-moi
Dit-elle, me repoussant et allongeant le pas
Léonore !
Mais elle ne m'écoute pas
Emportée par la colère douloureuse qui l'empourpre
Elle court rejoindre la voiture garée sur le bas-côté de la route
Ouvre la portière arrière, s'allonge sur la banquette
Pendant que je regarde passer un camion chargé de grumes
Que je mesure à l'oreille la décroissance de son moteur
Englouti à la fin par le silence
Il faudrait dire l'heure, et le jour, et l'année
À quoi bon ?
Une rafale de vent vient me gifler la figure

Comme si je n'avais pas compris qu'il était temps pour moi
De traverser la route, de rejoindre la voiture
D'ouvrir la portière et de m'asseoir à ma place habituelle
Léonore ?
——————— *Quoi ?*
Reviens t'asseoir à côté de moi
——————— *Non, je suis bien ici, tu n'as pas besoin de moi pour conduire*
J'attends qu'elle change d'avis
Mais comme elle ne le fait pas
Je démarre
Allume une cigarette
Et ramène la Plymouth sur la route qui déroule tout droit
Sa bande grise de macadam.

et lorsque j'ai posé un point à la fin du dernier vers il faisait presque nuit, le ciel avait perdu toute activité et la mer creusait autour de l'île des abîmes obscurs et sans échappatoire

fourrant l'agenda dans ma poche je suis redescendu sur terre, ai repris le chemin de la maison, la tête mal vissée sur mes épaules, emportée en avant et en arrière par des vertiges que je n'arrivais pas à contrôler

pendant que les étoiles s'allumaient une à une autour de moi et dansaient une bourrée furieuse qui résonnait jusque dans ma poitrine

j'en étais réduit à me raccrocher aux branches, à tâter la terre sous mes pas comme un vieillard au bout du rouleau, serre les dents mon gars ! serre les dents et avance ! et j'avançais, j'avançais aussi vite que je pouvais, n'ayant qu'une hâte, rejoindre mon lit et l'horizontalité du matelas bardé de ressorts, mais aux abords de la maison j'ai vu la poule courir à ma rencontre en déployant des ailes affolées, et j'ai compris qu'il se passait quelque chose, quoi ? je n'en avais aucune idée, mais je n'allais pas tarder à le savoir

— Calme-toi, la poule

d'un coup de reins je me suis redressé, vertiges enfin disparus, qui pouvait bien s'intéresser à la maison ? j'avais heureusement mon arme passée dans la ceinture du pantalon, depuis que j'avais été forcé de m'en servir pour tuer d'une balle dans la tête le milicien à la mitraillette, je n'étais plus tranquille, je me disais que les temps anciens étaient revenus, ceux où je me promenais le flingue chargé en permanence, prêt à faire feu sur n'importe qui

les temps anciens de ma rage

à pas de loup j'ai contourné la maison, me suis glissé entre les massifs de laurier pour surprendre l'intrus, mais il n'y avait personne à surprendre, sur le muret, assise comme une écolière dans le clair de lune, Chloé semblait m'attendre, le nez en l'air, fumant une énième cigarette pour tromper son impatience

je me suis avancé

— Théo, il faut que je vous parle

elle a sauté sur ses pieds, s'est approchée de moi, m'a embrassé sur la joue avant de reculer d'un pas

— Comment allez-vous ?

— Moi ? je vais bien, enfin il me semble que je ne vais pas trop mal, les jours se succèdent et se détruisent l'un après l'autre pendant que les Rafale de la Générale-Présidente tournent au-dessus de nos têtes, et dans cet empilement destructeur des jours j'essaye d'oublier que le peu qui reste de l'humanité est condamné à disparaître dans la douleur, je dors, je mange, j'écris des poèmes, vous rendez-vous compte Chloé ? j'écris de foutus poèmes pendant que d'autres chient de peur dans leur froc, mais que puis-je y faire ?

j'ai poussé la porte, allumé une bougie, avant de l'inviter à s'asseoir

— C'est justement pour ça que je suis venue vous voir, Robert a profité de son jour de pêche pour s'arrêter chez nous, et il m'a dit que l'armée se préparait à débarquer sur l'île, la Générale-Présidente a le projet d'installer ici un camp de prisonniers politiques qui pourront être interrogés et torturés en toute tranquillité

j'ai jeté une brassée de bois dans la cheminée, soufflé sur les braises

— La date est arrêtée ?

— Pas encore, mais ce n'est qu'une question de jours, au plus tard la semaine prochaine

je me suis retourné, et dans la lumière crue des flammes soudain ravivées j'ai remarqué que ses mains tremblaient

— Qu'est-ce que vous allez faire ?

— Partir, et mes vieux voisins vont eux aussi abandonner leur maison, nous ne voulons pas être témoins des crimes qui se préparent, puisqu'il me l'a proposé je vais m'installer chez Robert qui a de la place dans son appartement

Chloé s'est levée, a marché autour de la table en se mordant les lèvres, et puis elle s'est approchée de la cheminée, a posé la main sur mon épaule

— Venez avec nous, Théo

— Ce n'est pas possible

— Pourquoi ?

de si près je voyais battre les veines de son cou

— En m'installant ici j'ai décidé de mettre un terme à mes errances, comprenez-moi Chloé, je n'ai plus l'âge des galopades, je suis fatigué

— Et si les soldats vous tuent ?

— Ils ne s'apercevront même pas de ma présence

— C'est ce que vous croyez

elle était repartie à l'autre bout de la pièce, sa hanche frôlant au passage la flamme désinvolte de la bougie

— Ce qui se passe est terrible

— Je ne veux pas le savoir

ai-je répondu en fermant les yeux, dans mon dos le feu craquait, des brandons incandescents fusaient jusqu'au milieu de la pièce, clignaient avec malice avant de s'éteindre, étais-je si sûr d'être à l'abri ?

— On assassine pour un rien à tous les coins de rue, pour un regard de travers, pour un rire malvenu, c'est à peine imaginable

— Alors pourquoi vous fourrer dans la gueule du loup ? Robert c'est la gueule du loup, non ?

elle s'est rassise, a coincé les poings entre ses cuisses, les pupilles soudain agrandies par ce qui aurait pu être de la peur

— Chez lui nous serons en sécurité, au moins pour un temps

— Le temps que les milices de Lelamer vous coincent, c'est ça ?

— D'ici là j'aurai trouvé un moyen de quitter le pays

— Pour aller où ?

— Sur des terres où il est encore possible de vivre, et même de croire que tout n'est pas perdu

Chloé a esquissé un geste dans une vague direction, geste aussitôt escamoté par le silence des ténèbres qui pesait de tout son poids sur nos épaules d'humains fatigués, sur les tuiles du toit, la cour cernée de pierres, le bois de pins, l'île tout entière

— Il ne sert à rien de s'illusionner

— C'est parce que j'ai des enfants que je m'illusionne

elle s'est levée pour atténuer l'effet du triste sourire qui déformait son visage, son corps a frissonné dans l'étreinte machinale de ses bras impuissants

et sans rien ajouter Chloé a ouvert la porte, est sortie dans la cour baignée d'étoiles, l'a traversée en suivant la diagonale que traçait la poule au-devant d'elle, j'ai cru qu'elle s'en allait sans me saluer, vexée sans doute que je l'abandonne à son sort de mère de famille, mais elle s'est ravisée, à peine avait-elle franchi le muret qu'elle a stoppé net sa marche somnambule, et réveillée soudain a tourné les talons pour revenir encastrer son corps dans l'encadrement de la porte demeurée ouverte

— Je vous laisse la barque, Théo, tâchez d'être là lorsqu'on s'en ira

— Vous partez quand ?

— Après-demain. Robert vient nous chercher avec son bateau. J'emporte tout ce que je peux

je me suis approché pour l'embrasser sur la joue et lui souhaiter bonne chance, et elle en a profité pour me serrer contre elle, m'enlaçant comme si j'étais son amant, comme si nous avions passé un an à coucher ensemble, j'ai senti ses seins qui s'écrasaient contre ma poitrine et réveillaient en moi de vieux désirs, et machinalement ma main a glissé le long de son dos, et puis s'est arrêtée au creux des reins, incapable d'aller plus loin

était-ce ce que Chloé espérait ?

que je la caresse au-delà de ce que permet l'accolade de deux êtres qui ont à peine fait connaissance ?

un temps j'ai cru qu'elle demeurait dans cet espoir, parce qu'elle ne se décidait pas à reprendre les distances qu'habituellement elle imposait entre son corps et le mien, j'entendais son souffle contre mon oreille, et les ronflements du feu, et les protestations de la poule qui nous picorait les jambes

mais je ne me sentais pas capable de bander assez longtemps pour la satisfaire, et j'ai préféré saisir ses hanches et les éloigner de moi, éloigner son ventre, éloigner ses seins

— Je viendrai, c'est promis

elle a fixé mes pupilles, et puis ma bouche qui avait prononcé des mots qu'elle n'avait peut-être même pas entendus, comme si rien ne pouvait la distraire de l'unique question qu'elle avait en tête, pourquoi n'avais-je pas eu le désir de prendre le corps qui m'était offert ?

— C'est ce que vous me dites planté là devant moi, mais c'est une promesse que vous allez vite oublier

— Qu'en savez-vous ?

— Je sais que vous n'en faites qu'à votre tête

elle a reculé d'un pas, et puis de deux, et à la fin s'est retrouvée au milieu de la cour

— Joan et Hugo vous aiment bien, vous savez

m'a-t-elle lancé, avant de quitter la cour et de s'enfoncer dans la nuit argentée de l'île

— Moi aussi je les aime bien.

•

Ils sont partis un jour de plein soleil, ont embarqué sur le bateau de Robert, et se sont éloignés en agitant la main dans ma direction

les reverrais-je ? rien n'était moins sûr

j'ai marché le long du quai en observant la maison de Chloé, aux volets clos à présent, tout comme étaient clos les volets des autres maisons, en entendant claquer les semelles de mes souliers sur le ciment raboté par le vent de mer j'ai pensé qu'il ne demeurait plus sur l'île qu'un habitant, et cet habitant c'était moi, Théo Gracques, revenu des limbes d'un sommeil de plomb par je ne sais quelle voie et au bout de je ne sais combien de temps, et réfugié pour le meilleur et pour le pire, sans doute pour le pire puisque rien ne sert de croire en quoi que ce soit, entre les quatre murs d'une maison qui m'avait ouvert sa porte avec la bienveillance des maisons abandonnées que les saisons condamnent à tomber en ruine

et rentrant sans hâte par le chemin du bois de pins, j'ai fait halte dans la clairière aux créatures et sifflé un long moment avant qu'elles ne décident de se montrer, l'heure était incongrue pour elles et leurs yeux rouges que la lumière du jour semblait blesser, tapies dans les ombres les plus denses des arbres elles ont penché la tête en se demandant ce que j'allais bien pouvoir leur dire

— Je suis seul

leur ai-je annoncé

— Je suis le seul être humain qui reste vivre sur cette île

et j'ai vu l'une d'elles braver soudain les rayons du soleil qui traversaient les branches des arbres et s'avancer vers moi avec une détermination qui ne ressemblait en rien aux mouvements habituels de ces créatures, essayait-elle de me faire peur ? voulait-elle me chasser ? chasser le dernier habitant d'une île où l'homme en fin de compte n'était pas le bienvenu ?

elle était maintenant à deux mètres de moi

— Je n'ai pas peur

lui ai-je dit, et répété

— Je n'ai pas peur

elle a continué d'avancer, la lumière rouge de ses yeux s'est éteinte et elle m'a traversé de part en part comme un souffle glacé

je me suis senti frissonner, inexplicablement mon cœur s'est arrêté de battre, et sous la voûte de mon crâne des râles sortis de gorges tranchées ont résonné douloureusement, se heurtant aux parois de ma boîte crânienne, cherchant à la disloquer

échos d'un temps que je croyais révolu

et puis tout est rentré dans l'ordre, et de ce dérèglement des sens il n'est plus resté qu'un vague, très vague essoufflement de la poitrine, sans doute avais-je fermé les yeux car en les rouvrant je me suis retrouvé seul au milieu de la clairière, seul et les bras tendus vers je ne sais quoi, vers ce vide de l'ombre et de la lumière au-devant de moi

qu'essayais-je d'atteindre ?

bien incapable de répondre à la question, j'ai préféré quitter au plus vite le bois de pins, et sans me retourner j'ai marché d'un bon pas jusqu'à chez moi, ouvrant et refermant la porte avant que la poule n'ait le temps d'entrer, et allant aussitôt m'allonger tout habillé sur le lit, et enfouissant le visage au plus profond des oreillers

calme-toi, Théo.

•

À mon tour de raconter. L'appartement de Robert était sous les toits d'un immeuble qui avait été dévasté par les eaux jusqu'au premier étage et réparé avec les moyens du bord, comme à peu près tous les autres immeubles du vieux port. Il était vaste, trois chambres donnaient sur l'arrière. Et les portes-fenêtres du salon et de la cuisine ouvraient sur les quais, le désordre des bateaux de pêche, et à droite sur les îles qui bouchaient l'horizon du golfe. Robert avait vécu ici très longtemps avec sa fille. Et puis sa fille avait été emportée par les crues, et Robert s'était retrouvé seul dans cet appartement. Il y vivait comme vivent les vieux dans des appartements trop grands pour eux, se contentant d'une chambre et de la cuisine, et laissant à l'abandon les autres pièces, qui lui étaient inutiles puisqu'il passait les trois quarts de son temps à la cabane où il réparait des moteurs de bateau. En arrivant il m'a donc fallu nettoyer et ranger le salon, aménager avec nos affaires les deux chambres dans lesquelles nous allions vivre à présent, moi dans le lit matrimonial de la chambre bleue, Hugo et Joan dans les lits jumeaux de la chambre rose. « Maman, on va rester longtemps ici ? — Je n'en sais rien. » Et c'était vrai que je n'en savais rien. Les avions de chasse dans le ciel, les drones, les tanks aux carrefours des rues, les patrouilles de la milice, tout ce remue-ménage empêchait d'y voir clair, de se projeter dans un avenir qui paraissait avoir été confisqué par les ambitions d'une Générale-Présidente nommée Julie Faten Lelamer. Mais que faire pour échapper au régime ? Les premiers jours je me suis méfiée. Je ne sortais que pour aller au supermarché. J'achetais du vin, des pâtes, du riz, des conserves ; pas de légumes ni de fruits parce que les rayons étaient vides. Et je rentrais au plus vite avec mes cabas, tête basse, essayant d'imiter le comportement soumis de tous ceux que je croisais. Et puis à la fin de la semaine, en passant devant un kiosque, j'ai vu à la une des journaux le portrait-robot d'une femme coiffée d'un bonnet qui était recherchée activement pour avoir assassiné quatre miliciens avec une arme à feu. Je me suis approchée du présentoir. Le portrait-robot ne permettait pas de se faire une idée très précise de la personne, mais en y regardant de plus près la femme avait quand même quelque ressemblance avec moi. J'ai acheté le journal et suis rentrée à l'appartement. « Robert ? » Il était dans la cuisine en train de préparer des crêpes pour les enfants. J'ai lancé le journal sur la table. « Jette un œil à la première page ! » Il s'est retourné, a observé dans le détail le portrait-robot. « Il faudrait être vicieux pour faire le rapprochement avec toi, a-t-il conclu en revenant à ses crêpes. — Mais ils le sont, Robert. Vicieux au point d'espérer qu'avec ce portrait diffusé dans la presse ils auront à leur disposition des centaines de dénonciations. Et ils ne vont pas se gêner pour arrêter et questionner à leur manière les centaines de femmes prises au piège. Ils relâcheront celles qui pourront prouver leur innocence. Mais les autres ? » Robert s'est essuyé le front d'un revers de manche, ensuite il a plongé ses yeux tristes dans les miens en attendant la suite de mon raisonnement. Je me suis assise sur une chaise, cachant dans mes poches le désarroi de mes mains. « Moi, par exemple, si je suis arrêtée, qu'est-ce que j'aurai à leur dire pour ma défense ? — Qu'à ce moment-là tu n'habitais pas Saint-Gabriel. — Et si quelqu'un nous a vus débarquer, Théo et moi ? Et si la caissière du supermarché se souvient d'avoir vu passer à sa caisse un homme accompagné d'une femme portant justement un bonnet ? » Robert a haussé les épaules. « Évite de sortir. — C'est impossible, Robert, tu le sais bien. Ça me rendrait vite folle. — Alors il ne te reste plus qu'à quitter ce foutu pays. Je te donnerai de l'argent si tu en as besoin. — Et je fais comment ? Tout départ est soumis à l'approbation de l'Agence des entrées et des sorties. » Nous sommes demeurés un moment silencieux, nous demandant chacun dans quel monde infernal la France avait fini par basculer. Prise de vertige, je suis allée m'accouder à la rambarde du balcon dans l'espoir de voir s'accomplir quelque miracle. Mais rien n'est venu chasser mon angoisse, bien au contraire, j'ai vu soudain un camion militaire foncer dans la vitrine du bar de la Marine, et des miliciens descendre, mitraillette à la hanche, et s'engouffrer en poussant des cris dans la salle, une rafale a figé de peur les bateaux amarrés et les mouettes rieuses, des hommes et des femmes se sont enfuis sans se retourner, il n'est plus resté que l'activité des quelques voitures qui montaient ou descendaient le boulevard à leur vitesse habituelle parce que les chauffeurs n'avaient rien vu ni entendu, ou bien ne voulaient rien voir ni entendre. Et comme il fallait s'y attendre les miliciens sont ressortis en traînant par les cheveux le propriétaire et sa femme qui se débattaient comme des diables en criant leur innocence, comme si de crier son innocence servait à quelque chose. « Robert, viens voir. » Il est arrivé au moment où le chef milicien, qui en avait marre des cris, entaillait d'un violent coup de crosse le front de l'homme. « Les rafles sont devenues quotidiennes. Et ça nous menace tous, hommes, femmes, qu'ils soient jeunes ou vieux importe peu, même les enfants sont menacés. » Dans le silence qu'avait imposé le coup de crosse le camion est reparti avec ses deux prisonniers, a fait demi-tour au bout du quai, et en revenant il s'est une nouvelle fois arrêté devant le bar de la Marine, le temps qu'un milicien mitraille la façade et l'enseigne. Et puis le camion s'est éloigné dans les éclats de rire et le trépignement satisfait des bottes. Robert a posé la main sur mon épaule. « Rentrons », a-t-il dit, le front barré de rides. Hugo et Joan qui avaient dû entendre la rafale de mitraillette sont sortis de leur chambre et se sont précipités à notre rencontre. Joan a passé ses bras autour de ma taille. « Qu'est-ce qui s'est passé, maman ? — Rien, un fou a brandi une arme et tiré dans les nuages. » Hugo m'a regardée de travers, avant de sortir sur le balcon pour vérifier si ce que je racontais était vrai. « Je ne vois rien », a-t-il crié. Je l'ai rejoint, lui ai tendu une crêpe. « C'est normal, il a tout de suite été arrêté par la police. » Occupé à mastiquer sa crêpe, il observait les quais, les immeubles, les mâts des bateaux ondulant contre le ciel, la circulation prudente des gens essayant d'oublier ce qui s'était passé. « Pourquoi tu me mens, pourquoi depuis qu'on est arrivés tu mens à ma sœur et tu me mens à moi ? — Mais je ne mens ni à toi, ni à ta sœur. — Oh si, tu nous mens. Tu essayes de nous faire croire que tout va bien, alors que tout va mal. On n'est pas aveugles, tu sais, on a des yeux. Et on voit les soldats, et on voit les chars, et on entend jour et nuit les rafales de mitraillette. — Peut-être que je vous mens un petit peu. — Pas qu'un petit peu. » Retourné à la cuisine, Robert a fait tinter une cuillère contre un verre, et dans ce son de cloche improvisé il nous a ordonné de venir manger au plus vite ses crêpes qui étaient chaudes, mais qui ne le resteraient pas longtemps. « Allez, dépêchez-vous ! » Hugo et Joan ont franchi en même temps la porte de la cuisine, et ne pouvant faire autrement je les ai suivis.

•

Un matin trois bateaux se sont approchés de l'île, des sortes de cargos sur le pont desquels je distinguais très nettement des soldats en armes

Chloé m'avait donné ses jumelles avant de partir, et en demeurant à bonne distance, juché sur les branches hautes d'un arbre, c'est avec cette paire de jumelles que j'ai observé toute la journée les manœuvres de l'armée qui a débarqué une quantité impressionnante de caisses et de matériel, et puis qui a forcé les portes des maisons à coups de hache et s'est installée dans les meubles de ceux qui avaient fui

c'était la première étape

ensuite des ouvriers sont arrivés pour construire le camp, des centaines d'ouvriers qui travaillaient sous le contrôle des soldats dont les armes automatiques étaient pointées en permanence sur eux

et en quelques semaines j'ai vu se dresser à la pointe nord de l'île des miradors hauts d'au moins dix mètres qui dominaient les quatre coins d'un champ arasé où pas la moindre végétation n'avait été épargnée

sorte de no man's land

autour duquel une double rangée de barbelés marquait des limites difficilement franchissables

sorte de stalag concentrationnaire de triste mémoire

et le travail une fois terminé d'autres ouvriers ont pris la relève et se sont appliqués à planter les unes à côté des autres des tentes militaires sur à peu près la totalité du camp, ne laissant vide qu'un espace central d'environ cent mètres carrés où des plombiers ont installé une rangée de robinets d'eau, des latrines et deux auges en ciment

chaque soir je redescendais de mon arbre un peu plus déprimé, ce que je voyais se construire confirmait les dires de Chloé, et je commençais à comprendre que ma position serait vite intenable si un jour la curiosité d'un soldat l'amenait à découvrir qu'un individu habitait une masure à l'autre bout de l'île, un louche individu qui avait pour seule compagne une poule, ne serais-je pas soupçonné d'être un espion ? de chercher les preuves de la barbarie du régime ? il me fallait être prudent, et j'ai décidé de glisser en permanence dans le ceinturon de mon pantalon le revolver qui m'avait servi à tuer le milicien et que feras-tu si un soldat se présente à ta porte ? tu lui tireras dessus ? ou tu l'égorgeras avec un couteau de cuisine ? parce que ça te connaît, les égorgements au couteau, n'est-ce pas ?

le printemps avait remplacé l'hiver, les jours s'allongeaient, l'île tout entière s'était couverte d'une herbe grasse et de fleurs, des oiseaux qui avaient disparu depuis le mois de décembre étaient revenus se percher dans les arbres et volaient en bandes aux heures de soir

— Dégage, la poule !

je la chassais lorsque je la voyais s'intéresser d'un peu trop près à mon potager qui s'était réveillé lui aussi, pommes de terre, radis, carottes, salades sortaient de terre, et les plants de tomates commençaient à grimper le long des échalas

le soir j'allais marcher sur le sentier qui longeait la mer, et j'accrochais toujours à mon cou les jumelles qui me servaient à observer les lumières de Saint-Gabriel que je voyais s'allumer et briller dans le crépuscule du golfe, et trembler et dériver comme des lucioles affolées lorsque la nuit venait, inquiet je promenais mes jumelles le long de ce que j'imaginais être le boulevard du front de mer, fouillais le fatras amoncelé des fenêtres qui découpaient dans les ténèbres des carrés plus ou moins phosphorescents, tentais de deviner derrière quelle façade s'était réfugiée Chloé, à quelle fenêtre Hugo et Joan étaient accoudés, leurs yeux de lynx suivant le contour accidenté de l'île qui se découpait contre le ciel, pensant peut-être à moi, et surtout aux créatures qui peuplaient le bois de pins et qu'ils avaient vues, de leurs yeux vues, un de ces soirs semblables à celui-ci, et qu'ils ne seraient pas près d'oublier, parce que ce n'est pas tous les jours qu'on rencontre au coin d'un bois des créatures pareilles, des yeux rouges aussi tristement doux et profondément désolés je rentrais de ces promenades le souffle coupé par des constrictions incontrôlables de la gorge et de l'abdomen, quelque chose avait changé, je ne savais pas quoi, quelque chose qui alourdissait les obscurités de la nuit, qui pesait d'un poids nouveau sur ce qui était chair, ou tout au moins sur ce qui en restait, moi, une poule, et des lapins qui ne sortaient plus guère de leur trou

c'était le camp, les sentinelles de ses miradors qui se découpaient contre le ciel comme des gardes-chiourmes, c'était ce foutu camp de prisonniers vide pour le moment de tout occupant qui imposait une sorte de loi du plus fort, un changement de perspective auquel rien ni personne n'avait le courage de s'opposer

qu'allait-il advenir d'irréversible ?

je n'osais répondre, me réfugiant derrière mes derniers aveuglements, mais un matin du mois de juin, perché dans l'arbre et armé de mes jumelles, j'ai vu arriver un bateau chargé d'hommes et de femmes au crâne rasé, portant tous des espadrilles et des combinaisons de toile orange guantanamo

je devais apprendre plus tard que cet orange était devenu par la volonté de la Générale-Présidente la couleur des traîtres au régime

et donc ce matin-là une centaine de traîtres au régime ont débarqué sur le quai de l'île et ont été conduits au camp, et répartis dans les tentes militaires quatre par quatre, hommes et femmes mélangés, demeurant jusqu'au soir sans manger et sans boire sous le contrôle des miradors

sans doute ont-ils été nourris à la nuit tombante, mais j'avais quitté mon poste d'observation et ne peux donc l'affirmer

c'est le lendemain que j'ai entendu les premiers cris, et ces cris de la chair torturée montant tout éraillés dans le ciel bleu épouvantaient les oiseaux qui s'enfuyaient par bandes, cap vers des cieux plus cléments, aussitôt remplacés par des corbeaux venus du continent et attirés par l'odeur du sang des victimes qui retournaient au camp sur des brancards, souvent inconscientes

changeant de poste d'observation, j'ai découvert que les salles de torture avaient été aménagées dans les maisons abandonnées, dans celle de Chloé en particulier où un homme maigre en tenue de jogging, et qui semblait être le chef de la dizaine de tortionnaires œuvrant jour et nuit, recevait le prisonnier pour un premier interrogatoire, de mon perchoir je l'entendais hurler des insultes, menacer des pires tortures, et puis comme je l'imagine le prisonnier étant bien incapable de répondre aux questions qui lui étaient posées, il ressortait encadré par deux soldats et était conduit dans une autre maison équipée d'instruments autrement redoutables, et là, durant des heures, il subissait sur et dans son corps les pires supplices jusqu'à ce qu'il s'évanouisse ou que son cœur lâche, et alors au lieu de ramener sur un brancard le prisonnier au camp, les tortionnaires l'enroulaient dans un drap, attachaient un parpaing à ses chevilles et le balançaient à la mer en ricanant, parce qu'il fallait bien ricaner pour se détendre, après avoir sué sang et eau sur un corps offert à toutes les manipulations imaginables

dès lors, je n'ai plus été tranquille, de jour comme de nuit j'entendais, ou croyais entendre, les cris d'épouvante de celles et ceux qu'on torturait sans relâche, parce qu'il était bien entendu que le camp ne devait pas avoir été construit pour rien, que des renseignements de la plus haute importance sur les ennemis du régime devaient être collectés très vite afin de mettre un terme au foutoir d'une insécurité que la Générale-Présidente considérait comme une inadmissible menace à l'omnipotence de sa fonction et dormant mal, ou ne dormant plus du tout, j'ai commencé à penser qu'il me faudrait quitter l'île, qu'il ne me serait pas possible comme je le croyais de supporter très longtemps ces cris, la nuit je me réveillais en sursaut, sautais au bas du lit, sortais pieds nus dans la cour parce que c'était le mois de juillet à présent, que l'air était doux sous la lune, et plus que doux, caressant, parfumé, gonflé de vie, je croyais avoir fait un mauvais rêve, et puis soudain un hurlement déchirait les ténèbres de l'île tout entière, et c'était comme si le ventre de cette terre si familière était en train d'agoniser, massacré par le fer de quelque sabre déchaîné

Aaaaaaaaaaah !!!!!!

des frissons me parcouraient le dos, et je comprenais que ce n'était pas un mauvais rêve que j'avais fait, mais que par les fenêtres ouvertes étaient entrées jusque dans ma maison les plaintes des victimes de Julie Faten Lelamer, mes jambes flageolaient, je claquais des dents, rentrais me mettre à l'abri, fermais porte et fenêtres

Aaaaaaaaaaaaaaah !!!!!!

me réfugiais sous les couvertures en me bouchant les oreilles, mais c'était dans mon corps que les hurlements étaient entrés, dans ma tête d'abord avant d'irradier dans tous mes membres et de tourner en rond comme mille toupies au milieu de ma cage thoracique, et rien n'aurait pu les chasser si ce n'est deux ou trois verres d'alcool, mais la bouteille de whisky rapportée du supermarché n'avait pas résisté longtemps à mes nuits de cafard, et je n'avais plus rien pour me calmer les nerfs

il me fallait attendre la pause que l'équipe de tortionnaires s'accordait aux environs de deux heures du matin, une pause qui se prolongeait jusqu'à huit heures, parce que j'imagine qu'ils éprouvaient tous le besoin de souffler, de se laver des souillures de la journée, sang, humeurs et autres matières organiques du corps supplicié, et de dormir après s'être branlés un bon coup en pensant aux femmes qui les attendaient sur le continent, les espéraient près d'elles avant la fin de l'été, amants ou maris qui étaient restés bien vagues sur la mission de deux mois qu'ils avaient à accomplir sans pouvoir ne serait-ce qu'un week-end retourner chez eux

qu'en sais-tu, Théo ? pourquoi te crois-tu autorisé à raconter l'irracontable ? alors que tu ne connais rien de la vie de ces tortionnaires

j'avais donc six heures de répit, six heures d'un silence qui n'avait plus de profondeur, qui demeurait en surface de toute chose, aussi fragile qu'un morceau de verre, et qui ne manquait pas de se briser à huit heures pile lorsque le premier tortionnaire appliquait son fer à repasser chauffé au rouge sur la plante des pieds du premier homme réveillé à coups de lattes dans les côtes et traîné manu militari du camp de toiles aux antres du diable, comme disaient les prisonniers en montrant du doigt les maisons, et déshabillé, et immobilisé au moyen d'anneaux fixés dans la planche qui servait de table

qu'en sais-tu ?

j'imagine

j'imaginais ça, et bien d'autres choses, arrivant à la conclusion que ces femmes et ces hommes n'avaient d'autre échappatoire que de mourir le plus vite possible

et pour ne pas devenir fou j'avais confectionné des sortes de boules Quies avec des bouchons de liège retaillés aux dimensions du trou de l'oreille, et quand je n'en pouvais plus de tout ça, je veux dire de ce que je voyais, que j'entendais, et que j'imaginais, qu'il soit midi ou huit heures du soir, je m'allongeais sur le lit comme quelqu'un qui pourrait ne jamais se relever, enfonçais les bouchons dans mes oreilles jusqu'à ce que je n'entende plus rien, si ce n'était cette espèce de bourdonnement liquide qu'à dix ans je prenais pour le bruit de la mer, et je fermais les yeux, et j'essayais de trouver le sommeil.

•

Un soir, alors que le soleil disparaissait à l'horizon et que les ténèbres allongeaient des ombres écailleuses de pachyderme autour des murs de la maison, je suis allé m'asseoir dans les restes d'herbe sèche, de folle avoine et de chardons, profitant du silence d'un jour où je crois bien que les bourreaux étaient en congé puisque je n'avais entendu aucun cri, et écoutant le chant paisible et immuable des grillons d'été

et me disant : il faut partir, puisque tu n'as plus le choix, il faut partir

dans les traces que le jour en fuite laissait aux quatre coins du ciel, il m'est alors venu la question lancinante de la direction à prendre : aller où ? j'avais passé l'âge des errances, des routes parcourues dans la fièvre, et puis ne savais-je pas qu'il ne fallait plus compter sur ces ailleurs préservés qui m'avaient fait rêver ? que la planète s'était cassé la gueule et ne s'en remettrait pas ?

j'étais si préoccupé que d'abord je n'ai pas voulu croire à son apparition, alors elle a quitté le massif de romarin derrière lequel elle montrait sa tête pour s'avancer d'un mètre et planter ses yeux rouges dans les miens, j'avais l'impression de reconnaître la créature qui m'avait traversé l'autre jour, traversé et chassé du bois de pins

— Qu'est-ce que tu me veux encore ?

ses yeux qui ne cillaient pas sont demeurés braqués sur moi, comme s'ils cherchaient une seconde fois à me faire peur

— Ce que j'ai fait ne te donne pas le droit de me juger

et pour la première fois ses yeux se sont fermés, et puis rouverts

— De me condamner, puisque je suis devenu un autre homme, un homme normal qui a purgé sa peine en étouffant le monstre tapi en lui sous la chape de plomb d'un coma qui a pu durer dix, quinze ans, peut-être plus, je ne sais pas très bien

fermés à nouveau, et rouverts

— Tu n'es pas d'accord, c'est ça que tu cherches à me dire, que vous autres créatures n'êtes pas d'accord et ne pouvez absoudre des crimes aussi terribles, que le mal est encore en moi comme une plaie d'Égypte, et qu'il a déjà contaminé la totalité de l'île en offrant l'hospitalité à des monstres tortionnaires

sa tête s'est inclinée vers l'avant

— Sois rassurée, ma décision est prise : je partirai dans quelques semaines

à présent les ténèbres nous enveloppaient dans une espèce de linceul sacrilège, et au ciel brillaient des feux qui n'avaient rien d'humain, qui se tenaient à des millions d'années-lumière de l'homme et de ses manigances

rien n'est plus inaccessible que ce qui nous entoure

et il m'a semblé alors que la créature se rapprochait de moi, ses yeux enflammés se sont arrêtés à quelques centimètres de mes yeux, cherchant à savoir quoi ? et durant une bonne minute ils m'ont fixé, pendant que la flamme qui les animait perdait de son éclat, comme soulagée de quelque poids, et retrouvait la douceur des premières rencontres, j'ai senti que quelque chose m'effleurait le front, quelque chose qui ressemblait à une absolution, sans en être une puisqu'il n'était pas dans sa nature de me pardonner quoi que ce soit, ensuite la créature a poussé une sorte de soupir, s'est redressée avant de s'en aller ombre parmi les ombres rejoindre les profondeurs du bois de pins je suis demeuré longtemps sans pouvoir bouger ne serait-ce qu'un doigt, pris dans les filets d'une sorte de pouvoir ni maléfique ni bénéfique, un pouvoir étrange qui me poussait à voir le monde la tête en bas

je ne trouve pas d'autre explication

et lorsque j'ai fini par comprendre qu'il me suffisait d'actionner les muscles de mes jambes pour me retrouver debout, je l'ai fait, j'ai déplié les jambes, les ai plantées toutes droites dans les restes d'herbe, de folle avoine et de chardons, et d'un pas de somnambule je suis retourné à la maison, ai fermé la porte derrière moi, me suis assis à la table en prenant ma tête entre mes mains qui ne tremblaient pas

qui ne tremblaient même pas

mais qui bien au contraire avaient hâte d'empoigner un stylo, un crayon, n'importe quoi, et d'ouvrir l'agenda, et de chercher une page blanche, alors j'ai craqué une allumette, allumé une bougie, et à la flamme de cette bougie j'ai commencé à écrire

NEW MEXICO
X

——————— *Raconte-moi*
Nous sortons de Las Cruces comme des voleurs
Avec l'envie de crier
Qu'on se fout du monde
Notre coffre est plein de bouteilles de bière et de bourbon
Et tant mieux si ça ne nous a rien coûté
J'ai le dos en sueur et les yeux qui brûlent
C'est bon signe
J'appuie à fond sur la pédale de l'accélérateur

La Plymouth se cabre, lance ses huit cylindres dans la descente interminable
Double un camion énorme emporté lui aussi par la vitesse
De ses dix-huit roues gonflées à bloc
Et qui enragent, et qui beuglent, et qui meuglent
BRRROAUEUEUMMM !!!! ROOOOUUUUWRSCH !!!!!
L'éructation enrouée de son klaxon nous salue deux fois
Je lui réponds en brandissant le poing par la portière
Et Léonore qui a baissé sa vitre
Se penche au-dehors et envoie au chauffeur un baiser

Pris dans le vent de cette vitesse
Ses cheveux s'envolent, sa tête se déforme

Un instant il me semble que tout son corps va basculer
Aspiré par la toute-puissance du vent
Qu'il va se laisser dévorer
J'accélère encore
Mais l'aiguille du compteur bloquée sur le 120 ne m'obéit plus
Le volant, les portières et la carrosserie sont pris de tremblements
Nous-mêmes tremblons de tous nos membres
Et rions à gorge déployée
Sans que nous trouvions autre chose à faire que de nous moquer
De nos fronts en sueur, de nos mains moites, de nos yeux écarquillés, de nos cœurs
Je veux dire de nos cœurs qui battent de peur
Cramponnée à mon bras Léonore attend l'accident
Puisqu'elle est sûre que la Plymouth n'atteindra pas le bas de la pente
Que ses quatre roues vont finir par se jeter contre un arbre

Ou déraper, partir en tête-à-queue, exécuter une série de tonneaux
Avant que la carrosserie n'explose et ne disparaisse dans les flammes

Pris dans les rets de cette peur
Sa bouche est encore plus belle et ses yeux plus beaux

Mais par je ne sais quel miracle la Plymouth s'en sort
Atteint sans dommage la vallée aux mesquites
Et nous saluons les néons du dernier motel
Et filons entre les sables d'un désert de rocailles
Sans avoir aux trousses ni motos ni voitures de police
Oh, chante avec moi !
——————— *Que je chante ?*
Oui, avec moi
Je mets la radio au moment où Billy Paul entonne Me and Mrs. Jones
Alors nous chantons en chœur
ME AND MRS. JONES, WE GOT A THING GOING ON
WE BOTH KNOW THAT IT'S WRONG
Hurlant plus fort que la radio
Qu'est-ce que ça peut faire
Puisque nous sommes à peu près seuls au monde
ME, ME AND MRS. JONES, MRS. JONES, MRS. JONES
La poussière qui entre par les portières
Le soleil qui incendie le capot
L'aveuglante lumière et la chanson, tout nous donne soif
J'attrape dans la glacière une Schlitz
La décapsule
——————— *Théo ?*
Je secoue la tête, ai peur de ce qu'elle va me dire
——————— *Théo, raconte-moi*

Te raconter quoi ?
——————— *Tes virées en barque avec ton grand-père*
Je te les ai racontées cent fois
——————— *Ça fait rien*
La poussière qui entre par les portières, le soleil qui incendie le capot
Est-ce que ça ne lui suffit pas ?
L'aveuglante lumière
Est-ce que ça ne lui suffit pas ?
Tu veux bien me donner une autre Schlitz
Je balance la canette vide par la portière, éteins la radio
——————— *Je te l'ouvre ?*
Et comme je secoue la tête elle tire sur la languette
Et envoie un jet de bière fraîche sur le pare-brise
Yah !!! Yahou !!!
J'attrape la boîte, en vide la moitié
——————— *Alors, Théo, tu me racontes ?*
Mais avant je finis ma bière, appuie à fond sur l'accélérateur
Yahou !!!
L'envoie rejoindre l'aveuglante lumière qui nous fuit
——————— *Alors ?*
Te souviens-tu de cette barque que mon grand-père avait baptisée L'Estrela *?*
De sa coque peinte en jaune et vert, et de son pavillon breton ?
——————— *Bien sûr que je m'en souviens*
Je secoue la tête en regardant Léonore du coin de l'œil
J'ai chaud, mais la bière est en train de me refroidir les intestins
On était dans L'Estrela *comme on est dans la Plymouth*
Heureux parce qu'à l'abri du monde
En fuite dans ses marges, dans ses chemins de traverse

Prêts à se perdre pour de bon
À oublier l'affreuse maison au bord de l'océan
—————— La maison de tes grands-parents ?
Oui, celle où mon grand-père et ma grand-mère vivaient
Douze mois de l'année sur douze
Et que mon grand-père fuyait dès qu'il en avait l'occasion
En décrochant sa barque attachée comme un animal à la bitte du quai
Et en la menant à grands coups de rames dans le plein du vent et de la lumière
De la lumière si vive de l'océan
Oh, morpion ! tu viens avec moi ?
Il ne fallait pas me le répéter deux fois
Je sautais dans la barque
Attrapais mon grand-père par la corde de son pantalon
Pour ne pas tomber par-dessus bord
M'affalais sur le tas de bouées qui occupait la poupe
Et nous filions, grand-père et moi, en direction du large
Suivis comme notre ombre par les mouettes pillardes
Et les ailes joyeuses du grand cormoran
—————— Qu'est-ce que c'est, une mouette pillarde ?
Léonore, ne pose pas de questions
Navigateur, je partais à la conquête des Indes
De l'Amérique, ou de cette Afrique noire peuplée d'éléphants
J'allais sabrer les barbares, construire des routes et des écoles
Édifier des monuments à la gloire de nos capitaines
Devenir le roi de Patagonie ou du Congo-Brazzaville
Et j'étais bien sûr de ne retourner en France que couvert de gloire
Bientôt la barque se perdait dans le silence de la haute mer
De l'horizon dégagé, du ciel débarrassé de la terre

Et mon grand-père sortait les cannes à pêche
Accrochait les appâts aux hameçons
Lançait par-dessus bord les lignes
Ouvre l'œil, morpion, c'est le moment !
L'œil je l'ouvrais aussi grand que je pouvais
Tout en dévorant un sandwich au poulet
Un autre au camembert
———— *Et vous attrapiez beaucoup de poissons ?*
On n'en attrapait aucun
Parce que mon grand-père était un très mauvais pêcheur
Un pêcheur d'opérette, comme disait ma grand-mère
Mais ça n'avait pas d'importance
Puisque ce qui nous intéressait après avoir mangé, c'était de faire la sieste
Allongés dans la barque, un chapeau de paille sur la tête
Nous dormions comme des bienheureux une heure durant
Lui vautré sur les cordages
Moi la tête sur son ventre
À écouter le gargouillis de son estomac en pleine digestion
Bercés par le mouvement de l'eau et celui du soleil
Nous aurions pu dormir des siècles
Si une mouette perchée sur la rame ne s'était pas décidée à nous réveiller
CRAO ! CRAOO !
J'ouvrais les yeux sur le ciel tendu comme un drap au-dessus de ma tête
Sous mon chapeau de travers j'avais le front en sueur, les yeux brûlants
La bouche sèche
Et le poisson, morpion, s'est-il laissé prendre ?

Mon grand-père se redressait
Attrapait les cannes à pêche pour voir ce qu'il y avait au bout
Mais au bout de la ligne il n'y avait jamais rien
Jamais
Qu'est-ce que ça pouvait faire ?
On rentrait à la rame sur le dos arrondi de la mer
Qui ne nous voulait que du bien
On s'est bien fendu la poire, morpion !
S'exclamait mon grand-père
N'est-ce pas qu'on s'est bien fendu la poire ?
C'était son expression, qu'il disait et qu'il répétait sur le chemin du retour
En pagayant comme un fou de Bassan
Oui, grand-père, on s'est bien fendu la poire
On n'avait pas vu le Congo-Brazzaville
Pas plus que la Patagonie
Mais on avait vu ce que ma grand-mère et ma mère ne voyaient jamais
————— Qu'est-ce que vous aviez vu, Théo ? dis-moi ce que vous aviez vu
Je ne sais plus
————— Pourquoi tu ne sais plus ?
Oh, Léonore...
Et pendant que la poussière entre par les portières, et que le soleil incendie le capot
Nous cherchons à savoir
Ce que mon grand-père et son morpion de petit-fils
Pouvaient bien avoir vu que nous ne sommes plus capables de voir.

j'ai rangé l'agenda, regardé d'un cœur angoissé et battant la chamade les alentours, et n'ai pensé trouver d'autre échappatoire à cette angoisse que dans une activité quelconque de tout le corps, mais laquelle ? laquelle, bon sang ? en désespoir de cause j'ai traversé la pièce, et croyant me débarrasser à bon compte de la menace qui pesait sur moi je me suis accroupi devant la cheminée, ai rassemblé le reste de brindilles sur lesquelles j'ai calé trois bûches, avant de craquer une allumette

Qu'est-ce que vous aviez vu, Théo ? dis-moi ce que vous aviez vu

hautes d'un mètre les flammes ont très vite envahi la pièce, inondant d'une vive lumière les murs et les meubles qui se tenaient figés dans ce silence douloureux imposé par les bourreaux du camp

mais ça n'a pas suffi

Qu'est-ce que vous aviez vu, Théo ?

d'un bond je me suis retrouvé dehors, j'étais fou, j'avais besoin d'évacuer si ce n'était la totalité du moins une bonne partie de cette folie qui me faisait battre le cœur et trembler les membres, j'ai d'abord couru autour de la maison, la poule entre les jambes, tournant et tournant encore, tout en observant d'un œil suppliant les insouciants panaches de fumée qui sortaient du conduit de la cheminée, et comme je n'en pouvais plus de tourner en rond pendant que la fumée montait au ciel, j'ai fini par bifurquer dans le sentier et par dégringoler la pente en poussant des cris d'orfraie jusqu'à la mer

mais ça n'a pas suffi

alors je me suis débarrassé de mon pantalon et de mon tee-shirt Country Joe and the Fish, je veux dire de ce putain de vieux tee-shirt américain qui avait fait son temps à une autre époque et que j'avais récupéré dans quelque surplus de Saint-Gabriel, et nu comme un ver j'ai plongé dans les obscurités abyssales de la mer qui n'attendait que mon plongeon pour s'illuminer des mille éclats que la lune en train de se lever éparpillait à sa surface

rien n'est plus inaccessible que ce qui nous entoure

et c'est en désespoir de cause, titubant comme oblige à tituber l'ivresse de ce désespoir-là, que j'ai rejoint la maison, m'arrimant enfin à la table, et m'y incrustant, et soufflant une haleine de crevard, pendant que mes mains pas si bêtes rouvraient cet agenda de malheur

ARIZONA
X

J'ai fumé plus qu'un paquet de cigarettes
Pendant que tu dormais dans ce motel peint en rose
Et dont j'ai oublié le nom
À présent tu me regardes
Mais tes grands yeux réveillés sont encore tout pleins d'ombres
—————— Tu as lu ?
Non
—————— Pourquoi ?
Qu'est-ce que tu veux que je lise ?
—————— Je ne sais pas moi
Tu vois
Qu'est-ce que tu veux que je lise ?
Ça ne me sert plus à rien de lire
Les livres c'est pour ceux qui font confiance
—————— Et toi, Théo, tu ne fais plus confiance ?
Non
Devant la fenêtre de notre chambre

Un cactus projette son ombre
Une ombre en croix de mauvais augure
Je vais prendre dans la glacière notre dernière Budweiser
Non, Léonore, je ne fais plus confiance
————— C'est pour ça que tu ne veux pas garder l'enfant que j'ai dans le ventre ?
Tu es vraiment enceinte ?
————— Évidemment
Moi qui croyais que tu plaisantais
Un oiseau posé sur le rebord de la fenêtre nous regarde
Son œil inquiet va et vient de Léonore à moi
Jaugeant la distance qui nous sépare l'un de l'autre
Qui est une distance de moquette à poils longs
Et à losanges rouge et marron
Mais je vois bien aujourd'hui que tu ne plaisantes pas
Je hausse les épaules, finis la bière, écrase la boîte dans ma main
Sors en claquant la porte et retrouve le vent du désert
Celui qui n'a pas cessé de nous poursuivre depuis l'aube
Ce vent indien
Ce vent sauvage qui mugit, rugit
Beugle au sortir des canyons
Et s'époumone à la crête des collines
Ce vent sauvage qui hurle aux quatre coins du monde sa sauvagerie
Et qui la hurlera encore longtemps
Puisqu'il la hurlait déjà dans les films de mon enfance
Comment ne pas s'en souvenir ?
Et que je retrouve aussi têtu en travers de mes jambes
Qu'il l'était entre les pattes du cheval de John Wayne
Oui, comment ne pas s'en souvenir ?
Je m'éloigne du motel

Contourne une citerne, un vieux puits de pétrole
Alors qu'un camion sort de la station-service, prend la direction de Phoenix
C'est tous les samedis que je regardais un film
Lorsque ma mère me laissait seul avec mes exercices de chimie
De géographie et de mathématiques
Pendant qu'elle allait faire des heures supplémentaires
Dans le cabinet d'un chirurgien-dentiste
Je te rapporterai une religieuse au chocolat en rentrant du travail
Tu seras content ?
Oui, maman
Tu as des devoirs à faire ?
Oui, maman
Alors profites-en pour t'en débarrasser, demain nous irons au cinéma
Voir quoi ?
Le dernier film de Louis de Funès
Tu sais bien que je déteste le cinéma français
Justement, il faut que tu apprennes à l'aimer
Elle claquait la porte et me laissait enfin seul
Au milieu des tables, des fauteuils et des commodes
De tout un fatras de meubles qui sentaient le ver à bois
Et le linge ranci d'une autre époque
Et qui m'en voulaient de leur donner des coups de pied
Comment ne pas m'en souvenir ?
Claquant la porte à mon tour
Je courais au cinéma du quartier
Pour voir et revoir Le Massacre de Fort Apache
La Chevauchée fantastique *ou* La Prisonnière du désert
Comment ne pas m'en souvenir ?
Je m'accroupis pour mieux voir

Comment ne pas m'en souvenir ?
Pour me forcer à mieux voir le serpent qui s'enfuit
Oui, je sais qu'il faudrait ne jauger la vie qu'à cette distance-là
Prendre la peine de s'accroupir
Et de réduire l'immensité à ce carré de terre vierge
Que rabote le vent en toute impunité
Pendant que circulent entre les pierres et sur le sable fourmis
Scorpions, bousiers, araignées, lézards
Et ce serpent qui me fuit
Que fais-tu ?
Je fais ce que je devrais faire et ne fais plus
Ce qu'on devrait tous faire, maman
Mais quoi, mon fils ?
Baisser les yeux
Baisser les yeux et regarder le carré de terre
Sur lequel constamment nos pieds reposent
Et reposeront longtemps quelles que soient les avancées technologiques
Le mètre carré de terre qui nous abrite et nous préserve
Et en même temps nous équilibre
Neutralise le délire métaphysique
Qui est en nous comme une maladie congénitale
Le soleil se rapproche de l'horizon
Derrière moi les fenêtres du motel brillent toutes du même éclat
Et contre la vitre de la quatrième en partant de la gauche
Un, deux, trois, quatre
Qui est la fenêtre de notre chambre
Je devine que Léonore y a calé son front brûlant d'une fièvre imaginaire
Observant avec inquiétude mon immobilité accroupie
En même temps que le mouvement des voitures et des camions

Qui entrent et sortent de la station-service
Et puis le soleil disparaît
Et la nuit s'engouffre avec le vent dans ce qui a été abandonné
Vaste territoire de villes, de montagnes et de plaines
Qui soudain tremble sur ses bases
Vacille
Gémit
Lance mille crépitements de néons affolés
Et moi alors ? Et moi ?
Dois-je me redresser et revenir sur mes pas
Comme si je n'avais rien vu, rien senti, rien attendu ?
Comme si j'avais oublié que Léonore était enceinte ?
Comme si je ne savais pas que j'étais au pied du mur
À la latitude… et à la longitude… de l'Arizona ?
Et moi alors ? Et moi ?

dans la foulée je crois que j'aurais pu écrire un troisième poème, mais un sommeil de vieux poulpe m'a terrassé d'un coup, je n'ai eu que le temps de rejoindre mon lit et de m'écrouler grelottant de froid ou de fièvre, qu'en savais-je ? dans le remugle habituel de mes vieux draps.

•

C'est dans la semaine qui précédait mon départ qu'ils sont arrivés, deux soldats en inspection, le fusil d'assaut sur l'épaule, le genre rigolards et prêts à violer la première gamine égarée sur les sentiers de l'île

j'étais dans la cour à regarder les manœuvres des avions de chasse au-dessus du ciel de Saint-Gabriel, la poule a poussé un gloussement effrayé, je me suis retourné et je les ai vus décrocher la bretelle de leur fusil et pointer leur arme sur moi et sur la poule

— Halte !

a ordonné le plus petit

mais la poule n'en a fait qu'à sa tête, en criant elle a tenté de traverser la cour et de se réfugier derrière le mur d'enceinte, mal lui en a pris, une balle lui est entrée dans le cul et l'a projetée contre le muret, une autre l'a réduite à presque rien, une bouillie de sang et quelques plumes qui sont restées en suspension dans l'air

— C'est malin

n'ai-je pu m'empêcher de commenter

les deux soldats ont ri avant de me répondre

— T'es prévenu : si tu veux pas finir comme ta poule, tiens-toi peinard

ils se sont avancés, le fusil pointé sur mon ventre

— Qu'est-ce que tu fous ici ?

— C'est ma maison, et comme c'est ma maison et que je possède un titre de propriété dûment signé et timbré, je l'habite, ai-je enfreint la loi ?

— Affirmatif

Le plus grand des soldats, celui qui portait des lunettes noires, est entré dans la maison pour en ressortir presque aussitôt

— Tu vis seul dans cette porcherie ?

a-t-il demandé en s'approchant de moi, j'ai acquiescé en baissant la tête avec l'humilité de quelqu'un qui accepte le pouvoir de l'autre, et sa main triomphante en a aussitôt profité pour me redresser brutalement le menton, c'était ce qu'il ne fallait pas faire, d'un coup de reins j'ai collé mon corps contre le sien, sorti mon poignard commando qui ne quittait plus ma ceinture, et l'ai pressé contre la gorge du soldat en criant à l'autre

— Jette ton arme, ou je zigouille ton copain !

surpris par ma réaction violente, l'autre crâneur ne savait plus quoi faire, je voyais son doigt hésiter sur la détente de l'arme

— Putain, Max, fais pas le con !

le suppliait celui que je menaçais de la pointe de mon poignard

— Fais pas le con, je te dis

et l'autre a fini par céder, a laissé tomber à ses pieds son fusil, m'a regardé d'un œil mauvais

— Recule

il a reculé d'un pas

— Recule jusqu'au mur

et lorsqu'il a été suffisamment loin, j'ai tranché d'un coup la gorge du soldat que je tenais contre moi, envoyant valser ses lunettes, avant de me précipiter sur l'autre qui était sur ses gardes et qui a eu le temps de m'envoyer son genou dans le ventre, il était costaud le Max, et pas prêt du tout à se laisser faire, mais j'avais dans la main droite un poignard et lui n'avait que ses mains, alors forcément après une courte lutte où il a bien failli s'emparer de mon arme, j'ai fini par lui planter ma lame en dessous de l'oreille, l'ai enfoncée jusqu'à la garde et retirée en laissant le soldat s'écrouler au milieu de la cour

les temps anciens de ma rage étaient-ils revenus ?

j'avais le sang qui battait à mes tempes, les muscles tendus à se rompre, la mâchoire inférieure soudée à la mâchoire supérieure, je suis tombé à genoux, pris de vertige, et pendant un temps qui m'a paru une éternité je suis demeuré immobile au soleil

dans l'impossibilité de me soustraire à cet état catatonique avant de pouvoir prendre appui sur mes mains, me redresser et marcher jusqu'au seuil de la maison

ne t'affole pas

sans être sûr d'avoir retrouvé mes esprits tellement il m'était douloureux de refaire surface

ne t'affole pas

mais il n'était plus possible d'attendre, je devais fuir au plus vite, prendre la barque dès cette nuit et rejoindre Chloé, si Chloé était encore à Saint-Gabriel

j'ai bu un verre d'eau, et à peu près d'aplomb j'ai fourré linge, revolver et poignard dans l'un des sacs qui à l'aller avaient servi à transporter mes affaires, oubliant dans ma précipitation la montre offerte par les infirmières à la sortie de mon coma, il faisait nuit à présent et je n'y voyais rien, n'osant même plus craquer une allumette par peur de révéler ma présence à quelque autre soldat

ne t'affole pas, Théo, tu as toute la nuit

j'ai ajouté l'agenda aux poèmes, ma réserve de fric, le blouson d'hiver, et j'ai quitté la maison, fermant la porte à clef – mais à quoi cela servait-il ? –, sautant par-dessus les deux cadavres qui n'avaient plus rien d'humain, progressant courbé en deux entre les massifs de genêts, et sans cesse me retournant et scrutant les ténèbres, comme si un ennemi était à mes trousses, et soudain les apercevant alignées les unes à côté des autres et se découpant contre le ciel

de quoi tu parles, Théo ?

des créatures, en me retournant une dernière fois je les ai vues alignées les unes à côté des autres le long de l'escarpement rocheux, et qui en quelque sorte enregistraient mon départ, comme soulagées d'un poids j'ai dégringolé le sentier de la crique, poussé la barque dans l'eau, et ensuite j'ai sauté à l'intérieur, empoigné les rames et mis le cap sur Saint-Gabriel

des créatures aux yeux rouges, c'est ça Théo ?

oui.

•

J'ai mis du temps à rejoindre l'appartement de Robert

des milices patrouillaient encore dans les rues de la ville à trois heures du matin, l'œil fureteur, le doigt sur la détente, tiraient à la moindre alerte des rafales de mitraillette qui ricochaient sur les façades des maisons closes et les pavés, prenaient en chasse celles et ceux qui ne respectaient pas le couvre-feu, ombres à deux ou quatre pattes sans distinction, parce que le bruit avait couru que les chiens, les chats, et même les rats d'égout complotaient dans les caves et les caniveaux contre la Générale-Présidente

plus de temps qu'il ne m'en avait fallu pour traverser à la rame le golfe

j'étais en sueur lorsque j'ai sonné à la porte, une, deux, trois fois, au moins cinq fois avant que quelqu'un ne se décide à me demander qui j'étais

— Théo

la porte s'est ouverte et Robert m'a fait signe d'entrer

— Tu es fou !

— Je ne savais pas que la ville était à ce point quadrillée

— C'est de pire en pire

je me suis assis sur une chaise, ai posé le sac entre mes jambes

— Sur l'île aussi c'est devenu un enfer

il s'est assis en face de moi, dans cette sorte de cuisine qui servait à stocker les aliments, au plafond une ampoule étouffée par un linge diffusait un filet de lumière

— Il n'y a plus de place pour ceux qui s'opposent à Lelamer, la grande satrape suprême comme elle aime être appelée veut l'horizon de son territoire dégagé de tout nuage, absolument propre et pur, et pour cela a nommé une brochette de teigneux petits chefs chargés d'exterminer par tous moyens à leur convenance ceux qui gênent le régime, le combattent d'une manière ou d'une autre, fomentent ou pourraient fomenter des révoltes dans un avenir plus ou moins proche

— Qui résiste ?

— De moins en moins de gens

j'ai haussé les épaules

— À quoi bon résister puisque l'espérance de vie des uns comme des autres s'est réduite à presque rien

passé une main moite dans mes cheveux, l'horloge électrique pendue au mur derrière moi égrenait des secondes qui n'avaient plus de sens

— Va te coucher, Théo, il y a des lits dans la chambre au fond du couloir

— Et Chloé ?

— Elle a décidé de foutre le camp en Amérique avec l'argent que je lui donne, et si elle n'est pas encore partie c'est à cause de toi, elle espérait te voir débarquer un jour ou l'autre

— Chloé avait raison, la vie sur l'île est devenue impossible

— À cause des tortures ?

— Oui… jour et nuit les hurlements des femmes et des hommes ont remplacé les cris des mouettes j'ai serré la main de Robert sans oser le regarder, et j'ai marché sur la pointe des pieds jusqu'à la porte de la chambre qu'il m'avait indiquée.

•

Lorsque je me suis réveillée le soleil des persiennes balafrait les murs d'entailles lumineuses, et les mouches étaient nombreuses à tourner en rond dans cette lumière d'été, j'ai repoussé le drap humide de sueur, la tête encore lourde d'un rêve qui ne m'avait pas fait que du bien, et puis j'ai quitté la chambre pour rejoindre la cuisine, Robert avait préparé du café, il était là, les coudes sur la table, à ruminer des pensées d'une autre époque, comme à son habitude, mais quand il a levé la tête son visage s'est éclairé sans que je sache vraiment pourquoi, et ses yeux se sont soudain débarrassés de ce qui les accablait jour et nuit. « Tu l'as vu ? — Qui ? » Il n'a pas pu s'empêcher de sourire, et dans ce sourire j'ai compris ce qu'il voulait dire. « Où il est ? » Il a fait un signe en direction de la chambre du fond. « Il dort, et ce n'est peut-être pas plus mal que tu le laisses dormir, il a passé la nuit à ramer. » Alors je me suis assise à la table, un sourire aux lèvres moi aussi, et j'ai versé dans une tasse ébréchée un peu de ce café qui avait la couleur du café mais n'en avait guère le goût, que Robert fabriquait en mélangeant de l'orge grillée et de la chicorée. Dehors une première rafale de mitraillette a rompu le silence que nous nous efforcions de prolonger. C'était devenu si habituel que nous ne sommes même pas allés voir à la fenêtre ce qui se passait. « Il faut qu'on parte à présent, ce n'est plus tenable. » Et en disant cela j'ai planté mes yeux dans ceux de Robert, cherchant ce que je savais bien ne pas y trouver, et pourtant espérant encore, je veux dire espérant qu'il changerait d'avis, qu'il ne s'obstinerait pas à vouloir défendre jusqu'au bout ses droits d'aller et venir à sa guise dans une ville qui était tout autant la sienne que celle de Lelamer. « Oui, si Théo veut bien vous accompagner, il est temps de fuir. — Et toi, Robert ? — Moi, je reste. » J'ai relevé la tête, ses yeux s'étaient de nouveau éteints et regardaient ailleurs. « Viens avec nous. Je ne vois pas pourquoi tu t'obstines. — Parce qu'à mon âge il n'y a plus vraiment d'échappatoire. D'ailleurs y en a-t-il pour toi ? Tu sais comme moi que rien n'arrêtera les dérives autoritaires de ceux qui nous gouvernent. — Tu ne me laisses plus beaucoup de raisons d'espérer. — Qu'y puis-je ? est-ce moi qui ai mené le monde à sa perte ? — J'ai deux enfants. — C'est bien pour ça qu'il te faut fuir, Chloé, fuir dans l'errance, le vagabondage, l'égarement, errer est une manière de résister, de s'écarter pour un temps de ce chaos dévastateur que quelque volonté inflexible pousse au pire afin qu'il anéantisse ce que le déluge a épargné. » Il me ressortait les idées du livre qu'il était en train d'écrire et qu'il ne publierait sans doute jamais. Je n'ai pas répondu. Le café avait refroidi. Je me suis levée pour le faire réchauffer et j'en ai profité pour allumer une cigarette. Au-dessus des toits passaient et repassaient les drones de surveillance. Têtus, enragés. Sans que les habitants sachent pourquoi, ils se regroupaient soudain devant la façade d'un immeuble, bourdonnaient tels des frelons prêts à l'attaque, puis repartaient dans une autre direction, abandonnant les habitants à cette sorte de peur quotidienne qui s'était emparée d'eux et les rongeait comme un cancer à évolution rapide. J'ai tiré une dernière fois sur ce qui restait de la cigarette. Derrière moi Robert essayait d'aiguiser un couteau de cuisine en le frottant contre une pierre. Et nous avons profité de ce bruit monotone de la lame pour demeurer le plus longtemps possible silencieux.

L'AMÉRIQUE

NOUS SOMMES PARTIS dans la 4L de Robert, roulant des heures sur des chemins de montagne pour échapper aux contrôles, avant de franchir la frontière italienne et de nous croire en sécurité, pauvres fous utopistes que nous étions, car il ne nous a pas fallu une heure pour constater que la démocratie avait tout autant foutu le camp en Italie qu'en France, que des milices, vaticanes celles-là, patrouillaient jour et nuit en compagnie de prêtres pour remettre au pas ce qui restait de population, et lesdits prêtres par monts et par vaux haranguaient les foules, yeux hallucinés et poing levé au-dessus des têtes abasourdies

— Frères et sœurs qui avez tant péché, repentez-vous ! parce qu'aux quatre coins de la planète, et en Italie plus qu'ailleurs, vous n'avez cessé de vous vautrer dans les pires remugles de la débauche

et les milices agitaient au-dessus de leurs têtes le désir vengeur de leurs armes

— Au point que Dieu lui-même avait fini par pointer son doigt courroucé en direction de la planète Terre, pourtant si chérie par lui, et c'est compréhensible vu qu'il n'avait pas ménagé sa peine pour en faire un joyau de l'univers, une sorte de paradis paradisiaque à l'usage d'Adam et Ève, et des animaux de la Création, ceux qu'il avait imaginé voler, nager, ramper ou marcher cahin-caha sur leurs quatre pattes, un travail grandiose, colossal, immensurable dans le temps et l'espace, « Qu'est-ce qu'il se passe là-bas ? » s'inquiétait-il, « Qui maltraite à ce point mon joyau ? », pendant que vous frères et sœurs aussi sourds qu'aveugles ne cessiez d'œuvrer et d'inventer des jouissances parfaitement honteuses et totalement destructrices, comme si le diable en personne avait empoisonné chacun de vous, alors, et je vous le demande frères et sœurs, alors que pouvait faire selon vous notre Dieu à tous ? celui qui créa dans sa grande bonté le vide et le plein, le chaud et le froid, la lumière et les ténèbres ? je vous le demande, frères et sœurs

à genoux, celles et ceux qui écoutaient inclinaient un front pâle, marbré de remords

— Des confins de l'espace il a rassemblé tout autour de la Terre les plus monstrueux nuages qu'il se puisse imaginer, voilà ce qu'il a fait, et il leur a demandé de laisser choir toutes les eaux dont ils étaient gonflés sur les villes et dans les campagnes où vivaient avec cette arrogance triomphante qui les caractérisait hommes, femmes et enfants, et durant cinquante-quatre jours un déluge comme la Terre n'en avait jamais connu ruina à peu près tout ce sur quoi l'humain s'appuyait pour exercer son pouvoir, et emporta dans les pires ténèbres de l'enfer la majeure partie de la population, ne laissant qu'un milliard d'individus, c'est-à-dire vous, frères et sœurs, vous qui avez été épargnés par le courroux de Dieu à condition de vous repentir et d'accepter à présent les lois qu'il vous dicte, entendez-vous frères et sœurs chargés de fautes ? race de voleurs et d'assassins ? vous repentir et accepter des lois que nous, ses serviteurs zélés qui n'avons cessé de l'adorer dans nos chapelles et nos cathédrales, sommes chargés de faire appliquer par la multitude de moyens à notre disposition

et à tous les carrefours, sur toutes les places nous entendions le même discours, illuminé, enflammé, comminatoire, et souvent il nous fallait tomber à genoux avec les repentis pour ne pas être ciblés par les milices, très vite nous avons compris qu'il serait difficile voire impossible de prendre un avion parce que les aéroports n'étaient plus accessibles qu'à une certaine élite, celle qui s'était rangée du côté de ce pouvoir religieux

et durant des mois nous avons tourné en rond entre Venise, Milan et Turin, armés tous les quatre de revolvers sur des routes et dans des villes livrées aux arrestations, aux tortures et aux meurtres, pauvres fous idéalistes que nous étions, cherchant un quelconque moyen d'accéder aux portes d'embarquement d'un de ces Airbus ou Boeing qu'on voyait décoller tous les soirs à moitié vides, dormant n'importe où, mangeant n'importe quoi, les nerfs à fleur de peau, évitant autant que possible les terribles milices vaticanes qui chassaient l'infidèle, tuant nous aussi pour ne pas être tués, et nous avons fini par comprendre que nous n'étions plus que des meurtriers poussés au crime par des puissances religieuses omnipotentes qui avaient confisqué à leur profit les libertés les plus élémentaires, persuadés qu'ils étaient ces acharnés prélats que les lois de Dieu appliquées à leur façon étaient les seules que l'homme se devait à présent de reconnaître pour éviter l'extinction définitive de l'humanité

alors nous nous sommes réfugiés dans la zone franche du port de Gênes, pandémonium innommable où s'agglutinaient, s'écharpaient, se dévoraient la foule des parias, réfractaires à tout pouvoir, qu'aucune violence n'arrivait à mater, et qui ne voyaient pas d'autre issue à leur disgrâce que celle qui consistait à embarquer sur un des cinq ou six paquebots remis en service par le pouvoir, trop content celui-là de se débarrasser d'aussi irréductibles mécréants

il a fallu batailler des semaines, négocier avec des réseaux qui demandaient des sommes toujours plus exorbitantes, pour qu'à la fin j'obtienne quatre billets qui me donnaient le droit de traverser l'Atlantique à bord du *Terre-Neuve*, vieux paquebot d'une autre époque rafistolé tant bien que mal pour des traversées rien moins que confortables

quatre billets pour Chloé, Joan, Hugo et moi

et c'est avec la précipitation de ceux qui sauvent leur vie, joues creusées de fatigue, pupilles à moitié mortes dans leurs orbites, qu'un matin de poussière et de cris nous nous sommes faufilés à travers la foule déchaînée, avons grimpé en vitesse la passerelle pour nous réfugier dans la cabine réservée à mon nom, et sans plus bouger nous avons attendu que le bateau quitte le quai dans un bruit de chaînes et de sirènes, s'éloigne lentement des côtes, entre dans l'immensité sans plus d'obstacles de la mer

nous étions enfin libres

quittant notre cabine, nous avons rejoint le pont et ceux qui faute de couchettes s'étaient contentés d'une place à la proue comme à la poupe du navire, hommes, femmes et enfants installés déjà sous des couvertures ou emmitouflés dans des sacs de couchage, et qui fermaient les yeux pour mieux imaginer l'inimaginable : la traversée de l'Atlantique et l'entrée dans le port de New York

une lumière de nouveau monde illuminait déjà les visages dilatés de Joan et de Hugo.

•

Qu'allait-on chercher aux États-Unis ? et qu'allait-on y trouver ? la même violence totalitaire qu'en Europe ?... et si ce n'était pas le cas, il existait tant d'autres formes de violence que je me gardais bien de les passer en revue pour ne pas obscurcir l'avenir de Chloé et de ses deux enfants

nous avons patienté huit jours à Ellis Island redevenue l'unique porte d'entrée des migrants, passé la visite médicale, subi un nombre incalculable d'interrogatoires, et dans ce temps perdu je me suis calmé les nerfs en rouvrant mon agenda et en écrivant des vers que je n'aurais pas écrits si je n'avais pas tourné en rond comme un lion en cage dans ce foutu hangar

CALIFORNIA
X

La vague a recraché le poisson mort
Dans un grand fracas d'écume et de remous
CHOOU – CHOOOU – CHEUEUCH
Et le poisson mort est allé mourir une seconde fois sur le sable
—————— Théo !!!
Crie Léonore
—————— Théo, qu'est-ce que c'est que ce poisson ?
Le vent de mer la fouille et l'ébouriffe comme un épouvantail
Près de perdre l'équilibre
Est-ce que je sais, moi !
Probablement un jeune requin-marteau venu des îles océaniques
Et qui a tenté de traverser l'océan pour honorer un pari orgueilleux
Je me moque

Et d'un coup de pied elle se venge
Aïe !
Échappe à mes mains
Et vite s'enfuit, court à perdre son haleine contre le vent
Pendant que je me lance à sa poursuite
Zigzague, dérape, tombe
Me relève essoufflé comme un vieil homme
Gare à toi si je t'attrape !
Les mouettes s'égosillent par centaines
En suivant d'une aile joueuse
Nos circonvolutions

Elle est enceinte
Il faudrait l'oublier, au moins sur cette plage de Californie
Mais je ne puis
Elle est enceinte, enceinte, enceinte

Je finis par crocheter une de ses chevilles
Et par la faire tomber dans le sable
——————— Théo !
Saute sur son corps, le déchire à pleines dents
Dévore ses cris, ses rires, les ruades animales de ses reins
La fourche broussailleuse de ses cuisses qui se dérobent
Pendant que derrière nous
Les vagues poursuivent leur imperturbable pantomime
CHOOU – CHOOOU – CHEUEUCH
——————— Théo, tu me fais mal !
Tant mieux
Troussée jusqu'à la taille je lui mords les genoux
L'intérieur trop tendre des cuisses

Le gras frissonnant de ses deux fesses jumelles
Que j'ai appris à ouvrir et à fermer
CHOOU – CHOOOU – CHEUEUCH
Nous roulons dans le sable
La bouche, la poitrine et le ventre
Soudain soudés l'un à l'autre
Et moi guidé par elle
Entrant comme autrefois dans ses entrailles
Et elle guidée par moi
Cherchant comme autrefois la jouissance impossible
Surhumaine, titanesque, apocalyptique
———— Je t'aime
Je t'aime moi aussi
Pendant que derrière nous
Les vagues poursuivent leur imperturbable pantomime
CHOOU – CHOOOU – CHEUEUCH

Elle est enceinte
Il faudrait l'oublier, au moins sur cette plage de Californie
Mais je ne puis
Elle est enceinte, enceinte, enceinte

J'ouvre les yeux
Avons-nous dormi ?
Enlacés l'un à l'autre nous avons dû dormir
Puisque le soleil s'en est allé disparaître à l'horizon
Derrière la théorie sans fin des nuages du soir
J'ouvre ses paupières, passe la langue entre ses lèvres
Fourre un doigt dans son oreille ensablée
Léonore ?

Éloigne de son visage les cheveux qu'englue la poix de sa sueur
Léonore ?
———— Oui... donne-moi le temps de me réveiller... s'il te plaît
Mais tout le temps qui est en mon pouvoir je le lui donne
Pourvu que dans ce temps-là elle écoute ce que j'ai à lui dire
Ce trop-plein de syllabes ravalées par amour
Ou par peur, c'est pareil
Ce trop-plein de syllabes
Qui finissent par former dans ma gorge un agrégat de mots têtus
Une boule filandreuse impossible à cracher
Un nœud de voyelles et de consonnes ligneuses

Et après lui avoir donné le temps qu'elle me demande
Qui est un temps étiré à l'extrême
Par les mouettes et par les vagues
CHOOU – CHOOOU – CHEUEUCH
Enfin je lui dis
Léonore, je ne veux pas de cet enfant que tu me dis porter dans ton ventre
Je n'en veux pas aujourd'hui, et je n'en voudrai pas plus demain
———— Quoi ?
Elle se redresse soudain
Et me regarde comme si je la réveillais d'un long sommeil
———— Tu m'as déjà dit que tu n'en voulais pas
Alors ?
———— Alors quoi ?
Alors es-tu prête à avorter si je te le demande ?
———— Non.

huit jours à me souvenir du passé révolu de cette île, et peut-être plus de huit jours avant de débarquer sur les quais de New York avais-je jamais vu une ville aussi triste ?

j'ai regardé autour de moi, rien n'était conforme à mon souvenir, la lumière, le silence, les mouvements précautionneux des gens, tout avait changé, je ne reconnaissais plus les rues, les gratte-ciel avaient perdu la moitié de leurs étages, les panneaux publicitaires avaient disparu, la forêt de néons clignotant jour et nuit et qui nous avaient tant impressionnés, Léonore et moi, avaient été débranchés, je n'identifiais plus ni les bruits ni les odeurs, quelque chose d'incompréhensible, une angoisse insidieuse, une peur irraisonnée pesait sur la ville, comme un nuage radioactif, et changeait la couleur du ciel, le contraste entre les trottoirs ensoleillés et ceux qui demeuraient à l'ombre, et forçait au silence les plus bruyantes activités, et tenait sous contrôle les moindres gestes des habitants qui passaient de l'ombre à la lumière comme des automates programmés pour des missions bien définies qui ne leur permettaient plus aucun écart

— On décide quoi ?

m'a demandé Chloé

j'ai écarté les bras, il y avait tant d'espaces à parcourir, tant de manières de vivre et de destins à inventer, tant de lendemains qui s'offraient toujours à ceux que la misère ou l'aventure poussaient à tenter leur chance sur les routes de la terre américaine, mais ce n'était pas le moment de penser à ça, il me semblait que le plus urgent était de quitter New York, puisque cette invraisemblable ville n'était plus que l'ombre d'elle-même, le fantôme désincarné d'une agglomération que le déluge sans doute, oui le déluge avait vidée de son sang

— Vous avez faim ?

— Oui, on a le ventre qui gargouille

ont répondu Joan et Hugo

— Alors commençons par nous le remplir, ce ventre

nous avons arpenté le quartier, au hasard des feux tricolores qui nous ouvraient ou nous barraient les rues aussi propres que des sous neufs, polies, astiquées, rutilantes, sans un papier traînant dans le caniveau, sans une affiche ou un néon qui eût pu faire scandale, sans un de ces pots d'échappement cracheurs de particules fines puisque seules les voitures électriques semblaient autorisées à circuler

et dans une espèce de *diner* nous nous sommes goinfrés de travers de porc et d'un jambalaya de poulet, n'en revenant pas de pouvoir enfin manger ce que nous n'avions pas mangé depuis des mois, Joan et Hugo en avaient presque les larmes aux yeux pendant que la serveuse remplissait à nouveau nos bols de café brûlant

— Pourquoi y a-t-il aussi peu de gens dans les rues ?

ma question à la serveuse avait-elle l'air bête, ou mon anglais était-il trop approximatif ? d'un coup elle s'est raidie, a tourné brusquement la tête, et m'a regardé d'un drôle d'air en se demandant sans doute si je me moquais d'elle

— Nous venons de débarquer...

ai-je précisé comme pour m'excuser

la serveuse a secoué la tête, et sa queue-de-cheval s'est agitée dans son cou comme une queue d'écureuil

— Ne savez-vous pas que le déluge a emporté la presque totalité de la population américaine ? Nous étions trois cent quarante millions, et c'est tout juste si nous dépassons à présent les trente millions

— Et comment se débrouillent les survivants ?

— Comme ils peuvent, monsieur

elle a salué un client qui venait de franchir la porte

— C'est encore pire en Europe

a expliqué Chloé

— Je ne sais pas si c'est pire en Europe, madame, non je ne sais pas, j'ignore tout de ce qui se passe ailleurs, je ne fais plus que travailler et dormir, parce que c'est la seule manière d'oublier les morts, ces millions de morts qui ont disparu sans qu'on sache ce qu'ils sont devenus, imaginez qu'ils ont disparu dans les eaux du déluge et qu'on n'a même pas retrouvé leur corps, où ont-ils été emportés ? mystère... un mystère comparable à ceux de l'Incarnation et de la Rédemption réunis... c'est comme si ce Dieu cruel et vengeur avait décidé de jeter aux ordures ce qu'il avait créé de sa propre main... Qu'est-ce que nous avons fait, nous tous qui habitions cette terre, dites-moi qu'est-ce que nous avons fait pour mériter une telle punition ?

des larmes coulaient sur ses joues, elle les a essuyées avec le torchon passé dans sa ceinture, et puis elle est retournée derrière son comptoir pour servir le client qui venait d'entrer

j'ai payé la note pendant que Joan et Hugo finissaient leur Coca, et puis nous sommes partis à la recherche d'un concessionnaire de voitures, marchant en silence plusieurs kilomètres sur les trottoirs désertés des rues périphériques avant de trouver un garage, une sorte de garage-cimetière où reposaient pour l'éternité des centaines de modèles que jamais plus personne ne conduirait, j'ai demandé à voir les voitures d'occasion en état de marche, et un vendeur me les a montrées bien volontiers, ouvrant quantité de portières avec le plus large des sourires qu'il avait appris à faire, et j'ai choisi un pick-up Toyota hybride, version quatre portes et jantes larges, carrosserie rouge parce que Joan et Hugo ne voulaient pas entendre parler d'une autre couleur, et nous avons entassé nos sacs à l'arrière, avec des bouteilles d'eau et des cartons de riz, de pâtes et de soupes Campbell, et puis nous avons quitté la ville, traversé des kilomètres de quartiers abandonnés et de cimetières qui montraient de chaque côté de la route leurs alignements de stèles funéraires toutes privées de corps, et pourtant toutes indiquant en lettres capitales le prénom et le nom du défunt, sa date de naissance, suivie de l'année de sa mort, toujours la même d'une stèle à l'autre, reproduite dix mille, cent mille fois comme si l'humanité tout entière avait signé ce jour-là son arrêt de mort

— C'est trop triste

a bougonné Joan

et il nous a fallu rouler longtemps avant de retrouver un horizon de collines et de prairies, de pénétrer le silence antédiluvien de ce qui restait des immenses forêts américaines, un alignement d'arbres en sursis et de toutes espèces, d'où s'échappaient des nuées d'oiseaux ivres de lumière

sans nous arrêter nous avons traversé la Pennsylvanie, l'Ohio, dormi dans un motel à peu près vide, roulé à nouveau le lendemain sur des routes qui semblaient abandonnées tant il était rare de croiser des voitures, des bus ou des camions, il y avait si peu de circulation qu'on finissait par se demander où étaient passés les survivants, et on a compris qu'ils s'étaient réfugiés dans les villes, dans les très grandes villes parce que les petites ne rassuraient pas la population la plus jeune, celle qui croyait encore avoir un avenir, si bien que dans ces petites villes n'étaient demeurés que les gens les plus âgés, ceux qui tenaient à leurs maisons comme à la prunelle de leurs yeux, à leurs jardins, à leurs habitudes de vieux, et qui se foutaient de leur avenir aussi bien que du diable, car il était entendu que le diable ou tout au moins son âme damnée avait participé au Grand Nettoyage, comme les journaux du pays se plaisaient à appeler le déluge qui avait fait disparaître en cinquante-quatre jours de pluies torrentielles des millions et millions de citoyens américains, emportés où et coupables de quoi ? on en était encore à se le demander

— Croyez-vous, monsieur, que nous ayons mérité pareil châtiment ?

me disait le pompiste, lorsque je m'arrêtais pour faire le plein d'essence, et l'épicier du supermarché, et le gardien du motel

— Croyez-vous, monsieur, que nous soyons les seuls responsables de ce chaos ?

je haussais les épaules, remontais dans le pick-up, agacé qu'on me pose sans cesse ce genre de questions, à moi qui n'en avais rien à foutre des gamelles, culbutes et autres dégringolades d'un monde pour lequel je n'avais plus d'empathie, mais alors plus d'empathie du tout

et alternant les Burger King et les McDonald's nous avons continué notre route sous un ciel sans nuages, aimantés par des horizons qui nous magnétisaient, et plus encore, mais comment dire ? dans un mouvement d'aspiration nous emportaient inexorablement, moi aussi bien que Chloé, et Joan, et Hugo

fétus brinquebalés par les soubresauts d'une humanité en déroute, avions-nous les moyens de résister ?

j'évitais les trop grandes villes bornées de cimetières, fermais les yeux sur ce qu'il ne fallait pas voir, les voitures abandonnées sur des parkings devenus inutiles, la solitude béante et ruinée des centres commerciaux, la rouille de mauvais augure des tracteurs dans les champs, et gardais un pied têtu sur la pédale de l'accélérateur

et c'est comme ça que nous avons atteint le fleuve Mississippi en un temps record, et que nous l'avons traversé et laissé derrière nous pour nous lancer sur les routes de l'Iowa, la chaleur dans les plaines était soudain devenue insupportable, au plus chaud de la journée, c'est-à-dire aux environs de midi, le macadam en fusion collait aux roues du pick-up, et j'étais obligé de me garer à l'ombre de quelques arbres, souvent des peupliers qui bordaient un ruisseau ou un étang, et dans cette ombre propice nous mangions nos sandwichs, discutions de tout et de rien, cherchant à savoir ce que nous allions bien pouvoir faire dans ce pays privé de ses repères et qui s'était replié sur ses vieilles valeurs coloniales, les pires sans doute, en tout cas les moins à même de redresser la barre d'une Amérique en perdition

— Dans le Nebraska, le Wyoming, le Montana, les ranchs ne coûtent plus rien, des familles entières ont disparu du jour au lendemain, et les propriétés sont abandonnées, faute d'acheteurs

finissais-je par dire pour justifier les milliers de kilomètres parcourus

— Tu en es sûr ?

me répondait Chloé allongée de tout son long dans l'herbe

— C'est tout au moins ce que me disent les gens que je questionne

Joan et Hugo étaient partis tremper leurs pieds dans la rivière, ils se fichaient pas mal de ce que nous réservait l'avenir, ils auscultaient les berges de leurs yeux brillants de fièvre, cherchaient un endroit plus accessible pour se jeter à l'eau et nager tout leur soûl

et lorsque le soleil déclinait je rangeais les affaires à l'arrière du pick-up, klaxonnais

— Dépêchez-vous !

démarrais le moteur, et ils arrivaient en courant, trempés l'un et l'autre, riant encore des tours que le frère bravache avait joués à sa sœur trop bonne, Chloé les entourait de serviettes, les poussait dans le Toyota pendant que je manœuvrais pour retourner sur la route, le soleil avait perdu de son intensité, et les ombres en profitaient pour s'allonger, apaiser ce qui avait été malmené par la lumière, pendant que l'ouest à la pointe du capot en profitait pour s'ouvrir comme un fruit mûr et inonder le pare-brise d'un mélange de pourpre et d'indigo

nous ne nous arrêtions qu'à la nuit tombée, Chloé me montrait les feux clignotants d'un motel, j'entrais sur le parking toujours aux trois quarts vide, me garais entre les lignes blanches, fermais les yeux de fatigue, essuyais mon visage en sueur

— Qu'est-ce qu'on va manger ?

s'inquiétait Hugo

Chloé était allée au bureau d'accueil, revenait avec deux clefs

— Chambres 14 et 15

ou bien c'était 3 et 4, ou encore 38 et 39, quelle importance, on portait nos sacs dans les chambres en traînant les pieds, la sueur et la poussière collées à la peau, la bouche sèche, les reins douloureux, Joan ou Hugo disait

— Je vais prendre ma douche

ils se déshabillaient en vitesse, couraient sous la douche, revenaient se jeter sur le lit en criant

— On a faim !

je demeurais longtemps sous le jet d'eau froide, essayant d'évacuer la fatigue qui pesait sur mes épaules et ruinait mes dernières forces, j'avais la tête vide, la poitrine nauséeuse, et je sentais bien qu'il n'aurait pas fallu grand-chose pour que j'abandonne cette foutue cavale et me laisse choir dans le premier trou venu, définitivement à bout de souffle

n'avais-je pas l'âge du renoncement ?

mais le jet d'eau froide finissait toujours par me réveiller, par me remettre debout, par me forcer à poursuivre la route aux côtés de Chloé

à proximité du motel nous trouvions les néons d'un grill qui nous proposait steaks et saucisses, et nous mangions en parlant aux gens du coin qui nous renseignaient sur la manière dont le pays avait géré la brusque mortalité de sa population

— Il fallait réagir ! et vite !

s'échinait à répéter un cow-boy sous son Stetson crayeux

et c'est comme ça que nous avons appris que la population blanche avait décidé d'installer une sorte d'apartheid au sein même du pays, regroupant les citoyens noirs et les condamnant à ne plus vivre que dans les États du Mississippi et de la Louisiane

— Il n'y avait pas d'autre moyen de se mettre à l'abri de leurs sorcelleries, vous comprenez ?

quant aux Hispaniques, ils avaient tous été regroupés en Floride, avec interdiction de quitter l'État

— Et ça ne rigole pas !

précisait un autre cow-boy en vidant son verre de bière

— L'armée surveille jour et nuit les frontières de ces États, et tire à vue sur les individus qui tentent de franchir les lignes sans autorisation

au bout du compte nous balayions d'une exclamation révoltée leurs discours revanchards, préférant croire qu'ils brodaient, déliraient, fabulaient, que sais-je encore, qu'à cette heure avancée de la nuit ils prenaient leurs désirs pour des réalités, et nous allions nous coucher en essayant de plaisanter, de tourner en ridicule leur paranoïa de *rednecks*

et c'est ainsi que d'étapes en étapes, de McDonald's en bars de nuit, de motels en mobile homes inconfortables, soûlés de fatigue et de poussière, abreuvés de discours démentiels, nous sommes arrivés dans le Wyoming.

•

Nous avons débarqué dans un bled appelé Riverton. Un bled qui avait peut-être été une ville, mais tant de maisons étaient vides, tant de magasins étaient fermés, que Riverton avait perdu son statut et ne ressemblait plus qu'à un gros bourg de campagne dans les rues duquel ne circulaient que des fantômes mâles et femelles. L'herbe envahissait les trottoirs, des branches d'arbre sortaient par les fenêtres de maisons ruinées. « On peut vous louer un mobile home ? — Bien sûr, madame, prenez celui que vous voulez, je n'en ai que deux d'occupés. » Et nous nous sommes installés là, en attendant de trouver mieux. Ça a duré quatre semaines, et même un peu plus. Quatre semaines durant lesquelles Théo et moi avons traîné dans les deux ou trois bars encore ouverts, à la poste et à la banque, au magasin des pompes funèbres, dans le bureau du shérif et celui du maire, et chez le vieux coiffeur qui se désespérait de ne plus couper suffisamment de cheveux. Et tous nous ont dit qu'il ne fallait pas s'en faire. « Puisque vous êtes blancs, blancs d'Europe d'accord, mais blancs quand même bon sang ! et c'est ça qui compte, le Wyoming vous est ouvert, grand ouvert, il vous suffit d'aller dans les collines et de vous choisir une ferme, tant elles sont nombreuses à ne plus être habitées, à tellement se dégrader que ça en fait pitié, mais que voulez-vous ? nous avons perdu en deux mois 80 % des forces vives du pays, et celles qui restent sont concentrées dans les villes de l'Ouest, là où seulement 50 % de la population a disparu, alors si vous avez envie de jouer aux fermiers, allez-y, pour un dollar symbolique vous pouvez devenir propriétaires de bâtiments en plus ou moins bon état et de quelques centaines d'hectares de prairies et de pins ponderosas. » Si bien qu'au bout d'un mois et quelques jours nous étions propriétaires d'un ranch à quarante kilomètres de Riverton. J'avais été séduite par la maison de maître à un étage, posée au milieu d'un champ envahi de chardons. « C'est celle-là que je veux », avais-je dit à Théo. Encore en bon état, elle avait seulement perdu la peinture blanche de ses murs de bois. Des granges la prolongeaient sur un côté. Et quand on regardait autour de soi, ce n'était que des prairies et des bois à perte de vue. « C'est celle-là que je veux. »

•

C'est dans un de ces ranchs inhabités que nous avons stoppé notre course éperdue, un vrai ranch de cow-boy du Wyoming, planté pour l'éternité dans un champ de chardons, jetant nos bagages sur des lits qui n'avaient plus servi depuis longtemps, avant de nous précipiter dehors et d'embrasser l'espace jusqu'aux cordons silencieux des nuages réfugiés aux quatre coins du ciel d'été

prêts à affronter le diable, ou son âme damnée

et avec l'aide de Hugo, tous les deux montés sur des échelles que j'avais trouvées dans l'une des granges avec d'autres outils neufs ou usés par le travail d'un autre temps, on a repeint la maison, le tour des portes et des fenêtres, les frises des encorbellements, réparé les haies qui entouraient la cour, pendant que Chloé et Joan passaient le balai et la serpillière dans toutes les pièces, astiquaient les meubles, brûlaient un fatras de vieilleries

— Et ça, qu'est-ce que j'en fais ?

Chloé me montrait deux caisses remplies d'éperons, de brides et de ferrailles diverses

— Tu jettes tout

à midi on mangeait sous le chêne qui trônait au milieu de la cour, avec des tréteaux et des planches mal rabotées j'avais dressé une table longue d'au moins trois mètres, et là-dessus Chloé étalait nos victuailles, viandes, conserves, œufs, et de la bière sortie du puits et qui rafraîchissait nos poitrines brûlant du feu de ces hautes plaines à la chaleur irrespirable

on parlait peu, trop occupés à suivre les manœuvres des faucons, les bonds des lapins dans les champs de chardons, la danse continuelle de la lumière entre ciel et terre, des rives de la Towogotee River qu'on voyait miroiter à l'extrémité de la vallée jusqu'aux sommets déchiquetés des hautes montagnes la lumière du soleil exécutait une sarabande vibrante, parcourue de longs frémissements lorsque le chant des grillons montait en puissance, et ce spectacle à chaque minute renouvelé nous fascinait, nous qui avions perdu l'usage de nos sens, nous qui ne savions plus ni regarder, ni sentir, ni entendre

et puis on retournait travailler jusqu'au soir, c'est-à-dire jusqu'à ce que le soleil disparaisse derrière les montagnes et que la nuit dégringole les pentes des collines et nous envahisse d'un coup, plongeant la maison et ses granges, la cour, le chêne, et les champs de chardons dans une sorte de coma réparateur, de néant insondable contre lequel nous n'avions même pas le désir de lutter, tant nous étions fatigués, nous contentant de jeter un œil aux milliers d'étoiles qui brasillaient dans un ciel plus silencieux qu'un tombeau, avant de monter l'escalier qui conduisait aux chambres, une pour chacun, et de laisser choir sur les matelas à ressorts nos membres rompus

nous dormions comme des loirs dans ces chambres sans confort, fenêtre ouverte sur des espaces qui dépassaient notre imagination, et même si des coyotes rôdaient dans nos parages leurs jappements auraient été bien incapables de nous réveiller

une nuit que j'avais été alerté par je ne sais quel bruit, j'ai repris mon agenda où je continuais à accumuler ces sortes de poèmes qui ne seraient jamais lus que par moi-même, mes mains tremblaient de fatigue, mais ça ne faisait rien, j'avais envie d'écrire, un rayon de lune traçait sur le drap de mon lit une diagonale que des insectes traversaient en silence, au bas de la page California j'avais écrit un soir de fatigue les deux premiers vers d'un prochain poème

Sur une route
Qui tantôt longe la mer, tantôt s'enfonce dans les terres

les yeux dans le vague je les ai répétés jusqu'à ce que les mots un à un s'aiguisent et entrent en moi, et m'imposent leur pouvoir d'évocation, c'était un exercice de concentration qui me permettait de rétracter cornes et antennes pour mieux disparaître de la surface de la terre et me livrer à mes imaginaires : Sur une route, Sur une route, Qui tantôt longe la mer, longe la mer, longe la mer, tantôt s'enfonce dans les terres, tantôt s'enfonce dans les terres

j'étais prêt, j'ai tourné la page, pris mon crayon, au-dessus de la Californie qu'y avait-il ? l'Oregon, je crois, et calant l'agenda sur mes cuisses j'ai écrit en lettres capitales

OREGON
X

Sur une route
Qui tantôt longe la mer, tantôt s'enfonce dans les terres
Je bois canette de bière sur canette de bière
Fume cigarette sur cigarette
——————— *Arrête de boire !*

Léonore a presque crié
Elle passe la main dans ses cheveux, se mord les lèvres
————— Seigneur Dieu !
Qu'est-ce qu'il y a encore ?
Elle ferme les yeux, les rouvre
Pour planter ses pupilles noires de colère dans les miennes
————— Il y a que si tu continues à boire, on va se retrouver dans le fossé
J'ai soif
Ne peux-tu pas comprendre que j'ai besoin d'étancher ma soif ?
————— C'est donc pour étancher ta soif que tu as bu quinze bières
Dix !
————— Dix si tu veux
Oui, je veux, parce qu'en réalité je ne suis même pas sûr d'en avoir bu dix
————— C'est déjà beaucoup trop pour quelqu'un qui conduit

Nous finissons par nous taire
Je tire sur la languette d'une autre canette
Bois à longs traits la bière fraîche
Devant moi la route fume en silence
Trempée de pluie
De cette pluie sans fin des tuyaux d'arrosage
Qu'on voit travailler comme des bêtes de somme dans les champs
Autour des granges
Les arbres sont lourds de feuilles et d'autres de fruits
Les fermes sont blanches et leurs volets sont gris
L'église a deux clochers jumeaux
Incendiés de peinture rouge

Ils regardent d'un drôle d'air la véranda du drugstore d'en face
Que meublent des rocking-chairs d'un autre âge
D'un âge où les hommes qui faisaient des enfants à leurs femmes
Ne pensaient pas à s'en débarrasser avant même qu'ils naissent
Pourquoi ?
Parce qu'ils avaient confiance en l'avenir
Et que ce n'est pas mon cas
Parce qu'ils avaient confiance en l'avenir
Et que nous autres l'avons perdu de vue
Que dis-je ?
L'avons délibérément chassé
Pour ne plus vivre que la répétition maussade d'un présent qui nous fige
Qui nous immobilise et nous paralyse
D'un présent algorithmique contre lequel il est inutile de lutter

Veux-tu qu'on s'arrête ?
————— Pour faire quoi ?
Je ne sais pas... acheter des fruits, des gâteaux
————— Je n'ai pas faim
En disant cela elle enfonce ses poings entre ses cuisses
Se redresse comme si elle s'apprêtait à prendre la parole
Pour m'annoncer quelque mauvaise nouvelle
Peine perdue
Elle se contente de soupirer
Et les larmes aux yeux se recroqueville au fond de son siège
Cherchant en désespoir de cause la fuite dans le sommeil

J'accélère
Sors en trombe du village
Pas si vite, mon fils

Double deux camions en évitant de justesse le capot d'une Dodge
Y a-t-il une femme au monde qui n'a pas le cœur poignardé
Lorsque son mari lui demande d'avorter ?
Redresse la voiture d'un coup de volant
Écrase la pédale de l'accélérateur
Tu m'entends ?
Oui, maman, je t'entends
La vitesse déchire le ciel, démantibule les arbres
Rabote l'horizon des collines
Tu m'entends ?
Pourquoi insistes-tu ?
Tu sais bien que je ne veux pas d'enfant
As-tu seulement une bonne raison
De ne pas en vouloir ?
Dis-moi, mon fils, as-tu seulement une bonne raison ?
J'en ai plein
Alors donne-m'en au moins une, si tu veux bien
Je déteste l'impuissance de nos enfants condamnés
Et je veux éviter à tout prix qu'une fille ou un garçon
Soit obligé à cause de moi d'en passer par là
Je ne comprends rien à ce que tu racontes
Ce n'est pas grave, maman
Je freine au dernier moment pour négocier un virage en épingle à cheveux
Et à la sortie du virage il y a un Indien qui fait du stop
Un Nez-Percé ? un Chinook ?
Qui dresse comme un épouvantail un bras en travers de la route
Le pouce levé, une espèce de sourire fatigué au coin des lèvres
Les cheveux partagés au sommet de son crâne par une raie noire
Je me rue sur la pédale de frein

L'écrase au point que la voiture a toutes les peines du monde
À demeurer sur ses quatre roues
——————— *Nom de Dieu, qu'est-ce qui te prend !*
Et pendant que Léonore crie de peur, et de rage sans doute
Je vois dans le rétroviseur que l'Indien court à notre rencontre
Déployant dans l'air les ailes de corbeau de ses cheveux
——————— *Vous allez à Salem ?*
Arrêté à un mètre de ma portière il me questionne sans reprendre son souffle
Et en même temps se rend compte que je ne suis pas seul dans la voiture
Qu'une femme est avec moi
Et que la présence de cette femme ruine ses chances d'être pris
Non, je ne vais pas à Salem, mais je peux toujours te rapprocher de la ville
——————— *C'est d'accord, m'sieur, mais j'veux pas vous déranger*
Tu ne me déranges pas, grimpe !
——————— *Merci, m'sieur*
Il s'assoit sur la banquette arrière, claque la portière
Pendant que je redémarre et retrouve devant moi
Entre le macadam et l'immensité du ciel
Cette lumière insupportable d'un jour tout aussi insupportable.

sur le rebord de la fenêtre s'était perché une espèce de corbeau, qui avait la grosseur d'un corbeau mais qui n'était peut-être pas un corbeau, il fixait sur moi des yeux écarquillés, cherchait à comprendre ce que je pouvais bien être en train de faire, et pour cela variait son angle de vision en penchant la tête à droite et à gauche, je lui ai montré ce que je venais d'écrire et l'ai vu soudain s'agiter avec l'envie d'aller promener son bec entre les pages dans l'espoir de récupérer des miettes de pain ou de quelque autre aliment qui de toute façon ferait son affaire

— Tu n'as pas la moindre idée de ce que représentent mes pattes de mouche non comestibles, n'est-ce pas ?

au son de ma voix l'espèce de corbeau a eu un mouvement de recul

— Ce qui vole n'écrit pas, proclame l'adage, il est donc certain que si l'homme avait eu des ailes il n'aurait jamais écrit

puis il s'est retourné et m'a montré sa queue

— Tu entends, le corbeau ? Jamais !

avant de se lancer dans le vide, de déployer ses ailes et de s'envoler

j'ai posé l'agenda sur la chaise où s'empilaient déjà ce vieux tee-shirt Country Joe et trois paires de pantalons, et puis je suis sorti du lit et en caleçon j'ai descendu l'escalier en cherchant à éviter les craquements des marches, et arrivé dans la cuisine j'ai pris sur l'étagère la bouteille de bourbon, un verre, et le paquet de Marlboro qui traînait sur le plan de travail avec les assiettes sales et une poêle maculée de graisse

pourquoi n'as-tu plus envie de dormir ?

est-ce que je sais, en traînant les pieds j'ai porté le tout dans la cour, me suis installé sur l'unique rocking-chair encore en bon état, dans l'ombre du mur, là où circulait un courant d'air venu des montagnes et qui rafraîchissait pour quelques heures les prairies que le soleil avait soumises à des températures pouvant dépasser les 45 degrés, autrement dit les 110, 120 degrés Fahrenheit, puisque c'est de cette manière qu'on mesurait par ici la température

au-dessus de moi le silence du ciel était impressionnant, un silence tout piqueté d'étoiles, que la folie des hommes ne pouvait plus souiller, et qui demeurerait pour la nuit des temps tout aussi immaculé qu'il l'était à cet instant, et cette certitude pénétrait en moi par tous les pores de ma peau, comme un baume qui adoucit, régénère, redonne quelques forces quand tant ont été perdues et le sont encore dans les batailles d'arrière-garde de notre monde condamné

je me suis servi un verre de bourbon, en ai bu une rasade qui s'est répandue comme la flamme d'un feu dans ma poitrine, ai reposé la bouteille sur le seau renversé qui me servait de plateau lorsque quelqu'un a montré sa tête à l'angle du mur

— C'est toi, Hugo ?

c'était lui, il s'est avancé vers moi, torse nu, ne portant qu'un caleçon rayé de bandes blanches

— J'avais besoin de sortir, j'étouffais

il s'est assis par terre, a ramené les jambes contre sa poitrine, coincé le menton entre ses genoux

— Ça ne te plaît pas d'être ici ?

— Au contraire

il a levé la tête et regardé les abîmes d'un ciel que les horizons d'Europe ne limitaient plus

— J'ai besoin de m'habituer à ce qui m'entoure, ces espaces, cette sauvagerie… dis-moi, Théo, on va rester ici ?

— Je croix qu'on n'a pas le choix

— Et qu'est-ce qu'on va faire ?

à présent ses yeux suivaient les mouvements désordonnés des branches du chêne tourmentées par la brise des montagnes, est-ce que je savais ce qu'on allait faire ? bien évidemment que non, alors je me suis contenté de répondre

— Vivre du mieux qu'on pourra, et c'est déjà tout un travail, ça occupe le corps et l'esprit du matin jusqu'au soir il a grimacé, et ses yeux se sont plissés sous ses sourcils inquiets

— À mon âge on a d'autres plans

— J'imagine bien, mais tu devras te contenter de celui-là

je me suis levé, abandonnant le rocking-chair à ses mouvements de va-et-vient, ai allumé une Marlboro à la flamme du briquet protégé par la paume de mon autre main

— Viens avec moi

à son tour Hugo s'est levé, et pieds nus tous les deux nous nous sommes éloignés de la maison, laissant dans notre dos la masse obscure de cette bâtisse vieille d'au moins un siècle, et traversant la prairie et le chant monotone des grillons qui veillaient encore à cette heure tardive dans l'espoir d'attirer je ne sais quelle femelle bien insomniaque

— On voit trop loin

a dit Hugo qui clignait des yeux, comme pour raccourcir son champ de vision

— On ne voit jamais assez loin

lui ai-je répondu

la plante de nos pieds ne craignait pas le contact des herbes sèches, grillées depuis longtemps par le soleil et que nos talons écrasaient dans un bruit de soie froissée, et nous marchions d'un pas décidé dans une direction qui nous importait peu, l'essentiel était de marcher côte à côte, d'écouter et de reconnaître les appels des collines qui nous dominaient de leurs larges épaules, de gorger nos poumons des espaces de cette nuit d'été qui ne nous était pas encore familière et à laquelle il allait falloir s'habituer dans les jours et les semaines à venir

arrivés à l'orée d'une forêt de ponderosas, des grouses effrayées sont sorties d'un bosquet et se sont envolées en battant lourdement des ailes

— Qu'est-ce que c'est ?

a dit Hugo, s'arrêtant net et me montrant du doigt la masse compacte et noire des oiseaux qui nous fuyaient

— Des grouses, je sais qu'il y en a beaucoup par ici

il a hoché la tête, sans doute n'avait-il jamais entendu parler de ces oiseaux, mais il n'a pas cherché à en savoir plus, il s'est remis en marche, courant presque devant moi et entrant le premier dans la forêt avec l'allure d'un Indien en chasse, il a disparu un moment, et puis il est revenu en brandissant au-dessus de sa tête un long bâton

— Wow-wow-wow !

il poussait des cris, tournait autour de moi, son torse et ses jambes nus badigeonnés de terre luisaient de sueur

— Wow-wow-wow !

blessé à la hanche je suis tombé à genoux, et en joignant les mains je l'ai supplié de m'épargner la vie, mais que pouvait comprendre un Sioux aux prières d'un Blanc ? des sons gutturaux sont sortis de sa poitrine pendant qu'il gesticulait au-dessus de ma tête, exécutait une espèce de danse sauvage, celle du guerrier vainqueur de son ennemi, et à la fin il s'est précipité sur moi, poignard au poing, et m'a scalpé sans que je puisse rien faire pour l'en empêcher

— Wow-wow-wow !

il a dressé en direction du ciel mon scalp ruisselant de sang, avant de le coincer dans la ceinture de son caleçon, de sauter sur son cheval et de disparaître en hurlant dans les obscurités de la forêt

je suis demeuré un moment les bras en croix, raide comme un mort sur le sol semé d'aiguilles de pin, écoutant battre mon cœur et me demandant pourquoi les Indiens avaient accepté d'être parqués dans des réserves aux frontières tracées par leurs ennemis blancs, pourquoi s'étaient-ils résignés à vivre dans la chaleur et la poussière de ces terres ruinées, au milieu des chiens et de quelques Cadillac réformées, pourquoi s'étaient-ils contentés de noyer leur cafard dans le flot incessant des bourbons de supermarché qui n'avaient d'autre fonction que de les mener au plus vite à la tombe

oui, pourquoi ?

je me suis redressé parce que des fourmis avaient escaladé mon caleçon et me couraient sur le ventre, où était parti Hugo ? dans les collines jappaient des coyotes qui avaient dû sentir notre présence et préféraient s'en éloigner, s'éloigner du danger que nous représentions, pouvaient-ils savoir que nous n'avions ni fusils, ni poignards pendus à la ceinture ?

— Hugo !

ai-je crié

la lune s'était levée et balayait d'une lumière uniforme le grand plateau du Wyoming, paisible comme l'enceinte d'une cathédrale, et tout aussi immuablement figé dans un temps qui avait refusé d'aller de l'avant, de se plier aux manœuvres d'une humanité criminelle, se pouvait-il que l'évidence rassurante de ce temps ait été un jour menacée, qu'un impensable déluge ait failli tout engloutir pour des temps immémoriaux ?

— Hugo ?

il est arrivé au galop, zigzaguant entre les arbres, a débouché dans la prairie en hennissant, et m'a sauté sur le dos

— Tu y as cru, Théo ?

il m'a renversé, et ensemble nous avons roulé dans les herbes sèches, chacun essayant d'avoir le dessus sur l'autre

— Tu y as cru ?

— Bien sûr que j'y ai cru, on aurait dit Sitting Bull ressuscité d'entre les morts

— Te fous pas de moi

avec ses muscles d'un âge qui n'était plus le mien depuis longtemps, il a réussi à m'immobiliser, tenant serré entre ses cuisses mon corps essoufflé, et pesant de tout son poids sur mes poignets crucifiés

— Tu te rends ?

j'ai bien tenté quelques ruades, mais j'ai vite compris qu'il était plus fort que moi

— Oui, je me rends

alors il a poussé un cri de triomphe, a basculé sur le côté et s'est à son tour allongé dans l'herbe, ne cherchant plus la bagarre mais regardant de tous ses yeux le ciel blanchi par la lune, par l'énigmatique rondeur d'un astre jamais aussi bien à sa place qu'au milieu de ce ciel préservé de toute intrusion humaine

— C'est tranquille ici

a-t-il fini par avouer, surpris par tant de sérénité, lui qui n'avait que trop connu les violences de pouvoirs totalitaires et qui avait dû se battre pour demeurer en vie

— Alors profites-en

lui ai-je répondu

et j'étais certain qu'il ne trouverait pas meilleur refuge pour oublier ce qu'il avait vécu des années durant.

•

Nous avons baptisé le ranch. Ça a pris du temps, parce que nous n'étions pas d'accord sur le nom. Red Cloud, proposait Hugo, et Joan

Rosebud. Quant à Théo, vautré dans le rocking-chair, il n'a pas trouvé mieux que Kaddish, en hommage à ce bon vieux Ginsberg qui avait été le fer de lance d'une révolte bienvenue. Il fallait en finir. Et pour ne pas trop s'éloigner de Ginsberg j'ai décidé, en tapant du poing sur la table un soir où j'en avais marre, que notre foutue maison avec ses baraques attenantes et ses terres du diable abandonnées aux chardons et aux coyotes s'appellerait le Crazy Moloch Ranch. Joan et Hugo, pliés en deux, ont ri tout leur soûl. Et Théo a simplement dit : « Ça me va. » Le ranch avait donc un nom. Hugo a scié une planche, et Joan y a inscrit à la peinture blanche les trois mots, *Crazy* d'abord, et puis *Moloch* et *Ranch*. Et Théo l'a suspendue à l'entrée de notre propriété entre les deux poteaux branlants qui dataient au moins de l'époque de Buffalo Bill. Ensuite nous avons pris rendez-vous avec l'agence qui fournissait l'électricité dans la région et avons fait installer un compteur. Et puis, parce que tous les gens par ici avaient à leur disposition un arsenal bien fourni d'armes à feu, nous avons décidé qu'il serait sans doute plus prudent de les imiter, et dans un centre commercial on a échangé un paquet de dollars contre quatre pistolets, deux Winchester, et deux fusils à pompe au cas où une bande d'excités nationalistes viendrait rôder autour de notre maison. Plus quelques matraques télescopiques et un stock de munitions. Et avec l'argent qui nous restait nous avons réussi à passer sans encombre les quatre saisons. Aux alentours, je veux dire dans les villages et les villes qui se tenaient à bonne distance de notre ranch, sans jamais excéder la cinquantaine de miles, les femmes et les hommes encore vivants, et malheureux de l'être, avaient pris l'habitude de nous appeler les Frenchies. Ils nous saluaient, nous parlaient de leurs malheurs, des membres de leur famille qui avaient disparu dans les eaux du déluge, leurs bras s'ouvraient, leurs yeux s'écarquillaient.

« Ce qui est terrible, c'est que nous ne saurons jamais ce qu'ils sont devenus », disaient-ils en rabattant casquette ou Stetson sur le désespoir de leurs yeux. Et parce qu'il fallait bien oublier ces histoires, nous allions manger des steaks d'élan et boire de la bière dans des restaurants reconstruits avec les moyens du bord. Mais ça ne faisait rien, nous mastiquions avec entrain de la bonne viande nappée de sauce au lait et de graisse de porc, et vidions les bouteilles de Pabst Blue Ribbon qui nous rafraîchissaient plus sûrement la gorge que n'importe quelle autre boisson. « Hugo, ne bois pas tant de bière ! — J'ai l'âge à présent. » C'était vrai qu'il avait l'âge, mais j'avais encore pour lui des yeux de mère. Alors qu'il était devenu un homme, qu'il tenait comme un homme revolver ou Winchester, tirait sur n'importe quelle cible vivante et la tuait avec une redoutable précision. Et qu'il se bagarrait comme un homme. Ne ratant jamais une occasion de se battre lorsqu'il allait avec sa sœur dans un de ces bals de campagne où dansaient sous des roues de chariot suspendues aux poutres les cow-boys du coin. Comme il picolait sec, et qu'il se trouvait toujours un gars pour serrer d'un peu trop près sa sœur, ça suffisait pour qu'il envoie son poing dans la figure du danseur. Il revenait au ranch bien amoché, ramené par Joan qui était obligée de se glisser derrière le volant du pick-up et de conduire sur des routes pas toujours très sûres. Mais il aimait ça, la bagarre. Il aimait s'en prendre aux autres. Donner et recevoir des coups. « Qu'y a-t-il de mieux à faire sur cette terre ? » demandait-il avec un air de fausse innocence. J'étais sa mère, et pourtant je ne trouvais rien à lui répondre. Je regardais Théo qui, lui, en profitait pour regarder ailleurs, pas du tout prêt à jouer le rôle du père qu'il n'était pas. Et c'est à peu près comme ça que nous avons passé l'été, l'automne, l'hiver et le printemps, c'est à peu près comme ça que nous avons vécu notre première année dans le Wyoming. Mais à l'été suivant il a bien fallu admettre que nous n'avions plus d'argent, Théo et moi. Les dollars qu'il nous restait ne suffiraient pas à passer l'hiver suivant.

•

J'ai assez vite compris qu'il ne serait pas facile de vivre sur ces terres avec la perte d'une bonne partie de la population l'activité économique tournait au ralenti, beaucoup de gens avaient perdu leur travail et n'avaient que peu d'espoir de retrouver un emploi, alors ils restaient chez eux à manger ce que leurs mains réussissaient à faire pousser en ces temps de sécheresse, ou bien, rongés par un sentiment de culpabilité, après la terrible punition que leur avait infligée ce Dieu tout-puissant dont ils s'étaient imaginé ne plus avoir besoin, ils rejoignaient le giron protecteur d'une secte quelconque

il s'en créait une nouvelle par mois, la Sainte Confrérie du Christ, forte d'un million de membres fanatisés, le Royaume du Purgatoire, les Frères de la Grande Repentance, et que sais-je encore ?

ils n'avaient que l'embarras du choix, et c'était tant mieux, car tous ces gens déboussolés n'avaient qu'une idée en tête, être baptisés au plus vite par un de ces prédicateurs qui battaient les campagnes et les rues une bible dans une main, une croix dans l'autre

— Craignez la colère de Dieu !

hurlaient-ils à tous les vents

— Craignez son courroux ! il a fauché bon nombre d'entre vous qui ne le respectaient pas ! il pourrait recommencer !

si bien qu'au bord des fleuves et des rivières les prédicateurs se relayaient du matin jusqu'au soir pour accueillir les pécheurs de tous âges et de toutes conditions, ramenant ainsi au bercail des milliers de brebis égarées qui recevaient le baptême comme un cadeau du ciel

et c'est ainsi qu'on a vu cahoter un jour sur notre chemin de terre un SUV Ford noir de jais, cahoter et s'avancer dans notre direction, s'arrêter à la porte du ranch et attendre que l'un d'entre nous veuille bien prendre la peine d'aller accueillir et saluer l'homme qui venait de sortir du véhicule, chapeau et costume noirs, chemise blanche, un prédicateur à n'en pas douter

encore un de ces foutus bonimenteurs, me suis-je dit en avançant vers lui

— Hazel Hawks

a dit cet homme en guise de présentation, et il m'a tendu sa main que j'ai bien été obligé de serrer

— Nous sommes français, et pas du tout intéressés par vos salades

il a soulevé son chapeau, s'est essuyé le front

— Savez-vous que j'ai travaillé dix ans en France ?

m'a-t-il répondu en français

j'ai froncé les sourcils, penché la tête sur le côté pour mieux juger à qui j'avais affaire

— Et alors ?

— J'imagine que ce sera plus confortable pour vous que je poursuive la conversation en français

en haussant les épaules j'ai reculé d'un pas

— C'est inutile

— Vous n'avez pas la foi ?

— Non

— C'est pourtant le moment de demander à Dieu de soulager vos souffrances

— Je ne souffre pas

— D'accord, mais le monde va si mal que ça pourrait bien vous arriver un jour

— Qu'est-ce qui pourrait m'arriver ?

— De souffrir

il était têtu, mais je l'étais tout autant que lui

— Ça ne risque pas

le soleil devait sans doute l'aveugler parce que sa main droite, celle qui portait un anneau ecclésiastique, est allée chercher dans une des poches de sa veste une paire de lunettes à verres miroir, des Ray-Ban Wayfarer

— On se croit à l'abri, mais personne ne l'est, Dieu frappe quand il veut et où il veut

je n'ai pas pu m'empêcher de ricaner

— J'ai déjà entendu ça quelque part

l'homme qui se faisait appeler Hazel Hawks, et qui avait dû porter un autre nom dans une autre vie, a croisé les mains en soupirant

— Il n'y a pas de discussion possible, n'est-ce pas ?

— Exact

— Peut-être qu'un jour vous le regretterez, pensez à ce que je vous ai dit : on se croit à l'abri, mais personne ne l'est jamais

retournant à son SUV il a fouillé dans un sac et m'a tendu une bible

— Je vous l'offre

— Qu'est-ce que vous voulez que j'en fasse ?

— Prenez-la, je vous en prie, votre refus m'obligerait à vous casser la gueule

— Allez-y, ne vous gênez pas, vous pesez au moins deux fois ce que je pèse, mais il va vous falloir franchir les trois mètres qui nous séparent, et dans ce temps très court mais suffisant je n'hésiterai pas à vous envoyer une balle dans le genou

— Vous êtes armé ?

— Comme tout le monde par ici

je ne pouvais pas voir ses yeux cachés par les lunettes, mais j'ai remarqué que ses doigts crispés sur la bible étaient en train de l'écorner

— Donnez-la-moi, votre bible, et foutez le camp

j'ai à mon tour tendu la main, récupéré le livre et tourné le dos à cet homme, derrière moi j'ai entendu une portière claquer, un moteur démarrer, des roues écraser les gravillons de notre chemin, et ce n'est qu'à ce moment-là que je me suis senti soulagé, que j'ai pu cracher cette sorte de glue coincée douloureusement dans ma gorge, foutue charogne ce Hazel ! j'ai jeté un œil en direction du Ford noir qui s'éloignait en soulevant un nuage de poussière, pensé qu'on aurait pu tout aussi bien se battre, mais à quoi cela aurait-il servi ?

Chloé, Joan et Hugo m'attendaient à l'ombre du chêne, leurs pieds nerveux trépignant d'impatience

— Alors ?

m'a lancé Chloé bien avant que j'atteigne l'arbre

— Alors rien

— Mais qu'est-ce qu'il t'a dit ?

— C'était un prédicateur, et comme tous les prédicateurs il prêche pour sa paroisse, bat la campagne afin de ramener dans le droit chemin ces indécrottables pécheurs qui l'empêchent de dormir

— On est des indécrottables pécheurs ?

a demandé Joan

— À ses yeux oui

je leur ai expliqué que je ne m'étais pas laissé faire, et qu'à la fin je l'avais tant énervé qu'il voulait me casser la gueule

— Il parlait sérieusement ?

— J'ai bien l'impression qu'il ne plaisantait pas, en désespoir de cause il m'a tendu sa bible, et je crois que si je ne l'avais pas prise il m'aurait sauté dessus, c'est un violent ce Hazel Hawks

— C'est un drôle de nom

a dit Chloé

— C'est le nom qu'il m'a donné, ça te dit quelque chose ?

— Jamais entendu ce nom par ici

j'ai lancé le livre sur la table qui n'avait pas été débarrassée, les bols du petit déjeuner avaient encore des fonds de café et de lait, et quantité de mouches bourdonnaient au-dessus des couteaux et des cuillères souillés de confiture et de beurre de cacahouète, se disputaient des restes d'omelette et de pain, un instant le bruit qu'a fait la bible en atterrissant au milieu de ce capharnaüm les a forcées à s'enfuir, mais elles n'ont pas tardé à revenir, plus nerveuses que jamais, grosses mouches noires que rien n'effrayait, pas même les pages noircies de signes menaçants d'une bible de poche.

•

Vous vous leviez le matin alourdis des péchés de la veille, et tous les jours il en était ainsi, bougres d'aveugles crétins, tous les jours vos gestes impurs et vos pensées tout aussi impures vous condamnaient un peu plus

Mais que vous importait le jugement de Celui qui avait perdu sa place dans votre cœur

Vous aviez d'autres préoccupations, accaparés par Facebook, Instagram, et autres réseaux maléfiques, vous n'aviez d'yeux que pour vos satanés écrans qui vous poussaient à toujours plus d'égocentrisme, toujours plus d'indifférence pour les choses qui ne concernaient pas votre petite personne, photographiée inlassablement et jetée en pâture aux milliards d'écrans anthropophages de la planète avec l'espoir... mais avec l'espoir de quoi ? je vous le demande, avec l'espoir de quoi ?

Vous avez été punis, bougres d'aveugles crétins, punis comme il le fallait !

Nous demandons pardon

psalmodiait la foule à genoux

Vous avez peur à présent ?

Oui nous avons peur

Que craignez-vous ? le retour de la Grande Faucheuse au pied bot qui a en un peu moins de deux mois privé de vie les trois quarts de vos compatriotes ?

Oui, c'est ça

Alors courbez la tête et acceptez le baptême du Fleuve, de l'eau pure de la résurrection ! courbez la tête mes frères ! et vous aussi mes sœurs ! et débarrassez-vous de vos péchés !

et ils se précipitaient les uns derrière les autres, les mains jointes et la poitrine enfin libérée des affres d'un orgueil métastasé

Par des lois nouvelles et des ordonnances, vos gouvernements tétanisés par l'ampleur des disparitions ont enfin tapé du poing sur la table, et décidé dans l'urgence de vous dépouiller et de vos téléphones, et de vos ordinateurs, et de vos écrans de télévision, de vous priver d'accès à Internet, de vous libérer des contraintes de l'intelligence artificielle, de la tyrannie des robots et autres machines du diable que vous aviez inventées et laissées libres de manipuler à leur guise le quotidien de vos vies

et ils s'offraient aux bras des pasteurs qui s'emparaient de leur corps, d'un geste vigoureux le renversaient et le plongeaient dans les remous du Fleuve, avant de le ramener d'un autre geste vigoureux tout ruisselant à la lumière, à l'éclatante lumière d'un soleil qui débordait de joie, et résonnait de trilles et autres roulades que mille oiseaux innocents envoyaient aux quatre coins du ciel

Abandonnez vos servitudes, vos addictions, vos dépendances, arrachez vos masques de débauchés blasphémateurs, les temps anciens de vos écrans anthropophages sont derrière vous, vous n'êtes plus et ne serez plus jamais connectés

Oui, oui, abandonnons nos servitudes ! arrachons nos masques ! déconnectons-nous ! et demandons pardon !

criait la foule prise d'une soudaine folie

et criant plus fort que la foule les prophètes rugissaient

Repentez-vous ! repentez-vous ! Jésus vous ouvre ses bras, vous offre son sang, sa sueur et ses larmes ! Entrez sans crainte dans les eaux de son Fleuve !

•

Un homme sac au dos est apparu un jour dans le champ aux chardons, je lui ai fait signe, et il s'est approché pour me dire qu'il traversait à pied les États-Unis, qu'il était allemand et qu'il avait fui l'Europe parce que ce n'était plus possible d'y vivre, et qu'après les crues du ciel ces tristes pays européens n'avaient pas su se reprendre et avaient fini par sombrer dans de terribles dérives totalitaires, je lui ai parlé de ce que j'avais vu en France et en Italie, mais il m'a répondu que ce n'était rien à côté de ce que je pourrais voir si l'envie me prenait de retraverser l'Atlantique

— Et qu'est-ce que je verrais de si terrifiant ?

l'Allemand m'a jeté un coup d'œil par-dessus son épaule, et a secoué la tête sans répondre

— Des bombardements ? des génocides ? des famines ? qu'est-ce que je verrais ?

— Ça, et pire que ça… il y a combien de temps que tu es parti ?

— Bientôt quatre ans

— Seul ?

— Non, avec une femme et ses enfants

— À cette époque l'Europe avait encore quelque espoir de se reprendre, à présent tout est foutu, il meurt chaque jour mille fois plus de gens qu'il n'en naît, comme ici, mais pour d'autres raisons, la population – tout au moins ce qu'il en reste – est en train de disparaître

il s'est assis à la table de la cuisine, et je lui ai servi une Pabst pendant qu'il délaçait ses godillots et les retirait pour se masser les pieds

— Il reste au moins le plaisir de boire une bière

a-t-il commenté en décapsulant la bouteille

— On n'est pas près d'en manquer par ici

je me suis assis en face de lui, j'étais seul au ranch, Chloé, Joan et Hugo étaient allés faire des courses à Casper et ne rentreraient qu'en fin de journée

— Même si tu ne manques pas de bière, je me demande bien comment vous arrivez à vivre tous les quatre dans ce foutu Wyoming

a dit l'Allemand

— On chasse, on fait pousser des légumes, mais tu as raison ça ne suffit pas, et puisqu'il n'est pas possible de vivre sans argent, deux ou trois fois par an on va se servir aux caisses de ces agences bancaires perdues dans les bleds qui ont encore des habitants, c'est facile, on est quatre, on entre avec flingues et cagoules, on crie : C'est un hold-up ! l'employé ouvre le coffre, on rafle les dollars, on assomme celui qui n'a pas compris qu'on ne rigole pas, et on se tire dans une bagnole volée qu'on abandonne plus loin… c'est vrai qu'on est assez dingues pour se foutre de ce qui pourrait arriver

— Les gosses sont de la partie ?

— Ils sont majeurs à présent, libres de se choisir le destin qui leur plaît, et ils savent bien qu'il n'est plus possible dans ce foutoir post-informatique de vivre sans avoir une arme à sa ceinture et être prêt à s'en servir, ils tirent mieux que moi, et n'ont pas d'états d'âme lorsqu'il faut appuyer sur la détente

je suis allé chercher deux autres bières

— Et toi ?

— J'ai un Colt, et il m'a sauvé la vie lorsque des clochards me sont tombés dessus à la sortie de Kansas City, mais je n'ai pas encore braqué de banque

et il a ri, noyant aussitôt ce rire dans la mousse de sa bière, et j'en ai profité pour lui donner quelques explications

— Je suis peut-être devenu un habitué du braquage, mais je ne me lance jamais à l'aveuglette, je prends mon temps, cherche pendant des semaines la bonne banque, celle qui n'a pas d'agent de sécurité, celle qui nous permettra de fuir facilement, tu vois ce que je veux dire ? je note les horaires d'ouverture, les habitudes des employés, des clients, c'est du boulot, mais pour Chloé, et pour Joan et Hugo, je me dois de préparer le mieux possible chaque virée

— Et ta prochaine, tu l'as déjà repérée ?

— Je ne sais pas, j'hésite entre deux ou trois bleds du Montana, des coins qu'on n'imagine pas en Europe, avec une rue principale où s'alignent vingt bâtiments en dur, et des rues perpendiculaires, enfin plutôt des allées de caravanes et de mobile homes qui vont se perdre dans la nature, de sacrés trous à rat, trois bars, un supermarché, des boutiques de tout et de rien, et une agence bancaire, en général pas très reluisante, disons cinquante mille dollars dans son coffre, et encore la plupart du temps c'est moins, mais une agence dont je suis sûr qu'elle ne nous posera pas de problèmes, c'est ça l'important

il a secoué la tête, l'Allemand, il n'en revenait pas de notre petit trafic, il se disait qu'il était tombé sur une drôle de famille, pas vraiment fréquentable, et que dans ce pays devenu plus puritain que jamais mieux valait faire gaffe

et moi, sans trop savoir pourquoi, qui ne trouvais rien de mieux que d'en rajouter dans la provocation

— Viens voir

j'avais sorti deux autres bières, je lui en ai tendu une avant de franchir le seuil de l'entrée sans me retourner, il m'a suivi dans la cour, a eu un mouvement de recul lorsque j'ai ouvert la porte de la grange

— Viens voir je te dis

j'ai allumé l'ampoule pendue aux poutres, et l'Allemand a fini par entrer, les mains dans les poches de son pantalon, surveillant les alentours avec une sorte d'appréhension qu'il n'arrivait pas à cacher

— Regarde

il s'est penché au-dessus du coffre que je venais d'ouvrir, il y avait à l'intérieur des pistolets, des Winchester, des matraques télescopiques, deux fusils à pompe Remington, un stock de munitions pour farcir de plomb la faune entière du Wyoming, et même une AK-47 que j'avais achetée à la veuve d'un cow-boy collectionneur d'armes de guerre

— C'est notre artillerie de cambrioleurs, on ne s'en sert pas souvent… mais enfin, à bien y réfléchir, plus souvent qu'il n'y paraît

à mon tour je me suis mis à rigoler tout en refermant le coffre

— On est dans le Wyoming, mon vieux, pas à New York ni à Boston

et nous sommes ressortis dans la lumière de cet après-midi de fin d'été bourdonnant d'insectes, sous le chêne nous avons fini notre bière sans ajouter un mot, nous commencions à être soûls, lui tout autant que moi, et chacun cherchait à savoir ce que l'autre avait dans la tête

j'ai fini par dire

— Tu veux dormir ici ce soir ? ce n'est pas un problème, il y a une chambre qui ne sert à rien, tu peux la prendre et roupiller tranquillement jusqu'à demain

il m'a regardé, s'est levé d'un coup comme si la seule pensée de dormir ici l'avait effrayé, il a passé une main dans ses cheveux humides de sueur, et puis il a fini par me dire

— Il faut que je m'en aille, je dois m'en tenir aux règles que je me suis imposées

— Comment ça ?

— Dès que j'ai débarqué à New York j'ai décidé par exemple de ne jamais coucher sous un toit avant d'atteindre la côte pacifique

— Tu refais le chemin des convois de migrants ?

— Je voudrais bien, mais ce n'est plus possible, même si les trois quarts de la population ont disparu il en reste encore assez pour saloper la nature

— Alors bonne route

à mon tour je me suis levé et lui ai tendu la main

— Il est l'heure que j'aille arroser le jardin

l'Allemand a calé le gros sac en toile sur son dos et il est reparti en direction du coucher du soleil, a traversé le champ aux chardons et disparu dans le bois de pins.

•

J'ai passé la soirée à donner de l'eau aux plants de tomates, aux salades et aux choux, m'arrêtant pour fumer une ou deux cigarettes et boire des rasades de bourbon, ensuite reprenant le travail d'arrosage, allant jusqu'au puits remplir mes seaux, et revenant un seau plein au bout de chaque bras, ce n'était pas un travail facile, surtout quand on a trop de bière dans le ventre, mais ça me plaisait d'inonder la terre, de la faire boire, d'entendre les bruits de succion des mottes durcies par le soleil, de sentir la puissante odeur qui s'en dégageait aussitôt

la lumière du jour, ternie par le crépuscule, couronnait encore les montagnes lorsque le pick-up Toyota a pointé son nez entre les massifs d'armoise, c'était Hugo qui conduisait, fier d'étrenner son permis de conduire américain, il a fait demi-tour devant moi, freiné en dégageant un nuage de poussière

— Une voiture a fauché des antilopes qui traversaient la route, il y a du sang partout, et le shérif a interdit la circulation jusqu'à demain, il a fallu trouver un autre chemin pour rentrer, et ça n'a pas été facile

Chloé a ouvert le hayon arrière du pick-up et sorti les sacs de courses

— J'ai voulu acheter des baskets pour Joan et Hugo, mais le magasin qu'on connaissait a fermé, faute de clients, pour retrouver du travail et espérer vivre un peu mieux les gens quittent les campagnes et vont se réfugier dans les grandes villes

j'ai haussé les épaules, ne sachant quoi répondre, et me suis contenté de porter les packs de bière dans la grange, il y en avait bien une dizaine, Pabst et Bud principalement, de quoi tenir une bonne semaine, pendant que Joan et Hugo étaient en train de se disputer une bouteille de Coca qu'ils avaient ouverte et biberonnaient à même le goulot

on s'est tous les quatre retrouvés autour de la table pour dévorer des sandwichs au poulet et des gaufres nappées de crème, et entre deux Pabst j'ai dit

— Un Allemand est passé par là aujourd'hui

Chloé s'est tournée vers moi, avec l'air de quelqu'un qui cherche à démêler le vrai du faux dans ce qu'on lui raconte

j'ai secoué la tête, avalé une bouchée de gaufre

— Un Allemand qui a décidé de traverser à pied le pays de New York à L.A.

— Pourquoi il fait ça ?

a demandé Hugo

— Est-ce que je sais ! pour le plaisir de marcher, ou pour se foutre de ce monde dans lequel il est forcé de vivre, tout comme nous autres

— Il ne te l'a pas dit ?

— Non

— J'espère qu'il est reparti, parce que je n'ai pas du tout envie d'héberger ce genre de type

a dit Chloé

— Oui, il a repris la route, on a simplement passé quelques heures à boire des bières et à se raconter nos vies, je lui ai montré notre artillerie et ça l'a beaucoup impressionné

— Quoi !

Chloé a bondi de sa chaise, renversant son verre de bière

— Tu perds la tête, Théo ! montrer au premier venu les armes avec lesquelles on attaque des banques !

— Il s'en fout, ça avait même l'air de l'amuser, notre façon de trouver du pognon

— Et s'il décide de nous dénoncer aux flics ?

— Ce n'est pas son genre, dans un mois il aura quitté les États-Unis, il veut descendre en Amérique du Sud, voir ce qui se passe là-bas

Chloé avait les yeux qui lui sortaient de la tête

— Tu crois que je vais me contenter de tes explications ! à présent il y a par ta faute une épée de Damoclès au-dessus de nos têtes, au-dessus de la tête de Joan, et au-dessus de celle de Hugo

je ne comprenais pas très bien sa colère, peut-être avais-je été imprudent, mais j'étais à peu près sûr que l'homme saurait se taire

— Je sais quand même à qui je parle

mais Chloé ne m'écoutait plus, elle tournait en rond autour de la table, ses mains tremblaient, son front et ses tempes se couvraient de sueur

— Maman, calme-toi

Hugo a posé sa main sur celle de sa mère et a déclaré

— Je vais partir à sa recherche, il a quoi ? deux ou trois heures d'avance, c'est ça ? mais j'ai l'avantage de connaître le terrain, quelle direction il a prise ?

— Plein ouest, le bois de pins et les collines derrière

— Je l'aurai vite rattrapé

— Je viens avec toi

— Non, Théo, tu n'as plus l'âge des poursuites

je n'avais plus l'âge des poursuites, c'était si vrai que je me suis contenté de hausser les épaules

il est allé chercher sa Winchester, a pendu un couteau de chasse à sa ceinture, enfilé short et tee-shirt de treillis, noué autour de sa tête un foulard

— Te rends-tu compte de ce que tu as fait ?

répétait Chloé

— Te rends-tu compte ?

Joan a serré son frère dans ses bras, lui chuchotant je ne sais quoi qui l'a fait rire, et puis il est parti en courant à travers le champ aux chardons, déployant dans la lumière tiède du soir une force d'homme peu commune, ses membres se jouaient des obstacles de la nature, et son corps tout entier lancé à la poursuite de l'Allemand ne pensait plus qu'à le rejoindre et à l'empêcher de nuire

nous l'avons suivi jusqu'à ce qu'il atteigne les ponderosas, et pénètre dans leurs ténèbres, et disparaisse de notre vue

— Pourquoi ne l'as-tu pas accompagné ?

a dit Chloé

— Il a raison, je l'aurais retardé, sa cadence n'est plus la mienne

— Et s'il ne revient pas ?

— Il reviendra

je ne disais pas ça pour la rassurer, j'étais bien sûr que Hugo n'aurait aucun mal à rejoindre l'Allemand avant l'aurore, la lune qui était en train de se lever lui faciliterait la tâche, et sans avoir à s'approcher il lui suffirait d'une seule balle bien ajustée pour éliminer le danger qui, selon Chloé, nous menaçait, il n'aurait même pas besoin de se battre

et nous sommes restés à tourner en rond autour du chêne éclairé par trois ampoules qui pendaient au-dessus de la table et se balançaient au rythme des rafales de vent, et quand nous en avons eu marre de nos mains moites et de nos reins trempés de sueur nous nous sommes assis, grillant cigarette sur cigarette, et Joan fumant plus encore que sa mère

quelle heure était-il ? onze heures ? minuit ?

nous trompions notre impatience en observant la danse macabre des papillons de nuit, l'ivresse suicidaire de tant d'autres insectes auxquels nous aurions été bien incapables de donner un nom, même en nous creusant la tête, et Joan et Chloé préféraient me tendre leur verre vide dans lequel je m'empressais de verser deux doigts d'un bourbon de cow-boy qui dépassait les 50 degrés

quelle heure était-il ? minuit trente à présent

et nous laissions le temps égrener ses minutes sans rien faire, sans échanger la moindre parole, car nous n'avions plus de langue, ou du moins ne nous aurait-elle pas servi à former des mots, repliés en nous-mêmes nous nous contentions de fumer et de boire, et de cracher dans la poussière une épaisse salive de mauvais augure

un lynx, ce qui devait être un lynx, a poussé un hurlement très loin dans la montagne, et des coyotes lui ont répondu, et soudain il m'a semblé entendre un coup de feu, pas un vrai coup de feu mais son écho répercuté de vallée en vallée, j'ai redressé la tête, tendu l'oreille au vent, mais le silence était déjà revenu, le silence habituel des feuilles de chêne froissées par les rafales et du bourdonnement continu des insectes autour des lampes

— Vous avez entendu ?

Joan et Chloé m'ont regardé sans comprendre ce que je leur demandais

— Qu'est-ce qu'il fallait entendre ?

a dit Joan soudain attentive

— Un coup de feu, l'écho d'un coup de feu tiré dans les collines

elles ont toutes les deux secoué la tête et haussé les épaules, comme si ce coup de feu ne pouvait être qu'une invention de mon imagination, mais d'un commun accord elles ont quitté la table et sont allées voir jusqu'à la barrière qui fermait le champ aux chardons, appuyées contre les rondins elles ont scruté les ténèbres et cherché à savoir ce que j'aurais bien pu entendre, une branche qui se brise, un rocher qui se fend, et tant d'autres manifestations de la nature susceptibles d'être prises pour un coup de feu, et elles sont restées plantées là un bon moment, à fumer le reste du paquet de Marlboro, jusqu'à ce que Chloé montre du doigt quelque chose à l'autre bout du champ, quelque chose qui était sorti de la forêt et qui s'avançait en direction du ranch

— Voilà Hugo

a crié Joan, sautant par-dessus la barrière et s'élançant à la rencontre de son frère

et c'était vrai, elle avait de bons yeux Joan et ne se trompait jamais, à mon tour j'ai rejoint Chloé et me suis accoudé à la barrière pour la voir courir à toutes jambes dans la direction de l'homme qu'un rayon de lune avait fini par éclairer et qui montrait Hugo marchant d'un bon pas, arrivée à sa hauteur elle lui a sauté au cou pendant qu'il laissait choir sa Winchester et attrapait sa sœur à pleins bras

— Tu vois bien que ce n'était pas la peine de s'inquiéter

ai-je dit à Chloé

et à table, alors que Joan lui servait une pizza poivrons-oignons, décongelée en vitesse, Hugo nous a raconté sa chasse à l'homme

— Il est pas allé bien loin ton Allemand, il a passé deux ou trois collines et puis il s'est arrêté dans un fond de vallée, près du Cat Ear Creek pour avoir de l'eau, et il a planté sa tente et fait du feu, c'est là que je l'ai rejoint et que j'ai pris position sur la pente boisée qui surplombe le cours d'eau, j'avais tout mon temps, je me suis dit que c'était pas la peine de se presser, je voulais être sûr qu'un copain à lui n'allait pas se pointer, un type qui aurait suivi un autre chemin, je sais pas moi, qui descendrait du Dakota ou du Montana, vous voyez ce que je veux dire ? j'avais tout mon temps alors ça coûtait rien d'être prudent, je l'ai donc laissé vivre peinard les derniers moments de sa vie, il a mangé des biscuits, bu de l'eau, et puis à la lueur des flammes du feu il s'est mis à écrire, peut-être racontait-il sa journée passée avec toi, Théo, en tout cas ça avait l'air de le faire marrer, il s'arrêtait, secouait la tête, ricanait, et puis il recommençait à écrire, et quand il manquait de lumière il rajoutait un morceau de bois dans le feu, est-ce une de ces bûches qui a craqué bizarrement ? j'en sais rien, en tout cas je l'ai vu se planter soudain sur ses pieds, empoigner son Colt qu'il cachait dans son dos, tu savais, Théo, qu'il était armé ?

— Oui

— Il était armé, et il avait l'air de savoir se servir d'un flingue, il a fait le tour de son campement, soupçonneux soudain comme un coyote, j'ai bien cru qu'il avait senti ma présence, mais non c'était autre chose qui l'avait inquiété, la curiosité d'un animal peut-être qui s'était approché un peu trop près de son feu avant de déguerpir précipitamment, bref il a fini par se rasseoir mais en gardant son flingue à portée de main, et il a mangé un autre biscuit, bu encore de l'eau, et rouvert son cahier, mais il n'était plus tranquille comme avant, il avait l'œil aux aguets, les mains nerveuses, et à ce moment-là je me suis dit que c'était pas la peine d'attendre plus longtemps, qu'en attendant j'augmentais les risques d'être découvert, alors j'ai attrapé ma Win et j'ai calé sa tête dans ma ligne de mire, il était assis en tailleur face à moi, les flammes l'éclairaient parfaitement, je pouvais pas le rater, j'ai bougé très légèrement le canon du fusil de manière à ce que la balle le frappe entre les deux yeux, j'avais le doigt sur la détente, vous voyez la scène ? j'avais le doigt sur la détente, confiant comme à la chasse quand je tire un élan ou une antilope, et puis je sais pas pourquoi cet enfoiré a relevé la tête et regardé droit dans ma direction, comme s'il m'avait brusquement découvert, putain ! je me suis dit, dégomme-le vite si tu veux pas que les choses tournent au vinaigre ! il a ouvert la bouche et la balle est entrée dans sa tête par cet orifice et ressortie en faisant éclater la boîte crânienne, il est tombé sur le côté et n'a plus bougé, bordel il était temps, je me suis essuyé le front avant de descendre rejoindre le cadavre de cet Allemand

— Qu'est-ce que tu en as fait ?

— Je l'ai traîné par les pieds et jeté dans un ravin, avec sa tente, son sac à dos et tout ce qu'il avait éparpillé autour du feu, il n'y a plus aucune trace de ton Allemand, disparu, volatilisé, comme ces millions de gens qu'on n'a jamais retrouvés, et je suis bien sûr que personne ne signalera sa disparition

Hugo avait raison, il n'était plus question de s'intéresser à des disparitions supplémentaires, et les shérifs des villes préféraient concentrer leurs efforts sur les trafics en tous genres

— À présent que le danger est écarté, je pourrais peut-être aller me coucher

a conclu Hugo, et sa sœur et lui ont éclaté de rire, opposant des visages rayonnants aux tristes mines et de leur mère et de moi qui n'arrivais pas à me dire que l'homme avec lequel j'avais bu des bières tout l'après-midi était en train de saigner au fond d'un ravin, la tête trouée par une balle de Winchester, cette histoire me ramenait à la sombre époque de mes crimes, des crimes du monstre je devrais dire, de ce monstre qui en moi prenait plaisir à tuer, de ce monstre que mon coma prolongé avait chassé de mes entrailles, sans pour autant l'empêcher de me tourner autour – y a-t-il un homme sur cette terre qui n'est pas harcelé par la proximité d'un monstre toujours prêt à s'emparer des commandes de son cerveau ?

tu n'en auras donc jamais fini avec ça.

•

Nous avons laissé passer la fin de l'été sans plus nous préoccuper du cadavre de cet Allemand qui a dû être en partie dévoré par les coyotes et les rapaces, et en partie par les vers, nous avions de l'argent pour les six mois à venir, c'est-à-dire pour l'hiver qui n'était plus très loin, que des vents du nord déboulant du Canada annonçaient déjà à la crête des montagnes rougies par le froid intense des nuits sans lune, si bien qu'à la fin du mois d'octobre une première tempête de neige s'est abattue tout soudain sur l'ensemble des plateaux, et nous nous sommes retrouvés sous cinquante centimètres de neige fraîche, tombée en une seule nuit, avec obligation d'empoigner les pelles et de dégager la cour, de couper du bois pour la cheminée, et d'installer les chaînes aux roues du pick-up

cinq durs mois de blizzards et de températures négatives nous attendaient, et même si nous commencions à nous habituer à ce régime, ça ne nous semblait pas une perspective très réjouissante, si bien que nous n'avons rien trouvé de mieux à faire que d'organiser des concours de tir sur des cibles représentant des silhouettes plus ou moins humaines clouées sur les troncs de quatre mélèzes, Joan avait pris la peine de dessiner et de peindre en rouge un cœur à hauteur de poitrine, et chacun n'avait qu'une idée en tête trouer de balles cet organe et gagner chaque jour un maximum de points pour être en fin de semaine, au moment de l'addition, le vainqueur de la compétition, celui à qui était remise une prime de cent dollars qu'il avait toute liberté de dépenser où bon lui semblait, dans les bars ou les magasins encore en activité

c'est comme ça qu'un samedi Joan, gagnante du concours de tir de la semaine, a pu s'acheter cette robe indienne Arapaho qu'elle convoitait depuis longtemps, et qu'elle s'est empressée de négocier en demandant une remise au vendeur qui n'a pas pu faire autrement que d'accéder à sa demande après la séance d'essayage, vu que la peau dans laquelle la robe avait été taillée épousait si parfaitement le corps de Joan qu'il n'était plus question pour le vendeur ébloui de la proposer à une autre femme

— Alors c'est d'accord ? je peux l'avoir pour cent dollars ?

a dit Joan

— Je la vends cent quinze, regardez, le prix est inscrit sur l'étiquette, mais elle vous va si bien que je suis obligé de vous la laisser pour cent

Joan l'a embrassé sur les deux joues, c'était un vieux monsieur qui avait du mal à comprendre ce qui s'était passé dans son pays, il avait perdu plus de la moitié de sa clientèle mais il ne se plaignait pas, il continuait à présenter dans ses vitrines, comme il l'avait fait durant cinquante ans, ses jeans Levi's et Wrangler, ses vestes et ses robes à franges taillées dans la meilleure peau, ses Stetson d'hiver et d'été, ses bottes à talons biseautés qui pouvaient atteindre des sommes astronomiques lorsqu'elles étaient en lézard ou en crocodile

— Je vous remercie monsieur Dixon

— Ne me remerciez pas, c'est votre beauté qui m'a fait perdre les pédales et le soir même Hugo a accompagné sa sœur déguisée en Indienne au bal du Rodeo Club, sans que Chloé aussi bien que moi puissions la dissuader de porter ce genre de déguisement dans un endroit pareil

il n'avait pas reneigé, et le soleil de ces jours derniers avait fait fondre la neige des routes et des champs les mieux exposés, les congères avaient pris des teintes grisâtres en attendant qu'une nouvelle tempête recouvre tout ça sous une couche plus sérieuse d'au moins un mètre

toutes les nuits le thermomètre descendait très largement au-dessous de zéro, et nous restions, Chloé et moi, sagement installés à proximité de la cheminée que j'alimentais en bûches aussi grosses que mes cuisses et que les flammes dévoraient si vite qu'il me fallait me lever sans cesse, nous lisions des livres, des magazines, tout au moins nous tournions les pages de ces livres et de ces magazines, mais j'avais l'impression que nos pensées étaient ailleurs, elles l'étaient pour moi, et je crois qu'elles l'étaient aussi pour Chloé

et cette nuit-là nous avons pris place dans nos fauteuils tout comme les autres nuits, mais nous n'avons pas réussi à lire

— Théo, je ne peux plus passer une journée sans me demander ce que nous allons devenir, nous sommes condamnés à vieillir dans un monde qui a fait machine arrière, qui s'est déconnecté sans en tirer aucun bénéfice, bien au contraire, un monde de femmes et d'hommes qui ne vivent plus que dans la peur de l'avenir, ils se sont regroupés dans les villes, ils font semblant de travailler, semblant de s'amuser, semblant de croire en un Dieu qui pourrait pardonner leurs fautes et donc les épargner, mais ils ne sont plus sûrs de rien, comme nous-mêmes Théo qui avons fui le chaos de l'Europe pour celui tout aussi redoutable des États-Unis, un chaos qui s'en prend à nos valeurs, au fonctionnement de notre cerveau, un chaos qui nous détraque, nous pousse à faire tout et n'importe quoi, à ne plus rien respecter, à cambrioler des banques, à tuer même si cela est nécessaire à notre survie

elle s'est brusquement arrêtée et levée parce que le bec d'un oiseau cognait contre la vitre d'une fenêtre, et j'ai attendu en silence qu'elle retourne s'asseoir dans son fauteuil, me gardant bien de toute réflexion, d'ailleurs qu'est-ce que j'aurais pu dire ?

— Ce n'était qu'un oiseau

a-t-elle confirmé, et puis s'enroulant plus étroitement dans son châle elle a repris

— Un jour ou l'autre ça va mal finir, tu en es conscient Théo que ça va mal finir pour nous, que nous allons devoir payer cher nos dérives ?

— Qu'y puis-je si nous ne savons plus vivre sans nos armes ? et nous ne sommes pas les seuls dans cette impasse

j'aurais aussi pu lui dire que j'étais arrivé à un âge où l'avenir m'importait peu, que le monde aille dans une direction ou dans une autre ne changerait pas d'un mètre la distance qui me séparait de la mort, et contrairement à Chloé qui se préoccupait de notre devenir, moi je passais mon temps à me demander de combien de mètres la mort s'était-elle rapprochée de mon corps hier et avant-hier, et de combien de mètres se rapprocherait-elle aujourd'hui

— J'ai accepté cette vie, d'accord, mais depuis que nous avons quitté Saint-Gabriel Joan et Hugo n'ont pas reçu d'autre éducation que celle qui consiste à toujours privilégier la solution violente

— Crois-tu qu'ils en souffrent ?

— Je ne sais pas

— Ils n'ont pas l'air d'en souffrir

— C'est bien ce qui m'inquiète

— Tu ne devrais pas, dans un monde qui a perdu tous ses repères chacun se débrouille comme il peut, si bien que le plus amoral des métiers peut devenir le plus valorisant

— Parce que tu trouves que c'est valorisant de cambrioler des banques et de tuer ?

— C'est une manière comme une autre de garder la tête hors de l'eau

— Sinon ?

— Sinon tu vas rejoindre le troupeau de ces gens qui sont dans les villes comme dans des étables, serrés les uns contre les autres et tremblant de peur à l'idée d'être emportés par les eaux déchaînées d'un autre déluge

Chloé m'a jeté un drôle de coup d'œil, avant de fixer les flammes qui dansaient une sarabande mal à propos dans la cheminée, je la voyais se mordre les lèvres, chercher à comprendre ce qui pour elle était difficilement compréhensible, et puis elle s'est redressée, a quitté son fauteuil

— Viens

m'a-t-elle dit soudain

— Où ça ?

— On va marcher un peu

elle a enfilé son manteau en mouton retourné et moi une canadienne de l'armée, dehors la température devait être très largement descendue sous la barre du zéro, alors on a complété notre équipement avec des bottes fourrées, des gants, un bonnet pour elle et une casquette pour moi, et puis on est sortis dans la cour et on a marché en direction du champ aux armoises et aux chardons

la neige durcie par le gel était glissante, et instinctivement Chloé m'a pris le bras, essayant de marcher à mon rythme pour mieux lutter contre le froid un énorme silence descendu des montagnes pesait de tout son poids sur la terre, un silence des temps anciens qui exigeait le respect, et qui était respecté au-delà de l'imaginable, les forêts, les rivières et les champs se tenaient figés dans une immobilité de statue, les animaux accroupis au fond de leurs terriers ne respiraient plus, et les hommes qui avaient à faire se glissaient comme des fantômes à travers ce silence, les mains jointes et la bouche close, ne laissant échapper qu'un peu de vapeur par les trous de leurs narines rétractées

nous avons marché sans nous soucier du froid, le corps de Chloé de plus en plus serré contre le mien, et après avoir traversé le champ nous sommes entrés dans la forêt de ponderosas dont les branches pliaient sous le poids de la neige, et qui se plaignaient, et murmuraient je ne sais quelles prières en mémoire des peuples qui les avaient idolâtrés si longtemps qu'ils se souvenaient encore des courses emplumées de ceux qui sortaient de leurs tipis les nuits de pleine lune, torse nu luisant de graisse, pour aller enlacer leurs troncs et jouir avec eux du ciel et de la terre

deux fois une branche sans doute trop chargée de neige a cédé d'un coup, et dans un craquement d'arme à feu s'est lourdement fracassée sur des affleurements de roche

crac !

stoppée net dans sa marche Chloé a tourné la tête, cherchant l'animal ou l'homme qui pourrait en vouloir à sa vie, mais qui dans ces contrées abandonnées aurait eu le projet de la tuer ? quel ours à peu près exterminé aurait encore eu la force de se dresser sur ses pattes arrière avec l'envie de lui dévorer les entrailles ?

— Ce n'est que la branche d'un arbre

ai-je chuchoté à son oreille, pour ne pas réveiller qui ? je me le demande bien, impressionné moi aussi par cet omnipotent silence qui sortait de tous les orifices de la terre, et s'échappait comme un gaz, et se mélangeait au silence qui tombait du ciel déchiré d'étoiles

lente et hiératique alliance

manœuvres antédiluviennes des temps où l'homme n'avait pas sa place, ou si peu qu'il ne comptait pour rien

et nous sommes repartis, avons grimpé jusqu'au sommet de la colline couronnée d'un rocher énorme, et du haut de ce rocher nous avons repris notre souffle tant la montée avait été difficile dans la neige durcie où la botte n'avait pas de prise, nos poitrines étaient en feu, et les gros jets de vapeur qui sortaient de notre bouche témoignaient des efforts que nous avions dû accomplir pour atteindre notre but

mais nous avons vite oublié notre fatigue, car à ces hauteurs ce qu'il nous était donné de voir ne ressemblait en rien à ce que nos yeux voyaient habituellement des fenêtres du ranch, plongée dans une semi-obscurité la terre dévoilait à perte de vue des formes insoupçonnées, des ondulations capricieuses que la neige épousait avec une sensualité d'outre-monde, et cela où que nous nous tournions puisque notre angle de vue était sans limite, et cet immensurable espace qui s'ouvrait à nous donnait le vertige, bousculait nos certitudes, nous révélait des vérités difficilement acceptables

et pourtant difficilement contestables

à savoir qu'il était évident que la Terre dans sa manière de tourner en douceur autour du Soleil n'avait jamais eu besoin de l'homme, que celui-ci avait surgi des boues paléozoïques par un malencontreux accident de parcours

j'ai dressé le bras, balayé l'espace devant moi, avant de dire

— Où est la place de l'homme dans ces immensités ?… nulle part, voilà la vérité… nulle part

mais Chloé refusait de se soumettre à ces vérités-là, elle a secoué la tête, soufflé dans ses gants et tapé des pieds pour désengourdir ses orteils

— Il faut quand même vivre, Théo

oui, sans doute avait-elle raison, sans doute n'y avait-il pas d'autre échappatoire que de vivre, sans doute fallait-il accepter de nourrir sans broncher ses entrailles, et ce durant les quatre-vingts pénibles années de son existence, tout en feignant de croire que l'homme n'avait jamais été et ne serait jamais un accident de parcours

j'ai haussé les épaules, rajusté ma casquette et d'un signe averti Chloé qu'il était temps de redescendre, elle a fait un tour complet sur elle-même, scruté une dernière fois les horizons avant de me suivre, de reprendre mon bras et de ne plus penser qu'aux difficultés de notre marche à travers ces obscurités glacées qui nous tiraient des larmes, brûlaient nos narines, ankylosaient les doigts de nos mains

en retraversant le champ nos bottes ont résonné bizarrement, on aurait dit qu'un morceau de banquise était prêt à céder sous le poids de nos corps, que nous allions être engloutis, noyés, et disparaître dans les profondeurs comme avaient disparu ces millions d'Américains

l'ampoule qui pendait au-dessus de l'entrée de la grange tremblait de froid elle aussi, mais nous ne l'avons pas quittée des yeux pendant tout le temps que nous progressions en direction du ranch, pauvres âmes si pitoyablement perdues au milieu des plateaux du Wyoming, microscopiques mammifères que le ciel gorgé d'étoiles tenait en piètre estime, marchant tous les deux en silence, et courbant l'échine, et acceptant notre sort, conscients que le froid aurait pu d'un coup nous terrasser sans que rien ne soit modifié dans cet univers, sans qu'une quelconque matière vivante s'émeuve

et lorsque nous avons atteint la cour Chloé a poussé un soupir de soulagement, les fenêtres éclairées de la cuisine l'ont si bien rassurée qu'elle a puisé dans ses dernières forces pour courir jusqu'à la porte d'entrée, l'ouvrir et pénétrer enfin dans la chaleur que couvaient encore les braises silencieuses de la cheminée

— Je vais faire bouillir du lait, tu en veux ?

— Un plein bol, oui

je me suis déshabillé, ai rajouté deux bûches dans la cheminée, tisonné les braises, et les flammes n'ont pas tardé à jaillir de nouveau, me brûlant le visage et les mains

Chloé a surgi toute rayonnante derrière moi, portant un plateau sur lequel fumaient deux bols de lait, je suis allé chercher dans le placard la bouteille de brandy

— Tu en veux ?

— Bien sûr

j'ai débouché la bouteille, versé dans chaque bol au moins un doigt de brandy, mélangé le breuvage avec une cuillère, et chacun a bu d'un coup la moitié du bol, sentant très vite le mélange faire son effet dans la poitrine, se répandre ensuite dans les membres, et monter au visage

les joues et le nez rouges, les yeux larmoyants, Chloé a renversé la tête contre le dossier du fauteuil

— Ça fait du bien

— Le brandy ?

— Non, la marche

et puis elle a fermé les yeux, laissant le bol brûler la paume de ses mains

— En France je n'ai jamais fait de pareilles marches, je veux dire que je n'ai jamais ressenti ce que je ressens ici, cette impression de solitude qui serre le cœur jusqu'à la limite du supportable, ce sentiment de n'avoir rien à opposer au vide existentiel que des siècles et des siècles d'activités humaines n'ont pas réussi à combler

je n'ai pas pu m'empêcher de ricaner

— Tu te mets à parler comme moi

— Il y a des moments où il ne m'est pas possible de faire autrement

elle a vidé son bol, s'est levée pour venir s'asseoir sur mes genoux et m'embrasser, je veux dire m'embrasser vraiment, elle a fourré sa langue dans ma bouche qui n'était pas préparée à un tel assaut, et sentant ma résistance elle a fait machine arrière

— Tu ne veux pas ?

j'ai cherché ce que je pouvais lui dire pour ne pas la vexer

— Bien sûr que si, je veux

elle a de nouveau collé son visage contre le mien, ne se gênant pas et allant scruter le fond de mes yeux, comme si elle était sûre d'y trouver la vraie réponse à sa question, et qu'y a-t-elle vu ? sans doute ce qu'elle voulait y voir puisque ses mains ont agrippé ma nuque, et que sa langue rassurée est retournée faire des cabrioles dans ma bouche

je me suis dépêché de lui retirer ses vêtements, puisque je bandais, autant en profiter.

•

Rhabillée, Chloé a fini par s'endormir sur le canapé, et moi j'ai rouvert l'agenda à la page où j'avais griffonné l'autre nuit trois vers bien peu inspirés, les ai rayés avec une sorte de soulagement, et sans attendre la soi-disant inspiration habituelle j'ai écrit

IDAHO
X

———— Je ne sortirai pas de l'hôtel aujourd'hui
Son bol est encore plein d'un café qu'elle n'a pas bu
Tu ne te sens pas bien ?
———— Non, je ne me sens pas bien, c'est mon ventre qui me travaille
Elle le touche, elle le caresse
Voudrait-elle que j'en fasse autant ?
Mais je n'en suis pas capable
Si mon bras se déplie, amorce un geste conciliateur
C'est ma main qui se rétracte
Sur la terrasse de notre chambre brille un soleil de montagne
Et dans ce soleil libéré des servitudes que l'homme lui impose
Les oiseaux s'ébattent sans penser au lendemain
———— Où vas-tu ?
Me dégourdir les jambes dans la montagne, j'ai besoin de marcher
———— Tu as surtout besoin de me fuir
Qu'est-ce que tu racontes ?
———— Je ne suis pas idiote
Pourquoi aurais-je besoin de te fuir ?
———— Parce que tu es lâche, et que comme tous les hommes tu trouves plus facile de fuir que de faire face à tes responsabilités
Mais ça me plairait que tu viennes marcher avec moi
———— Je n'en suis pas si sûre
Viens
———— Non
Je sors en claquant la porte, descends l'escalier

Dans le hall des femmes et des hommes s'efforcent d'être à la hauteur
De ce que les bonnes manières attendent d'eux
Ils s'interpellent, rient, s'étreignent
Et de peur de ne pas assez bien jouer leur rôle
Ils en rajoutent dans la bonne humeur
Dans la joie de se retrouver pour ce trekking
Préparé de longue date entre camarades marcheurs
Ils ont les shorts, les chaussures, les chapeaux, les bâtons
Et pendus à la ceinture certains ont les couteaux et les gourdes de la panoplie
J'ai du mal à me frayer un passage jusqu'à la sortie
Je dis pardon, je m'excuse
Longe en haussant les épaules le comptoir de l'accueil
De guerre lasse bouscule les personnes plantées devant les portes d'entrée
Retrouve enfin le parvis de l'hôtel
La lumière du soleil levant
La vibration matinale de tout ce qui est pris dans cette lumière
Les maisons d'habitation, les hangars, les stations-service
Les fils distendus des poteaux électriques et télégraphiques
Qui longent les rues, traversent les carrefours, sautent les fossés
De tout ce qui est absorbé, dévoré, réinventé
Les vallées dociles, les arbres disciplinés le long des sentiers
Les prés trop engraissés, les torrents trop limpides
De tout ce qui se laisse violenter sans se plaindre
Par cette lumière omnisciente et extraterrestre
Qui n'a pas besoin de l'intelligence humaine
Pour faire des miracles
Et c'est vers cette lumière toute-puissante que je me tourne

Que j'avance
Jambes droite et gauche projetant mon corps en avant
Que je quitte le village
En direction des Lost River Mountains
Que j'attaque les pentes escarpées du pic Borah
Qui culmine à 3 859 mètres d'altitude

Et je marche
Une heure, deux heures, trois heures
Je ne compte plus
Je marche

Je marche avec l'envie d'en finir
C'est-à-dire de grimper le plus haut possible
Pour mieux me laisser choir dans le vide
Qu'est-ce qui te prend, mon fils ?
Le sentier serpente entre les arbres d'une forêt de conifères
Dans le silence recueilli d'un outre-monde
Et puis s'élève sans manière sur des pentes rabotées par le vent
Pelées, revêches, rugueuses
Je glisse, me rattrape d'une main aux bouquets d'armoise
Jure entre mes dents
Qu'est-ce qui te prend, mon fils ?
Essuie la sueur qui me brouille la vue
Mais ne cède pas à ce qui pourrait me retenir
À ce qui se dresse sous mes semelles de crêpe comme un avertissement
Obstacles de toutes sortes
Cordes tendues des racines mises à nu

Dans lesquelles je trébuche
Pierrailles polies au feu du ciel
Pour me faire perdre l'équilibre
Feuilles tranchantes des armoises
Qui me déchirent les chevilles
Crotales aux aguets, ours sorti de quelque sournoise caverne
Tarentules peut-être
Je marche et me fous du reste
Je marche et me fous du reste, maman
Essaye au moins de comprendre ce que ton fils ressent
Je comprends
Tu ne comprends que ton pouvoir de mère
Que ton sacro-saint pouvoir de mère exercé sans faiblesse
À tous les âges de ma vie de fils
Comme si je n'avais pas eu
Et n'avais toujours pas de cervelle pour penser par moi-même
Comme si je n'avais pas eu
Et n'avais toujours pas de cœur pour aimer ce que j'estime devoir aimer
Pas de sang dans les veines
Pas de nerfs sensitifs ni de nerfs sensoriels
Tu ne vas pas recommencer !
Alors tais-toi
Cesse de vouloir à tout prix te mêler de ce qui ne te regarde pas
Parce que je ne changerai pas d'avis
Je grimperai tout en haut de cette montagne
Haute de 3 859 mètres et difficile d'accès
Jusqu'à ce que j'en atteigne le sommet
Rompu peut-être, et suant, et saignant
Mais satisfait d'avoir pour une fois atteint mon but

Et je m'essuierai le visage, et je passerai une main dans mes cheveux
Et j'ouvrirai tout grand les yeux
Avant de me retourner comme se retournent les dieux
Lorsqu'il leur vient l'envie d'embrasser le monde
Et les yeux grands ouverts je le regarderai de tout là-haut le monde d'en bas
Je prendrai sa température, tâterai son pouls, ausculterai ses bronches
Et je verrai, oui maman, je verrai
De quel côté penche ma balance
Je verrai si le poids des yeux, de la bouche et du cœur de Léonore en ce bas monde
Pèse un peu plus
Que mon envie de me jeter dans le vide du ciel.

les bûches rongées par le feu n'étaient plus qu'un tas de braises incandescentes, j'aurais pu écrire longtemps dans ce silence de fin du monde, peut-être jusqu'à l'aube, si la porte d'entrée ne s'était pas ouverte brusquement

— Venez m'aider

a crié Hugo

j'ai fermé l'agenda, me suis précipité dans la cour, sur le siège du pick-up Joan était à demi évanouie, le visage tuméfié, sa robe indienne déchirée à hauteur de poitrine

— Que lui est-il arrivé ?

Hugo avait pris des coups lui aussi, du sang coulait encore de son oreille, et ses poings étaient à vif

— Prends-la par les pieds

m'a-t-il seulement répondu

nous l'avons transportée dans le salon, allongée sur le canapé, alors que Chloé réveillée d'un coup, et rajustant son jean et son pull, cherchait à savoir ce qui s'était passé

— Mais qu'est-ce qui vous est arrivé ?

elle est allée mouiller une serviette, et d'une main mal assurée elle a essuyé le visage de sa fille qui avait rouvert les yeux

— Dis-moi ce qui s'est passé, Joan

pendant que Joan secouait la tête, comme si jamais il ne lui serait possible de raconter quoi que ce soit, elle a bu le verre d'eau que je lui tendais, et puis des larmes ont jailli de ses yeux et coulé sur ses joues sans qu'elle soit capable de les retenir, serrant les poings et se mordant les lèvres

— À la sortie du bal des bikers nous ont attaqués

a raconté Hugo, il s'était assis sur une chaise et tenait une poche de glace sur le dessus de sa tête

— Des gars que j'avais rembarrés parce qu'ils voulaient danser avec Joan et que Joan ne voulait pas, ils nous ont attendus sur la route et coincés avec leurs motos, j'aurais dû foncer sur eux, mais j'ai fait la connerie de m'arrêter et ils en ont profité pour nous tomber dessus, ils étaient six, des durs armés de coups-de-poing américains, j'ai réussi à en étendre deux, mais ils ont fini par m'assommer, et pendant que j'étais évanoui le chef a violé Joan

— Quoi ?

a hurlé Chloé

— Celui qui commandait la bande, il a violé Joan pendant que les autres la plaquaient au sol, bras et jambes écartés

— Viens avec moi, Théo, on va retrouver ces fils de pute !

elle était hors d'elle, avait déjà fourré son Beretta dans la ceinture de son jean, je l'ai prise par le bras, forcée à se rasseoir

— Attendons deux ou trois jours, Chloé

— Impossible

— Je te promets qu'ils vont regretter ce qu'ils ont fait, mais il faut qu'on la prépare, notre vengeance, n'oublie pas qu'ils sont six, et des types qui savent se battre

Joan avait ramené ses jambes sous elle et nous écoutait avec dans les yeux une haine que je ne lui avais jamais vue

— Théo a raison

a-t-elle dit, s'essuyant la bouche avec la manche de sa robe déchirée

— C'est mieux d'attendre, parce que dans trois jours mon ventre ira mieux, et si mon ventre va mieux je pourrai venir avec vous

— Pas question

a répondu Chloé

— Je viendrai avec vous et c'est moi qui me vengerai, si je veux oublier ce qui m'a été fait je dois commencer par me venger

— Pas question

— Tu crois que je suis pas capable de tuer ce salopard ! j'ai grandi, tu sais, plus rien ne me fait peur, et si tu es capable de flinguer un type, j'en suis tout autant capable, surtout si ce type m'a fourré sa bite entre les cuisses sans mon autorisation

— C'est elle qui doit se venger

a dit Hugo

Chloé a regardé son fils, soudain consciente du peu de cas que ses enfants devenus adultes faisaient de son autorité, et puis elle a pris Joan sous les bras, l'a soulevée

— Viens, je vais t'aider à te doucher

— J'ai pas besoin de toi, maman

— Si, tu as besoin de moi, ne serait-ce que pour t'obliger à prendre un somnifère, j'espère que tu ne saignes pas ?

— Non

Joan a secoué la tête, malgré elle des larmes sont revenues noyer ses yeux, des larmes de colère celles-là qu'elle a vite enfouies dans le cou de sa mère, et toutes deux ont quitté la pièce et monté l'escalier qui conduisait aux chambres et à la salle de bain

je suis resté seul avec Hugo, lui tenant toujours sa poche de glaçons qui commençaient à fondre, et moi marchant de long en large pour me passer les nerfs

— Montre-moi ton crâne

— T'en fais pas, c'est juste une bosse

je me suis versé un verre de brandy, en ai proposé à Hugo

— Je préfère une bière

je suis allé lui chercher une Pabst, l'ai décapsulée et la lui ai tendue

— Merci

il a bu sans s'arrêter la moitié de la bouteille

— Dis-moi, Hugo, c'est qui ces mecs ?

il s'est essuyé la bouche et a haussé les épaules

— Ils sont de Louisiane, je crois, et ils profitent du bordel généralisé pour sillonner le pays à leur manière, restant un mois par-ci, trois mois par-là, squattant des ranchs et des trailers abandonnés par leurs habitants, ça fait deux mois qu'ils campent dans le coin et ça fait deux mois qu'ils foutent la merde, ils occupent deux mobile homes à la sortie de Riverton, et crois-moi il n'y a pas un habitant qui ose s'en approcher, quant au shérif il préfère ne rien voir, sachant que l'équipe de bras cassés qui est à sa disposition ne fait pas le poids

— Ils ont un nom ?

— Les Spiders, le gang des Spiders, et quand les six Harley descendent la grand-rue pour faire la fête il y en a beaucoup qui préfèrent rentrer chez eux

— Et leur chef ?

— Il se fait appeler Kool Blood, crâne rasé, bottes et blouson de cuir, il est tatoué de la tête aux pieds de vipères, femmes nues et têtes de mort, tu vois le genre ?

— Je vois

— Les autres ont à peu près la même allure, le même crâne rasé, les mêmes tatouages, mais ce qui distingue le chef ce sont ces deux araignées bleues qu'on lui a tatouées sur les deux joues

— Il a fait de la taule ?

— C'est ce qu'il dit, au pénitencier d'Angola, dans sa Louisiane natale

j'ai allumé une cigarette, me demandant si on ne s'attaquait pas à un trop gros morceau

— Il faut faire gaffe, ton Kool Blood n'est sans doute pas n'importe qui

— On a l'artillerie qu'il faut pour ce genre de clients, non ?

— L'artillerie, oui… les couilles, je ne sais pas

— Les couilles on les a, Théo, et je peux te dire qu'on va leur en faire baver aux Spiders, jamais personne a touché à ma sœur, le Kool Blood est le premier, et il va s'en souvenir

dehors le vent s'était levé, et on l'entendait cogner en rafales contre les fenêtres, siffler dans le conduit de la cheminée et réveiller les braises, Hugo a fourré les mains dans son jean, et pour se calmer les nerfs a collé son front contre une vitre que les bourrasques faisaient tinter continûment, arrêtant d'un coup le bruit

— Va te coucher, Hugo, tu en as besoin

il s'est retourné, et la vitre a recommencé à tinter

— Laisse-moi finir ma bière

planté au milieu du salon il avait les yeux fixes, obstinés à imaginer cent fois le viol de sa sœur auquel il n'avait pas assisté, et il serrait le poing tout en buvant à petites gorgées ce qu'il restait de bière dans la bouteille, et jusqu'à la dernière goutte il est demeuré immobile, comme si plus rien n'existait autour de lui, les craquements de la cheminée, la rage du vent, et moi qui lui étais d'un bien piètre secours

et puis il s'est secoué, a repris soudain conscience de la réalité de cette nuit d'hiver, qui ressemblait aux autres nuits d'hiver, et dans laquelle il avait une place à reprendre, qu'il le veuille ou non

— Bon, j'y vais

a-t-il fini par dire

et il a monté à son tour l'escalier, pesant de tout son poids sur les marches et leur arrachant des plaintes animales, alors que j'éteignais les lumières du salon et de la cuisine, me versant au passage un dernier brandy que j'ai bu cul sec

es-tu stupide au point de croire que le Wyoming pouvait être un havre de paix ?

•

Me voici, révérend Wyatt Fork

Pécheur tout comme vous l'avez été, n'ayons pas peur des mots, sœurs pécheresses et vous frères pareillement pécheurs avez-vous peur des mots ?

Non, révérend, nous n'avons pas peur des mots

Pécheresses et pécheurs tout comme moi vous avez été

Oui, révérend, pécheresses et pécheurs nous avons été

À la bonne heure, c'est en reconnaissant ses péchés qu'on peut être sauvé, et c'est en reconnaissant les miens que Dieu dans sa grande bonté a non seulement décidé de me sauver, mais a voulu que je devienne l'un de ses ministres, que sur les chemins de la terre je porte sa parole, je l'enseigne, je la sanctifie aux yeux de ces peuples qui depuis des siècles se vautraient dans la fange, et qui ont été punis de la pire des façons

Parce qu'il fallait bien qu'ils soient punis, n'est-ce pas ?

Oui, révérend, oui

Un jour ou l'autre, dans les siècles des siècles

Oui, révérend, oui

Et ce jour est arrivé, un certain vendredi 13 janvier, suivi par cinquante-trois autres jours de déluge tout aussi terribles, vous en souvenez-vous ?

Oui, on s'en souvient pour l'éternité

Et vous faites bien, sœurs et frères qui m'écoutez, parce que la moitié d'entre vous, que dis-je la moitié ! les trois quarts d'entre vous ont été expédiés aux Enfers par la terrible main de ce Dieu tout-puissant dont vous avez su si bien multiplier les autels tout en oubliant de les honorer

Agenouillez-vous et remerciez Dieu de vous avoir épargnés

et la foule s'agenouillait dans l'herbe fraîche du printemps, et mille bouches remerciaient Dieu de les avoir épargnées, c'était à Denver, Helena, Boise, Cheyenne, Salt Lake City, mais aussi à Sacramento, Chicago, New York, Boston, dans tout le pays des prédicateurs grimpaient sur des estrades et haranguaient des foules blanches de peau et vertes de peur, toujours plus nombreuses, toujours plus dociles, toujours plus disposées à revenir dans le droit chemin

Remerciez Dieu de vous avoir épargnés, car les Enfers sont un lieu de supplice éternel et pour les âmes et pour les corps, remerciez-le de vous avoir donné une seconde chance, mais attention ! attention ! Il garde les yeux sur vous, et soyez sûrs qu'Il ne se laissera plus berner par vos mensonges, vos duperies de mécréants, gare à celui qui de nouveau ira mener grand train dans les pâtures du vice

Gare !

et la foule courbait l'échine devant la terrible menace du révérend Wyatt Fork dont les pupilles fulminaient, c'était à Missoula, Riverton, Rapid City, Wichita, mais aussi à San Francisco, Las Vegas, Dallas, Washington

Congédiez vos maîtresses, fuyez les putains, et contentez-vous d'honorer vos femmes, de faire les enfants dont l'Amérique a grand besoin à présent que les plus mauvais d'entre vous ont rejoint les Enfers, c'est Dieu qui vous le demande

Ô mes sœurs et mes frères de sang blanc

Et si Dieu vous le demande il faut lui obéir, alors obéissez ! travaillez ! procréez ! il n'y a pas meilleure façon de contenter Dieu

Il n'y a pas meilleure façon de lui plaire, de calmer Sa sainte colère

Ô mes sœurs et mes frères de sang blanc.

•

Nous avons attendu huit jours, le temps que Joan cesse de vomir et panse ses plaies les plus visibles

elle et son frère marchaient des journées entières à travers les neiges immaculées des collines, armés de fusils et de revolvers ils ruminaient leur vengeance, et pour évacuer le trop-plein de rage qui les étouffait tiraient sur des coyotes, des élans et des biches

Chloé et moi entendions les échos de leurs coups de feu incessants, inquiets de ce qui pouvait se passer dans leur tête, mais nous n'avions rien d'autre à faire que d'attendre le moment où ils se décideraient à punir ceux qui les avaient meurtris dans leur chair

et au matin du huitième jour Joan est entrée dans la cuisine le rouge aux joues, comme si le sang avait retrouvé le chemin de ses veines, et devant son café et ses œufs au bacon elle a dit

— Je suis prête, et Hugo aussi

— Alors allons-y dès ce soir

a répondu Chloé

et nous avons passé la journée à nous équiper, Glock, Airweight .38, deux Beretta à quatorze coups, matraque télescopique, Taser, et deux fusils à pompe Remington à canon scié capables d'arrêter net la course d'un sanglier

le soir nous avons peu mangé, bu seulement de la bière, enfilé bottes, treillis et canadiennes de l'armée, et sur la tête enfoncé jusqu'aux yeux des bonnets de laine

— On y va

j'ai regardé l'heure à ma montre : 19 h 38

j'avais monté des chaînes sur les roues avant du pick-up, et pris deux jerricans d'essence, des pelles et une pioche, mais j'ai quand même fait le tour du véhicule pour vérifier si tout était en ordre

je me suis installé derrière le volant, Chloé à côté de moi, Joan et Hugo à l'arrière avec sur leurs genoux les armes rangées dans deux sacs, et j'ai démarré le Toyota, ai enclenché la première, et puis la seconde jusqu'à l'entrée de l'US 26 à deux voies, la nuit était sombre, lourde de nuages, et semblait avoir pénétré l'épaisseur même de la neige et l'avoir ternie, cette neige pourtant si lumineuse dans la lumière du jour

personne n'avait envie de parler, j'entendais seulement Hugo qui s'amusait à faire claquer sa langue contre son palais

concentré sur ma conduite il m'a fallu une bonne demi-heure pour atteindre le croisement qui menait à Riverton, prendre l'étroite route bordée de *cottonwoods* et la suivre sur au moins trois kilomètres avant d'apercevoir en contrebas le campement des Spiders, terrain plat au bord d'un ruisseau sur lequel poussaient de jeunes mélèzes et des buissons

— On y est

a commenté Chloé

les deux mobile homes se faisaient face, et entre eux l'espace avait été déneigé et aménagé, bancs et tables en bois, barbecue, outils rangés sous un abri de tôle

je me suis arrêté, ai coupé le moteur

— Si on veut les surprendre il va falloir marcher

les Spiders étaient rassemblés autour d'un feu, buvaient et mangeaient en se racontant des histoires qui avaient l'air de leur plaire puisqu'ils ne cessaient de rire en se tapant sur les cuisses, j'en ai compté six autour du feu, la totalité des membres du gang, c'était donc le bon moment pour attaquer

Hugo a sorti les armes, distribué les Beretta à sa mère et à sa sœur, se réservant un fusil à pompe et me donnant l'autre

— Qui veut le Taser ?

— Moi

a dit Joan

elle a tendu la main et fourré le Taser dans sa poche, ses yeux avaient changé de couleur et s'étaient vidés de toute émotion, sous le bonnet de laine son visage avait une détermination inquiétante

— On y va ?

a demandé Chloé

— Doucement, ce n'est pas la peine de se précipiter

j'ai pris le Glock, l'ai glissé dans la ceinture de mon pantalon, et Hugo a fait de même avec l'Airweight, seule la matraque télescopique est restée dans le sac

— Voilà ce qu'on va faire, Chloé et moi allons descendre par la droite, et vous deux par la gauche, ensuite on progressera dans les ombres des deux trailers sans risquer d'être vus, et on surgira au dernier moment, et d'un côté et de l'autre, leur coupant la possibilité de fuir

et c'est ce qu'on a fait, nos armes pointées sur eux les Spiders se sont soudain arrêtés de rire, sidérés sans doute qu'on ose venir les menacer dans le périmètre sacré de leur campement

— Alors Kool Blood, tu sais pourquoi on est là ?

ai-je dit en m'approchant de lui

— J'en ai rien à foutre, par contre de nous déranger sans y être invités va vous coûter très cher

il s'était redressé, avait fait deux pas dans ma direction, et planté jambes écartées devant moi il me fixait sans ciller

— Peut-être même que vous allez y perdre la vie

un sourire narquois gonflait ses joues et animait les deux araignées bleues qui y étaient tatouées

— Tu n'as que ça en tête, Kool Blood, tuer ceux qui t'emmerdent

— Je suis pas le seul, y en a au moins un autre

— Qui ça ?

tout en parlant il mâchonnait un cure-dent et nous jaugeait du coin de l'œil

— Quelqu'un qui trouvait qu'on était trop nombreux sur cette terre et qui d'un coup a zigouillé tout un tas de crétins qui passaient leur vie à l'emmerder, ça a fait de la place, mais c'est pas suffisant, alors j'ai décidé de faire moi aussi ma part du boulot, j'éradique, supprime, élimine, liquide tout ce que j'estime devoir disparaître de la surface de cette terre

il a roté en se tenant le ventre, comme s'il avait du mal à digérer ce qu'il avait mangé

— Et tu violes

— Quoi ?

— Tu vois la fille sous le bonnet vert, c'est celle que tu as violée il y a une semaine, tu t'en souviens ?

il a tourné sa tête chauve dans la direction de Joan qui avait enlevé son bonnet pour mieux être reconnue

— Si je devais me souvenir de toutes les salopes que je viole

a-t-il répondu en passant sa langue sur ses lèvres

— Tu ne le feras plus

a dit Joan

— Ah ouais ?

— Je peux t'assurer que tu ne le feras plus, connard !

Kool Blood s'est approché d'elle, ignorant le Beretta qu'elle pointait sur son ventre

— Tu crois m'impressionner avec ta pétoire ?

Joan n'a pas répondu, elle tenait son arme de la main droite, et je savais que son autre main fourrée dans la poche de sa canadienne se préparait à utiliser le Taser

— Dans la vie on en a pointé des armes sur moi, et des autrement plus redoutables, et tu vois je suis toujours là

il a fait encore un pas, et soudain il a bondi sur elle, chassant des deux mains le revolver qui le menaçait

— Joan ! bon Dieu !

je ne pouvais pas intervenir, et Hugo pas plus que moi

mais c'est ce que Joan attendait, laissant tomber son Beretta elle a sorti le Taser et l'a fourré entre les jambes de Kool Blood qui a aussitôt poussé des cris de rage et sauté en l'air, ses membres tressautant comme si la décharge électrique était en train de le désarticuler, il est tombé au sol la bave aux lèvres, le visage et le crâne tout inondés de sueur

— Alors t'as perdu ta langue ?

à quatre pattes Kool Blood a essayé de se redresser, mais Joan lui a aussitôt enfoncé le Taser dans les reins et l'a laissé hurler et se tordre de douleur jusqu'à ce que des larmes jaillissent de ses yeux

— T'as perdu ta langue, queutard ?

je surveillais de près les cinq autres Spiders harnachés de cuir et de clous, si bien que je n'ai pas été surpris lorsque le plus jeune d'entre eux a sauté par-dessus le banc pour porter secours à son chef, j'ai appuyé sur la détente du fusil à pompe et la décharge l'a éventré, et renvoyé contre le banc, et poussé dans le feu au milieu duquel il s'est étalé, ses chairs s'enflammant d'un coup et crépitant dans le silence retrouvé de la nuit

Kool Blood s'était tu et regardait se carboniser son compagnon

— Putain, qu'est-ce que vous voulez ?

— Ta bite

lui a répondu Joan

— Quoi ?

— Tu as bien compris, je veux te couper la bite et la foutre au feu, pour être bien sûre que tu ne violeras plus personne

— Si tu fais ça, c'est avec mon poing que je t'enculerai

— Ferme-la, Kool B., ferme ta putain de gueule

Hugo s'est approché des quatre autres Spiders encore en vie, a tourné autour d'eux en s'assurant qu'ils n'avaient pas d'armes à portée de main

— Allongez-vous à plat ventre, les bras au-dessus de la tête

les types se sont exécutés sans broncher, et Hugo a rajouté trois ou quatre bûches sur le cadavre du biker pour y voir clair, une drôle d'odeur flottait dans l'air, quelque chose de désagréable qui dérangeait les narines, une odeur anormalement forte de chair grillée mélangée à de la graisse, et derrière tout ça des relents d'urine et de merde

il y avait sur la table une bière qui n'était pas entamée, je l'ai décapsulée et en ai bu une large rasade pendant que Chloé passait derrière Kool Blood et lui menottait les poignets dans le dos

— Enlève-lui ses bottes et son pantalon, maman

a demandé Joan à sa mère

— Vous n'allez pas faire ça !

s'est exclamé le biker aux araignées, ruant pour empêcher Chloé de lui retirer ses bottes

— Faire quoi, Kool B. ?

— Me couper la queue !

— Tiens-toi tranquille

Joan l'a calmé au Taser, une décharge dans le ventre, une autre dans le cou, et Chloé s'est arc-boutée pour lui retirer sa paire de Tony Lama et son pantalon de cuir allongé sur le dos Kool Blood n'osait plus bouger tant il craignait une autre décharge

— Qu'est-ce que vous voulez ? des *bucks* ? j'en ai une pleine sacoche, des excuses ? je peux en faire, c'est pas un problème, mais ne me coupez pas la queue, merde ! ne me coupez pas la queue !

c'est Joan elle-même qui a retiré son caleçon, le faisant glisser sur des jambes tatouées jusqu'à l'aine de serpents venimeux, un soleil noir brillait sur le ventre découvert, et d'autres araignées tournaient autour de l'astre en une espèce de sabbat du diable

— T'as de drôles de tatouages, Kool B.

— Ne me coupe pas la queue !

— Tu crois que je vais t'écouter ? est-ce que tu m'as écoutée quand je te suppliais ?

Joan a sorti de sa poche son couteau à cran d'arrêt, et une lame de vingt centimètres a jailli du manche en corne

— Si je t'ai fait du mal, je m'excuse

— Si tu m'as fait du mal ?

— Oui, si je t'ai fait du mal

— Maman, tiens-lui les chevilles

Chloé a saisi les chevilles de l'homme et les a plaquées au sol en les écartant légèrement

— Putain ! tu vas pas me couper la queue, salope !

Kool Blood retrouvait sa vraie nature, il n'y pouvait rien, je me suis approché à mon tour, ai coincé mon godillot de l'armée en travers de sa gorge pour qu'il cesse de nous casser les oreilles

— Vas-y, Joan, on le tient

Joan s'est penchée sur le ventre, a promené sa lame autour du soleil, suivant la danse macabre des araignées, et de l'autre main elle a empoigné la bite de Kool Blood qui roulait des yeux de dément et a tiré dessus

— Alors ? quand je te disais que tu ne violerais plus jamais personne, pourquoi tu ne voulais pas me croire ?

elle avait un drôle de sourire sur les lèvres, et ses yeux étincelaient d'une satisfaction mauvaise contre laquelle il eût été vain de lutter, et Kool Blood qui venait de s'en rendre compte a soudain cessé de s'agiter, concentrant sa rage et sa volonté de vengeance dans ses yeux à la sclérotique enflammée par l'alcool

— Ta carrière de violeur s'arrête là, Kool B.

et joignant le geste à la parole, Joan a tiré plus fort sur la bite, glissé le cran d'arrêt entre les cuisses ouvertes, et tranché d'un coup ce sexe maudit qui l'avait forcée, un geyser de sang a aussitôt inondé le ventre et les cuisses de l'homme

— Regarde ce que j'en fais de ta bite, Kool B.

triomphante, Joan a dressé le morceau de chair au-dessus de sa tête et d'un mouvement ample du bras l'a jeté dans les flammes du feu

j'ai libéré la gorge de Kool Blood pour qu'il puisse gueuler à son aise, et Chloé a lâché ses chevilles.

•

Qu'est-ce qu'il croyait, le Kool B. ? Et ses copains qui m'avaient tenu bras et jambes pendant que leur chef me baisait comme si j'étais la pire des putains, qu'est-ce qu'ils croyaient eux aussi ? Hugo me casse les oreilles avec ça, petite sœur ne nous laissons jamais faire ! jamais ! Comme si j'avais l'intention de me laisser faire, dans ce monde décérébré il n'y a que soi qui compte, le pas de tous les jours qui ne conduit plus nulle part mais qu'il faut quand même effectuer pour continuer à vivre, et dans ce pas lourd de conséquences de toutes sortes il n'y a pas de place pour la pitié, quelle qu'elle soit, pour une gifle reçue j'ai appris avec Hugo à en rendre dix, surtout à ne plus jamais tendre l'autre joue. Et pour le viol de mon corps il me paraît normal de tuer et le violeur et ses acolytes témoins du viol. C'est comme ça. Je ne suis pas allée suffisamment à l'école pour apprendre à raisonner et à pardonner, et puis ça servirait à quoi de pardonner ? je me le demande bien. Hugo tout comme moi n'avons connu que le raisonnement et le pardon des armes, même si j'ai bien conscience de la violence de ce que je dis, il n'y a pas d'autre manière de sauver sa peau, en Amérique comme en Europe, et peut-être encore plus sur la terre d'Amérique que sur celle d'Europe, il n'y a pas d'autre manière de s'inventer une espérance de vie, de l'imposer face à celles et à ceux qui manœuvrent pour la réduire à moins que rien. Nous ne sommes plus des enfants de chœur moi et Hugo, et nous sommes prêts à défendre chèrement notre espérance de vie pour que personne, les Spiders de Kool B. tout comme ces armées de crapules aux aguets qui battent villes et campagnes avec leurs prêchi-prêcha, je dis bien et je répète personne n'ait l'occasion de réduire notre putain de précieuse espérance de vie. « Vous m'avez entendue, Spiders de mon malheur ? Fils de vermine ! clique de chiens galeux ! je ne laisserai personne menacer mon espérance de vie ! » Parmi les quatre bikers allongés au sol il y en a un qui a brusquement tourné la tête pour me lancer : « On te retrouvera, salope ! — Qu'est-ce que tu dis ? — On te retrouvera et on t'en fera baver comme tu n'en as jamais bavé. — Tu en es sûr, mec ? — Putain oui, plus que sûr ! — Tu as tort. » Et je lui ai tiré une balle dans la nuque. Sa tête de melon a éclaté, et des morceaux de cervelle ont giclé jusque sur le pantalon de Hugo. « Bordel ! » s'est-il exclamé, pendant que les trois autres sentant leur mort prochaine bondissaient soudain sur leurs pieds et se ruaient sur nous, une haine désespérée dilatant leurs pupilles, gonflant les muscles de leur poitrine bardée de cuir, blanchissant les jointures de leurs poings. Hugo en a descendu un au fusil à pompe, Théo et Chloé ont déchargé leur arme sur un autre assaillant qui s'est retrouvé quasiment décapité, et j'ai pris un malin plaisir à laisser le dernier foncer sur moi tout hurlant de rage, sans doute cherchait-il à m'impressionner, avant de lui balancer un pruneau dans la bouche. J'ai levé les yeux au ciel, remercié les ténèbres complices, pendant que mon cœur saluait l'exploit en battant une chamade infernale contre mon sein. « Alors, petite sœur, qu'est-ce que t'en dis ? » m'a lancé Hugo, le fusil sur l'épaule à la façon d'un cow-boy, me montrant le sourire carnassier de ses dents. « C'est presque fini, frérot… presque fini. » Je me suis retournée, Kool B. était toujours couché, sa queue tranchée au ras des couilles ne saignait presque plus, mais le sang avait barbouillé ses cuisses et son ventre, et fait une large flaque sous ses fesses, une flaque cuivrée que la terre n'avait pas encore eu le temps de boire. « Tue-moi, parce que si tu ne me tues pas je te garantis que tu ne dormiras plus jamais tranquille ! — J'ai tout mon temps. — Qu'est-ce que tu veux encore ? — Te faire souffrir. — Salope ! Chienne ! Sale petite chienne ! » Je lui ai tiré une balle dans un genou et je l'ai regardé se tordre. « Au moins dans ta foutue vie de biker t'auras appris une chose, c'est qu'il est dangereux de baiser une fille qui n'en a pas envie. — Va te faire foutre ! » J'ai attrapé la jambe encore intacte de Kool B., tiré dessus, mais il était lourd, le fumier. « Hugo, aide-moi. » Il a posé son fusil, s'est approché, a attrapé Kool B. par le col de son blouson, et à nous deux on l'a fait glisser sur le sol durci par le gel pendant qu'il beuglait comme un taureau. On n'en pouvait plus en arrivant près du feu. Et on a pris le temps de souffler avant de balancer le corps du fameux Kool Blood dans les flammes.

•

Nos armes démontées, nettoyées et rangées dans le coffre, nous avons passé les jours suivants à boire, manger et dormir, et personne n'a plus reparlé de ce que nous avions fait

Joan et Hugo allaient se dégourdir les jambes dans les collines enneigées, respirant à grands coups l'air glacial qui tombait des montagnes, et pendant ce temps Chloé venait s'asseoir dans le fauteuil, observait les flammes de la cheminée, et finissait par me dire

— Je n'ai pas voulu voir ce qu'ils étaient en train de devenir, à présent leur violence me fait peur

— Elle ne devrait pas

— Pourquoi ?

— Ce sont tes enfants, tu n'as pas à les juger, d'ailleurs de quel droit les jugerais-tu ? ta violence tout comme la mienne sont du même ordre

— Quand je les vois, je ne les reconnais plus

— Reconnais-tu le monde dans lequel tu vis ?

je me levais, l'abandonnais à ses réflexions bien inutiles, montais dans ma chambre, me fourrais sous les couvertures du lit parce que c'était le seul moyen d'avoir chaud, et je regardais se bousculer les nuages devant la fenêtre, des nuages qui s'étaient formés sur les hauts plateaux du Montana ou de l'Idaho, des nuages qui avançaient à pas feutrés dans un silence sauvage propice aux apparitions les mains entre mes cuisses j'attendais

parce que depuis quelques jours, pour peu que j'aie la patience d'attendre, voilà qu'elles recommençaient à me tourner autour, les créatures d'autrefois, et c'était une, deux, trois, et parfois plus, ça dépendait de l'heure, que je voyais soudain apparaître et se pencher au-dessus de mon lit, me fixer de leurs yeux si intensément rouges qu'ils prenaient feu et se mettaient à rougeoyer comme des braises ravivées

— Que me voulez-vous encore ?

et les sons graillonnants de ma voix irritée les faisaient instinctivement reculer, se réfugier dans un coin de la chambre comme si je constituais une menace pour la gaze ondulante de leur corps qui avait si peu de consistance qu'un rayon de soleil la transperçait sans qu'aucune réfraction ne le dévie

— Je vous ai raconté ma vie, les horreurs de ma vie je devrais dire, qu'est-ce qu'il vous faut d'autre ?

elles dodelinaient de la tête, trouvaient sans doute que je m'en tirais à bon compte avec mes crimes, craignaient qu'à nouveau des pulsions meurtrières ne me poussent à recommencer

— C'est ça ?

d'un coup leurs yeux me traversaient de toute la puissance de leurs pupilles

— C'est ça ?

mais le vent qui se déchaînait, une branche morte emportée par la bourrasque qui venait cogner contre la vitre, et c'était suffisant pour qu'elles s'effraient et disparaissent comme elles étaient venues, ne laissant pas même la trace de leur infinie tristesse je savais bien qu'elles reviendraient, puisqu'elles avaient franchi l'Atlantique pour me retrouver, il n'était pas question qu'elles se contentent de deux ou trois visites, alors je fermais les yeux et écoutais les mugissements du vent qui tous les jours se réveillait à la même heure, échevelait la cime des mélèzes qui barraient l'horizon, avant de s'en prendre aux ponderosas et aux *cottonwoods* en faction dans les parages de nos terres, et d'attaquer notre ranch par tous les côtés

quel entêtement !

et ces sauvageries du vent me vieillissaient un peu plus chaque jour, à près de soixante-dix ans j'étais sur le point de passer de l'autre côté de la barrière, d'accepter l'inacceptable défaite de mon corps, et à ces pensées je sentais mon cœur s'affoler, regimber, prêt à ruer des quatre fers

du calme, Théo, as-tu oublié qu'il n'y a pas d'échappatoire ?

pour me changer les idées j'ouvrais mon agenda à la page blanche où j'avais inscrit en lettres capitales Montana, cherchais un crayon sur la table de nuit, le rongeais sans rien trouver d'intéressant, écrivais un vers, le rayais aussitôt

et puis un soir c'est venu d'un coup

MONTANA
X

Je passe le bras sur mon front en sueur
Et je lui dis
On le garde
Elle tourne la tête, écarquille les yeux
N'est pas loin de penser que l'escalade du pic Borah m'a rendu fou

La Plymouth tient le milieu du macadam
Et dévore un à un des kilomètres de prairies et de forêts
De terres sauvages en sursis
Et perdues à jamais
Ô Wild
Brament les cerfs
Glougloutent les dindes emplumées
Couinent les lièvres des neiges
Wild, Wild, Wild

———— On garde quoi ?
L'enfant que tu as dans le ventre
———— Tu ne le voulais pas
À présent je le veux
———— Tu en es sûr ?
Elle a posé une main tremblante sur son ventre
Et m'observe du coin de l'œil
Pendant que j'hésite à répondre à sa question
Est-on jamais sûr de ce que l'on veut ?
Expulsé à la naissance comme un trop-plein douloureux
Et bercé d'illusions et de trahisons jusqu'au dernier souffle
On voudrait bien être sûr
Mais on ne l'est jamais
———— Tu en es sûr, Théo ?
Oui, j'en suis sûr

De part et d'autre de la route
Les Bitterroot Mountains découpent d'impossibles espoirs
Des rêves inutiles

Des attentes d'un autre siècle, à jamais condamnées
Ô Wild sillonné de câbles et d'ondes électro-acoustiques
Du ventre d'un bourdon écrasé sur le pare-brise
S'échappent des humeurs mortifères
Pendant que le ciel claque de douleur sous les coups de boutoir
D'un vent cancérogène qui le secoue comme un drap
Ô Wild qu'es-tu devenu ?

—————— Alors on rentre en France ?
Non, je veux que notre enfant naisse ici
—————— Ici ?
Oui, au Montana ou au Wyoming
Dans quelque ville ou dans quelque campagne du coin
Au milieu des cow-boys et des grizzlys
Léonore rit, laissant aller sa tête sur mon épaule
Croisant ses jambes que la jupe découvre jusqu'en haut des cuisses
D'une main je caresse le galbe docile d'un genou avant de répéter
Au milieu des cow-boys et des wapitis
—————— Des wapitis ?
Ouais, des wapitis
—————— Tu te soûles de clichés, à quoi cela te sert-il ?
À réduire le monde à sa plus simple expression

Et la route s'enfonce, et la route se creuse
Entre des arbres de plus en plus hauts
Plonge dans la fraîcheur verte d'une lumière d'outre-temps
Qui vacille comme une flamme de cierge
Sur le point de s'éteindre
Serait-il encore possible que la forêt nous engloutisse ?

Engloutisse la tonne de tôle couleur framboise de la Plymouth
Et ses occupants à tête de cauchemar
Que seule préoccupe la naissance dans sept ou huit mois
D'un enfant mâle ou femelle ?
Poser de cette manière la question c'est connaître la réponse
Ô Wild qu'es-tu devenu ?

——————— *Nous aurons un fils*
Qu'est-ce que tu en sais ?
——————— *Je le sens*
Moi je préférerais une fille
——————— *Pourquoi ?*
Parce qu'une fille n'a pas les muscles d'un garçon
Je vois aussitôt sa bouche qui s'arrondit
Ses yeux qui cherchent à comprendre
Les plis de son front qui préparent une autre question
Tais-toi, s'il te plaît
——————— *Je...*
Non, s'il te plaît
Alors elle se tait, passe son bras autour de mon cou
M'embrasse derrière l'oreille, me mord le lobe
Aïe ! tu me fais mal
——————— *C'est fait exprès, je ne veux pas que tu t'endormes,*
la route est trop
droite, les arbres trop hauts
Et si un ours vient se jeter sous mes roues ?
——————— *Justement, avec les yeux en face des trous tu pourras*
l'éviter
Mais peut-être que je chercherai à l'écraser
——————— *Pourquoi tu ferais ça ?*

Pour te protéger
Elle me regarde
Elle n'arrive pas à savoir si je plaisante ou si je suis sérieux
——————— Je suis assise à côté de toi dans une voiture lancée à toute vitesse et
je ne vois pas comment un ours pourrait me menacer
Les ours ont des pouvoirs que nous n'imaginons pas
——————— Le pouvoir de stopper la course d'une voiture et de me kidnapper
dans leurs grosses mains velues comme le Kong kidnappe Ann ?
On a vu bien pire par ici
Elle passe la main sous mon tee-shirt, me griffe la poitrine jusqu'au sang
——————— Ça, par exemple ? une femme qui déchire le torse d'un homme
dévore son cœur pendant que la voiture livrée à elle-même
fonce dans le décor
La Plymouth fait une embardée
Zigzague sur la route, rue des quatre fers lorsque j'appuie sur la pédale de frein
Renâcle comme un cheval pris au piège du lasso
J'ouvre la portière, m'enfuis en poussant des cris
Elle est folle ! cette femme est folle !
Tombe à genoux au milieu du macadam silencieux
Elle est complètement folle !
Et je me plie en deux, retenant à grand-peine mon envie de rire
Pendant que Léonore court pieds nus dans l'herbe des bas-côtés
Hurlant à pleins poumons
——————— Je suis la panthère blanche du Montana !
Échevelée, débraillée, rugissante

———— *Gare aux hommes de mauvaise volonté !*
Elle se jette sur moi
Et nos corps s'agrippant roulent et se déroulent
D'un bord à l'autre de la route
Pendant qu'un vingt tonnes pointe son nez peroxydé à l'horizon
Klaxonne, freine
Klaxonne encore, stoppe dans un miaulement de roues enjolivées
Et que le chauffeur casquette en travers du front sort de sa cabine
Saute sur le macadam et nous lance
———— *You need some help, guys ?*

et à la fin j'ai remarqué qu'une créature s'était assise au pied de mon lit et me regardait écrire, ses deux yeux ronds et rouges fixés sur moi, sa tête tout entière auréolée d'un nimbe serein, paisible, patient au-delà de ce que l'humain croit connaître de la patience

— Veux-tu que je te le lise ?

je lui ai montré l'agenda, sans qu'une quelconque réaction altère la douceur de sa présence figée dans cette gaze impalpable et obscure, le silence qui tombait du ciel avec la nuit semblait répéter à l'infini l'écho de ma question, et dans ce même silence des flocons de neige s'écrasaient contre les vitres, fondaient en un rien de temps, étaient remplacés par d'autres qui ne manquaient pas de disparaître à leur tour, comme si l'éphémère était le destin de toute chose, flocon de neige ou cœur d'homme

alors je suis sorti de mes couvertures, et comme elle je me suis assis sur le rebord du lit, les jambes pendantes parce que c'était un de ces lits d'une autre époque dont les pieds avaient plus d'un demi-mètre de hauteur

— Je vais te le lire

lui ai-je annoncé, et j'ai lu d'une voix caverneuse la totalité du poème, m'arrêtant et reprenant mon souffle lorsque je sentais que je le perdais, observant dans ces moments l'effet que pouvaient produire mes vers sur la couleur de ses yeux qui, me semblait-il, viraient insensiblement au bleu, me trompais-je ? dans le peu de lumière que diffusait la lampe j'identifiais mal les couleurs, mais à la fin de ma lecture, lorsque j'ai prononcé le dernier mot et que j'ai relevé la tête, il n'y avait plus de doute possible, les pupilles dilatées de ses yeux étaient devenues bleues, d'un bleu imaginaire, à la fois clair et intense, et profond, d'une profondeur qu'il était inutile de vouloir sonder

j'ai posé mon agenda, cru un instant que la créature avait trouvé une parole qui lui servirait à me parler, car je l'ai vue quitter le rebord du lit, s'approcher de moi pour mieux ausculter mon visage, mais qu'y cherchait-elle ? quelles traces perdues voulait-elle y retrouver ? je l'ai laissée faire, je l'ai laissée promener à sa guise ses calmes pupilles, sans qu'aucun son, aucune parole ne parvienne à mon oreille, et malgré moi j'ai fini par clore les paupières, comme si l'intensité de ce bleu me faisait plus de mal que de bien

qui es-tu ? de quels limbes rédempteurs viens-tu ?

j'aurais voulu savoir, mais lorsque j'ai rouvert les yeux la créature avait disparu, c'est à peine si dans le coin le plus obscur de la chambre un remous anormal de ténèbres m'a fait comprendre que c'était par là qu'elle avait fui, une latte du plancher a craqué à laquelle a répondu une espèce de soupir

et rien d'autre.

•

Au printemps, lorsque les neiges ont fondu et que les températures ont retrouvé des valeurs positives, nous avons fermé à clef les portes du ranch et nous sommes partis au hasard des routes, avec l'idée de rejoindre la côte californienne que Joan et Hugo rêvaient de voir

j'ai pris le volant du pick-up, et un beau matin on s'est retrouvés sur la route de Salt Lake City, à doubler les quelques camions qui circulaient encore dans le pays, klaxonnant pour effrayer les chauffeurs et les doublant à la vitesse de la lumière, Joan et Hugo levaient le poing et poussaient des cris en direction des chauffeurs en colère, ensuite ils riaient en se tenant le ventre, allumaient un pétard et nous le passaient pour qu'on fortifie nous aussi notre humeur joyeuse

— Fonce, Théo ! fonce !

j'avais le pied à fond sur la pédale de l'accélérateur, Chloé se cramponnait à son siège, et derrière moi les deux fous furieux tapaient du pied en chantant à tue-tête un vieux tube de Patti Smith

— Fonce !

j'ai traversé à tombeau ouvert et sous le soleil hystérique du matin les régions les plus sauvages d'Amérique, me laissant griser par la vitesse, coursant de gros nuages chou-fleur que je tenais absolument à dépasser, j'avais le sentiment de brûler mes dernières cartouches, que le grand âge qui me guettait ne me permettrait plus rien, alors autant en profiter une dernière fois

on s'est quand même arrêtés sur le parking d'un *diner* délabré qui n'accueillait plus qu'une poignée de cow-boys décidés à mourir sur leurs terres, et Joan et Hugo sont allés se dégourdir les jambes entre les yuccas et ces espèces de cactus cierges qui semblaient monter une garde éternelle

Joan a sauté sur le dos de son frère, et ils ont galopé un moment dans la poussière, poussant des cris sauvages, le Beretta de Joan pointé sur les cactus et leur arrachant la tête

— Je l'ai eu !

criait-elle au comble de la joie

les coups de feu résonnaient dans la plaine, inquiétant les grouses et les nuages qui fuyaient ce remue-ménage dans un ciel aussi liquide et transparent que de l'eau

je suis entré dans la cabane où Chloé avait déjà pris place et commandé du café, trois cow-boys accoudés au comptoir m'ont salué, ils avaient des revolvers passés dans la ceinture de leur jeans et ils sirotaient des Bud, l'œil taciturne sous le Stetson enfoncé jusqu'aux oreilles

— Il y a de la tarte aux cerises, tu en veux ?

m'a demandé Chloé

— Pourquoi pas ?

je me suis essuyé le visage avec la manche de ma chemise

— Ça me rappelle un autre voyage avec ma première femme

— Léonore ?

— Oui, Léonore

la serveuse qui avait l'allure d'une vieille fille entre deux âges, affublée d'une perruque de cheveux blonds ternis par l'usage, nous a apporté deux parts de tarte aux cerises et a versé à nouveau du café dans nos tasses vides

— C'était dans un autre temps, et j'avais le choix de tout

— La nostalgie n'a jamais été d'aucun secours, tu as vieilli Théo, c'est ce qui arrive à tout être humain, n'oublie pas que ton cœur pompe à lui seul des litres de sang qu'il envoie jour et nuit dans des mètres et des mètres d'artères et de veines, ça s'use vite une pareille machine

Chloé me regardait avec un petit air de se foutre de moi

— Un dernier choix me reste : soit je brûle d'un coup mes dernières cartouches, soit je grignote comme un rat le peu d'années qui me restent à vivre

— Et qu'est-ce que tu choisis ?

j'ai regardé par la fenêtre la course éperdue de Joan qui essayait de rattraper son frère

— À ton avis ?

elle a éclaté de rire au moment où le frère et la sœur entraient dans la pièce, le souffle coupé par l'effort, chacun tenant son revolver comme un jouet de foire

— On a faim !

se sont-ils exclamés, jetant sur la banquette leur Beretta et prenant place à table avec une impatience de chiots

— On mangerait le loup des steppes !

a ajouté Joan, la main sur son ventre

la serveuse est revenue pour prendre leur commande

— Cheeseburger, haricots, tarte et Coke

— Pareil

a dit Hugo

ils avaient les cheveux longs tous les deux, les yeux fous, la bouche sans cruauté mais quand même durcie par quelque sauvagerie qu'on devinait cachée, une férocité planquée derrière le vernis d'un masque bon enfant tout prêt à se fissurer à la moindre alerte

— Ça va être comment, la Californie ?

a dit Hugo en avalant une cuillerée de haricots

— Désert, on dit que tous les gens se sont réfugiés à L.A. ou à Frisco, tu crois que c'est vrai, Théo ?

Joan, assise en face de moi, m'ouvrait ses grands yeux noirs avec une espèce d'innocence perverse, il me fallait admettre qu'elle était en train de devenir beaucoup plus belle que sa mère, en était-elle consciente ? je n'aurais su le dire, en tout cas elle semblait avoir oublié le viol brutal de Kool B. avec une facilité qui me paraissait bien étrange

— Théo, je t'ai posé une question !

— Pardonne-moi, Joan, j'avais la tête ailleurs, qu'est-ce que tu me demandais ?

— Est-ce que tu crois que tous les gens se sont réfugiés à L.A. ou à Frisco ?

— C'est ce que j'ai lu dans les journaux, la côte entre les deux villes est devenue une sorte de no man's land où ne vivent plus que des marginaux réfugiés dans les cabanes que leurs grands-pères avaient construites pour donner libre cours à leur radicalité

— C'est-à-dire ?

— Sexe, drogue et écriture

— Écriture de quoi ?

a dit Hugo la bouche pleine et l'œil narquois

— De poèmes et de romans qu'on n'avait pas l'habitude de lire

— Si c'est que ça

a-t-il mâchonné, avec un air dégoûté

— Moi et Hugo on a envie d'aller autrement plus loin

a renchéri Joan, provocante comme elle savait si bien l'être à présent

j'ai haussé les épaules, leurs projets d'avenir ne m'intéressaient pas, il me semblait que ce n'était plus mon problème

— Ne dis pas de conneries

lui a répondu Chloé, mal à l'aise

— Dans ces directions maudites chaque pas te coûtera un bras, tu devrais savoir ça

— Et alors ? moi et Hugo on se contrefout des conséquences de nos actes

les cheeseburgers sont arrivés dans deux assiettes décorées de cactus, et la conversation s'est arrêtée là pendant que Joan et Hugo dévoraient leurs sandwichs à pleines mains, et puis Joan s'est essuyé la bouche et m'a posé cette autre question qui avait l'air de la tracasser

— Dis-moi, Théo, tu l'as déjà traversée, la Californie

ce n'était pas une question mais une affirmation qu'elle voulait m'entendre confirmer

— Oui, une fois

— Avec qui ?

— Ma première femme, on était un peu moins jeunes que toi, mais quand même on était jeunes, et beaux, et insouciants de la vie qui nous attendait au tournant

— Vous avez fait du stop ?

— Non, on avait loué une voiture et on dormait dans les motels

— De vrais petits bourges en goguette

a commenté Hugo, tout en lançant un clin d'œil à sa sœur

— Mon ex avait un père très riche, une sorte de tycoon qui faisait des affaires dans tout un tas de domaines, il nous avait signé un gros chèque pour notre voyage de noces, et notre seul souci c'était de dépenser cet argent

— Trop cool le mec

— Oui, peut-être était-il plus cool qu'il n'en avait l'air, mais son frère je suis bien sûr qu'il ne l'était pas, c'était un homme qui devait avoir du sang sur les mains, et comme l'époque d'hier n'était pas celle d'aujourd'hui il a fini par se retrouver en taule

— T'avais de drôles de fréquentations

a dit Joan, empoignant fourchette et couteau pour attaquer sa tarte aux cerises

— Je ne fréquentais pas cet homme, il ne m'aimait pas, et je ne l'aimais pas non plus

— C'était quand même l'oncle de ta femme

— Je ne l'ai vu que le jour de notre mariage

— Il trafiquait dans quoi ?

a questionné Hugo

— Je ne sais pas et n'ai jamais voulu le savoir

Chloé s'inquiétait des questions de cette fille et de ce garçon qu'elle avait mis au monde et éduqués comme elle avait pu durant vingt ans, fille et garçon qu'elle couvait encore avec des gestes de mère poule

— Vous êtes restés longtemps ?

— On s'était donné deux mois, mais à la fin du voyage on a trouvé un coin qui nous plaisait vraiment dans le Colorado, et mon ex a demandé à son père de nous louer un ranch dans lequel on a passé pas loin d'un an

— Qu'est-ce que vous avez bien pu faire pendant un an ?

a demandé Joan en remuant les sourcils

— Baiser

a répondu son frère

ils ont rigolé tous les deux, Joan donnant un coup de poing dans l'épaule de Hugo, et puis ils ont porté presque en même temps à leur bouche les bouteilles glacées que la serveuse avait posées devant eux, descendant d'un coup les 33 centilitres de Coca

— On a beaucoup baisé, et marché dans les collines, et fait du cheval

— Tu sais faire du cheval, toi ?

s'est exclamée Joan

— Un peu

— Alors pourquoi t'en fais pas au ranch ? pourquoi t'achètes pas un cheval ? c'est pas la place qui manque

— Je suis trop vieux

— C'est ça, t'es trop vieux

elle a ricané, avant de roter si fort que les trois cow-boys se sont retournés

— Mais t'es pas trop vieux pour tenir un flingue

— Tu as raison, à mon âge je ferais mieux d'asseoir mon cul sur le dos d'un cheval et de me foutre du reste

Chloé s'est levée d'un coup en soupirant, comme si elle en avait marre de nous entendre

— Va payer, Théo, et vous, suivez-moi

— Si on peut pas déconner

— J'en ai assez entendu pour aujourd'hui

Joan et Hugo ont repris les Beretta, et ils ont suivi leur mère, la rattrapant dehors, et passant leurs bras autour de sa taille, et l'embrassant sur les joues

j'ai fait le plein d'essence puisqu'il y avait des pompes à côté du *diner*, et j'ai piqué tout droit en direction de San Francisco, qui était encore loin devant, au-delà d'une chaîne de montagnes qu'il allait falloir traverser, et que j'ai traversée sans plus m'arrêter, si ce n'est à la tombée de la nuit pour que Chloé aille acheter quatre pizzas au pepperoni, roulant de jour et roulant de nuit, pendant que

Joan et Hugo ronflaient à l'arrière et que Chloé fumait cigarette sur cigarette

— Qu'est-ce que tu as ?

ai-je fini par lui demander

— Rien

— Tu n'avais pas envie d'aller en Californie ?

— Pas vraiment

elle s'est recroquevillée sur son siège et a fait semblant de dormir, à quoi cela aurait-il servi que je la force à dire ce qu'elle n'avait pas envie de dire ? j'ai ouvert une Bud et bu une gorgée de cette bière infecte qui n'avait le goût de rien, à la radio je suis tombé sur un concert de musique cajun et je me suis souvenu du temps qu'on avait passé là-bas, Léonore et moi, des gumbos de crevettes que nous mangions avec un appétit d'ogre, des fais-dodos où nous allions danser le soir, en compagnie des gens du bayou venus oublier leur misère de pauvres Blancs

ne commence pas à ressasser des souvenirs qui sont loin d'être la réalité de ce que tu as vécu

mais les gumbos de crevettes je ne les invente pas

non

et les fais-dodos

non plus

les fais-dodos où Léonore se laissait entraîner sur la piste par ces vieux Cajuns à cou de girafe qui se déboîtaient les rotules pour suivre la cadence qu'imposait l'accordéoniste grasseyant à la cantonade

les zharicots sont pas salés

avant de relancer la musique et de cligner de l'œil en direction de son violoniste à quatre heures du matin le pick-up a franchi le sommet de la montagne et basculé dans la pente de la route qui menait à Sacramento, j'ai vu presque à portée de main le dessin des rues illuminées de la capitale californienne, rues macadamisées qui imposaient aux obscurités de la plaine un tapageur espace d'extrême civilisation

et sans plus m'intéresser à la ville j'ai poussé à fond le pick-up sur des routes suspendues entre ciel et terre qui filaient en direction de San Francisco, devant moi le ciel s'éclaircissait, pendant qu'une volonté presque divine forçait la nuit à disparaître dans les parages de l'océan Pacifique, des traînées roses et d'autres bleues languissaient à des hauteurs immensurables, superbement ignorantes de l'activité des hommes qui à cette heure grinçaient des dents et tapaient du pied aux carrefours de toutes les rues

on aurait dit qu'une grande partie de l'Amérique s'était réfugiée là, et même si la population en Californie comme ailleurs avait beaucoup diminué, il demeurait avec l'afflux des réfugiés des États limitrophes un nombre considérable de gens terrifiés qui n'avaient pas encore digéré l'hécatombe, et qui tentaient d'oublier la menace que les prophètes de tout poil prenaient un malin plaisir à leur rappeler au moins une fois par semaine, lors de ces meetings organisés sur les places publiques par des congrégations de la Vierge, de Jésus, et des saints divers rameutés pour l'occasion

Chloé avait fini par s'endormir elle aussi, et je n'ai réveillé personne jusqu'à San Francisco, grimpant en première ses rues aux pentes vertigineuses, et m'arrêtant enfin au sommet de quelque colline qui dominait le Golden Gate et le Bay Bridge, le soleil s'était levé et dorait les toits en escalier, les façades acidulées des maisons, les quatre-vingt mille facettes miroitantes d'un océan voué un temps aux gémonies par les bagnards de San Quentin et d'Alcatraz

— Regardez où on est arrivés ! regardez !

ils ont ouvert les yeux, Hugo d'abord, et les deux femmes ensuite qui sont sorties du pick-up en s'étirant, les bras dressés vers un ciel embrasé, offrant au vent de mer leur visage et leur chevelure

— J'ai faim

a crié Joan

— J'ai très faim

derrière nous il y avait un café-épicerie où se retrouvaient les barbus du quartier, café, thé, scones et confitures, œufs frits et croissants français, le tout certifié bio, le genre d'établissement où un cow-boy du Wyoming n'aurait jamais eu l'idée de mettre les pieds, mais Joan et Hugo s'en foutaient et ils se sont installés en commandant tout ce que le café pouvait leur offrir, et ma foi c'était bon, il n'y avait rien à redire du côté de la qualité des produits, et heureusement parce que la note qui m'a été présentée frisait le ridicule, pas loin de 200 dollars pour ce qui n'était qu'un riche petit déjeuner

— À ce compte-là dans huit jours nous n'aurons plus rien en poche

ai-je commenté, en jetant deux billets de cent dollars sur la table

— T'en fais pas, Théo, on trouvera bien à braquer quelque banque de campagne

— Ici ce n'est pas le Wyoming

a répondu Chloé

— Je vois pas ce qui change, un flingue pointé entre les deux yeux de quelqu'un fera toujours peur

— Ce qui change ce sont les banques

— Pourquoi ?

— Parce qu'on est en Californie et que les banques risquent d'avoir des systèmes de protection autrement plus sophistiqués

ai-je argumenté, mais Hugo n'avait aucune envie de tenir compte de nos raisonnements qui étaient pour lui des raisonnements de vieux à bannir de sa vision du monde où les gens n'avaient que deux choix possibles : se servir ou tendre la main

— Ça ne sera que plus excitant

a-t-il rigolé en poussant du coude sa sœur

je n'ai pas insisté, Chloé tout comme moi n'avions plus les mots qu'il fallait pour être entendus, quelque chose nous avait échappé dans la manière dont un garçon et une fille grandissent au contact permanent de la violence, et à présent qu'ils étaient adultes nous nous retrouvions face à deux êtres que nous ne reconnaissions plus, qui se foutaient de nos jugements, de nos conseils ou de nos interdictions, qui ne se préoccupaient que de leurs désirs sans se soucier des suites que leurs comportements pouvaient entraîner, ils avaient une amoralité qui désarmait leur mère et qui me désarmait moi pourtant habitué à toutes sortes de désordres, c'était comme si leurs sens avaient été irrémédiablement déréglés sans qu'aucune reprise en main ne soit d'une manière ou d'une autre envisageable

ils étaient les avatars chimiquement et physiquement toxiques d'une humanité perdue

— Que sont les hommes devenus ? ils ont été trop clairsemés, l'amour est morte

me suis-je exclamé en regardant par la fenêtre la mélancolie impuissante des maisons qui cachaient Dieu sait quoi sous la peinture fraîche de leurs façades trop bien entretenues, une sur trois avait ses volets clos que personne ne rouvrirait jamais

— Qu'est-ce que tu racontes, Théo ?

a dit Joan, son bras enroulé autour de mon cou et sa bouche joueuse collée à mon oreille, comme si j'étais un vieillard qui avait besoin d'être réveillé, ramené à la réalité

— Rien

— Mais ces hommes, c'est qui ?

— Des amis de Rutebeuf

Joan a haussé les sourcils, cherché un instant à comprendre ce que je voulais dire, et comme elle n'y arrivait pas, elle a chassé d'un revers de main la phrase

— On y va ?

elle et son frère se sont levés, suivis des yeux par les barbus du comptoir qui n'en revenaient pas de voir une fille pareille, autant conforme à leurs goûts, et à mon tour je me suis levé, ai pris le bras de Chloé, et tous deux leur avons emboîté le pas sans tenir compte des regards appuyés de ces hommes

dehors la lumière éblouissante du soleil nous a fait cligner des yeux, comme si nous étions soudain démasqués, et exposés à la vindicte publique par quelque force maligne qui ne nous voulait que du mal.

•

Je suis leur mère. Et pourtant je ne suis plus leur mère parce qu'ils ont cessé d'avoir besoin de moi. C'est aussi simple que cela. Ils ont cessé d'avoir besoin de moi pour manger, pour s'habiller, pour s'endormir, ils ont cessé d'avoir besoin de moi pour les aider à choisir dans quelle direction engager sans crainte leurs pas. Hugo bien sûr, mais aussi Joan, qui est peut-être pire que son frère, n'ont plus la crainte de quoi que ce soit. Ils foncent avec l'idée que rien ne peut leur arriver, qu'ils bénéficient d'une immortalité offerte à la jeunesse le temps de quatre ou cinq ans, et qu'il est impensable de ne pas en profiter. Savent-ils que cette espèce d'immortalité ne les protège nullement des balles de la police, si par malheur ils sont pris en chasse par une voiture de flics ? J'en suis à me le demander, tant leur insouciance est grande, tant leur inconscience a dépassé les limites de l'acceptable. « C'est toi, maman, qui nous as donné des armes, et c'est Théo qui nous a appris à nous en servir. Et ça nous a plu au-delà de ce que tu peux imaginer. À présent nous reproche pas de jouer au gendarme et au voleur, parce qu'il est dans la logique des choses que nous ne sachions jouer qu'à ce jeu, peux-tu comprendre ça ? — Non. — Peux-tu comprendre notre envie d'être les derniers révoltés de ton monde pourri ? — Et d'en payer le prix ? — Et d'en payer le prix si nous ne pouvons pas faire autrement. » Voilà leur discours. Moi qui ne devrais pas l'entendre, parce qu'une mère quelle qu'elle soit n'a pas à entendre ce genre de discours, moi qui n'ai cherché qu'à les épargner, moi qui croyais les avoir sauvés du désastre. Et voilà leur discours. Je voudrais que quelque force du ciel ou des enfers me pardonne de ne pas les avoir assez bercés, calmés, caressés, et qu'elle m'octroie le pouvoir de les prendre enfin dans mes bras, n'en ai-je pas le droit ? pour leur sortir de la tête la folle déraison qui y est entrée ? Ou alors, oh mon Dieu dois-je l'avouer ? ou alors que ces forces du ciel ou des enfers m'arment de courage, et qu'un jour de colère et de désespoir j'attrape un coussin et les étouffe l'un après l'autre, comme on étouffait autrefois celles et ceux qui avaient la rage, et qu'on ne savait pas soigner, et qu'on avait l'obligation de tuer en plaquant sur leur visage déformé de violence la laine épaisse d'un oreiller. Qu'est-ce que je raconte ?

Oui, qu'est-ce que tu racontes ma fille ? Effrayée je me redresse sur le siège, ouvre les yeux et ne vois dans la lumière des phares qu'une bande de macadam défiler sous les roues. Théo tient le volant d'une main pendant que l'autre se rafraîchit au contact d'une bouteille de bière prise dans la glacière. Derrière Joan et Hugo dorment, leurs deux corps dénudés vautrés l'un sur l'autre. Je tends la main, les touche. Il y a derrière la jeunesse joueuse de ces deux corps à la chair tendre des folies meurtrières d'adulte qui ne demandent qu'à entrer en action. Voilà ce qu'il y a. Ce n'est pas la peine que je m'aveugle. Des folies meurtrières qui nous dépassent, Théo et moi, et contre lesquelles nous sommes impuissants. Un soir, Joan et Hugo sont revenus les poches pleines, ont jeté sur la table des liasses de dollars, la bouche et les yeux rayonnants de fierté. « Et voilà le travail ! » a triomphé Hugo. Le monde d'avant avait au moins cet avantage : il forçait nos enfants à demeurer dans les clous. Aujourd'hui tout a volé en éclats, *No Limits* proclament les tags, *No Limits, No Limits,* partout *No Limits*, même moi je ne fais plus très bien la distinction entre le bien et le mal, je ne sais plus ce qui est moral et ce qui ne l'est pas, ce qui est autorisé et ce qui est interdit. Je tourne en rond sur la pointe de mes pieds, toupie sans repères, emportée dans la pente d'un monde qui s'effondre.

•

Nous avons loué pour deux mois une cabane dans le fond d'un ravin

la mer était à deux pas, et la nuit on l'entendait battre inlassablement les rochers avec une obstination rassurante, je sortais du lit pour aller voir le mouvement des vagues, m'asseyais dans le sable, repliais les genoux contre ma poitrine où en suis-je ?

me répétais-je

et suivais le chemin de la lune dans le ciel, les éclats d'aluminium de ses rayons à la surface de l'eau, si Chloé venait me rejoindre elle s'asseyait à dix mètres de moi pour ne pas avoir à me parler, regardait elle aussi devant elle en fumant les dernières cigarettes de son paquet

où en suis-je ?

j'avais fait ce que j'estimais devoir faire pour Chloé, à présent j'étais à bout, cherchant le prétexte qui me permettrait de les fuir, elle et ses enfants, de reprendre mes pérégrinations déboussolées et solitaires, je sentais dans mes membres un épuisement contre lequel il m'était bien difficile de lutter, je trébuchais sur les sentiers, je ratais des marches, mes mains n'empoignaient plus de la même manière la crosse d'un pistolet, et ma vue avait changé, ce que je voyais très bien de loin je ne le voyais plus, j'avais besoin de lunettes que pourtant je ne me décidais pas à acheter, et dans ma bouche l'alcool était en train de me bouffer les gencives

une nuit que j'étais seul sur la plage je les ai vues réapparaître, trois ou quatre d'abord qui ont surgi sur ma droite entre les troncs d'arbres morts, et puis dix autres à ma gauche, et tant d'autres venant des obscurités miroitantes de la mer que je ne pouvais plus en faire le compte

et sans que je songe à m'effrayer de leurs manœuvres, plus de cinquante créatures ont fait cercle autour de moi, aussi silencieuses qu'à leur habitude, mais cette fois déterminées à m'emporter au purgatoire des âmes damnées pour que je me repente de mes crimes, que je demande pardon aux victimes combien de filles et combien de garçons ?

je leur ai dit :

— Pas cette nuit

les ai observées qui hochaient la tête, levaient au ciel leurs yeux de miséricorde

— Pas cette nuit, comprenez-vous ? je ne suis pas encore prêt, j'ai encore un bout de chemin à faire, des adieux à préparer, une sortie à imaginer dans le capharnaüm sans imagination de ce monde

leurs yeux à jamais incendiés par je ne sais quelle volonté du diable ou du bon Dieu

— Écartez-vous, allez, écartez-vous, il faut que vous me laissiez retourner à la cabane

je me suis redressé, et debout sur mes pieds nus, les bras tendus au-devant de moi, j'ai marché avec la volonté de rompre la circonférence du cercle qu'elles avaient formé, prêt à les bousculer si par hasard elles cherchaient à me barrer le passage, mais elles n'en avaient pas le pouvoir, mon corps sans difficulté les a traversées pour retrouver dans le sable le chemin de la cabane, et alors que le cercle se refermait derrière moi j'ai vu au-dessous des yeux rouges s'ouvrir pour la première fois des bouches tout aussi rouges, et j'ai entendu monter un murmure de cris étranglés, de borborygmes oppressés, s'intensifiant à chacun de mes pas pour devenir très vite un chœur puissant de voix tourmentées qui a fini par imposer le silence au va-et-vient des vagues, aux rodomontades du vent dans les arbres

et à mon oreille une voix s'est détachée

— Non… je vous en supplie… faites pas ça…

une voix de fille, et puis une voix de garçon

— Ne me tuez pas… laissez-moi vivre…

et encore une voix de fille

— Pitié… ayez pitié…

je me suis aussitôt bouché les oreilles, mais les voix continuaient à me harceler, toutes ces voix qui sortaient par la bouche des créatures comme un trop-plein longtemps refoulé, toutes ces supplications auxquelles ma mémoire soudain réveillée redonnait vie en me bombardant de scènes insoutenables rejouées cent fois par des corps à demi nus qui se tordaient de douleur sous les coups de couteau que ma main meurtrière leur assenait

— Ne me tuez pas…

— Je vous en supplie… je vous en supplie…

— Faites pas ça…

j'ai clos et rouvert les yeux, secoué la tête, rué comme un cheval pour me débarrasser des maléfices de ces créatures, et tenté de leur échapper en prenant soudain mes jambes à mon cou, courant à en perdre haleine le long de la plage, zigzaguant entre les rochers, grimpant aux branches des pins

— Je vous en supplie… laissez-moi vivre…

répétait la fille réfugiée dans la baignoire

et en désespoir de cause me jetant dans les vagues tout habillé, et nageant, nageant longtemps et loin, jusqu'à ce que je retrouve ma surdité et mon aveuglement, je veux dire jusqu'à ce que je redevienne cet amnésique chronique que les docteurs avaient dans un autre temps arraché au coma

lorsque j'ai tourné la tête, la plage était vide et calme, l'aube commençait de poindre quelque part dans le ciel et semait sur la grève une poussière grisâtre qui nettoyait le sable de ses cauchemars nocturnes, que décider à présent ? je grelottais, mes bras et mes jambes s'épuisaient à me maintenir la tête hors de l'eau, alors il m'a semblé que si je ne voulais pas mourir noyé il était temps de rejoindre la plage et de reprendre mes esprits

j'ai nagé jusqu'à épuisement pour retrouver la terre ferme, poser enfin les pieds dans le sable, autour de moi ce n'étaient plus que jeux de lumière sur la grève humide, chants d'oiseaux au faîte des arbres, étreintes dans le ciel des roses et des bleus de l'aurore, rassuré je me suis débarrassé de mes vêtements, et ne gardant que mon caleçon je suis retourné à la cabane où dormaient encore Joan et Hugo dans une chambre, Chloé dans l'autre, j'ai pris une douche et je me suis glissé sous le drap du lit

Chloé a poussé un grognement animal, s'est tournée vers moi en récupérant la partie du drap sous laquelle j'essayais de me réchauffer

— Qu'est-ce que tu as fait ?

posant sa question des profondeurs de son sommeil

— Rien

lui ai-je répondu pendant que j'enfilais le tee-shirt roulé en boule sous mon oreiller

— Tu es parti longtemps

— Oui, je n'arrivais pas à dormir

— Tu t'es promené ?

— Je suis resté sur la plage

— Tout ce temps ?

— Je me suis laissé aller… peut-être que j'ai dormi

— Tu as pensé à quoi ?

— À nous quatre, à notre avenir

Chloé s'est rapprochée, a passé une jambe par-dessus mon corps

— Et alors ?

— Il est sans espoir, condamnés que nous sommes, toi, moi, tes enfants et le troupeau des rescapés du déluge, à tourner en rond dans l'arène d'une violence qui nous dépasse

— Révoltons-nous !

— Ça ne servirait à rien, la planète est devenue à ce point mortifère qu'elle voue à l'échec toute tentative de révolte… et puis qui serait prêt à te suivre ?

— Je ne sais pas

j'ai senti le corps de Chloé frissonner, son ventre en sueur se coller plus étroitement à mes reins, dehors les arbres couvaient encore des lambeaux de ténèbres et donnaient l'illusion qu'il était possible de se rendormir

— Tu ne dis plus rien ?

— Non, j'essaye de trouver le sommeil

— Il est quelle heure ?

— Très tôt… trop tôt…

Chloé a soupiré, et puis elle s'est tout entière blottie contre moi pendant que j'adoptais une position en chien de fusil, et nous n'avons plus bougé, plus parlé, résolus à nous abandonner au silence de la forêt qui entrait par la fenêtre ouverte pour nous anesthésier.

•

La vie dans la cabane, avec la mer, la forêt et le cui-cui des oiseaux, ça nous a plu quinze jours. À la nuit tombée on nageait à poil dans les eaux de l'océan. On s'attrapait, on s'étreignait, on coulait à pic jusqu'à des profondeurs interdites, et puis on remontait à la surface, les poumons douloureux. Sur la plage Théo avait allumé un feu, il grillait le poisson qu'il avait pêché, et maman le regardait faire, assise dans le sable, le menton entre les genoux. On sortait ruisselants d'eau, plus forts que jamais, prêts à scalper celui qui aurait osé moquer notre insouciance. On mangeait comme des goinfres, riant de tout ce que pouvait dire Théo. Lorsqu'il parlait des mois à venir, des décisions douloureuses qu'il faudrait prendre à plus ou moins long terme, on se foutait de sa gueule. Où allait-il chercher des conneries pareilles ? On le calmait en roulant deux ou trois pétards qu'on se passait et repassait jusqu'au vertige. Et puis on allait se coucher, Théo et maman dans un lit, nous dans l'autre. On dormait jusqu'à midi, jusqu'à ce que maman nous réveille. « Debout ! allez, debout ! — Laisse-nous dormir, maman, s'il te plaît. — Non, Théo a besoin de Hugo pour réparer la douche, et toi Joan je veux que tu viennes avec moi faire des courses au village. » On se levait, parce qu'on savait qu'on finirait par aller courir les bois, et nager à en perdre haleine, et manger du poisson ou de la viande grillée. Mais tout ça a fini par nous soûler. Nous, ce qu'on voulait, c'était de l'action, braquages, fuites à tombeau ouvert, célébrité. Qu'on parle de nous dans les journaux, putain, qu'on montre nos belles gueules sur quatre colonnes, flingue en main, qu'on publie les enregistrements de nos entretiens avec les journalistes en mal de scoops ! Voilà ce qu'on voulait pour nous deux. Et vite. Le plus vite possible. Et une nuit que Théo et maman dormaient sur leurs deux oreilles comme des junkies bien cramés, on a pris les flingues, les deux fusils à pompe Remington à canon scié, et au volant du pick-up on s'est tirés dans la nuit noire de ce trou soi-disant édénique où des écrivains avaient passé une partie de leur vie à écrire des conneries qui avaient estomaqué le monde entier. C'était dans un autre temps, mais quand même, ça nous en bouchait un coin que des types puissent décoller rien qu'en regardant des mouettes se trémousser au-dessus des vagues. Bref, on a foncé jusqu'au village, pied au plancher, et une fois l'espèce de village atteint, on a abandonné le pick-up et on s'est attaqués à la portière d'une Corvette bleu pétrole qui n'a pas résisté longtemps à nos efforts. Au cadran d'une horloge pendue au-dessous du clocher il était 3 h 30. Une bonne heure pour foutre le camp, lorsqu'on a vraiment envie de foutre le camp. On a pris la direction de Monterey, et à huit heures on garait la Corvette dans le quartier des banques, devant la Wells Fargo qui n'avait pas encore ouvert ses portes, mais qui ne tarderait pas à les ouvrir puisqu'un panneau indiquait une ouverture prévue à 8 h 45. En attendant on est allés prendre un café au *diner* d'à côté, et puis on a mangé deux parts de tarte aux pommes pendant que la serveuse reversait dans nos gobelets du café brûlant. On se regardait sans trop savoir si l'autre était prêt, et l'inquiétude qui se lisait dans nos yeux nous a fait rire. On avait déjà cambriolé seuls un comptoir de banque, et ça s'était si bien passé qu'on n'avait qu'une envie : recommencer. Putain, oui ! recommencer une, deux, trois fois. Des dizaines de fois. À 9 h 03, flingue chargé sous la chemise, chewing-gum entre les dents et casquette de base-ball vissée sur le crâne, on traversait tranquillement la rue avec l'air de deux touristes qui vont à la plage. Un taxi chargé de bagages est arrivé dans notre direction. On l'a laissé nous croiser et disparaître au carrefour suivant. Et puis on a passé le sas qui donnait accès aux bureaux de la banque. Et on a sorti nos flingues. « Personne ne bouge ! » Mais qui aurait pu bouger dans cette banque où pas un client n'avait encore mis les pieds ? Il n'y avait que trois employées assises à leur place derrière le comptoir et qui écarquillaient des yeux de carpe. On a pointé nos flingues sur elles en criant : « Le fric ! » Et aussitôt elles ont levé les bras pour nous faire comprendre qu'elles n'étaient pas prêtes à risquer leur vie pour la Wells Fargo. « Le fric, vite ! » Elles s'en foutaient de la Wells Fargo, étaient même toutes disposées à nous refiler la réserve, ces paquets de dollars rangés dans quelque coffre à portée de leurs mains, le problème c'est qu'il n'y en avait plus, de réserve, pour des raisons de sécurité les coffres de toutes les agences bancaires de Monterey avaient été vidés, il fallait glisser sa carte dans les distributeurs de la ville pour avoir des espèces. « Putain ! y a même pas cent dollars dans vos tiroirs ? — Rien, on vous dit. » On avait l'air malin avec nos flingues braqués sur elles. Mais qu'est-ce qu'on pouvait faire ? Les descendre toutes les trois ? « Vos sacs ! — Quoi ? — Ouvrez vos sacs à main, bordel ! » Elles se sont exécutées en nous regardant de travers. Dans les porte-monnaie on a récupéré pas loin de cent cinquante dollars. Une misère. Et à ce moment-là un retraité s'est présenté à la porte de la banque. L'employée mexicaine nous a regardés, on lui a fait signe d'ouvrir, et elle a déverrouillé le mécanisme en appuyant sur un bouton. L'homme est entré, a salué la compagnie pendant qu'on foutait le camp comme des clients mal élevés de la Wells Fargo. Dehors on a couru jusqu'à la Corvette et on a quitté la ville, plus enragés que des pitbulls. Théo avait raison, ce n'était pas en Californie qu'il fallait s'attaquer aux banques. Ce foutu pays n'était qu'à moitié mort, une bonne part de la population avait beau s'être volatilisée, il y avait encore des poches de résistance, des endroits comme la Californie, où les gens demeurés vivants n'avaient pas l'intention de se laisser faire. Ruminant notre échec, et réfugiés dans un silence hargneux que ni l'un ni l'autre ne souhaitait rompre, on a suivi la côte en direction de Los Angeles, puis bifurqué sur l'autoroute de Phoenix, plein est. On a dépensé jusqu'à notre dernier dollar, en essence et en burgers, dormant dans la voiture aux heures les plus lourdes de la nuit, et repartant à l'aube dans la fraîcheur lumineuse des routes de l'Arizona. Un peu avant Tucson on a piqué la caisse d'une station Texaco. Cinq cent vingt dollars. Et après Tucson, dans un bled qui n'avait pas de nom, on a fait irruption la rage au ventre dans le local d'une banque à l'ancienne au milieu duquel trônait un coffre-fort. « Ouvre ce foutu coffre ! » L'homme qui était seul derrière un bureau surchargé de dossiers a plongé la main dans un tiroir, croyant sans doute qu'il était de son devoir de jouer les héros. Il s'est pris une balle au creux de l'épaule, a basculé sur le côté, entraînant dans sa chute le fauteuil sur lequel il était assis. Le sang a giclé sur son costume, de gros bouillons de sang rouge qu'il a regardé couler avec l'air de ne pas y croire. « Le chiffre, donne-nous le chiffre de ton coffre, si tu veux pas t'en prendre une autre entre les deux yeux ! » On était surexcités, les nerfs à vif, hantés par la peur que tout foire une seconde fois. Malgré la douleur, l'homme a haussé un sourcil et n'a pas pu s'empêcher de ricaner. « Tu vas le donner, ce chiffre ! » On le tenait par les oreilles, rouges de colère, tout prêts à les lui arracher, ces putains d'oreilles de héros. Et c'est alors qu'on s'est aperçus que le coffre était ouvert. La porte, pas tout à fait refermée, laissait un espace où il suffisait d'introduire un doigt. Et on l'a vite introduit, ce doigt, vous pouvez nous croire, on l'a vite ouverte, cette porte, pour voir ce qu'il pouvait bien y avoir à l'intérieur. Au bas mot dix mille dollars ! Dix mille dollars en coupures de cinquante et de cent ! On en a eu des vapeurs, une montée soudaine d'adrénaline qui nous a forcés à tomber sur nos deux genoux comme s'il fallait remercier le ciel. Et pendant que le type derrière nous épongeait sa blessure avec un mouchoir, on a vidé le coffre, fourré les billets dans un sac de toile, et on s'est rués vers la sortie. Bang ! Bang ! Enfoiré de bled ! Et bang encore ! Nos flingues silencieux menaçant les trop peinards nuages. On a couru sur le trottoir où des chiens fatigués dormaient à l'ombre des vérandas, trébuchant sur des canettes de bière vides, dressant un doigt d'enculé en direction des bicoques de l'unique rue. Et puis on a sauté dans la Corvette et on a fait un démarrage hollywoodien, laissant derrière nous un nuage de poussière. Direction Albuquerque. La première nuit on a couché dans la voiture, planqués derrière un repli de terrain où poussaient d'impassibles cierges. Des fois qu'il prenne l'envie aux flics de venir patrouiller par ici. Mais pas une voiture n'est passée sur la route, dans un sens comme dans l'autre. On n'avait rien à manger, sinon le paquet de chips volé à la station-service avec un pack de bières. On s'est assis dans la rocaille à la nuit tombante et on a dévoré les chips trop salées pendant qu'à tour de rôle on comptait et recomptait le butin. Ce n'était pas dix mille mais douze mille trois cent vingt dollars qu'on avait raflés. Et en l'honneur de cet exploit on a descendu le pack de bières et fumé les cigarettes du paquet qui traînait dans la Corvette. Autour de nous les cierges tendaient leurs espèces de bras semés d'épines, comme s'ils remerciaient le ciel de les avoir débarrassés de tant d'Américains. Et si on avait pu entrer en contact avec eux par quelque moyen que ce soit (champignons ou autres sorcelleries indiennes), nous auraient-ils dit ce qu'étaient devenus ces gens ? On s'est redressés. On a marché en tous sens, criant d'abord pour le simple plaisir de crier, et puis des mots nous sont venus. « On veut vivre ! Viiivre ! » Des mots qui résonnaient dans la nuit comme dans un tunnel. « Viiiiiiivre ! » Et à la fin on avait tant usé nos cordes vocales qu'on ne pouvait plus parler. On avait fini les bières, fumé le reste de pétards. Alors on s'est écroulés sur la banquette arrière de la Corvette, enlacés pour ne pas avoir froid, trouvant le sommeil sans le chercher, bien trop heureux sans doute. Et le lendemain qu'est-ce qui nous a réveillés dans la lumière rouillée de la première heure du jour ? Le bruit de cloche de deux canettes qui s'entrechoquaient, non, pas ça, plutôt le bruit d'un pied qui les poussait l'une contre l'autre. On a ouvert les yeux, et on a vu planté devant nous une espèce de bouseux du désert, portant casquette et boots éculées, un fusil dans une main et notre sac de dollars dans l'autre. « C'est à vous tout ça, les p'tits gars ? » On a préféré ne pas répondre. On voulait d'abord savoir où étaient nos flingues. Sous la banquette, oui c'est ça, sous la banquette, c'est-à-dire à portée de main. « J'vous ai posé une question, les p'tits gars. — On a bien entendu. — Alors ? — C'est pas à nous. — Puisque c'est pas à vous, c'est à qui, ce paquet de pognon ? — À notre père, m'sieur. — Et qu'est-ce qu'y fait ? — Il est prédicateur, m'sieur, les gens lui donnent beaucoup d'argent pour sauver leur âme, ce qu'il y a dans le sac c'est la recette du mois dernier. — Foutre Dieu, ça en fait du pognon ! — Oui, m'sieur. — Et si je l'gardais pour moi, qu'est-ce qui se passerait ? — Vous auriez vite les flics au cul, m'sieur. » Ça l'a fait marrer, notre réplique, ses yeux de fouine se sont réduits à deux lames de couteau. « Y en a plus, des flics, par ici, plus de flics, plus de bars, plus de gens, plus rien. Alors ceux qui ont échappé au grand ménage font c'qui leur passe par la tête. — Et qu'est-ce qui vous passe par la tête, m'sieur ? — L'envie de vous piquer la bagnole, le fric, peut-être même de profiter de vos p'tits culs, parce que c'est pas tous les jours qu'il en passe par ici, et de vous laisser à poil dans ce foutu désert. — C'est malhonnête, m'sieur. — C'est quoi ? — Malhonnête. » Ça l'a scié, ce mot, il a ricané une seconde fois en secouant la tête, sans doute se disait-il qu'il avait affaire à de sacrés crétins, des crétins comme il n'en avait sans doute jamais vu dans son coin de merde. « Descendez. — Oui, m'sieur, on descend. » Et pendant qu'on se tortillait sur la banquette on a récupéré nos flingues, et puis on s'est plantés devant lui, les mains dans le dos. « Vous voulez vraiment nous faire du mal, m'sieur ? — Qu'est-ce que je pourrais faire d'autre ? » Il a creusé les joues pour se sucer la langue, et dans le silence du désert on a entendu ce bruit dégueulasse de succion. C'était trop. Ensemble on a sorti les flingues cachés dans notre dos et on lui a logé deux balles dans la tronche. Il n'a même pas eu le temps de comprendre ce qui lui arrivait. Les deux pruneaux lui ont fait éclater la tête et sa cervelle de bouseux est allée rejoindre à trois mètres de là une fourmilière où grouillaient des centaines de fourmis noires. On a récupéré le sac, démarré la Corvette, et en cahotant dans le chemin rejoint la route d'Albuquerque. Il nous avait donné faim, ce type. Mais il était peu probable qu'on trouve un quelconque *diner* avant la ville. Alors on s'est contentés de sucer nos doigts en pensant à ce que ce saligaud aurait pu faire avec nos corps. Nos mâchoires se crispaient, nos poings blanchissaient de colère, nos yeux lançaient des éclairs. Et pour se changer les idées on a tourné le bouton de la radio qui donnait des nouvelles du pays, des nouvelles qui n'étaient ni bonnes ni mauvaises, et qui comme chaque jour enregistraient le nombre de morts par suicide, toujours en augmentation, en particulier dans les campagnes, mais aussi dans les villes à présent, et dans les très grandes villes où il était en théorie plus facile d'oublier l'époque des disparitions massives. On s'en foutait, de leurs informations. On avait faim, vraiment faim, et la main qui caressait notre ventre avait du mal à calmer ses contractions. Et on avait chaud, malgré la clim poussée à fond mais qui marchait mal. La température mesurée sur le compteur frôlait les 100 degrés Fahrenheit, le macadam fumait, la route elle-même ondulait à l'horizon comme un mirage. Deux fois on a stoppé la voiture pour que le moteur refroidisse, deux fois on a cherché dans le coffre une quelconque bouteille qui pourrait étancher notre soif. Nos lèvres se craquelaient, tout comme notre langue privée de salive. Mais on a eu beau passer au peigne fin le coffre, et le dessous des sièges, et les poches des portières, on n'a rien trouvé. Putain, ça nous sciait les nerfs cette soif, ça nous rendait fous, on aurait tué n'importe quel animal pour boire son sang. Si bien qu'on a foncé sur le premier *diner* qui se présentait à l'entrée de la ville, coupant la route à un camion dont le pare-chocs est passé à moins d'un mètre de la Corvette. Mais on s'en foutait. On s'est précipités sur la porte qu'on a enfoncée d'un coup d'épaule, effrayant au passage la serveuse qui a poussé un cri, et on a commandé aussitôt de l'eau, du café, deux Coke, des muffins, du poulet frit et des patates. « De l'eau surtout, donnez-nous vite de l'eau, s'il vous plaît ! » La bouteille a été vidée en un temps record, et deux autres ont suivi, subissant le même sort. Après ça on s'est sentis mieux, plus calmes, avec l'envie de mater un peu la clientèle du lieu. On a compté quatre cow-boys réformés, un couple d'édentés qui mâchaient des espèces de beignets graisseux, et une vieille gloire du coin à la choucroute oxygénée qui finissait de se maquiller devant un miroir de poche. Et tous ces gens nous regardaient avec cet air méfiant de rescapés, prêts à s'enfuir à la moindre alerte, à tout tenter pour éviter ce qui avait emporté la plupart de leurs amis, et qui pouvait les emporter eux, les rescapés, un jour prochain peut-être pas aussi éloigné qu'ils le croyaient. N'étions-nous pas ce signe avant-coureur ? Avec nos gueules à faire peur ? Avec nos jeans troués et nos tee-shirts qui puaient la sueur ? « Bouououh ! » Et on leur a tiré la langue. « Ça vous gêne qu'on ait posé le cul sur vos banquettes ? Vous voulez qu'on aille bouffer ailleurs ? C'est ça que vous voulez ? » Ils se sont dépêchés de tourner la tête, ont piqué du nez et fixé la tasse de café qu'ils sirotaient depuis des heures. La serveuse est arrivée avec notre commande, a posé les assiettes devant nous en clignant de l'œil. « Faut pas leur en vouloir, ils sont traumatisés… D'ailleurs on est tous traumatisés par ici. Albuquerque est la ville américaine qui a le plus souffert du déluge. Huit habitants sur dix ont disparu. C'est dur de vivre dans ces conditions. — Est-ce qu'on y peut quelque chose ? — Non, vous n'y pouvez rien. — Alors qu'est-ce qu'ils ont à nous regarder comme si on était les envoyés du diable ? — Je vous l'ai dit, ils ont peur de tout, particulièrement de ceux qui débarquent sans raison dans leur ville. Sans doute se demandent-ils ce que vous venez y faire. — Se la couler douce. Cambrioler leurs banques, par exemple, piquer les derniers sous qu'il leur reste. » La serveuse a éclaté de rire. « Vous êtes des marrants, les mômes ! » Elle avait dépassé la cinquantaine, et après tout elle pouvait bien se permettre de nous traiter de mômes. Elle est retournée derrière son comptoir, et nous, empoignant fourchette et couteau, on s'est rués sur le poulet. Est-ce qu'on avait l'intention de se faire une banque ? Sûrement pas. Mais par contre notre projet était de demeurer un moment en ville, de trouver un hôtel et de dormir tout notre soûl. C'est vrai qu'on avait de sales gueules. On s'est regardés l'un l'autre, et on s'est trouvés en piteux état. Les yeux rouges et gonflés de fatigue, la peau terne, les cheveux poussiéreux, les ongles noirs, de la crasse dans les plis du cou. Il était temps de refaire surface. On a mangé, bu, roté deux ou trois fois en se tenant le ventre, et puis on a payé la serveuse, laissé sur la table un bon pourboire, et sans se presser sous le soleil matinal on est remontés dans la Corvette et on a fait à petite vitesse le tour de la ville, empruntant des rues bordées de maisons en ruine, débouchant sur des carrefours où les feux ne fonctionnaient plus, cherchant des magasins de fringues, de godasses, des vendeurs de cigarettes, et n'en trouvant pas. On est tombés par hasard sur un hôtel ouvert, le Park Central, une espèce de bâtisse prétentieuse qui avait dû se la jouer luxe à la belle époque, et qui à présent montrait le triste état de ses murs et de ses fenêtres, de ses jardins mal entretenus. Mais on s'en foutait. Une fois la Corvette garée sur le parking où rouillaient des dizaines de voitures, on s'est présentés sans complexe à l'accueil. « On voudrait une chambre. Pour plusieurs jours, on ne sait pas exactement combien. » Le Black qui était derrière le comptoir, affublé d'une impeccable cravate à rayures, nous a d'abord regardés de travers, avant de se fendre d'un large sourire. « Nous n'avons que trois clients aujourd'hui. Toutes les autres chambres sont disponibles. Et elles ne coûtent que soixante dollars la nuit. — C'est parfait. — Puis-je connaître votre nationalité ? — Franco-Américains. — Très bien. Le nouveau règlement de l'hôtel exige le paiement comptant des deux premières nuits. » On a sorti trois billets de cent. « Gardez tout. On va rester au moins une semaine. » La chambre qui nous a été attribuée avait conservé son luxe d'autrefois, vaste, lumineuse, climatisée, avec un *king size bed*, des meubles rutilants, et une salle de bain à la robinetterie plaqué or. On s'est jetés sous la douche, s'étrillant l'un l'autre avec une sorte de gant de crin qui nous a rougi la peau jusqu'au sang, ensuite on s'est rincés avec de l'eau glacée qu'on a longtemps laissée couler sur nos épaules, nos reins, notre poitrine et notre ventre ragaillardis. Et puis on a plongé nus et rafraîchis dans les draps du lit surdimensionné, on s'est pelotonnés l'un contre l'autre, mêlant nos haleines, nos bras, nos jambes, jusqu'à ce qu'on trouve la bonne position et que, rassurés par la chaleur du corps de l'autre, on se laisse sombrer dans les profondeurs sans rêves d'un sommeil de plomb.

•

Ce matin-là, lorsque je me suis réveillé, j'ai tout de suite trouvé étrange le silence de la cabane, passant la tête par l'entrebâillement de la porte j'ai vu que Joan et Hugo n'étaient plus dans leur lit, je suis sorti, ai traversé la véranda, suis descendu rejoindre le chemin où était garé le pick-up : lui aussi avait disparu

j'ai pris le temps d'allumer une cigarette, d'enfiler un jean et une chemise, avaient-ils laissé un message ? j'ai cherché dans la cuisine, sur leur lit, et je n'ai rien trouvé parce que ce n'était pas leur genre de laisser des messages, ils avaient foutu le camp, un point c'est tout, emportant, je me suis empressé de le vérifier, Beretta et fusils à pompe pour je ne sais quel rodéo, allaient-ils revenir ? rien n'était moins sûr, la violence naturelle qu'ils avaient en eux ne leur permettrait pas un retour en arrière, je me suis assis sur le banc de la véranda, j'ai appuyé le dos contre le mur, observé les mouvements désordonnés de la mer, il fallait que j'avertisse Chloé, mais Chloé dormait, et ce n'était peut-être pas nécessaire de la réveiller, elle apprendrait la mauvaise nouvelle bien assez tôt

à quelques centimètres de mon pied nu un lézard s'était immobilisé et me regardait, son œil de la grosseur d'une tête d'épingle n'avait pas l'air effrayé, de temps à autre il soulevait une patte et la secouait, et puis il reprenait sa position, attendant quoi ? un quelconque geste de ma part l'aurait fait fuir, alors j'essayais de l'imiter, de demeurer dans cette immobilité animale qui était la sienne, cette proximité bienveillante, aussi inhabituelle pour lui que pour moi

— Théo ?

Chloé s'était-elle réveillée ? un moment après j'ai entendu ses talons cogner contre les planches du parquet, elle était donc sortie du lit et faisait ses exercices d'étirement

— Où sont Joan et Hugo ?

je n'ai pas répondu, je préférais attendre qu'elle en termine avec sa gymnastique

— Théo, qu'est-ce que tu fais là ?

elle avait passé un short, à présent elle se tenait torse nu devant moi, comme si j'étais le mari qu'il fallait encore séduire

— Je discutais avec un lézard... à ta vue il a fui

elle a levé les yeux au ciel en secouant la tête

— C'est pour ça que tu ne répondais pas à ma question

— Non, j'attendais que tu sois en face de moi

— C'est fait, est-ce que tu peux me dire maintenant où ils sont ?

— Partis

— À la plage ?

— Non, ils ont foutu le camp, Chloé, mis les bouts, déguerpi, disparu, avec la bagnole, les Beretta, et les deux fusils à pompe

— Ils vont faire un coup ?

mais ses yeux de mère envisageaient bien pire, il lui était impossible de le cacher

— Je crois qu'ils nous ont quittés pour de bon

— Sans laisser de mot ?

— Non

— Alors pourquoi tu dis ça ?

— Je les ai bien observés depuis qu'on est en Californie

— Mais qu'est-ce qu'ils veulent ? qu'est-ce qu'ils cherchent ?

— Foutre le feu à leur vie

Chloé s'est laissée choir sur ses genoux, a pris sa tête dans ses mains, submergée soudain par le sentiment de sa culpabilité, et pendant ce temps je m'évertuais à trouver des mots pour la rassurer, et je n'en trouvais pas

— Qu'est-ce qu'on peut faire ?

— Mais rien, Chloé, on ne peut rien faire

je me suis levé, et je lui ai tourné le dos, passant la main dans mes cheveux et marchant jusqu'à l'extrémité de la véranda, prenant appui sur la rambarde de manière à ne pas lui montrer ma difficulté à respirer normalement, à cacher les douleurs qui me contractaient la poitrine chaque fois qu'un peu d'air entrait dans mes poumons, ça n'a été l'affaire que de quelques minutes, ces malaises ne duraient jamais longtemps, ensuite je lui ai dit d'aller s'habiller, et quand elle est revenue, coiffée, du rouge sur les lèvres et du mascara à la pointe des cils, elle avait enfilé sa robe en lin et chaussé une vieille paire de baskets

— Marchons jusqu'au village, peut-être que quelqu'un les a repérés

— On en a pour plus d'une heure…

— Tu as une autre solution ?

— Non

— Alors en route, et si on rencontre une voiture, on lèvera le pouce

mais on n'en a pas rencontré, et on a transpiré sang et eau, parce qu'il faisait chaud, sur une route tortueuse qui montait et descendait comme un toboggan les collines mal entretenues, et même plus entretenues du tout depuis que les hommes s'étaient en grande partie retirés de ces coins perdus, le lierre montait aux arbres et les étouffait, les ronces proliféraient dans les sous-bois, débordaient sur la route, grimpaient à l'assaut des poteaux électriques, il fallait contourner les nids-de-poule, enjamber les branches mortes qui s'émiettaient sur le macadam brûlant

j'avais l'impression que tous ces efforts que nous accomplissions ne servaient à rien, que Joan et Hugo étaient déjà loin, qu'ils avaient pillé ou ne tarderaient pas à piller leur première banque, et qu'ils avaient tué ou ne tarderaient pas à tuer celui ou celle qui s'opposerait à eux

et je me demandais encore ce que Chloé allait faire lorsque nous avons atteint les maisons du village, morts de fatigue et assoiffés, enfonçant les portes de l'unique bar où on avait l'habitude de prendre un verre

— Deux bières, Mitchell !

ai-je lancé au propriétaire, et nous nous sommes effondrés sur une banquette

— Qu'est-ce qui vous arrive ?

— On est venus à pied parce que Joan et Hugo nous ont fauché la bagnole

Mitchell a posé sur la table deux bocks de Pabst, et a déclaré goguenard

— Elle est dans la grand-rue, je l'ai vue ce matin, et je me suis justement demandé ce qu'elle faisait là

— Alors Joan et Hugo sont aussi dans le coin ?

a demandé Chloé

— Rien n'est moins sûr, j'ai vu sur le trottoir Netta Ruth qui faisait tout un foin parce qu'on lui a piqué sa Corvette pendant la nuit, une belle Corvette ma foi, presque neuve, et je ne serais pas étonné que vos casse-cou aient préféré la Corvette au pick-up pour s'envoyer en l'air sur les routes d'Amérique ça le faisait marrer, le Mitchell, il avait l'œil qui pétillait

— On a tous rêvé de bouffer du bitume au volant d'une Corvette, non ?

les Américains peut-être, mais nous ? coincés pendant longtemps sur des terres européennes surpeuplées, le bitume ne nous avait pas offert beaucoup d'échappatoires

— Ils ne nous ont laissé aucun message, et j'ai bien peur qu'on ne les revoie pas de sitôt

et en disant cela Chloé a vidé son verre et s'est essuyé la bouche, regardant d'un œil fixe l'alignement des bouteilles d'alcool qui tapissaient le mur

ce qu'on ne pouvait pas raconter à Mitchell, c'était qu'ils avaient emporté avec eux deux fusils à pompe et deux Beretta, et qu'ils n'avaient pas l'intention de s'exercer au ball-trap avec ce genre d'artillerie

nous avons salué Mitchell et rejoint la grand-rue pour récupérer le pick-up, il était garé devant la vitrine condamnée d'un magasin de chaussures, et la clef de contact était sur le tableau de bord, sans rien dire Chloé s'est installée derrière le volant, un instant ses yeux ont fait le tour de l'habitacle, cherchant à repérer ce que ses enfants auraient pu laisser à son intention, un objet, quelques mots sur un bout de papier, mais il n'y avait rien, alors elle a mis ses lunettes de soleil, démarré le Toyota et repris la route de la cabane en roulant au pas, comme si elle s'en voulait de ne pas partir aussitôt à leur recherche, même si elle n'avait aucune idée de la direction qu'ils avaient prise, le nord ? le sud ? l'est ?

j'ai posé la main sur sa cuisse

— Nous ne tarderons pas à savoir ce qu'ils font

elle a tourné la tête et plongé ses yeux tristes dans les miens

— Je sais ce que tu vas dire

— Ce que je vais dire…

— Ne le dis pas, s'il te plaît

je n'ai pas insisté, demain j'irais acheter les journaux, et après-demain, et les jours suivants, et j'étais sûr qu'on finirait par trouver un article qui parlerait d'eux, qu'ils aient cambriolé un magasin ou attaqué une banque, peu importait, l'essentiel était de savoir où

arrivés à la cabane nous n'avons rien trouvé à faire, et plutôt que de tourner en rond nous sommes allés marcher le long de la plage, chacun suivant le tracé aléatoire de son humeur, Chloé les pieds dans l'eau, moi dans le sable, ruminant l'un et l'autre de sombres pensées que nous n'étions pas capables de partager

le soir venu, il n'a même pas été question de dîner ensemble, Chloé a pris une douche et m'a dit

— Je sors me distraire

assis en tailleur sur les planches disjointes de la véranda, j'avais ouvert l'agenda et j'évaluais la valeur des poèmes que j'avais écrits depuis l'époque où j'habitais la maison de l'île

— D'accord

j'ai relevé la tête, ai voulu lui sourire, mais comme elle ne souriait pas, que son visage durci avait la volonté de me tenir à distance, j'ai vite ravalé mon sourire, haussant les épaules devant l'évidence d'une amitié qui foutait le camp, elle m'a tourné le dos, a descendu au plus vite les marches, il était peut-être temps de mettre un terme à notre drôle de vie commune, j'ai entendu ronfler le moteur du pick-up dans la pente qui menait à la route goudronnée, et puis le silence est revenu, et avec le silence ce profond sentiment de solitude

oui, il était peut-être temps de mettre un terme à cette drôle de vie que nous avions partagée je me suis couché à l'heure où se couchent les poules, avec l'envie de dormir jusqu'au lendemain matin, j'avais dans le ventre une bonne dose de bourbon et un somnifère de catégorie supérieure, roulé en boule j'ai eu le temps de penser que Chloé ne rentrerait pas avant demain matin, elle avait encore l'âge pour ça, moi pas.

•

ALBUQUERQUE JOURNAL

QUI A TUÉ WARREN STONG ?

À moins de trente miles au sud d'Albuquerque, sur la route de Tucson, une patrouille de la police a retrouvé le corps sans vie de Warren Stong. Deux balles de revolver lui avaient fait exploser la tête. Deux balles de gros calibre. Les policiers ont récupéré des morceaux de chair, d'os et de cervelle un peu partout. Ce n'était vraiment pas beau à voir.

Alors qui a pu faire ça ? Qui a pu commettre un crime aussi abominable ?

Warren Stong était un homme honnête, bien connu à Albuquerque et dans ses environs, puisqu'il a travaillé dix années durant aux côtés du maire. Que des hommes aient pu s'acharner sur sa personne au point de lui faire exploser la tête dépasse l'imagination. Après la Punition divine infligée à tant de nos compatriotes durant ces deux mois d'automne diluviens qui demeurent en nous de terrifiants souvenirs, se peut-il que des hommes continuent de s'en prendre à d'autres hommes comme si rien ne s'était passé ?

Il est de notre devoir à tous de retrouver les criminels, de les juger et de les pendre. Il est de notre devoir à tous, jeunes et vieux, hommes et femmes, d'être vigilants, d'aider dans son travail la police et de signaler tout déplacement suspect, tout étranger qui viendrait à passer ou à séjourner dans notre ville. Il faut montrer combien nous sommes choqués, combien est forte notre volonté de ne plus tolérer aucune agression violente, aucun assassinat, combien nous sommes déterminés à châtier ceux qui refusent de se plier à nos nouvelles règles de vie.

Dieu nous a rappelé notre mission : punir, surveiller et punir celles et ceux qui s'engagent sur d'autres voies que la voie du Seigneur. Alors surveillons et punissons. La terre américaine ne retrouvera sa vigueur d'antan qu'à ce prix-là.

REBA PARKER

Signalez-nous toute personne au comportement suspect en appelant ce numéro unique et gratuit : 505-247-3890.

•

Chloé n'est rentrée qu'à l'heure du déjeuner, j'avais fait cuire des œufs et préparé une salade de tomates, de thon et de pommes de terre, elle a mangé ce que j'avais mis dans son assiette, bu trois verres d'eau

— Tu étais où cette nuit ?

posant les yeux sur moi, comme si ma question la ramenait soudain à la réalité, elle a dit

— Fous-moi la paix, Théo, tu sais pertinemment ce que j'ai fait cette nuit, alors pourquoi éprouves-tu le besoin de me poser la question ?

j'ai regardé la mer que le soleil fragmentait en milliers d'éclats animés d'un même et inlassable tremblement

— N'oublie pas que tes deux gosses sont en cavale

— Et alors ? quel est le rapport avec le fait que j'aie passé la nuit dehors ?

— Le temps qu'on perd, plutôt que de partir à leur recherche pour les empêcher de déraper

— Tu disais hier qu'il n'y avait rien à faire

— J'avais tort

— Le problème n'est plus de savoir si tu avais tort ou raison, Théo, ils ont déjà dérapé

— Qu'est-ce que tu racontes ?

— J'ai lu le journal ce matin, on parle d'un homme retrouvé mort sur la route de Tucson à Albuquerque, il avait le crâne troué par les balles d'au moins deux Beretta

— Et alors ?

Chloé a dégluti pour s'empêcher de hurler, parce que je crois qu'à ce moment-là elle aurait pu exploser, me cracher à la figure ce flot d'insultes coincé en travers de sa gorge, et me balancer son assiette à la tête

— La veille, sur la même route, une banque de campagne a été dévalisée par un homme et une femme, jeunes, a précisé le banquier

elle a planté ses yeux noirs de colère dans les miens

— Je veux bien être pendue si mes gosses ne sont pas responsables de ces conneries !

des larmes ont coulé le long de ses joues qu'elle a vite essuyées d'un revers de main, et puis elle s'est levée et a cherché refuge dans la cabane, quelque part entre la porte et le lit, je ne suis pas allé voir, j'ai préféré rejoindre la plage, marcher en essayant d'oublier ce que venait de raconter Chloé, mais était-ce possible ? alors que sans cesse des images de cadavres me passaient par la tête, des images de plus en plus précises qui montraient des hommes et des femmes tués par les bras armés de Joan et Hugo que les journaux qualifiaient de « fous furieux » et de « psychopathes » pour les besoins de leurs titres à sensation, j'imaginais les unes de ces journaux qui suivaient leur cavale meurtrière, je voyais apparaître sur les écrans de télévision leurs belles gueules d'assassins en révolte

car ils recommenceraient à la moindre occasion, j'en étais sûr, puisqu'on leur avait appris à user des armes à feu comme on use (ou comme on usait autrefois) d'un téléphone, ils étaient prêts à tirer dans tous les coins pour devenir célèbres

et le risque était grand qu'ils finissent pendus ou sur une chaise électrique, même si la police n'avait plus les moyens d'enquêter comme avant, un quarteron de militaires et de pasteurs retranchés derrière les murs de la Maison-Blanche veillait à présent à ce que les citoyens respectent les bonnes mœurs d'antan – lesquelles ? on était en droit de se le demander –, et les gouverneurs de plusieurs États emportés par une espèce de folie sécuritaire s'étaient donné pour mission de ne recenser aucun crime, aucune mort violente du 1er janvier au 31 décembre, fût-ce les décès provoqués par des accidents de la route

j'ai soudain compris que c'était notre vie à tous les quatre qui était menacée, pas seulement celle de Joan et Hugo, n'avions-nous pas cambriolé des banques ? et massacré Kool B. et ses bikers ? et tué ce marcheur allemand qui n'était sans doute qu'un fouineur à la solde de quelque organisation paramilitaire ?

mes jambes refusant de faire un pas supplémentaire, je me suis laissé tomber dans le sable, terrassé par cette idée que je pourrais me retrouver entre les bras d'une chaise électrique, moi qui pourtant n'avait pas peur de mourir, c'est que je tenais à passer de vie à trépas par mes propres moyens, si je puis dire, et non pas par ceux des hommes qui jugent et condamnent à des peines capitales aussi atroces que la corde ou la chaise électrique

je ne m'étais jamais plié et je ne me plierais jamais à la sanction des hommes

— Vous entendez, les mouettes ? jamais !

elles planaient au-dessus de moi comme des cerfs-volants abandonnés à leur sort

— Jamais !

des cerfs-volants que rien n'effrayait, qui se contentaient de danser une espèce de bourrée maritime revigorée par de continuelles rafales de vent, je pouvais bien vociférer, envoyer au ciel mes rodomontades d'humain

— Jamais !

qu'est-ce qu'une mouette en avait à foutre ?

j'ai fermé les yeux, attendu que le sang dans mes veines retrouve son flux habituel, ça a pris du temps, et j'écoutais les vagues pour me distraire, leur souffle épuisé de vagues qui se meurent, lorsque j'ai entendu marcher derrière moi, courir peut-être

— Théo !

je me suis retourné, emportée par son élan Chloé m'enlaçait déjà de toutes ses forces

— Excuse-moi

a-t-elle murmuré à mon oreille

— Tu n'as pas besoin de t'excuser

— Si, j'en ai besoin

haussant les épaules je l'ai laissée me parler de sa peur, de ses angoisses, de sa colère qui n'était pas tournée contre moi mais contre elle-même, je regardais le ciel sans nuages, en découvrais deux ou trois qui barraient une partie de l'horizon en attendant leur heure, qui viendrait ou ne viendrait pas, tellement de paramètres avaient le pouvoir de faire ou de défaire les nuages

et à la fin elle a répété à deux reprises

— Cette fois on ne s'en sortira pas, Théo, on ne s'en sortira pas

je l'ai repoussée, tenue aux épaules et forcée à bien entendre ce que j'avais à lui dire

— Peu importe qu'on s'en sorte ou pas, l'urgence c'est de se tirer d'ici au plus vite, tu es la mère de Joan et Hugo, et les flics vont tout faire pour te retrouver, peut-être qu'ils sont déjà au village à questionner les gens, alors reprends-toi bon Dieu, ce n'est vraiment pas le moment de noircir le tableau

elle s'est redressée, le visage soudain durci par la volonté de tenter le tout pour le tout

— D'accord

et elle a couru en direction de la cabane en se retournant une ou deux fois, inquiète de savoir si je la suivais, mais je courais aussi vite qu'elle, et ensemble nous avons atteint la véranda, ensemble nous avons fourré nos affaires dans deux sacs de voyage, et dans un troisième entassé nos armes, nos munitions, le shit que nous vendait Mitchell

— On a tout ?

a questionné Chloé

— Ça suffira

ensemble nous avons grimpé le sentier jusqu'au pick-up, balancé les sacs à l'arrière, démarré et foncé sur la route en direction du sud, quelle heure était-il ? deux ou trois heures de l'après-midi, l'heure chaude, privée d'ombre, et c'est sans rencontrer âme qui vive que nous avons traversé en trombe le village, rejoint l'autoroute de L.A., Chloé s'est allumé une Marlboro, a soufflé un long panache de fumée

— On ne peut pas garder le pick-up

— Je sais

je savais bien qu'on ne pouvait pas garder le pick-up, trop de gens nous avaient vus au volant de cet engin, si bien qu'en déboulant à la nuit tombée dans les faubourgs de L.A. je suis sorti de l'autoroute avec l'idée de troquer le Toyota contre une bonne routière

— On n'a pas suffisamment d'argent, Théo

— C'est bien pour ça qu'on va attendre l'heure propice

je me suis rangé près d'un garage, et puis on a laissé passer une paire d'heures, vautrés sur la banquette d'un McDo, à manger des frites et des cheeseburgers, et à boire de la bière glacée dans des verres en plastique, Chloé ne disait rien, et moi je me demandais si le garage que j'avais repéré payait ou non un vigile, de temps à autre nos regards se croisaient, interrogateurs, et assombris par une sorte de tension qu'aucun mot, quel qu'il soit, n'aurait pu soulager, on en était bien conscients, et pour cela Chloé comme moi préférions demeurer dans ce silence de couple en rupture

avions-nous l'allure d'un couple qui ne se supportait plus ? les gens qui venaient acheter leur menu l'emportaient dans un sac en évitant de nous regarder

à minuit on a quitté le McDo, et pendant que Chloé rejoignait le pick-up, j'ai longé les grilles qui fermaient le garage, cherchant à repérer l'éventuel vigile, et après avoir acquis la certitude qu'il n'y en avait pas, j'ai trafiqué la serrure du portail, ai ouvert les deux battants et fait signe à Chloé qu'elle pouvait entrer avec le pick-up et le garer sans crainte sur le parking j'ai choisi une Cadillac Sedan DeVille qui n'était plus très jeune, mais qui ferait très bien l'affaire pour rejoindre Albuquerque, elle n'était même pas fermée à clef, j'ai bricolé les fils pour la faire démarrer, Chloé a fourré les sacs sur la banquette arrière, et nous sommes repartis dans la nuit illuminée de néons d'une ville qui avait la réputation de ne pas se laisser abattre, et qui se démenait pour récupérer à bon compte les rescapés des États sinistrés en leur offrant logement et travail

mais les grandes villes refuges pouvaient-elles redonner le goût de la vie à ces rescapés malades de peur ?

en silence la Cadillac a traversé Los Angeles, de rares voitures circulaient encore sur les bretelles de raccordement qui surplombaient un réseau de rues et d'avenues fantômes, des voitures conduites par des gens pressés de rentrer chez eux et qui avaient l'air de s'excuser d'être toujours dehors

à la sortie de la ville, dans une vallée plantée de palmiers nains, j'ai stoppé devant les pompes d'une station-service, ai demandé au jeune Black qu'il fasse le plein, et pendant que Chloé dormait en chien de fusil sur son siège je suis descendu me dégourdir les jambes, la température était retombée d'au moins 10 degrés, et le vent s'était levé, un vent du sud qui soulevait des nuages de poussière dans un bruit de casseroles

— M'sieur, s'il vous plaît

je suis retourné à la voiture

— Ça fait cent dollars, y a pas le plein mais j'peux pas le faire, j'ai pas le droit de rendre la monnaie, alors je m'arrange pour qu'il y ait un compte rond au compteur j'ai hoché la tête, lui ai tendu deux billets de cinquante, mais avant de remonter dans la voiture j'ai pris une bière au distributeur

— T'en veux une ?

— J'dis pas non, m'sieur

et nous avons bu ensemble notre bière glacée sans trop savoir quoi nous dire, à la fin je lui ai demandé

— D'où tu viens ?

— De Louisiane, là-bas c'est le chaos, y a plus que des Noirs parqués dans un État qui est devenu une prison à ciel ouvert, faut une autorisation pour le quitter, un permis qui n'est délivré qu'au compte-gouttes

— Et toi tu l'as eu, ce permis ?

— J'me suis débrouillé pour l'avoir, mais il m'a coûté cher

ses yeux brouillés se sont perdus dans les ténèbres, il a tiré sur sa cigarette, craché dans la poussière que balayait le vent

— Et vous m'sieur, vous êtes pas américain

— Non, je suis français

— C'est comment là-bas ?

— Le bordel, on fait la chasse aux Noirs, aux Arabes et aux pédés

une autre voiture venait d'entrer dans la station-service en klaxonnant, le pompiste est parti en courant, et moi je me suis tranquillement réinstallé derrière le volant de la Cadillac et j'ai démarré le moteur au moyen des fils qui pendaient sous le volant

Chloé n'avait pas bougé, j'ai pris la direction de Phoenix, allumé une autre cigarette, posé la nuque sur l'appui-tête, et j'ai allumé en sourdine la radio, une station country rediffusait un concert de Johnny Cash à la prison de Folsom, rien de mieux pour la route, et comme la bière m'avait fait du bien, je me sentais prêt à rouler toute la nuit.

•

À Albuquerque on a questionné les hôtels de la ville, ceux tout au moins qui avaient encore une activité, et on est tombés sur le Park Central qui avait hébergé un couple répondant au signalement approximatif que nous donnions, étaient-ils repartis ? oui ils étaient repartis, un peu précipitamment, se souvenait la personne de l'accueil, et sans chercher à en savoir davantage de peur d'éveiller les soupçons, on a remercié la jeune femme qui commençait à nous regarder de travers et on est remontés dans la Cadillac, direction la sortie nord d'Albuquerque, ville à fuir au plus vite

j'avais mon idée sur la direction qu'ils avaient prise, et je n'ai pas hésité à engager la Cadillac sur la route de Santa Fe

— Ils sont coincés par ici, la population finira par les reconnaître et les dénoncer à la police, crois-moi Chloé, ils n'ont qu'une échappatoire possible, le Colorado, avec le projet peut-être de retourner dans notre maison du Wyoming, ce serait une bonne planque pour eux

Chloé a secoué la tête, elle voulait bien être d'accord avec moi, mais jusqu'à un certain point, car elle ne croyait pas à leur retour dans le Wyoming, et elle avait raison, nous avons failli les coincer à Denver avant qu'ils ne s'attaquent à la caisse d'un supermarché et ne blessent un vigile, mais nous sommes arrivés une heure trop tard, et cette heure a suffi pour qu'ils fassent leur coup et disparaissent dans la nature

ensuite on a perdu leur trace et attendu d'avoir de leurs nouvelles une bonne huitaine de jours, réfugiés dans un motel à la sortie de Denver, désœuvrés au point de passer des après-midi entiers à la piscine de l'établissement, lisant l'un après l'autre les journaux du matin et du soir, cherchant des nouvelles de Joan et Hugo, et n'en trouvant pas nous obligeant à noyer notre impatience dans le sang épicé des bloody mary que l'employé de la piscine nous concoctait avec un certain talent

Chloé ne dormait plus, son visage avait pris une teinte livide qui n'était pas de bon augure, mais que pouvais-je y faire ?

le huitième jour c'est moi qui ai découvert dans un journal national un article qui racontait comment un joaillier d'Omaha, dans le Nebraska, avait résisté à ses agresseurs avant de se prendre une balle dans la poitrine, l'homme était mort une heure après son arrivée à l'hôpital, et les agresseurs s'étaient enfuis en emportant la caisse et des bijoux de grande valeur, questionné le shérif pensait avoir affaire au couple de meurtriers qui avait déjà tué un homme près d'Albuquerque et en avait blessé un deuxième à Denver

sortie précipitamment de la piscine, Chloé a lu l'article et s'est laissée choir dans un transat, les yeux clos, tremblant de tous ses membres trempés d'eau, était-elle en train de perdre pied en comprenant qu'elle ne reverrait jamais ses enfants vivants ? et puis elle a grincé des dents, ses doigts se sont agrippés à la toile du transat, son ventre s'est tendu comme un arc sous le soleil, tendu jusqu'à l'extrême limite de la peau et des muscles

— Chloé !

je l'ai prise dans mes bras, serrée, réchauffée, caressée, jusqu'à ce qu'elle se calme, jusqu'à ce qu'elle s'endorme, ou fasse semblant de s'endormir dans le transat comme n'importe quelle touriste en maillot de bain, c'était sans doute ce qu'elle avait de mieux à faire, dormir et oublier la réalité de ce qu'elle vivait, j'ai rapproché un parasol pour mettre son corps à l'ombre, et je suis allé étudier la carte du Nebraska, constatant qu'il ne nous faudrait pas plus d'une journée pour rejoindre Omaha

je me demandais pourquoi nous éprouvions le besoin de suivre à la trace Joan et Hugo, étions-nous à ce point naïfs pour croire qu'il était possible de les récupérer ? nous sentions-nous à ce point coupables ?

il faisait trop chaud pour réfléchir, la sueur m'inondait le visage et la poitrine, et le vent humide qui soufflait par intermittence n'était pas en mesure de sécher quoi que ce soit, j'ai observé mon allure dans le miroir, et dégoûté par ce qui me semblait être une caricature de moi-même je me suis dépêché de rejoindre la piscine où Chloé dormait toujours, ai retiré mon pantalon et ma chemise, et en slip j'ai plongé dans l'eau, me suis laissé couler jusqu'au fond, restant une bonne minute assis en tailleur sur le carrelage, les bras croisés, dans la position d'un bodhisattva aquatique, avant de remonter à bout de souffle à la surface pour stocker de l'air neuf dans mes poumons, et de replonger, et de remonter, j'ai fait ça au moins vingt fois sans me lasser, et ne suis sorti de l'eau qu'au moment où Chloé ouvrait les yeux, se redressait en m'appelant

— Théo ?

j'ai levé le bras, et elle a paru rassurée de me voir

— Viens

je me suis assis sur le transat qui touchait le sien, lui ai pris la main

— On part demain si tu veux

— Oui, partons, peut-être que dans le Nebraska il fait moins chaud

j'ai haussé les épaules, sceptique, il n'y avait aucune raison pour que les températures du Nebraska soient inférieures à celles du Colorado

— Et l'argent ? on en est où ?

— J'ai en réserve cinq mille dollars dans la doublure de mon blouson, je les gardais pour les coups durs, c'est le moment de s'en servir

elle a cherché ma main, l'a prise pour entrelacer ses doigts aux miens

— Je te dois tellement, Théo

— Ne crois pas ça, ce que tu me dois ne vaut pas plus que ce que je te dois

malgré ses deux heures de sommeil elle avait encore les yeux fatigués, et aux coins de la bouche deux rides de tristesse étaient apparues et ne voulaient plus partir

nous sommes restés main dans la main jusqu'à ce que le soleil disparaisse derrière les montagnes, et une fois retournés dans notre chambre nous avons commandé une pizza qu'un type nous a livrée perché sur une espèce de roue électrique, ensuite nous nous sommes couchés comme un vieux couple se couche, chacun cherchant dans son coin le sommeil

et le lendemain, très tôt, la Cadillac filait sur la route d'Omaha.

•

Arme au poing on a quitté la bijouterie et on a pénétré comme des projectiles la lumière aveuglante de la rue, il fallait nous voir, l'œil et la narine dilatés par la fumée des détonations, ivres d'une sainte rage qui ne respectait plus rien, bousculant les passants, et sautant dans la Corvette pour un démarrage en trombe au milieu de voitures que des putains de chauffeurs manœuvraient comme des branques, et crevant à coups de flingue des pneus, et enfonçant des calandres et des coffres qui ne dégageaient pas assez vite le passage. Des sirènes loin derrière sont entrées en action, des sirènes de flics lancés à notre poursuite des quatre coins de la ville. On allait avoir du mal à s'en sortir. Et pour cela on a vite basculé dans un quartier d'entrepôts aux murs tagués de chattes et de bites, traversé au ralenti un bloc de terrains vagues avant de stopper derrière une rangée de bagnoles toutes plus ou moins déglinguées. On a sorti de la Corvette nos deux sacs, marché sur le trottoir défoncé sans rien trouver de sérieux : pare-brise éclatés, portières dégondées, pneus lisses ou à plat. Et puis, venant à notre rencontre, s'est présentée une Buick conduite par un grand diable de hipster tatoué qui fumait un cigare, le bras passé à l'extérieur. On s'est précipités en travers de sa route, jouant les enfants de chœur. « S'il vous plaît, m'sieur ! » Il s'est arrêté en jurant et crachant un jus noir au pied de nos baskets qui trépignaient, mais il s'est quand même arrêté. « Merde, v'pouvez pas me foutre la paix ! » Et on a vite penché à sa portière nos deux têtes d'enfants de chœur reconnaissants. « C'est gentil de vous arrêter, m'sieur. » Il nous a regardés, comme s'il venait de comprendre ce qui allait suivre. Trop tard. On lui a pointé nos deux Beretta dans la poire avant qu'il ait le temps de jurer une seconde fois. « Si tu gueules, on te flingue ! » Mais ce n'était pas dans son intention de gueuler. On l'a sorti de sa bagnole, traîné à l'arrière et assommé d'un coup de crosse. Et on est repartis au volant d'une Buick Riviera, pas neuve non plus mais en bon état. Dans la ville les sirènes hurlaient de plus belle, saturaient d'échos affolés la moindre impasse, le plus pourri des parkings, à la recherche d'une Corvette bleu pétrole. Ça n'a pas été facile d'éviter les patrouilles. On a quitté Omaha en prenant la direction de Fort Calhoun, bifurqué sur une route de campagne qui ne payait pas de mine, cabossée comme de la tôle et bordée de chardons grillés par le soleil. Et on a roulé en silence trente ou quarante kilomètres avant d'engager la bagnole sur un chemin de terre pour rejoindre une ferme abandonnée, dans le genre de celle que Théo avait retapée dans le Wyoming. C'était ce qu'il nous fallait pour attendre que les flics se calment. On a fourré la Buick dans la grange, forcé la porte et balancé nos sacs sur le canapé poussiéreux constellé de chiures. Foutue terre d'Amérique ! On a respiré un grand coup, les oreilles bourdonnant d'une énergie qui nous rendait ivres. C'était tellement bon de se cramer les neurones ! D'avoir les poches pleines de fric et de zédrine ! « C'est à nous ! — Oui, c'est à nous ! — Tout est à nous ! — Tout ce qui nous fait envie est à nous sur cette foutue terre d'Amérique ! » On criait à s'en faire péter les cordes vocales, on dansait autour de la table, observés par les propriétaires, leur ascendance et leur descendance bien propres sur eux qui nous souriaient bêtement dans leurs cadres de pacotille, perchés sur les buffets, les commodes, accrochés aux murs, il y en avait partout, autant d'hommes que de femmes, et autant de femmes que d'enfants qui se ressemblaient plus ou moins, tous blonds et les yeux bleus, les dents blanches, le cou bien droit et bien net au-dessus des cols. Où étaient-ils à présent ? Où étaient ces guignols qui croyaient dans leur naïveté à la vie presque éternelle ? Emportés, rayés à tout jamais de la surface de la terre par les forces paranormales de la nature qui ne leur avaient pas fait de cadeaux. Et c'était bien pour ça qu'il était urgent de vivre, de se désolidariser, de s'ensauvager sans retenue, de lâcher la bride à nos instincts qui n'étaient après tout que des instincts d'humains, de détruire plus que de construire, de prendre sans rien donner, bref de se foutre du monde comme le monde se foutait de nous. « Tout est à conchier ! Tout ! Tout ! » On s'est pété la gueule au bourbon Juarez trouvé dans un placard, une belle saloperie qui nous a enflammé les nerfs et le reste, sortis de nos gonds et a fini par nous jeter en travers du canapé constellé de chiures.

« Conchions ! Conchions le monde !! » On s'est endormis comme des masses, abandonnant à leur sort des colonies d'araignées qui tissaient depuis des mois et des mois de solitude des toiles aussi grandes que des draps. Endormis dans les bras l'un de l'autre. Le souffle chargé d'alcool et de zédrine. Et réveillés d'un coup dans la nuit, dressés sur notre cul parce que quelque chose n'allait pas, ou n'allait plus. Mais quoi ? Et c'est en tournant la tête qu'on a compris : la porte d'entrée était ouverte. Ne l'avait-on pas fermée ? Bien sûr que si. Peut-être pas à clef, mais on l'avait fermée. Alors qui l'avait ouverte ? Quelqu'un qui devait avoir ses habitudes dans la maison et que notre présence avait dérangé. On a chargé les Remington à canon scié et on est sortis sur la véranda, pieds nus, les cheveux en bataille, l'haleine mauvaise. Et on a tout de suite repéré celui qui se foutait de notre poire, il était vautré dans le rocking-chair, une bible sur les genoux, fixant je ne sais quoi dans les ténèbres de la nuit sans lune. « Eh, le prophète, qu'est-ce que vous trafiquez ? » L'homme n'a même pas tourné la tête, poursuivant son espèce de méditation, comme si pour lui on ne comptait pour rien. Alors on s'est approchés et on lui a fourré sous le nez nos deux fusils, histoire de lui montrer qu'on n'était pas là pour rigoler. Il a levé la tête et nous a regardés avec au coin des lèvres une sorte de ricanement qui ne nous a pas plu du tout. Et il ne se gênait pas, et il prenait son temps l'enfoiré. « Vous croyez me faire peur ? » a-t-il fini par dire. On aurait pu lui loger direct deux balles dans son foutu crâne de prophète, mais on a préféré attendre. « Qu'est-ce que vous trafiquez ici ? — C'est Notre-Seigneur qui m'envoie pour vous sauver. — On n'a pas besoin d'être sauvés. — Ce n'est pas à vous d'en juger, c'est à Notre-Seigneur, et s'il m'a conduit ici, s'il m'a demandé d'ouvrir la porte et d'attendre dans ce rocking-chair, c'est bien parce qu'il a un problème avec vous. — Qu'il ait ou non un problème avec nous, c'est pas votre affaire. — Détrompez-vous. — Pourquoi vous dites ça, prophète ? — Parce que je suis sa main. » Et il a brandi devant nous, devant nos Remington pointés sur lui, sa main droite où brillaient deux grosses chevalières. « Allez vous faire foutre ! » Et d'un coup de crosse on a repoussé cette main. « Injurier le Seigneur, c'est damner son âme, la condamner aux enfers, ne le savez-vous pas ? » a hurlé l'homme, soudain prêt à affronter le pire. Ses yeux de veau roulaient dans leurs orbites, emportés par la colère. « Monstres ! Monstres infâmes qui vous moquez des lois du Seigneur ! Monstres assassins, pliez le genou devant la Sainte Bible ! » Et voilà qu'il la brandissait, sa bible, la secouait de droite et de gauche, l'élevait en direction du ciel et des étoiles. « Courbez l'échine jusqu'à terre ! Et repentez-vous ! Repentez-vous, monstres criminels ! » Ses chevalières lançaient des éclairs, cherchaient à nous aveugler. « Rachetez-vous, monstres égorgeurs ! Déposez à mes pieds vos souffrances ! Je vous laverai de vos péchés ! Je vous purifierai que vous le vouliez ou non, parce que c'est la volonté de Notre-Seigneur Jésus-Christ ! — On vous l'a dit, prophète, allez vous faire foutre ! — Blasphémez tant que vous voulez, mais je ne bougerai pas d'ici, parce que je suis la main de Notre-Seigneur, son éclatante et puissante main qui a pour mission d'arrêter votre cavale sanglante, et je l'arrêterai, moi Enoch McIntyre, serviteur du Christ ! Je l'arrêterai ! » On n'en pouvait plus de ses conneries, on en avait les nerfs sciés de l'entendre beugler et de le voir gesticuler au milieu de cette nuit d'été si tranquille que ça en devenait un crime de la troubler, de troubler à la fois son silence et sa musique, la musique lointaine de ses grillons qui n'avaient que respect pour les ténèbres environnantes et que dégoût pour le baratin assourdissant. « Fermez-la ! » Et d'un coup de pied on a renversé le rocking-chair avec le baratineur assis dedans, et le baratineur assis dedans s'est retrouvé comme un cafard les quatre pattes en l'air à hurler encore plus fort, prenant à témoin son Dieu et dressant entre lui et nous sa bible qu'il n'avait pas lâchée et qui semblait être un prolongement naturel de son foutu bras. « Rachetez-vous, monstres ! Rachetez-vous ! » Pauvre fou, avons-nous pensé, inclinant presque à regret nos deux Remington en direction de sa poitrine. « Pauvre fou ! » Et on a tiré dans cette poitrine de prophète fondu. Ça a peut-être fait un bruit d'enfer, mais tout de suite après on a eu la paix, la paix royale d'une nuit d'été dans le Nebraska. On est repartis se coucher, et ce n'est que le lendemain matin qu'on a attrapé par les bras et par les jambes le satané Enoch McQuelquechose et qu'on l'a fourré dans le puits. Il était temps, un essaim de mouches lui tournait autour et commençait à le bouffer. Pauvre fou, a-t-on encore pensé lorsque ses pieds ont disparu dans le trou. On n'a pas trouvé autre chose à dire pour son oraison funèbre. « Pauvre vieux fou. » Le soleil était déjà haut dans le ciel, et parce qu'on avait l'un et l'autre une triste figure toute dégoulinante de sueur, on est allés voir s'il était possible de prendre une douche dans cette ferme qui n'avait plus ni gaz ni électricité. On a tourné les robinets et, miracle, il y avait de l'eau, de l'eau fraîche qui devait descendre des montagnes et sous le jet de laquelle on s'est empressés de se foutre à poil et de s'étriller avec le vieux savon et les vieilles lotions achetés par ces gens qui n'avaient plus d'existence que dans leurs cadres fantômes. On en est ressortis tout ragaillardis, le ventre prêt à dévorer n'importe quoi. Qu'y avait-il dans les commodes et les placards ? De quoi nourrir un régiment : conserves de porc, de haricots et de maïs aussi vieilles que les lotions, pots de confiture attaqués par la moisissure, pâtes, riz, café, sucre, et bien d'autres cochonneries sûrement pas très fraîches mais encore mangeables. Encore mangeables pour nous qui n'avions pas d'exigences. On se foutait du goût des haricots ou des sardines, parce qu'on noyait tout ça sous des verres et des verres de *moonshine* qu'on avait trouvé en grande quantité dans la cave. On peut dire qu'à ce rythme-là on a vécu huit jours durant la belle vie, sans se préoccuper des heures du jour et des heures de la nuit, sans être obligés de partager le quotidien de ces faces de rat réfugiées dans les villes et qui suaient par tous les pores de leur peau rien qu'à l'idée de voir apparaître leur nom sur les listes des victimes des prochains déluges, sans se soucier d'enfiler quoi que ce soit sur nos corps qui se plaisaient à courir nus ou à peu près dans la nature. On se contentait d'une ceinture où pendaient flingues et couteaux. La belle vie ! Et pour démarrer la journée on avalait un cachet de zédrine dosé à 50 qui nous faisait grimper aux arbres et ramper comme des Sioux au milieu des champs abandonnés. Dans le ciel d'été le soleil et la lune avaient soudain pour nous des complicités qu'on n'aurait jamais osé imaginer. Leurs rayons nous traversaient, et en nous traversant nous dégraissaient les boyaux, nous vidaient le cerveau, nous rendaient à notre nature primitive, plus de bornes pour stopper nos élans, plus de putain de balance pour peser le bien et le mal de nos faits et gestes. Répétons-le : huit jours durant on a mené ce qu'il faut bien appeler la belle vie, parce qu'il n'y a pas d'autres qualificatifs pour décrire ce que nous avons vécu, et ça aurait pu continuer de longs mois si on avait été un peu plus prudents avec les faces de rat réfugiées derrière les remparts de leurs villes. Puisqu'ils avaient perdu notre trace, pourquoi se risquer dans le piège de leurs rues trop bien surveillées ? Seulement voilà, on a fini par être à court de zédrine, et on n'a rien trouvé de mieux à faire que d'aller en acheter à Blair, bled de ploucs mal remis du déluge, et au volant de la Buick volée en plus ! comme deux crétins de faces de rat qu'on ne voulait pas être et que pourtant on s'est empressés d'imiter ce jour-là en traînant tête au vent dans Washington Street, à la recherche d'un petit crevard de dealer aux poches pleines, pleines d'héro et surtout de cachets rouge et blanc de cette zédrine qu'on prenait à présent au petit déjeuner comme un fortifiant. On a rempli un sac avec au moins deux mois de réserve, et pour faire un compte rond le dealer a rajouté un échantillon d'amuse-gueules à prix cassé, histoire qu'on goûte quelques-unes de ses spécialités. Il s'appelait Tito, et comme il nous plaisait bien, on lui a payé un shot de tequila au bar du coin en promettant de lui donner de nos nouvelles. Et c'est en rejoignant la Buick qu'on a jeté un œil au kiosque à journaux et vu qu'on parlait encore de nous. Trois magazines montraient en première page des portraits-robots de nos deux gueules. Merde ! on était sur le cul tant ils étaient ressemblants ! Et du coup on a acheté les trois magazines et on est rentrés dare-dare à la ferme pour les étaler sur la table de la cuisine, les traduire et les retraduire en bon français, sans vraiment croire à ce qui était écrit. Alors c'était vrai ? On était devenus célèbres ? Ça nous a chamboulé la cervelle, carrément foutu le feu. Et il nous a fallu du temps avant de refaire surface, reprendre nos esprits et calmer nos paquets de nerfs en transe. Il avait donc suffi de dézinguer deux ou trois faces de rat pour faire exploser l'anonymat dans lequel on nous forçait à vivre. On s'est dit qu'on aurait pu y penser plus tôt, ça nous aurait évité de tourner en rond si longtemps entre Théo et notre mère. Cette nuit-là on a choisi de dormir dans la plus grande des chambres. Comme des pachas. Et c'est noués l'un à l'autre, nos deux corps n'en formant plus qu'un et rayonnant d'une seule et même gloire, qu'on a soufflé pour la dernière fois la flamme d'une bougie. Parce que le lendemain on était à peine sortis du lit qu'on a vu se pointer au bout du chemin une, et puis deux, et puis trois voitures de flics qui ont aussitôt fait taire le bourdonnement des insectes et le chant des oiseaux. Trois putains de bagnoles qui se sont déployées dans le champ comme des chars d'assaut, aussi puissantes et aussi silencieuses. Qui nous avait reconnus et dénoncés à Blair ? On s'est précipités sur les flingues et les fusils à pompe. Qu'est-ce qu'ils croyaient ces connards ? Qu'on allait lever les bras et se rendre sans combattre ? Les deux premiers flics qui se sont approchés sont morts sur le coup : balles de Beretta en pleine tête. Planqués derrière leurs voitures les autres ont répliqué au fusil d'assaut, arrosant la façade de la ferme d'un feu nourri qui a défoncé les portes et les fenêtres, brisé les chaises, les étagères, la vaisselle, les cadres pendus au mur. On ne savait plus où se fourrer. On rampait à plat ventre d'un meuble à l'autre en cherchant un abri. Et puis tout s'est arrêté. La poussière soulevée par les balles est retombée dans un silence de mort. Croyaient-ils nous avoir tués ? On s'est regardés en clignant des yeux, cherchant sur la peau de l'autre quelque blessure. Et n'en trouvant pas on a éclaté de rire, comme si au jeu du gendarme et du voleur c'était le voleur qui avait gagné la première manche. On en était presque heureux, et on s'est assis sur le plancher, le dos contre le mur criblé de balles, et on a respiré un grand coup. Les flics allaient-ils repartir ? Bien sûr que non, parce que ce n'était pas pour jouer à un jeu qu'ils avaient mitraillé la ferme. On avait tué deux hommes dans leur camp, il fallait qu'ils en tuent deux dans notre camp, et comme nous n'étions que deux il fallait qu'ils nous tuent tous les deux. « Sortez les mains en l'air ! » Une voix amplifiée par un mégaphone a soudain retenti à nos oreilles. « Sortez les mains en l'air ! »

Le jeu s'arrêtait là. Un hélicoptère est passé au-dessus du toit dans un bruit de tonnerre. Et on a compris que notre cavale n'irait jamais plus loin. Mais qu'est-ce que ça pouvait nous foutre ! On a ri une deuxième fois, et on a vite attrapé nos armes pour les recharger. On a compté jusqu'à dix, plantés de chaque côté de l'entrée. Un, deux, trois, quatre. On a rempli d'un grand bol d'air nos poumons. Cinq, six, sept, huit, neuf. Et à dix on a ouvert la porte à toute volée et on s'est précipités dans le puits de lumière de la véranda, les bras tendus en avant pour trouer de balles mortelles l'ordre et le désordre de ce jour ultime. « Ahaaaaaaaaa ! » On a sauté le plus haut possible par-dessus la balustrade, rugissant à tous les vents notre rage, et au moment où nos pieds nus touchaient l'herbe grillée de la cour on a pris en même temps une giclée de balles dans le cœur, et on est tombés en même temps, et on a roulé en même temps dans l'herbe grillée, et on a poussé en même temps notre dernier soupir, la main gauche de l'un serrant sans trembler la main droite de l'autre.

•

À la morgue d'Omaha il n'a pas été bien difficile de récupérer les corps, la nuit l'établissement n'était pas gardé, alors on a forcé la porte et trimballé comme deux vampires les cercueils sur nos épaules, il fallait nous voir suer sang et eau sur le parking crevassé jusqu'à la Cadillac, trébuchant, ahanant, maudissant ciel et terre, mais on y est arrivés, on a basculé les sièges arrière pour agrandir le coffre, avant d'y fourrer les deux cercueils, et par des routes ténébreuses on a pris la direction du Wyoming, bercés par le chant assourdissant des grillons, dans la chaleur humide d'un été qui n'en finissait pas, c'était une drôle de manière de boucler la boucle, j'avais espéré autre chose, je ne sais pas moi, une renaissance quelconque de Chloé et de ses deux enfants dans une activité lucrative et à peu près honnête, c'était con d'imaginer ça, en ce monde qui nous avait pris à la gorge il était devenu inutile de rêver, mais quand même, il me semblait qu'elle tout comme moi avions de lourdes responsabilités dans la mort de Joan et de Hugo, nos choix d'adultes leur avaient fait perdre pied, les avaient entraînés sur les voies d'un jusqu'au-boutisme anarchiste et mortel

les phares de la Cadillac trouaient la nuit infestée de moustiques et de papillons qui venaient s'écraser sur le pare-brise

ce n'était pas la peine de ruminer les fautes que nous avions commises, ça n'avait plus de sens, Joan et Hugo étaient morts les armes à la main et ne ressusciteraient dans aucun autre monde, n'était-ce pas ce qu'ils avaient souhaité le plus ardemment ? j'ai regardé Chloé qui fixait la route en se mordant les lèvres, le front têtu, la narine frémissant de rage ou de détresse, portant à chaque instant une cigarette à ses lèvres avant de rejeter un long et malheureux panache de fumée que le courant d'air des vitres ouvertes dispersait aussitôt

— Pourquoi tu ne dors pas ?

— J'essaye, mais je n'y arrive pas

le macadam refait à neuf filait tout droit à travers les chaumes calcinés des collines, montait et redescendait en découvrant de noirs paysages baignés de lune, et à un moment donné j'ai cru voir à l'horizon deux voitures immobilisées en travers de la route, d'un coup je me suis dit que si les flics avaient installé un barrage on allait devoir expliquer pourquoi on trimballait deux cercueils, donner l'identité des morts, montrer nos papiers, et tout ça risquait de devenir très compliqué

— Tout à l'heure j'ai eu la vision de deux voitures de flics tout au fond de la ligne droite

Chloé s'est redressée, a scruté les ténèbres au-delà des phares

— Tu as dû rêver

— Peut-être

— Si tu es fatigué on peut s'arrêter ?

— Non

mais je n'avais pas rêvé, au sommet d'une pente ont surgi à un kilomètre de distance les carrosseries blanches de deux voitures de police qui se découpaient nettement sur le fond des collines

— Merde, qu'est-ce qu'on fait ?

me suis-je exclamé, le pied sur la pédale de frein

— Continue, si on rebrousse chemin on sera tout de suite repérés

les cercueils n'étaient pas visibles, une bâche les recouvrait, et j'avais installé par-dessus des cartons de victuailles

— Et s'ils fouillent la voiture ?

— On verra

six flics armés de fusils barraient la route, j'ai stoppé la voiture, observant le type qui s'approchait de la portière en roulant des hanches, arrivé à ma hauteur il a repoussé en arrière son chapeau avant de nous saluer

— M'sieur-dame

sa lampe torche a balayé mon visage et celui de Chloé

— Qu'est-ce qui se passe ?

— Quelque chose de grave, m'dame, des jeunes armés de fusils d'assaut ont massacré leur école avant de prendre la fuite au volant de deux voitures

— C'est horrible !

a commenté Chloé

— Oui, m'dame, c'est horrible

il s'est essuyé le front avec la manche de sa chemise

— Vous êtes étrangers ?

— Oui, français

— Vous allez où ?

— On quitte le Nebraska pour emménager dans le Wyoming, on a acheté un ranch là-bas

sa lampe a éclairé l'arrière de la voiture

— C'est bon, vous pouvez passer

j'ai incliné la tête pour le remercier, redémarré la voiture et contourné le barrage à petite vitesse, avant d'accélérer et de m'éloigner au plus vite, j'avais la bouche si sèche que je me suis dépêché de sortir ma flasque de tequila et d'en avaler une rasade

— Tu en veux ?

Chloé a empoigné la flasque et bu l'équivalent d'un verre

— Putain, on a eu chaud

j'ai secoué la tête et essayé de me reconcentrer sur la portion de macadam qu'éclairaient les phares, il était quelle heure ? cinq heures trente, affichait le tableau de bord, et on avait encore une longue route à faire avant d'atteindre Riverton, dans les rétroviseurs je voyais déjà le ciel s'éclaircir, virer à cette sorte de gris transparent des premiers instants du jour

— Essaye de dormir, Chloé, ça te fera du bien

elle a soupiré, jeté le mégot de sa cigarette par la portière, ses yeux alourdis par la tequila cherchaient déjà le sommeil

— Tu as raison

et elle s'est recroquevillée sur le siège, a croisé les bras sur sa poitrine, calé la tête contre son pull qu'elle avait roulé en boule, et je crois qu'elle s'est aussitôt endormie, me laissant seul sur la route durant de longues heures, sans que jamais je croise âme qui vive jusqu'à ce que je passe la frontière du Nebraska et entre enfin dans le Wyoming, direction Douglas et Casper, haut dans le ciel le soleil avait chassé les ombres et inondé la terre d'une lumière aveuglante, des fumées s'élevaient dans les champs encore cultivés, des fermiers brûlaient la chair et les os de leurs animaux morts de soif, d'autres perchés sur leurs tracteurs traînaient sans conviction des herses sur une terre crevassée qui dégageait des nuages de poussière, je me suis arrêté sur le parking d'un *diner* pour acheter de la bière et un cheeseburger

le soir j'étais aux portes de Riverton, et Chloé les yeux rougis par le sommeil allumait sa première cigarette

— Tu as faim ?

— Non, je préfère qu'on arrive avant la nuit

on a retrouvé notre ranch au crépuscule, le soleil avait déjà basculé derrière les montagnes, nous plongeant dans un demi-jour d'église qui imposait silence et recueillement, d'instinct j'ai déconnecté les fils et coupé le moteur de la Cadillac, et sans pouvoir faire un geste Chloé et moi sommes restés comme paralysés sur notre siège, le regard fixe, l'oreille attentive au moindre bruit, cherchant à savoir où pouvaient bien être Joan et Hugo

les mauvaises herbes avaient envahi la cour avant d'être grillées par la sécheresse, des carcasses d'oiseaux morts de soif achevaient de se décomposer, un chien pattes en l'air gisait sous la fenêtre de la cuisine

— Au moins ils reposeront en paix

a fini par dire Chloé, elle a ouvert la portière, est sortie en secouant ses jambes ankylosées

— Rentre la voiture dans la grange, on les enterrera demain

elle a cherché la clef cachée sous la dalle, a ouvert la porte d'entrée avant de disparaître dans la maison, et ce n'est qu'après sa disparition que je me suis décidé à rallumer le moteur et à garer la Cadillac, j'ai jeté un coup d'œil sur les cercueils, l'immobilité irréaliste de ces cercueils qui emprisonnaient deux corps que j'avais vus jouer, manger, dormir, et rire aux éclats, et se soûler de paroles, et s'appeler du matin au soir, Joan ??? Hugo !!! Joan ??? deux corps qui n'avaient jamais douté de rien, qui s'étaient foutus des convenances comme ils se foutaient de leur avenir, deux corps qui n'avaient que des envies à satisfaire, alors pourquoi ne se réveillaient-ils pas ? pourquoi ne ruaient-ils pas, ne cognaient-ils pas aux parois des cercueils ? ça m'aurait semblé normal qu'ils se manifestent de quelque manière que ce soit

j'ai attendu un temps exagérément long, dans le noir et le silence, debout à l'arrière de la Cadillac, prêt à ouvrir le coffre au moindre bruit

et puis je me suis décidé à rejoindre la maison, dehors les ténèbres s'étaient emparées d'un coup du ciel et de la terre, et Chloé avait éprouvé le besoin d'éclairer toutes les pièces pour se donner du courage, je la voyais s'activer dans la cuisine, ouvrir les placards et remuer des casseroles, j'ai traversé la cour, poussé la porte à mon tour et posé nos deux sacs sur la table

— Tu veux manger ? je fais cuire des pâtes

j'ai haussé les épaules, montrant que j'étais d'accord pour lui tenir compagnie, et dans le silence inhabituel d'une maison devenue trop grande nous nous sommes imaginé pouvoir tromper notre malaise en nous installant à la table de la cuisine et en mangeant des pâtes au fromage, j'ai débouché une bouteille de vin, nous l'avons bue très vite, et j'en ai débouché une autre sans que nous trouvions la force de parler, nous n'y arrivions pas, nous avions beau nous creuser la tête, rien ne nous venait à la bouche, et à la fin Chloé est montée se coucher, me laissant seul avec la troisième bouteille qu'en désespoir de cause j'étais allé chercher dans le cellier.

•

C'est le lendemain matin qu'on a enterré les cercueils, ne trouvant pas le sommeil je m'étais levé à cinq heures pour creuser deux trous entre le potager et un bosquet d'ormeaux dont les feuilles déjà jaunies commençaient à tomber, je serrais les dents à chaque coup de pioche et tous mes muscles vibraient lorsque la lame rencontrait un caillou, mais j'avais fait le travail en moins de deux heures, et même eu le temps de creuser un autre trou pour y jeter le cadavre du chien, avant que Chloé m'appelle par la fenêtre de sa chambre

— Théo !

— Tu es réveillée ?

— Oui, je suis réveillée, déjeunons ensemble avant l'enterrement

on a bu un bol de café, mangé des biscottes et ouvert un pot de confiture, par la fenêtre ouverte entraient des insectes attirés par notre odeur, Chloé a glissé entre ses lèvres sa première cigarette et moi je me suis levé pour faire la vaisselle

— On y va ?

j'ai incliné la tête, et on est sortis, et on a traversé la cour avec dans les membres une fatigue qui n'était pas musculaire, qui semblait venir du tréfonds de nous-mêmes, de ce qu'on était ou croyait être avant que Joan et Hugo ne meurent, et ce tréfonds de nous-mêmes était anéanti, ruiné, brisé, il n'y avait plus en nous aucune énergie, que cette fatigue qui ridait le front et tirait les traits de Chloé comme elle devait rider mon front et tirer mes traits, le soleil surgi au-dessus des montagnes nous aveuglait, noyant de larmes nos yeux douloureux, et on a été presque soulagés d'entrer dans la grange, dans sa pénombre réconfortante tendue de toiles d'araignée, j'ai ouvert le coffre de la Cadillac, retiré la bâche, et Chloé devant, moi derrière, on a porté un premier cercueil jusqu'au bord du trou, ensuite on est allés chercher l'autre, et à l'aide de cordes on les a descendus dans les profondeurs de la terre

des corbeaux réfugiés sur le toit penchaient la tête en se demandant ce que pouvaient bien signifier nos manœuvres, et lorsque l'un d'entre eux a soudain poussé un cri il nous a semblé que le ciel dans son infinie tristesse nous tombait sur la tête

paralysés, on est restés plantés au bord de ces trous sans arriver à prononcer un mot, chacun attendait que l'autre se décide et dans cette attente fixait un point précis aux limites de l'horizon, les bras croisés dans le dos, indifférent au bourdonnement des mouches, au vent du sud qui nous échevelait, et finalement, comme on ne se décidait pas, Chloé a poussé un soupir et s'est accroupie pour attraper dans sa main une poignée de terre qu'elle a d'abord égrenée sur le cercueil de Joan, avant de répandre le reste sur celui de Hugo, et en tombant cette terre disait ce qu'on n'avait pas osé dire, qu'il était dans l'ordre des choses qu'elle reprenne son dû, pas besoin d'en faire toute une histoire – deux corps de plus retournaient au néant, c'était sec, expéditif, définitif

Chloé a serré un mouchoir contre sa poitrine, passé l'angle du mur et disparu sans se retourner, et moi qui demeurais planté là avec l'obligation de vivre je ne savais encore combien d'insupportables années, je me suis senti plus seul que jamais, des bouffées d'angoisse ont dilaté ma poitrine et soumis mon cœur à rude épreuve, j'ai laissé mon corps osciller au bord des trous, n'entendant plus rien, ne voyant plus rien, pris d'un vertige auquel j'aurais volontiers succombé, mais le cri d'un autre corbeau m'a rappelé à mes devoirs d'homme, j'ai levé la tête, observé la bestiole qui tournait en rond au-dessus des tombes, l'ombre de ses ailes passant et repassant sur moi, et résigné comme je l'étais souvent j'ai craché dans mes mains, empoigné la pelle et entrepris de combler de terre et de cailloux les trous jumeaux

ça ne m'a pas pris longtemps, maniant la pelle avec rage sans même essuyer la mauvaise sueur qui m'inondait le visage

ensuite je suis parti me rafraîchir dans la forêt, marchant à l'ombre des arbres comme un animal aux abois, le sentier que je suivais ne menait nulle part, ne reliait aucun lieu à un autre lieu, et c'était pour ça qu'il me calmait les nerfs, j'aurais pu le suivre indéfiniment ce matin-là, parce que je trouvais dans le silence de son tracé millénaire une sorte de réconfort que rien ni personne n'était en mesure de m'offrir, si j'avais rencontré un homme je crois que j'aurais été capable de l'étrangler, mais fort heureusement je n'ai rencontré ni homme ni coyote, et j'ai ainsi marché des heures pendant que le soleil accomplissait sa révolution habituelle, et je ne suis rentré qu'à la tombée du jour, rompu de fatigue et affamé, alors que Chloé partie en ville pour je ne sais quelle raison garait la Cadillac dans la grange.

•

Nous avons vécu encore un mois ensemble, et dans la lumière étranglée de l'automne j'ai scié des morceaux de bois, les ai assemblés, et après avoir gravé au burin les noms de Joan et de Hugo j'ai planté mes deux croix dans la terre sans trop savoir dans quel sens on avait descendu les cercueils, les tombes ont toujours un sens, et c'est toujours au pied des morts qu'on se recueille et à leur tête qu'on dresse croix, cippes et stèles, mais j'avais beau me creuser la cervelle, aucune indication ne me revenait en mémoire, les deux corps regardaient-ils le coucher du soleil ? ou au contraire lui tournaient-ils le dos ? j'ai préféré croire qu'on leur avait offert une vision éternelle du soleil disparaissant derrière les montagnes, et sans doute avais-je fait le bon choix puisque Chloé n'a rien trouvé à redire quand elle est venue se planter bras ballants devant ces croix, elle a secoué la tête, m'a regardé comme si elle voulait me remercier pour le travail accompli, et puis elle est retournée dans sa chambre sans prononcer un mot

c'était devenu une habitude, elle s'était emmurée dans sa chair de mère, n'en sortait plus, et ce retrait volontaire dans lequel elle s'abîmait, imposant à son corps les pires vexations, la privait aussi de parole

et jour après jour, pendant que les arbres perdaient en silence leurs feuilles en feu, c'est moi qui ai entretenu la conversation, parlé de la pluie et du beau temps, des travaux que j'accomplissais, des gens que je rencontrais lorsque j'allais faire les courses au supermarché de Riverton, j'ai fait celui qui tient à remonter la pente, à se reprendre en main, et pour cela non seulement je n'ai cessé de parler, mais j'ai aussi gesticulé tant que j'ai pu, j'ai ri ou tout au moins essayé de rire, montré une énergie hors du commun, débordé d'un enthousiasme feint, d'un optimisme sûrement maladroit, tout cela sans beaucoup de résultats, à la table de la cuisine, sous la lumière crue d'une ampoule qui creusait ses joues amaigries, Chloé m'écoutait, haussait parfois les épaules, mais ne répondait rien, elle mangeait un peu de ce que j'avais cuisiné, refusait l'alcool que je lui proposais, et montait se coucher bien avant moi, je l'entendais remuer dans son lit, chercher le sommeil qu'elle ne trouvait pas

les grincements de ce lit étaient des pieds de nez à mes efforts

bien sûr que j'aurais dû l'aider d'une autre manière à rompre cette petite mort qu'elle s'imposait, mais je n'en étais pas capable, derrière ma pantomime béate je me sentais moi-même au bout du rouleau, décidé à lâcher la bride, à ne rien tenter pour enrayer et ma chute, et la chute de ce monde, qu'il se casse définitivement la gueule et qu'il disparaisse ! je n'avais plus l'âge des révoltes, plus la force d'aimer qui ou quoi que ce soit, Chloé comprise, après tout si les hommes s'étaient à ce point foutus de leur avenir c'est qu'ils ne craignaient pas le Jugement dernier, la fosse commune qu'ils n'avaient cessé d'agrandir à leurs pieds était prête, qu'ils y entrent à présent, et s'y couchent, et meurent

la nuit, lorsque Chloé était au lit, j'enfilais mon tee-shirt Country Joe and the Fish et allais battre la campagne, perdre mon souffle sur les pentes des collines, m'enivrer des solitudes d'un ciel débarrassé de ses avions, c'étaient de sacrées virées dont je ne me croyais plus capable, et je rentrais quatre ou cinq heures plus tard, fourbu, le cœur battant des chamades de vieillard, mais nettoyé de la tête aux pieds, et affalé dans une brouette je sortais de ma poche mon agenda et tentait de trouver des idées pour un dernier poème, de boucler la boucle en quelque sorte

Wyoming, ai-je fini par écrire, et la suite est venue avec difficulté, dans les ténèbres de la grange où était remisée la brouette, une bougie éclairant tant bien que mal mon crayon

WYOMING
X

C'est à Riverton
Que le ventre de Léonore s'arrondit
Prend la forme et les dimensions d'une planète
Dans la maison que nous avons louée il est l'attraction de tous les jours
Je le cajole, je le nourris
Je cours après dans le jardin
Je lui sers de garde-fou lorsqu'il descend l'escalier
Et de garde-chiourme lorsqu'il arpente les trottoirs de la ville

Nous comptons les jours
——————— 249 !
Crie Léonore lorsqu'elle se réveille
Mais peut-être que le chiffre n'est pas le bon
Elle ne sait pas très bien compter
——————— 250 !
Elle croit être tombée enceinte au Texas
Mais peut-être que c'est au Nouveau-Mexique ou en Louisiane
Au début du voyage je ne cessais pas de la désirer
La voulais nue entre les draps de Baton Rouge, Dallas et Albuquerque
Les seins offerts, les cuisses ouvertes à mes érections animales
——————— 251 !

Et pendant que nous comptons les jours
La neige fond sur les montagnes

Le 265e jour je stoppe la voiture
Sur le parking de cet hôpital qui a la dimension d'un casino de Vegas
Descends
Fais le tour de la Plymouth et ouvre la portière de Léonore
———— Qu'est-ce que tu fais ?
Je te conduis à la maternité
———— Je n'accoucherai pas avant la semaine prochaine
Qu'en sais-tu ?
———— Je le sais
Elle penche la tête pour me sourire
Pendant que je la prends dans mes bras et la porte jusqu'à la maternité
———— J'ai peur de souffrir
Mais tu ne souffriras pas
———— Bien sûr que si

Notre garçon naît trois jours plus tard
Et il faut tout de suite lui trouver un nom
Ce sera Pierre
———— Non
Alors Basile
———— Oui, Basile
Et dans notre maison de Riverton
Que nous avons louée pour deux années
Nous demeurons des heures à genoux de part et d'autre du berceau
Marie et Joseph attentifs
En prière jour et nuit

Comme si les prières avaient un quelconque effet sur l'avenir d'un enfant

Et sur ces terres si âpres du Wyoming
Nous comptons et recomptons les battements de cœur de Basile
N'est-ce pas notre enfant ? et n'avons-nous pas le droit de nous émerveiller ?
Additionnons les pas de sa marche bancroche entre rosiers et coquelicots
Enregistrons les progrès de sa langue contre son palais
Mesurons l'éclat toujours plus vif de ses pupilles
Jusqu'au jour
Jusqu'au jour où l'enfant nommé Basile meurt
Tombe et meurt
Bascule dans le lavoir du jardin et meurt
S'ouvre le crâne au contact du ciment et meurt
Meurt aussitôt sans que nous puissions rien faire

Il faudrait se poser des questions avant de faire des enfants
Mais nous ne nous en posons presque jamais
Nous préférons prier
Comme si les prières avaient un quelconque effet sur l'avenir de ces enfants

Sous les branches du peuplier de Virginie
Dans lequel les vents du nord aiment à se quereller
Par 14 degrés Celsius au-dessous de zéro
Sous les branches de cet arbre qui réinventent un horizon
Nous l'enterrons comme un chien
Entre les planches d'un cercueil que j'ai clouées de mes mains

Ensuite Léonore grelottant dans les peaux de castor de sa pèlerine
Rentre se réchauffer contre le poêle de la cuisine
Pendant que
Pendant que je jette dans le trou
Ouvert comme une plaie inguérissable
Pelletée de terre sur pelletée de terre
Jusqu'à ce que le trou disparaisse
Et que je puisse à mon tour
Rentrer me réchauffer contre le poêle de la cuisine

Le lendemain, ou peut-être le surlendemain
Elle m'annonce
———— Je te quitte
Quoi ? qu'est-ce que tu dis ?
———— Je te quitte, Théo, je n'ai plus rien à faire avec toi
Je ne réponds pas, évite comme je peux le verdict de ses yeux
Je me contente d'allumer une cigarette, de boire au goulot une gorgée de bourbon
———— Conduis-moi à l'aéroport de Cheyenne
Quand ?
———— Tout de suite
Puisque c'est ce que tu veux
———— Oui, c'est ce que je veux

On arrive en fin de matinée sur le parking de l'aéroport
Léonore ouvre la portière de la Plymouth et sort
Se penche pour me préciser
———— Je demanderai le divorce une fois rentrée en France
Je hausse les épaules, observe la course des nuages d'hiver dans le ciel

Me rassure en écoutant le bulletin météo sur la radio de bord
——————— *Théo ?*
Oui
——————— *Tu ne t'y opposeras pas, j'espère ?*
Non
Elle est rassurée
Elle me tourne le dos et s'en va
Cale sur son épaule le sac de voyage où elle n'a rangé que le nécessaire
Me laissant pulls, robes, jupes et chemisiers
Que je pourrai jeter ou revendre dans quelque marché aux puces
Alors c'est comme ça qu'on se sépare ?
Aux USA comme en France, c'est comme ça ?
Oui, c'est comme ça, l'un s'en va, l'autre reste
Tais-toi, maman, dispense-moi de tes commentaires
Tu l'as bien cherché, non ?
Je n'ai rien cherché du tout
Tu n'en voulais pas, de ce pauvre enfant
Je ne l'ai pas tué
C'est tout comme
Je donne un coup de poing dans le pare-brise
Accélère brutalement
Les pneus hurlent, le capot bondit en avant
Nom de Dieu de nom de Dieu !
N'en ai-je pas assez entendu ?
Je quitte le parking pied au plancher
Ce n'est pas la peine de retourner à Riverton, Wyoming
Qu'est-ce que je ferais à Riverton, Wyoming ?
Et je fonce droit devant moi.

et aujourd'hui encore qu'est-ce que j'avais à faire à Riverton, Wyoming ? cette nuit-là je n'ai pas trouvé le sommeil, demeurant dans ma brouette l'agenda sur les genoux, à fixer au-delà de la flamme vacillante de la bougie les ténèbres de la grange, guettant le moindre signe de leur part, de la part des créatures je veux dire, ces créatures aux yeux rouges qui ne me laissaient plus en paix et me pressaient d'en finir avec Chloé

j'ai clos mes paupières, les ai massées avec l'index et le pouce, assez longtemps pour oublier ma position inconfortable et plonger dans une sorte de demi-sommeil paradoxal peuplé de rêves et de cauchemars

— Ne me tuez pas…

— Je vous en supplie… je vous en supplie…

— Faites pas ça…

gémissaient l'un après l'autre filles et garçons qui défilaient à toute vitesse, pris dans la spirale d'un entonnoir

et lorsque j'ai rouvert les yeux cinq de ces créatures m'entouraient, penchées au-dessus de moi comme cinq médecins au chevet d'un malade, j'étais en sueur, j'avais la respiration d'un criminel acculé aux aveux, je leur ai dit

— Demain

pendant que leurs yeux rouges clignaient d'étonnement

— Demain je pars vous rejoindre

que leurs têtes dodelinaient

— C'est promis

d'autres créatures sont apparues, voltant et virevoltant au-dessus de moi, des dizaines de créatures qu'il me fallait tout autant convaincre

— C'est promis, demain je pars avec vous !

je criais presque

— Demain !… demain !… demain !

sorti de ma brouette comme un diable, échevelé, gesticulant, je courais après leurs ombres sans consistance, sautais en l'air pour en attraper une et lui donner des preuves de ma bonne foi, et bientôt toutes perchées sur les poutres de la charpente j'ai bien été obligé de me calmer, d'en finir avec ma pantomime

et j'ai regardé de loin tous ces yeux rouges qui me fixaient avec une sorte de douloureuse compassion, et soudain j'ai eu honte, honte de ma vie d'homme, de mes actions d'homme, de mes joies, de mes peines, de mes crimes, honte de ce sentier sanglant que j'avais tracé de mes propres mains… mais il était trop tard pour se repentir, et comme la repentance m'avait toujours paru un exercice contre-nature je me suis contenté de baisser la tête, de courber l'échine et de quitter la grange, et avec l'envie de vomir j'ai traversé la cour cernée par le chant des grillons, ouvert et refermé la porte de ce qui avait été notre ranch, à Chloé et à moi, la pendule venait de sonner trois coups, peut-être quatre, j'ai fait le tour de la table, me suis appuyé contre le buffet de cuisine qui a poussé un grognement, derrière les fenêtres la nuit pesait de tout son poids inquisiteur

ici j'étais encore à l'abri, mais pour combien de temps ?

•

Lorsque je me suis réveillée, j'ai compris que quelque chose s'était passé. Le silence d'hier avait laissé la place à un autre silence. Plus vaste, mieux enraciné. Et qui avait une tout autre densité. Je suis sortie du lit, et pieds nus je suis allée ouvrir la porte de sa chambre. Théo n'était plus dans son lit, et son sac avait disparu avec lui. Je n'ai pas été surprise, je m'y attendais. Et pourtant je n'ai pu esquiver le coup que j'ai reçu dans la poitrine. Sous le choc mon cœur s'est arrêté de battre. Deux ou trois secondes, pas plus. Mais enfin il s'est arrêté de battre. Et ça fait un drôle d'effet un cœur qui s'arrête de battre. J'ai ouvert la fenêtre, avalé un grand bol d'air, avant de m'habiller et de descendre à la cuisine. Sur la table il avait laissé quelques dollars, l'agenda où il écrivait ses poèmes, et ajouté au feutre bleu une série de titres possibles en travers de la couverture

THE LAST EUROPEAN HOBO
I AM THAT I AM
KALI YUGA
THE GREAT DELUGE
(American poems)

et puis sur une feuille volante il avait écrit

Il faut bien que j'en finisse
puisque moi aussi j'ai fait mon temps. Théo

J'ai retourné la feuille, il n'y avait rien d'autre que cette pauvre phrase. Déconcertée, je suis sortie questionner le ciel. Comme si le ciel avait pu garder la trace de son départ. C'était stupide, mais je suis quand même restée un bon moment le nez en l'air, avant de rentrer et de faire réchauffer le café que Théo avait préparé avant de prendre la route. Qu'est-ce que j'allais devenir ? Cette question je me la suis posée cent fois durant les semaines qui ont suivi. Je marchais sur les sentiers qu'empruntaient les animaux, un fusil chargé en travers du dos, et d'un coup je m'arrêtais et rompais le silence en m'adressant à je ne sais qui : « Qu'est-ce que je vais devenir ? » Et puis je repartais sans attendre de réponse. Parce que des réponses à ce genre de questions il n'y en a pas. Il n'y en a jamais eu et il n'y en aura jamais. À la nuit tombée je rentrais, mangeais sur un coin de table et me couchais. La tête renversée sur l'oreiller je questionnais une dernière fois l'irrémédiable silence de ma chambre : « Qu'est-ce que je vais devenir ? » Avant de m'endormir, un somnifère en train de fondre au creux de mon estomac. Mais passées les ruminations des premières semaines j'ai vite compris que cette extrême solitude ne me mènerait nulle part. Qu'il me fallait réagir si je ne voulais pas devenir folle. J'ai donc pris l'habitude d'aller traîner à Riverton, de glander des heures au Muddy's Hole qui avait été un bar à putes avant le déluge, et qui n'était plus qu'un refuge de veuves et de veufs. Je buvais de la bière, mangeais des hot dogs et discutais de tout et de rien avec la clientèle. C'est la patronne, Amanda Cokendall, une maîtresse femme à la poitrine aussi drue que celle d'un cow-boy, qui m'a suggéré d'aller voir à la poste si mon enfoiré de bonhomme ne m'aurait pas envoyé un quelconque courrier. Elle disait : « Va à la poste, mon chou, des fois que ton enfoiré de bonhomme t'aurait écrit une gentille bafouille... » Ça la mettait en rage, mon histoire. Elle trouvait que j'avais été plus que courageuse, et n'en revenait pas qu'aujourd'hui je tienne aussi bien le coup. Elle m'a invitée chez elle, est même venue se recueillir sur les tombes de Joan et de Hugo. « Va à la poste, mon chou, des fois que... » Et j'ai fini par l'écouter. J'y suis allée, à cette foutue poste. Au guichet j'ai demandé s'il n'y avait rien pour moi. « Je m'appelle Chloé Dumont. » La préposée a fouillé dans une boîte, en a sorti deux cartes postales. « Signez ici, s'il vous plaît. » J'ai signé, et elle m'a tendu les cartes. Je les ai prises sans les regarder, cherchant d'abord un endroit où poser mes fesses. Il y avait un banc le long du mur, je m'y suis installée, croisant les jambes et respirant un grand coup. La première carte montrait un paysage de l'Arkansas.

En souvenir

avait-il écrit au stylo. Et c'était tout. Dans un coin du timbre il y avait le cachet de la poste de Little Rock, avec une date pas très lisible, peut-être celle du 4 octobre. Sur l'autre carte un vapeur descendait le Mississippi. Et au verso Théo s'était cru obligé de faire un effort.

Pense à vous trois, et à nos cavales déraisonnables...

À quoi cela lui servait-il de m'écrire ces niaiseries ? Il ne pensait pas plus à moi qu'à ses enfants ou à sa femme. J'avais été bien placée pour le savoir. La carte était datée du 17 octobre. Au retour je me suis acheté des cigarettes, et dix grammes de shit au dealer qui crevait la dalle sous les ruines d'un porche. Et en entrant au Muddy's Hole j'ai agité les cartes postales en direction d'Amanda. « Tu avais raison ! » Elle a cligné de l'œil, empoigné aussitôt la bouteille de gin et rempli deux verres. « Ça se fête, non ? — Puisque tu le dis. — Je peux les lire ? — Sûr. » J'ai repris le chemin du ranch avant la nuit. J'étais un peu soûle, mais après avoir garé la voiture dans la grange j'ai quand même fait un détour par les tombes. « Regardez ! Il nous a envoyé des cartes postales ! Il pense à nous ! » Mais je n'ai pas eu la force de leur lire ce qu'il avait écrit. Des larmes brouillaient ma vue. Et sans rien ajouter je suis montée me coucher. Les jours et les semaines qui ont suivi j'ai pris mes quartiers au Muddy's Hole, j'avais ma table dans un coin, je lisais les journaux, recopiais au propre les poèmes de Théo, cherchais dans la liste que m'avait établie Amanda les éditeurs de poésie. Y en avait-il encore ? « Oui, il y en a. — Des qui ont envie de traduire neuf poèmes écrits en français ? — Ça, c'est une autre affaire. » Et puis je ne savais pas ce qu'avait pensé Théo en me confiant ses textes. Que voulait-il que j'en fasse ? J'ai reçu une autre carte, postée à Dallas. Et puis le froid est arrivé d'un coup, et du jour au lendemain Riverton a disparu sous cinquante centimètres de neige. « Si tu veux passer l'hiver chez moi, ne te gêne pas, j'ai une chambre qui ne sert à rien dans le mobile home », m'a proposé Amanda. J'ai dit oui. Et c'est comme ça que ma vie a basculé. Jamais je ne suis retournée vivre au ranch. Me trouvant très à mon aise chez elle j'ai fini par accepter de prendre la place de son défunt mari, à table et dans son lit. Et au Muddy's Hole j'ai assuré la sécurité de l'établissement, casquette de base-ball vissée sur le crâne, flingue à la ceinture et poing américain pour les coups durs. J'ai reçu une dernière carte, postée à la frontière mexicaine, du côté d'El Paso. Et puis plus rien. Une fois j'ai questionné un *hobo* qui traversait de long en large le pays. Je lui ai décrit Théo. Il m'a assuré qu'il n'avait jamais rencontré de Frenchies sur les routes. « Un Frenchie sur une route américaine ça se remarque, et ça ne s'oublie pas. » Je l'ai remercié, lui ai offert un verre, et il est reparti. Je ne sais pas ce que Théo est devenu.

FUIR

LA DERNIÈRE CARTE postale que j'ai envoyée à Chloé, datée du 17 octobre, montrant un vapeur en train de crachoter ses fumées sur le fleuve Mississippi, portait cette mention

Pense à vous trois, et à nos cavales déraisonnables...

que pouvais-je lui écrire d'autre ? elle n'était plus pour moi la Chloé que j'avais connue, à peine si son visage était encore présent à ma mémoire

non, je me trompe, ce n'est pas la dernière, j'ai glissé dans une boîte aux lettres peut-être hors service une autre carte postale alors que les feux dévoraient la frontière entre le Texas et le Mexique, c'était à El Paso ou Ciudad Juárez, un soir où j'avais bu un peu trop de mescal, arpentant les rues avec ma Tristessa à moi, une fille rencontrée à l'hôtel, avec laquelle je m'efforçais de retrouver mes rudiments d'espagnol, et qui ne me quittait plus depuis que je l'avais baisée comme elle me le demandait expressément en m'affirmant qu'elle serait morte dans un mois parce que le Mexique, tout comme l'Amérique des Ricains et le monde tout entier étaient en train de disparaître sous les coups de boutoir d'une terre qui n'en pouvait plus de l'homme, du milliard d'hommes demeuré en vie après le Grand Déluge

— Seigneur Dieu

murmurait-elle en se signant de ses doigts maigres

et qui avait décidé que ce maudit milliard d'hommes restant disparaîtrait dans les flammes des mégafeux allumés délibérément aux quatre coins de la planète

— Nous n'avons plus notre place

me répétait-elle, roulant des pupilles prophétiques

— Nous n'avons plus notre place, Théo, à brève échéance nous mourrons tous, et moi qui te parle j'ai la certitude que ma vie ne tient plus qu'à un fil

— Comment peux-tu savoir que tu vas mourir ?

— Je le sais

et plantant ses yeux de diablesse dans les miens

je suis demeuré une première semaine avec elle, le jour nous dormions sur les ressorts grinçants d'un matelas, nus sous les pales d'un ventilateur qui, lorsqu'il y avait de l'électricité, brassait l'irrespirable température de l'air qui dépassait tous les jours les 50 degrés Celsius, pendant que les hommes mouraient d'étouffement dans le lit des caniveaux, et que les chiens tombaient les uns après les autres en traversant le macadam surchauffé des rues

la nuit nous sortions main dans la main, Tristessa et moi, les cheveux en bataille et le visage mangé par des lunettes noires qui nous donnaient des allures de gangsters, et pendant qu'on entassait les cadavres dans les charrettes à bras, nous achetions à prix d'or du mescal et des tortillas, et puis par des chemins détournés nous rejoignions l'hôtel, et dans ces rues coupe-gorge des gamins nous proposaient des dieux étoilés pour une poignée de pesos, leurs yeux trop noirs lançaient des éclairs pendant que leurs mains s'agrippaient à nos hanches, et Tristessa tentait de les repousser en les injuriant dans sa langue ordurière et brutale, nous étions souvent à la limite de la bagarre, et c'est bien pour ça que je ne quittais jamais l'hôtel sans avoir glissé dans la ceinture de mon jean un vieux Browning GP acheté au marché noir d'El Paso, mais pour rien au monde je ne m'en serais servi, pas même si un de ces gamins avait planté sa lame dans le ventre de Tristessa

nous rentrions essoufflés parce que tantôt il fallait courir, sauter par-dessus des cadavres qui n'avaient pas encore été évacués, bousculer des attroupements de gens affamés, éviter les rares voitures qui circulaient à tombeau ouvert dans les rues en se foutant de celui qui ne s'écartait pas assez vite, et qui était renversé, projeté en l'air, tué la plupart du temps sans que personne ne s'en soucie, tantôt il fallait raser les murs lorsque l'électricité était coupée et que dans le fouillis des rues obscures nous avions du mal à retrouver l'entrée de l'hôtel

— Tu vas rester avec moi ?

me disait-elle lorsque nous nous retrouvions sur le lit

— Non

— Jusqu'à ce que je meure…

— Non

— Pourquoi ?

— Parce que je dois partir

— Demain ?

— Oui, demain ou après-demain, je n'ai que trop traîné par ici

à la flamme de la bougie je la voyais qui haussait les épaules, cherchait un joint dans sa boîte en fer, l'allumait, et d'une lente et longue inspiration chargeait ses poumons d'un poison qui n'était pas seulement du hasch, mais un mélange de hasch et de quelque saloperie qu'on vendait dans les rues pour le prix d'un taco

nous pouvions rester des heures allongés sur le lit à fixer les deux fenêtres qui ouvraient sur le cloaque d'une nuit sans lune, lourde de déchets innommables et traversée de cris, nous n'attendions rien parce que l'un comme l'autre nous savions qu'il n'y avait plus rien à attendre, plus rien à espérer, et que le moindre de nos mouvements n'aurait servi qu'à échauffer au-delà du supportable la peau de notre corps déjà inondée de sueur

Tristessa finissait par s'endormir, j'entendais le filet ténu de sa respiration à mon oreille, et c'était comme un soulagement de voir que ce corps si torturé réussissait toutes les nuits ou presque à échapper à sa condition, à monter haut, peut-être très haut au-dessus de la ville pour rejoindre des espaces où dans la fraîcheur retrouvée d'un air débarrassé de sa puanteur il devenait possible d'oublier ses souffrances, d'oublier les douleurs torturantes de sa chair d'humain condamné

est-ce parce que j'étais le gardien de ce sommeil que je ne suis pas parti ?

je ne me sentais pas le courage de l'abandonner, et pourtant je continuais à lui dire que je ne pouvais pas rester, qu'il fallait que je parte, demain ou après-demain, et elle-même continuait à hausser les épaules, les doigts farfouillant avec impatience dans sa boîte en fer pour y trouver quelque échappatoire, et c'était soit du hasch soit une de ces pilules multicolores qu'elle se fourrait au plus vite dans la bouche et qu'elle suçait comme un enfant suce un bonbon, les yeux clos et la bouche gourmande, avant de succomber au sommeil en une lente et longue dérive de tout son corps

est-ce parce que je ne voulais pas qu'elle meure dans le caniveau d'une rue, comme les gens de sa condition mouraient tous ?

c'est dans son sommeil qu'elle s'est éteinte trois semaines plus tard, overdose ou je ne sais quoi, et c'est moi qui ai enterré son corps, mais ça n'a pas été facile, je l'avais recouverte d'un drap et laissée seule dans la chambre pendant que je battais les rues de cette ville qui n'en était plus une à la recherche d'une pioche et d'une pelle, tout un jour ça m'a pris, et un autre jour pour trouver un chauffeur qui voulût bien prendre le cadavre de Tristessa dans sa voiture, pas dans le coffre mais sur le siège arrière

— C'est pas possible, señor

— Si, c'est possible

— Non señor, c'est pas possible, ça va me porter malheur

— Je double la somme que tu m'as demandée

il a secoué sa triste tête déplumée

— D'accord, mais je suis sûr que ça va me porter malheur

à la fin du jour j'ai pris dans mes bras le corps de Tristessa, descendu l'escalier et rejoint la voiture, enroulée dans le drap blanc comme la poupée d'un ogre elle ne pesait plus rien, je l'ai assise à côté de moi sur la banquette arrière, la tenant par les épaules pour qu'elle ne bascule pas dans les virages que prenait à vive allure le chauffeur pressé, et à la sortie de la ville la voiture s'est engagée sur une route caillouteuse, s'enfonçant dans les broussailles de terres incultes semées de figuiers de Barbarie et de cactus candélabres

à l'horizon un pan de montagne partageait le soleil en deux

on a roulé plusieurs kilomètres dans la poussière avant que je trouve un endroit propice au repos de Tristessa

— Arrêtez-vous là

le chauffeur a serré le frein à main, coupé le moteur, pendant que j'ouvrais le coffre, en sortais pelle et pioche et une croix de bois

— Qu'est-ce que vous faites ?

— Je creuse un trou

— Et moi qu'est-ce que je fais ?

— Vous m'attendez

— Avec le cadavre sur ma banquette arrière ?

— Oui

il a préféré quitter son siège, aller fumer une cigarette sur le capot de la voiture pendant que je cherchais un coin favorable pour mon trou, et je l'ai trouvé entre deux candélabres, là où la terre me semblait plus meuble qu'ailleurs

le soleil avait disparu, et des bandes d'oiseaux affamés sortaient des mesquites et s'égayaient dans l'immensité du ciel comme si notre présence ne comptait pour rien

et malgré la chaleur encore forte j'ai creusé sans relâche une tombe suffisamment profonde pour recevoir la chair et l'âme de Tristessa, ensuite j'ai pris une dernière fois dans mes bras ce corps de poupée et l'ai descendu dans le trou trop grand pour lui

il fallait bien l'admettre

une brise venue des fins fonds du désert a traversé les candélabres en sifflant, et puis tout est redevenu silencieux, j'ai salué ce qui restait de Tristessa, incliné un instant la tête, avant d'empoigner le manche de la pelle et de recouvrir de terre et de cailloux le drap blanc jusqu'à ce qu'il disparaisse, jusqu'à ce que le trou lui-même disparaisse, et qu'il ne demeure plus qu'un monticule de terre fraîche dans lequel j'ai planté ma croix, l'enfonçant à grands coups de pelle

j'ai rangé la pelle et la pioche dans la voiture, et puis je me suis retourné une dernière fois, la croix n'était pas droite, elle penchait vers le sol, et sans doute ne résisterait-elle pas longtemps aux quatre vents du désert

mais qu'est-ce que ça pouvait faire ?

•

J'ai continué ma route

sur la place poussiéreuse, noyée dans la sueur des femmes et des hommes marqués au fer par la fatigue et le désespoir, j'ai trouvé un bus qui partait pour Mexico, et dans ce bus forcé de vendre lui aussi à prix d'or ses sièges défoncés je me suis éloigné de la ville, de Tristessa, de son corps mort et abandonné entre deux cactus, les roues du véhicule qui s'échauffaient sur le macadam me brinquebalaient d'une fondrière à l'autre, m'assourdissant de grincements féroces

à la nuit tombante le chauffeur s'est arrêté sous la lumière crue d'un lampadaire, dressé comme une sorte de garde-chiourme contre le ciel, et aussitôt les habitants des baraques entassées aux alentours ont couru à la rencontre des passagers pour leur proposer des chambres

— Viens dormir, señor

— Combien ?

— Pas cher

des trous plutôt que des chambres, des sortes de trous sans aération où il était impossible de se reposer tant la chaleur portait sur les nerfs, et ceux qui n'en pouvaient plus ont rejoint le néon bourdonnant d'insectes du bar qui cuisinait la nuit durant des poêlées de tortillas huileuses

trois jours de cet enfer ne nous ont pas permis d'atteindre Mexico, et le quatrième jour au matin le chauffeur nous a déclaré que la station-service où il comptait se ravitailler en essence avait ses cuves vides, vides pour longtemps sans doute, si bien que chacun des voyageurs, nous a-t-il expliqué, devait se débrouiller par ses propres moyens pour continuer le voyage ou retourner à son point de départ, et puis il a haussé les épaules, s'est essuyé les mains sur les jambes de son pantalon et n'a rien trouvé de mieux à faire que de ricaner dans sa barbe, il n'aurait pas dû, mais c'était sans doute dans sa nature de se moquer des gens, il n'y pouvait rien

— Et l'argent qu'on t'a donné !

a crié un homme, et sans qu'on ait eu le temps de le retenir il a foncé sur le chauffeur, lui a planté le canon d'un pistolet dans la cuisse et a tiré

la balle a traversé la chair en inondant de sang le pantalon

et l'homme a rejoint la route et pris la direction de Mexico, pendant que le chauffeur hurlait de douleur en tenant sa jambe à pleines mains

— Arrêtez ce fumier !

répétait-il en montrant du doigt l'homme qui marchait d'un bon pas le long de la route, son sac de sport sur l'épaule

— Arrêtez ce fumier !

j'ai couru pour le rattraper, laissant derrière moi l'attroupement des voyageurs, et une fois à ses côtés je lui ai dit que j'avais décidé de faire la route avec lui

— Comme tu veux

m'a-t-il répondu, et il a levé le pouce en direction d'un camion qui arrivait derrière nous, c'était un de ces énormes quinze ou vingt tonnes qui roulent jour et nuit à travers l'Amérique, transportant de l'eau potable et ne s'arrêtant presque jamais de peur d'être dévalisés par une population assoiffée, le chauffeur est passé devant nous en klaxonnant et a continué sa route en direction des collines qu'on voyait au loin barrer l'horizon de leur masse noire, cendreuse, ravagée par le feu le soleil n'était pas encore levé, et il était possible de marcher sans trop se fatiguer sous ce ciel rafraîchi, l'homme s'est tourné vers moi et m'a demandé ce que je faisais par ici

— Je fuis

lui ai-je répondu

— Et tu fuis quoi ?

— Ce monde

il a hoché la tête, et récupérant dans sa poche la moitié d'un cigarillo il l'a coincé entre ses lèvres et l'a allumé

— À mon tour de te questionner

— OK

— Pourquoi voyages-tu avec un flingue ?

il s'est tourné vers moi, l'air amusé par ma question

— Sans doute pour les mêmes raisons que toi

je n'ai pas insisté, à quoi cela m'aurait-il servi d'en savoir plus sur cet homme ? j'avais un compagnon de route jusqu'à Mexico, c'était l'essentiel, d'accord il était armé, mais je l'étais aussi, et ça nous obligeait l'un et l'autre à ne pas jouer les malins, et à faire cause commune quoi qu'il arrive

c'est un pick-up qui s'est arrêté pour nous prendre, et le gamin qui conduisait nous a dit qu'il allait justement à Mexico, il souriait, et son sourire était celui d'un adolescent, ses yeux malicieux nous fixaient sans ciller pendant qu'il grattait les boucles de ses cheveux formant comme un casque autour de sa tête

— Tu as l'âge de conduire ?

lui ai-je demandé

— Évidemment que j'ai l'âge

— Tu en es sûr ?

il a eu un ricanement de gosse pris en faute

— Fais pas chier, señor

et il est remonté dans son pick-up, et nous nous sommes installés sur le plateau arrière entre des sacs de haricots et des cartons de conserves

à l'air libre, ventilé par la vitesse, un linge sur la tête, j'ai tenu sans trop de dommages physiques jusqu'au soir, jusqu'à l'entrée dans Mexico à la nuit tombée, mais je me souviendrai longtemps de cette silencieuse traversée d'un Mexique englué dans un brouillard mortel de chaleur et de pollution, ce que mes yeux peinaient à voir n'avait plus rien d'humain, les mornes étendues de cailloux et de cactus pris dans les rayons brûlants du soleil étaient en train de devenir des zones interdites, où l'homme n'avait plus sa place, et les gens le comprenaient d'instinct, tous ces gens qui fuyaient l'enfer de ces déserts montagneux, abandonnant leurs villages, leurs animaux, la table de leurs repas, le lit de leurs nuits catarrheuses, tous ces gens que je voyais trébucher de fatigue le long de la route, et de plus en plus nombreux au fur et à mesure qu'on se rapprochait de Mexico parce qu'il se racontait des bobards à propos de cette ville tentaculaire et chaotique, par exemple qu'à l'ombre des immeubles la chaleur était moins forte, qu'il y avait de l'eau à volonté au robinet de toutes les fontaines, qu'il était facile de trouver la nourriture nécessaire à sa survie

oui, je m'en souviendrai longtemps.

•

En camion et en stop j'ai continué jusqu'à Veracruz dans l'espoir de trouver un bateau pour Panama, mais avais-je la moindre idée de ce qu'était devenue la ville ?

plus rien ne fonctionnait là-bas, les bandes s'étaient partagé les quartiers, et à présent c'étaient elles qui réglaient la circulation des habitants, distribuaient au prix fort l'eau potable et la nourriture, organisaient le trafic des armes et de la drogue

l'hôtel qui a bien voulu me louer une chambre était un hôtel à putes, et toutes les nuits j'entendais le staccato des talons aiguilles dans l'escalier, les grincements furieux des sommiers qu'essayaient de défoncer des hommes en rage, dévastés par le quotidien de leur vie

sur les quais l'incessant mouvement des bateaux ajoutait à la confusion de ce port qu'aucune autorité ne contrôlait, et il m'a fallu huit jours pour convaincre un marin de me prendre à son bord lorsqu'il ferait le voyage jusqu'à Puerto Cortés, cabotant comme un pirate le long des côtes du Yucatán

je rencontrais Rogelio tous les soirs au café Páramo, un bouge où se retrouvaient les trafiquants de tout poil qui passaient une partie de la nuit à faire des affaires et l'autre à jouer aux cartes les pesos qu'ils avaient gagnés, ça finissait souvent en bagarre, un joueur plumé par un autre joueur aux manches pleines finissait par sortir un couteau qu'il plantait dans la poitrine du tricheur, avant de lui piquer son fric et de s'enfuir en courant

on en était à je ne sais plus combien de verres de rhum, Rogelio et moi, et il aurait fallu beaucoup plus que le sang d'un couteau pour nous réveiller, le surineur s'enfonçait dans la nuit tumultueuse des quais et le blessé était évacué dans l'arrière-salle, c'était tout, deux autres joueurs s'empressaient d'occuper la table libérée, et les bouteilles de ce rhum tord-boyaux qu'on servait au Páramo recommençaient à circuler entre les hommes

— Tu comptes partir bientôt ?

— *Depende*

— Ça dépend de quoi ?

— Des volontés de Dieu

je n'insistais pas, je commandais deux autres verres, et je fixais ses yeux noirs rétrécis par l'alcool, qui avaient du mal à rester ouverts lorsque passait entre nous le nuage acide d'un cigarillo

— Tu sais que ça va te coûter cher

me répétait-il

— Je le sais

— Car je risque gros en embarquant un étranger

— Ne t'en fais pas, je m'arrangerai pour prendre le moins de place possible

— Tu en prendras toujours trop

et on se mettait à rire tous les deux, parce qu'il n'y avait pas d'autre échappatoire que le rire, coincés que nous étions par les avancées de notre négociation, et à ce stade redoutant l'un et l'autre que nous ne puissions pas nous entendre, alors il jaugeait ma patience et moi sa prudence, c'était de bonne guerre

et finalement, un soir de chaleur extrême, poisseuse et asphyxiante dans maintes rues au point qu'en y passant on se brûlait aussitôt les poumons, Rogelio m'a annoncé

— C'est pour demain soir

— À quelle heure ?

— Minuit

en arrivant sur le quai je me suis aperçu que je n'étais pas le seul à embarquer pour le Honduras, il y avait une famille entière qui attendait à proximité du bateau, un homme, deux femmes et des enfants étaient assis sur un amas de valises et de sacs, le visage fermé, tendu pour ne pas dire tordu par l'angoisse, deux fillettes dormaient dans les bras de leur mère, et les garçons jouaient à l'homme en s'efforçant d'imiter leur père

Rogelio a fini par nous rejoindre, a salué tout le monde avant de réclamer l'argent qu'on lui devait, l'homme et moi avons sorti nos dollars qu'il a fourrés dans un sac, ensuite il nous a fait signe, et nous sommes montés en silence dans le bateau, la famille d'abord, et puis moi à la fin, barbe de huit jours et tee-shirt trempé de sueur, content de foutre le camp, d'abandonner cette ville à son sort qui était de glisser irrémédiablement dans les fanges nauséeuses d'une barbarie nouvelle

durant plusieurs jours, combien ? je ne sais pas, nous n'avons eu d'autre occupation que de regarder défiler les côtes du Yucatán, les roches blanchies de sel et les forêts calcinées, parfois se détachait le mur chaulé d'une maison abandonnée, et parfois c'était le ruban noir d'une route tranchée net par un séisme quelconque, et puis le bateau a dépassé le cap Catoche et viré de bord pour rejoindre le Honduras

nous sommes arrivés à Puerto Cortés épuisés, nous n'avions pratiquement plus de réserves de nourriture, et plus d'eau, les derniers jours nous buvions le vin de Rogelio, les enfants tout comme les adultes

— Quelques gouttes

disait la mère à ses enfants

l'autre femme était sa sœur, elle me regardait avec des yeux qui à la fois m'attiraient et me faisaient peur, c'était une belle femme qui n'avait pas trente ans, qui donnait envie de revivre pour elle, si tant est qu'on ait l'âge pour ça, et je ne l'avais plus

l'homme avait fini par me parler, par me demander ce que je faisais sur ce bateau, où j'allais, et pour rejoindre qui ? et moi j'avais voulu savoir ce qui l'avait poussé à quitter le Mexique avec sa famille

— Le désespoir

m'avait-il répondu, et il avait regardé la mer pour ne pas rencontrer mes yeux.

•

À Puerto Cortés, sur le quai désert à cette heure de l'après-midi, j'ai quitté la famille Sedano en embrassant les deux femmes, et en serrant contre moi le corps si maigre de l'homme mes bras ont eu la désagréable impression d'étreindre un mort, je leur ai souhaité de retrouver à Tegucigalpa un peu de cette joie de vivre qu'ils avaient perdue à Veracruz, mais je savais bien que c'étaient des paroles en l'air, pourquoi cette fichue capitale du Honduras aurait-elle échappé au sort des autres capitales du centre et du sud de l'Amérique qui toutes sous des chaleurs extrêmes sombraient dans le désordre et la violence, retournant au chaos originel ?

ils sont partis à la recherche d'un bus ou de quelque autre véhicule, et moi j'ai continué ma route, trouvant assez vite un bateau pour le Costa Rica et embarquant le soir même avec quatre frères propriétaires d'un rafiot équipé comme un bateau de pêche, qu'allaient-ils pêcher ? je préférais ne pas le savoir, me doutant bien qu'ils avaient d'autres soucis en tête, et des soucis qu'ils ne prenaient pas à la légère puisque chacun des frères, du plus jeune qui n'avait pas vingt ans au plus vieux qui avait dépassé la quarantaine et se montrait en permanence avec un bandeau sur l'œil gauche, portait en travers du dos un canon scié à pompe et une machette à la ceinture

— T'es armé ?

m'a dit l'homme au bandeau

— J'ai un flingue

— Tant mieux

il y avait sur la table de la cabine deux AR-15, des armes redoutables, qui tiraient aussi vite qu'une mitraillette, et des boîtes de munitions

— Ça pourrait chauffer

a commenté l'un des frères en ricanant

— Tant pis pour moi

ai-je répondu

— Tu n'as pas peur ?

— Non

et c'est vrai que je n'avais pas peur, que je me foutais de ce qui pouvait bien se passer durant le voyage, j'étais au bout du rouleau, en équilibre sur le dernier mètre de corde qu'avait déroulé ma vie d'homme pas du tout recommandable, et c'était une position bien plus confortable qu'on aurait pu le croire, qui m'offrait une liberté de mouvement comme je n'en avais jamais eu

le voyage a duré longtemps, les frères avaient prévu des rendez-vous sur les côtes sauvages du Nicaragua, et lorsque le soleil se couchait nous allions mouiller sur le sable de quelque crique creusée dans la forêt tropicale hermétiquement close, les frères déchargeaient alors des caisses, les hissaient sur le dos des hommes qui les attendaient, l'un d'eux sortait des liasses de dollars qui changeaient vite de main, et les hommes disparaissaient dans le fouillis obscur des lianes et des branches

et ce n'est qu'après ce travail qu'un camp était dressé, un feu allumé, et que le plus jeune des frères préparait à manger pour nous cinq, des tortillas, des morceaux de bœuf en boîte noyés dans une sauce aux haricots, des tacos, c'est sa mère qui lui avait appris à cuisiner, et il se débrouillait bien, achetait tout le ravitaillement qu'il fallait dans les villages du bord de mer où notre bateau de contrebande avait l'habitude de s'arrêter on finissait le repas avec un verre de rhum, pendant que les singes sortis de la forêt se ruaient sur les restes avec la voracité de chacals, et c'étaient souvent des empoignades féroces pour un morceau de pain rassis, des rugissements et des morsures qui obligeaient les plus faibles à reculer, le corps en sang

on pariait sur la méchanceté des mâles plutôt que sur leur force

— Ça sert à rien d'être fort si on n'est pas méchant

proclamait le deuxième frère, un type qui avait les yeux profondément enfoncés dans leurs orbites, il se frappait les cuisses en se bidonnant comme un gosse, secouait sa tête coiffée jour et nuit d'une casquette de l'armée américaine

— Et toi, le Frenchie, t'es méchant ?

— Je l'ai été

— Plus maintenant ?

— Non

j'avais été méchant au-delà de ce que ces hommes pouvaient imaginer, et cette méchanceté qui me rongeait les viscères comme une maladie, ce besoin permanent de calmer ma rage sur le corps des autres, tout ce bouillonnement liquide de mon être en rut avait disparu, s'était écoulé loin de moi comme le pus d'une plaie, et m'avait laissé exsangue, avec au creux de l'estomac ce vide abyssal qui ne me permettait plus de vivre comme tout le monde

je regardais le feu dévorer l'amas de branches mortes, tout en sentant posés sur moi les yeux des quatre frères, qu'auraient-ils voulu ? que je leur raconte ma vie ? ils m'avaient fait payer ma présence sur leur bateau, le contrat ne stipulait pas que j'étais aussi dans l'obligation de leur raconter des histoires ils n'insistaient pas, se redressaient en s'étirant, chassaient les singes avant de sortir les sacs de couchage et de les étaler autour du feu

à ce rythme il a fallu plus d'une semaine pour atteindre Puerto Limón sur la côte sud du Costa Rica, la ville avait été dévastée par un tremblement de terre, et tout était sens dessus dessous, les immeubles, les rues, les quais, et comme rien ne serait jamais reconstruit ce qui restait de la population avait fui vers l'intérieur des terres, laissant la forêt envahir les quartiers, engloutir les maisons éventrées, les parkings, les voitures qui éclataient sous les coups de boutoir d'une végétation exubérante, s'immisçant dans les moindres interstices du béton et de la ferraille, ne demeuraient vivants que les chiens, et des groupes épars de femmes et d'hommes, souvent en haillons, les joues creusées par la faim, le regard fou de ceux qui ont perdu pied et se savent condamnés

un seul quartier avait été épargné par le séisme, et c'était ce quartier que des bandes armées s'étaient empressées d'entourer de barbelés et de miradors pour protéger leurs trafics, personne n'y entrait sans un laissez-passer, et c'est là que les quatre frères ont transporté leurs dernières caisses

— Puisque tu es l'ami des frères Carrasco, tu peux rester autant que tu veux

m'a dit un petit homme barbu, aux jambes torses et musclées, affublé d'un béret qu'il portait à la manière de Guevara

— Quelques jours seulement, je dois continuer ma route

— Et si tu as un problème, tu viens me voir

il s'appelait Goyo Tecun, mais ses soldats l'appelaient Che, et il était très fier de ce surnom, il aurait voulu reprendre en main la région, sécuriser le commerce, redonner le goût de vivre aux pauvres qui crevaient de faim, mais pour le moment il se contentait de remplir ses poches et ses coffres, de stocker dollars et autres devises étrangères en attendant le jour où son drapeau rouge illuminé d'un soleil costaricain imposerait sa loi sur les ruines de son pays

tous les soirs, au bar dont il avait permis l'ouverture, il enflammait la salle, où se côtoyaient dix fois plus d'hommes que de femmes, parlait haut et fort, égarait sa parole sur des chemins de traverse qui n'avaient plus rien à voir avec la révolution, s'empêtrait dans des discours de plus en plus obscurs, noyés d'alcool et de tabac, et ceux qui l'écoutaient finissaient par fermer les yeux, fatigués, ivres eux aussi de trop de mescal et de tequila, sachant bien que le grand soir ne serait plus jamais pour demain, et comment aurait-il pu en être autrement ? poursuivait Goyo Tecun, l'espoir d'une vie meilleure s'en était allé lorsqu'un inimaginable déluge s'était abattu sur la planète, suivi de près par la fonte de l'Arctique et de l'Antarctique, la prolifération des virus sortis des boues du permafrost, la disparition de combien d'espèces animales et végétales… oui comment aurait-il pu en être autrement ?… accablés par la question ceux qui avaient fermé les yeux redemandaient mescal et tequila, allumaient d'autres cigarillos et envoyaient dans les pales impuissantes des anciens ventilateurs de longs panaches de fumée en rêvant de femmes bien en chair qu'un miracle offrirait bientôt à leurs bras orphelins

et c'est au cours de ces nuits d'égarement que j'ai rencontré Miguelita Zacayon, une fille qui avait tout perdu, ses parents et ses sœurs, ses oncles, ses tantes, et sa grand-mère qui l'avait aidée à grandir

— Et ma maison, qui est allée rejoindre les abîmes du purgatoire

répétait-elle aux hommes et aux femmes qui voulaient bien l'écouter, et ils n'étaient pas nombreux ceux qui prenaient cette peine et ce temps-là, parce qu'ils la croyaient folle, dérangée dans son corps et dans sa tête, et ils avaient peur que le contact de sa folie ne leur porte malheur

elle débitait ses histoires dans la langue approximative de sa tribu, et à ma table retrouvait les rudiments de ce français qu'elle avait appris à lire et à écrire chez les sœurs de la Sainte-Croix, lorsqu'il y avait encore des écoles

j'étais souvent le seul à l'écouter, je buvais et elle me caressait la main, sans doute pour m'apprivoiser, fixant de ses yeux noirs mes yeux fatigués

et à la fin de la nuit, quand le bar s'était vidé et qu'il ne restait plus aux tables que les insomniaques, je lui disais

— Je suis sûr que tu as envie de dormir

— Oui, j'ai envie

— Alors va te coucher

— J'irais si j'avais une chambre à moi

— Où dors-tu ?

— Où je peux… avec les hommes du Che… quand il y en a un qui m'ouvre son lit, j'y vais parce que je n'ai pas d'autre choix

elle se mordait les lèvres jusqu'au sang, me prenait une cigarette, l'allumait à la flamme de mon briquet, rejetait au plafond un nuage de fumée, ses cheveux s'étalaient sur sa poitrine comme les ailes de ce dieu des forêts qu'honorait sa grand-mère et dont elle n'avait plus la protection, m'avait-elle confié, dont elle n'avait plus la divine protection

et j'ai fini par lui dire, en cherchant mes mots

— Viens dans ma chambre si tu n'as pas peur

— Peur de quoi ?

haussant les épaules, j'ai payé les consommations, les cigarettes et les œufs rancheros qu'elle avait mangés, et puis nous avons rejoint la chambre que me louait un cousin de Goyo, et nous nous sommes laissés tomber sur le lit, fatigués par la chaleur de la nuit, moi plus qu'elle sans doute

— Tu veux du sexe ?

— Je ne veux rien du tout

elle a gardé sa longue tunique bariolée, comme si elle craignait d'avoir froid, et moi mon tee-shirt et mon pantalon pour éviter autant que possible les piqûres de moustique, le jour était en train de se lever, par le trou qui servait de fenêtre je voyais les restes de nuit se diluer dans le ciel, mais ça n'avait pas d'importance, ça n'avait pas d'importance que les heures s'écoulent d'une autre manière, que les nuits raccourcissent et que les jours rallongent

puisque le sommeil nous délivrait des férules du temps.

•

Le lendemain et les jours suivants je me suis habitué à partager mon lit avec Miguelita, sans jamais qu'un geste de l'un oblige l'autre à offrir son corps, elle me prenait la main avant de s'endormir, la tenait serrée contre sa poitrine, et c'était tout

qu'attendait-elle de moi ?

je sentais bien qu'elle avait deux ou trois questions qui lui brûlaient les lèvres, mais elle n'osait pas les poser, et il a fallu que je parle, moi qui n'avais pas envie de parler, pour qu'elle s'enhardisse

— Je vais bientôt partir, Lita, j'ai encore beaucoup de route à faire

— Pour aller où ?

— C'est une question que je ne me pose pas, et que je n'ai pas envie de me poser j'étais sorti du lit, je chassais avec une chaussure les cafards et les araignées de la jungle qui envahissaient par milliers les rues de la ville abandonnée, je me suis soudain planté en caleçon au milieu de la chambre, ma chaussure à la main

— Ça te dirait de venir avec moi ?

— Moi oui, mais toi ?

— J'y ai suffisamment réfléchi avant de te poser la question

— Et alors ?

— Je suis prêt à tenter l'expérience

elle a sauté sur ses pieds et s'est précipitée sur moi

— On part aujourd'hui ?

— Non, demain.

•

Le chauffeur d'un bus qui allait quelque part au Panama a fini par nous vendre, après des heures de négociations autour d'une table où s'alignaient les verres de mescal vidés d'un coup et remplacés par d'autres, deux billets qui nous donnaient la permission de nous asseoir sur la banquette du fond, coincés entre des cages à poules et un empilage de sacs de jute qui contenaient je ne sais quoi, peut-être du maïs, peut-être autre chose de moins recommandable

Miguelita n'avait trouvé à emporter qu'un baluchon de quatre ou cinq chemises et pantalons que les combattants pilleurs de boutiques échangeaient contre du sexe, mais elle serait tout aussi bien partie avec rien tant elle était soulagée de fuir le Costa Rica qui ne lui avait fait que du mal et le matin du départ elle a pleuré, regardant derrière elle s'éloigner le chaos poussiéreux de Puerto Limón et ne pouvant croire qu'elle en avait fini avec cette vie de putain

— Rire ou pleurer ne sert à rien, ce qu'on fuit ici on le retrouve ailleurs

— Je sais bien, mais c'est plus fort que moi

elle m'a pris la main et l'a serrée contre elle, comme elle faisait dans le lit que nous partagions

dehors les hommes qui circulaient à pied sur les chemins et dans les champs avaient tous un fusil en travers du dos, et ils s'immobilisaient pour regarder passer le bus, une main en visière contre leur front, se demandant sans doute ce que le chauffeur avait bien pu combiner pour trouver de l'essence, car il y avait longtemps que la population n'avait plus accès aux pompes de distribution, il fallait employer tout un réseau de relations pour acheter un jerrican, et pour le conserver savoir manier la machette ou le fusil, si bien que le chauffeur ne se permettait aucun arrêt, il fonçait pied au plancher, klaxonnant comme un fou furieux pour dégager la route, prêt à renverser n'importe quel obstacle qui se dresserait en travers de son bus

à cette allure nous avons très vite quitté la plaine pour grimper à l'assaut des montagnes qui se découpaient à l'horizon, et au fur et à mesure que la route prenait de l'altitude, la nature oubliait la menace du feu et des tremblements de terre, retrouvait sa démesure d'antan, celle d'avant l'apparition de l'homme, celle où la végétation en une noce diabolique s'unissait aux animaux terrestres et aquatiques, les arbres autour de nous grandissaient de plusieurs dizaines de mètres, développaient des ramures lourdes de feuilles grasses et humides, emmêlées pour l'éternité à des masses rocheuses qui nous dominaient de tout leur poids de granit, les pétales des fleurs prenaient la forme et l'épaisseur d'oreilles d'éléphant, gigantesques en taille ils inventaient des couleurs qui échappaient aux mots de notre vocabulaire, et dans les airs des réseaux de lianes multipliaient les acrobaties pour relier branches, fleurs et buissons les uns aux autres, offrant aux colonies de perroquets des perchoirs sur lesquels ils se tenaient comme des empereurs, très droits et très méprisants, lissant du bec les arcs-en-ciel de leurs plumes rutilantes

penchée à la fenêtre sans vitre, Miguelita fouillait avec des yeux ressuscités les obscurités silencieuses de cette jungle, me montrait des choses que je ne voyais pas mais que j'imaginais sans peine, et qui me donnaient envie de quitter la ferraille brinquebalante du bus pour me perdre dans cet abîme d'arbres enracinés depuis des millénaires sur les pentes bénies des dieux de collines jamais profanées par le pas saccageur de quelque explorateur

— Sautons !

criait-elle lorsque le bus ahanait sur des pentes trop fortes pour son vieux moteur

— Mais pour aller où, Lita ? dis-moi où tu veux aller ?

de son bras nu elle me montrait les ondulations vertes et silencieuses de cette forêt immense qui était contre le ciel et ses nuages comme un océan immobilisé dans un temps qui n'était pas et ne serait jamais le temps qu'avait inventé l'homme pour sa continuelle agitation

— Pourquoi veux-tu que je sache ce que tu ne sais pas toi-même ?

je n'ai pas répondu, le bus a basculé de l'autre côté du col et le chauffeur en a aussitôt profité pour écraser la pédale de l'accélérateur, dévalant à tombeau ouvert la pente d'une route semée de virages et de trous, traversant un poste-frontière déserté tout aussi bien par les Costaricains que par les Panaméens, avant d'atteindre une plaine dévastée par un feu que le vent poussait en direction du Pacifique, et de s'arrêter au croisement de plusieurs routes qui n'allaient plus nulle part

un homme juché sur un âne a crié au chauffeur

— N'allez pas par là, des flammes gigantesques dévorent tout !

il s'est essuyé le visage, expliquant d'une voix cassée

— Et ça fait des mois que ça dure, des mois que les arbres, les champs et les villages disparaissent, tout comme les enfants, les femmes et les hommes qui ne fuient pas assez vite

et il a montré au chauffeur la route qu'il fallait suivre pour demeurer à l'abri du brasier

le bus a donc longé la côte du golfe sur une route encore plus défoncée que celle qu'il venait de quitter, zigzaguant entre des tranchées profondes comme le bras, des creux remplis d'une eau saumâtre, dérapant et s'enlisant dans le sable et la caillasse, si bien que nous n'avons atteint le canal de Panama qu'à la fin de la nuit, lorsque le soleil était en train de se lever sur l'eau, révélant la cohorte de tankers échoués sur les côtes, à jamais immobilisés depuis l'abandon du canal, et en train de rouiller au milieu des sternes et des goélands qui s'étaient emparés des carcasses et défendaient à grands cris leur territoire

le chauffeur m'a salué comme si j'étais son frère, pendant que sortaient les trois derniers passagers et que d'autres, un sac à l'épaule, prenaient leur place sur les banquettes défoncées

— Tu y retournes ?

lui ai-je demandé en acceptant la clope qu'il me tendait

— Il le faut bien

j'aurais pu lui proposer de tout foutre en l'air, d'abandonner son bus et de venir avec nous, mais je ne l'ai pas fait, Miguelita devant et moi derrière, traînant les pieds tous les deux comme deux vagabonds résignés, nous nous sommes éloignés en lui souhaitant bonne chance, longeant le quai démantelé jusqu'à la plage aux tankers, et marchant avec peine dans le sable jonché de branches et de planches, de bouteilles en plastique, de boîtes de conserve et de cordages échevelés

et finissant par tomber l'un et l'autre dans un trou abrité du vent, où nous avons dormi jusqu'à la fin de l'après-midi, la tête dans les bras, recroquevillés comme des fœtus dans le ventre de leur mère, nous laissant bercer par le chahut inlassable des vagues et des oiseaux de mer

si bien qu'en ouvrant les yeux sur le ciel brouillé de nuages je me suis demandé si je n'avais pas rêvé ces mois passés sur les routes de l'Amérique centrale, tant ce que je voyais, ce que j'entendais me ramenait étrangement au temps de ma cavale sur les côtes californiennes, un chaos mental entretenu par d'innombrables images qui défilaient en accéléré m'a soudain convaincu que j'étais en train de perdre la tête, peut-être de devenir fou

qui va m'aider ? qui va m'empêcher de sombrer ? qui donc ?

et pour échapper à ce piège infernal je n'ai rien trouvé de mieux à faire que de crier à pleins poumons, pendant que mon bras gauche tremblant de peur crochetait comme il pouvait la hanche de Miguelita

— Théo, qu'est-ce que tu as ?

réveillée en sursaut, elle a pris ma tête broussailleuse dans ses bras

— Théo ?

m'a caressé en embrassant dix fois mon front en sueur, si j'avais su ce qui m'arrivait je le lui aurais dit, je le lui aurais dit puisque c'est ça qu'elle voulait savoir, mais j'étais bien incapable d'articuler un mot, dans les bras de Miguelita je tremblais de tout mon corps, bras, jambes, mâchoires claquant l’une contre l’autre, ventre agité de soubresauts, bave coulant aux coins des lèvres

— Je suis malade ?

elle a ri en fourrant son visage dans mes cheveux

— Mais non, tu n’es pas malade

je me suis redressé, par-dessus la dune j’ai reconnu les ponts délabrés de deux ou trois tankers, et d’un coup la réalité de ce que je vivais m’a de nouveau sauté à la gorge, s’est introduite dans mes artères, a comblé le vide dans lequel mon corps s’était débattu l’espace d’un rêve ou de je ne sais quel dysfonctionnement de mes pédoncules cérébraux soudain antagonistes, bref j’ai refait surface comme on dit dans ces cas-là, retrouvé l’usage de mes bras aussi bien que celui de mes jambes, et bu toute l’eau qui restait dans la bouteille que me tendait Miguelita

— Je crois que c’est passé

— Qu’est-ce qui est passé ?

— Si je savais, Lita.

•

Des cabanes de tôles et de planches avaient pris appui contre les murs de béton qui étaient encore debout, et dans ces gourbis on vendait tout et n’importe quoi, on tambouillait d’affreuses tortillas, et la nuit des femmes et des hommes à bout de forces dormaient à huit ou dix sur des grabats pouilleux, entassés comme les poules dans un poulailler, puisqu’il fallait beaucoup trop d’argent pour se payer un vrai toit

Miguelita a préféré dormir sur la plage, loin des tankers, et loin de ceux qui avaient organisé dans ces dunes un campement où grouillait une espèce de cour des miracles peuplée de familles avec enfants, de vagabonds, de voleurs, d'assassins peut-être, car il n'était pas rare de retrouver aux abords du camp le cadavre d'un homme poignardé ou d'une femme violée

à un bon demi-kilomètre de ce pandémonium, sous un bouquet de palmiers, j'ai relié au moyen de cordes des piquets trouvés sur la plage, et planté dans le sable cette armature que Miguelita a tapissée de palmes

— C'est la cahute de mes rêves

a-t-elle commenté, une fois son travail terminé

— N'exagérons rien

— Si

et elle s'est mise à rire, courant à toutes jambes vers la mer, pataugeant habillée dans la bouillie verte des algues, et dépassant cet obstacle pour atteindre enfin le miroir des eaux bleutées du golfe, plonger tête la première dans ces eaux en apparence miraculées, et réapparaître dix mètres plus loin, et nager une brasse vigoureuse, à la fois fluide et lumineuse, comme si les années de pollution des océans à toutes les chimies imaginables n'avaient jamais existé

j'observais sa tête brune qui n'avait que bien peu de réalité au milieu des ruines de cette partie du monde, et je découvrais le miraculeux bonheur de cette fille couronnée par un ciel sans nuages, un ciel d'une profondeur inouïe qui semblait lui offrir l'avenir d'un au-delà du temps auquel il ne m'était plus possible de croire

alors était-ce cela, la vieillesse ? un avenir irrémédiablement bouché contre lequel ma raison butait sans relâche ? je n'étais pas si vieux pourtant, mais déjà semblait-il nombre de portes ouvertes à l'époque de ma jeunesse, et dont j'avais franchi les seuils en trombe, avec une audace cruelle, qui frôlait la folie, nombre de ces portes s'étaient refermées, au point que je n'avais à présent plus d'autre échappatoire que celle de l'expiation, l'expiation de mes fautes qui étaient nombreuses, plus nombreuses que celles de la plupart des femmes et des hommes qui ont au cours des siècles peuplé la planète

en es-tu bien sûr ?

des fautes qui ne se pardonnaient pas, qui demandaient à court ou à moyen terme une disparition six pieds sous terre, c'était la moindre des punitions, et la plupart du temps une descente en règle dans le chaudron des enfers éternels

des sueurs m'ont aveuglé, et je me suis essuyé les yeux avec les poings, balayant d'un geste ces sombres pensées et regardant ailleurs, m'éloignant sur la plage jonchée de ferraille que d'assidus acides finissaient de ronger, plus loin il y avait d'autres tankers échoués, et c'est en fixant leurs carcasses mouvantes dans la brume de chaleur que j'ai cru apercevoir une de ces créatures auxquelles il me semblait avoir échappé

de si loin je ne pouvais distinguer la couleur de ses yeux

au temps du ranch dans le Wyoming elles étaient plusieurs à m'avoir harcelé, voulant ma mort à tout prix, et ne voulant que cela, c'était certain, je le voyais à la douce manière qu'elles avaient de planter leurs yeux rouges dans mes yeux effrayés, et j'avais fui en partie pour échapper à leur tribunal, descendant le Missouri et puis le Mississippi, m'arrêtant dans les villes encore en vie pour manger et dormir, jusqu'à ce que je bifurque en direction d'El Paso

alors ces créatures me cherchaient-elles toujours ? et y en avait-il une qui était sur le point de me retrouver ?

j'ai plissé les yeux pour mieux distinguer les carcasses envahies de goélands, mais la créature, si créature il y avait, n'était plus là, par prudence j'ai quand même fait demi-tour et je suis retourné dans les parages de la cahute au moment où Miguelita, les vêtements trempés, sortait de l'eau et courait dans ma direction, j'avais une serviette dans mon sac, je me suis dépêché d'aller la chercher pour essuyer son corps qui tremblait

— Tu as froid ?

— Non, ce n'est pas pour ça que je tremble

elle a retiré ses vêtements, s'offrant nue à mes yeux malgré moi intéressés, et puis elle a disparu dans la cabane et en est ressortie affublée d'une robe trop grande pour elle, qui descendait jusqu'à ses chevilles et dans laquelle les courbes de son corps s'évanouissaient sous les ramages d'un tissu bariolé

— Tu es déçu ?

elle s'est approchée, a glissé un bras autour de ma taille, frottant son ventre contre ma hanche

— Il faut que je sois déçu ?

— Non, justement, il ne faut pas

nous sommes restés plantés dans l'ombre des palmiers un long moment, sans rien dire, sans rien faire, écoutant seulement le cliquetis des palmes dans le vent de mer, et nous aurions pu demeurer ainsi le reste de notre vie, nous étions prêts, elle tout comme moi, prêts à l'immobilité statuaire d'une immortalité de pacotille, bien peu crédible, et pourtant seule échappatoire

et puis d'une voix enfouie dans les mailles de mon tee-shirt elle a dit

— Je veux…

— Oui, qu'est-ce que tu veux ?

— Je veux vivre, je veux mourir, je ne sais pas où me tourner…

j'ai fermé les yeux, fouillant ma mémoire parce que j'étais sûr de connaître ce poème, et j'ai fini par proposer

— Le vieux Jack ?

elle a hoché la tête, m'a serré plus fort contre elle, attendant sans doute que je la questionne, que je cherche à savoir qui lui avait prêté un livre de Kerouac, mais je me foutais des gens qu'elle avait fréquentés avant moi, je me foutais de sa vie passée, des vérités jamais bonnes à dire, et des mensonges qu'elle pourrait inventer rien que pour m'illusionner

je me suis écarté de son corps, ai regardé son visage, ses yeux qui me cherchaient avec malice, et ne trouvant pas d'autre moyen de la fuir j'ai couru rejoindre le chien qui trottinait dans le sable, et ce chien au poil merdeux qui ne demandait rien s'est retourné d'un coup, et ma course effrénée lui a fait peur, et il s'est mis à courir à son tour, décampant comme un lièvre pendant que j'accélérais encore mon allure pour le rattraper, lui criant que je ne lui voulais pas de mal, et que bien au contraire j'avais envie de lui caresser le museau, de lui offrir les croûtes de pain que je conservais dans mes poches

— Tiens, le chien ! Attrape !

mais il ne m'écoutait pas, me soupçonnant sans doute de lui tendre un piège, et ce n'est qu'en s'apercevant que je m'étais arrêté qu'il a ralenti sa course, s'est retourné en s'asseyant sur son derrière, la bouche ouverte et la langue pendante, et qu'il s'est mis à aboyer furieusement dans ma direction

Miguelita a éclaté de rire

— Il t'en veut

oui, c'était certain qu'il m'en voulait ce chien, et je suis remonté tout essoufflé à la cahute, observant du coin de l'œil la réaction de Lita qui devait se demander pourquoi j'éprouvais le besoin de jouer au gosse

— J'ai faim

m'a-t-elle annoncé en ouvrant grand la bouche, et puis elle m'a pris la main et a tiré sur mon bras

— *Vamonos*

pendant que la lumière du jour disparaissait derrière la théorie dérisoire des buildings programmés pour s'écrouler à plus ou moins court terme, nous avons rejoint les cabanes du canal, les feux allumés un peu partout et qui servaient de point de ralliement à ceux qui cherchaient à savoir de quoi demain serait fait, et qui se demandaient quelle serait leur place dans cet avenir redoutable, borné de toutes parts, et il y avait toujours un homme juché sur une caisse pour les désillusionner, leur montrer et leur démontrer que ce monde n'était pas récupérable, qu'il l'avait prédit depuis vingt, trente ans, lui le prophète visionnaire qu'à l'époque personne n'écoutait, qu'on chassait de toute assemblée, et qu'on aurait même enfermé si on avait osé, et pourtant tout ce qui était en train d'arriver avait été précisément décrit par lui, avec une sorte de prescience que personne ne pouvait plus lui contester

Miguelita se fichait éperdument de ces illuminés qui cherchaient à recruter des ouailles pour leurs sectes, elle en avait même peur, se bouchait les oreilles, et me répétait

— J'ai faim, Théo

alors on est allés s'asseoir à la table d'une grosse bedaine de Panaméen qui jonglait avec ses poêles comme un diable enragé, les laissant bouillonner, grésiller, fumer à leur aise au-dessus des fourneaux

— Viens, gringo ! viens te régaler !

accoudés à une table bancale qu'il a fallu caler avec un caillou, nous avons englouti des tortillas de légumes, des saucisses, une assiette fumante de haricots, le tout arrosé d'un Coca-Cola glacé qui nous a nettoyé le ventre

— Où tu l'as dégoté, ton Coca ?

ai-je demandé au Panaméen

— Ça, c'est mon affaire, gringo

et il a rigolé en se tenant la bedaine, pendant que la gelée graisseuse de ses joues était secouée par ce rire d'outre-monde

— Qu'est-ce qu'elle fait avec toi, la señorita ?

— Elle s'amuse

s'épongeant le visage avec un torchon il nous regardait d'un drôle d'air, se demandant sans doute ce qui liait une aussi jolie fille à un mec comme moi

— C'est ta fille, gringo ? parce que si c'est ta fille, elle te ressemble pas

Miguelita s'est levée d'un coup, a renversé sa chaise sans chercher à la rattraper

— Fais pas chier, le gros !

— Qu'est-ce qu'elle a ?

s'est exclamé le Panaméen

— Tu veux savoir si je suis une pute, c'est ça ?

a continué Miguelita emportée soudain par la colère

— C'est foutrement dommage que je n'en sois pas une, n'est-ce pas ? je vois bien que t'es déçu, le gros, que ça t'aurait bien plu que je te suce la bite ! mais c'est pas avec ma bouche que tu jouiras, je te le garantis ! sors ta bite si tu veux voir ce que je suis capable d'en faire !

et elle s'est plantée devant lui, les mains sur les hanches, l'haleine furieuse, l'œil enflammé par le déchaînement d'une rage qui me surprenait

— Viens

lui ai-je dit, jetant un billet sur la table, avant de l'attraper par le bras et de rejoindre la plage

et dans les ténèbres trouées de feux de camp nous avons marché sans rien ajouter, elle cherchant à calmer sa rage, moi tenant sa main dans la mienne, soudain plus frère et sœur que jamais, des frère et sœur de sang qui auraient peur de se perdre.

•

À force d'errer dans les ruines de Panama, seul pendant que Miguelita s'amusait avec des gosses qui vivaient en bandes organisées dans l'amas de ferrailles et de cordes d'un rafiot construit à l'époque antédiluvienne de la croissance infinie, seul à arpenter le macadam troué des rues, à traverser en silence les ombres portées des immeubles aux fenêtres crevées, à chercher encore de la vie là où il n'y avait plus que des cadavres de chiens, de chats et d'humains que le soleil finissait de nettoyer, je me suis retrouvé sur les quais de ce qui restait du port, là où turbinaient trois ou quatre patrons de rades bancals à tout point de vue, là où s'agglutinaient les survivants dans une agitation permanente et pourtant sans espoir

et c'est dans le rade de Marcos, un repaire de bières et d'alcools frelatés qui avait pour nom Rosario, infernal bouge où venaient s'arsouiller chaque jour des régiments d'alcooliques au dernier stade de la soif, cohorte luttant sans lutter contre une sorte de coma éveillé proche de la folie qui leur dévorait le cerveau, c'est au comptoir de ce Rosario de malheur que j'ai fini par rencontrer un homme qui avait encore les deux pieds sur terre, une espèce d'Italien appelé Alfonso, dont les parents étaient peut-être napolitains, et qui avait échoué à Panama comme on échoue à Zanzibar

— Qu'est-ce que tu fais par ici ?

— Je pêche

accoudé dans un coin du comptoir où il avait ses habitudes, Alfonso observait d'un œil malicieux les bouteilles de tequila et de mescal alignées sur les étagères comme des poulpes séchés, tout en suçant un cure-dent qu'il faisait passer d'un coin à l'autre de sa bouche assaillie de poils

— J'ai un assez gros bateau, alors je pêche et je vends le poisson qui s'est pris dans mes filets

— Et ça se vend ?

— Il y a à l'autre bout de cette ville morte un couvent où se sont réfugiés quantité de moines. Je leur réserve mes plus belles prises. Le reste, je le distribue aux familles qui n'ont rien

il avait travaillé plus de dix ans en Bretagne et n'avait pas de problème avec la langue française, m'a-t-il expliqué en clignant de l'œil, il m'a offert un mescal couleur de terre, et a vidé son verre cul sec

— Et toi, qu'est-ce que tu fous par ici ?

il voulait savoir, et ses yeux s'amusaient à fouiller mon visage

— Je cherche un bateau

— Pour aller où ?

— Le plus loin possible

il a tourné la tête, fixé sans ciller la couleur de poulpe séché des bouteilles

— Je peux t'emmener jusqu'à Santa Marta

— C'est où ?

— Sur la côte colombienne

il a fait signe à la fille du comptoir pour qu'elle remplisse de nouveau nos verres

— Mais c'est pas gratuit

— Combien ?

il a sorti un stylo de sa poche, et puis il a inscrit dans la paume de sa main un chiffre avec des zéros derrière

— C'est loin, Santa Marta, et l'essence est hors de prix

— J'imagine

— Et puis la mer est devenue dangereuse, des pirates sillonnent les côtes et rançonnent tout ce qui passe à leur portée

— Je suis armé, et je pourrai te donner un coup de main en cas d'attaque

— T'inquiète pas, j'ai dans mes soutes suffisamment d'artillerie pour les tenir à distance… et deux caisses de grenades en cas de coup dur

se redressant sur son tabouret il a fourragé dans la broussaille bouclée de ses cheveux, se fichant de sa gueule dans le miroir constellé de chiures

— C'est une foutue époque qu'on est en train de vivre, tu trouves pas ?

j'aurais pu lui répondre qu'on l'avait bien cherché, mais à quoi bon ? je me suis contenté de secouer la tête, et d'un coup j'ai vidé ce qui restait de mescal dans mon verre

— On embarque quand ?

— Après-demain

je me suis contenté d'acquiescer, et puis j'ai quitté le tabouret sur lequel j'étais perché

— Nous serons deux

— C'est qui l'autre ?

— Une femme

de nouveau il a cligné de l'œil, penchant la tête pour mieux me jauger, son cure-dent passant d'un coin à l'autre de sa bouche

— J'imagine que ce n'est pas ta fille…

— Ça pourrait l'être.

•

Il faisait encore nuit lorsque nous avons quitté la cabane, laissant derrière nous les fantômes des tankers assoupis comme des léviathans dans le sable, et nos sacs sur le dos nous avons marché sans dire un mot jusqu'au quai désert

de vagues couleurs teintaient l'horizon, à peine sorties du ventre de l'autre moitié du monde, mais il était trop tôt pour dire que le jour était en train de se lever, la nuit n'en avait pas fini d'imposer ses obscurités, tenant encore à distance les manigances de ce jour maladroit qui cherchait sa voie dans le silence et la complicité d'une mer aussi étale qu'un miroir, et ces manigances qui se répétaient depuis des temps immémoriaux, dans la plus stricte intimité des choses, n'avaient en aucune façon besoin que l'homme y fût convié de quelque manière que ce soit

Alfonso nous attendait, accoudé à la proue de son bateau il fumait une sorte de cigare mal roulé qui grésillait à chaque bouffée

— Tu es resté fidèle aux vieilles politesses d'autrefois

m'a-t-il lancé en attrapant son cigare entre deux doigts pour cracher dans l'eau

— Pourquoi ?

— Parce que tu es à l'heure

— Et les gens ne savent plus ?

il a secoué la tête

— Non

jeté un œil à Miguelita qui levait une main molle pour le saluer, le visage enfoui dans ses cheveux par peur de voir je ne sais quel désir dans les yeux de l'homme qui s'étaient posés sur elle, sur son corps pourtant soigneusement escamoté par cette robe bariolée qu'elle ne quittait plus

— Montez, on part

et pendant qu'on se débarrassait de nos sacs sur le pont occupé par des empilements de casiers qui serviraient à stocker le poisson pêché, des sardines et des maquereaux, m'avait dit Alfonso, et parfois une dorade, ou ce qui ressemblait à une dorade et qui n'avait pas de nom, tant la pollution des océans avait tué d'espèces, tout en donnant naissance à quelques bizarres vertébrés inférieurs auxquels l'homme dans sa régression continue n'avait pas eu le temps d'inventer un nom

pendant qu'à l'horizon la lumière du jour se décidait à repousser la nuit, le bateau a quitté le quai, abandonnant au silence et aux restes de ténèbres le fatras apocalyptique de ce canal qui avait vu passer tous les tankers du monde et qui à présent ne servait plus à rien, et il a pointé sa proue peinte en jaune dans la direction de ce que j'imaginais être la côte colombienne

debout dans sa cabine Alfonso tenait le gouvernail à pleines mains, un autre cigare tout aussi mal roulé coincé au coin de sa bouche, l'air de quelqu'un qui n'a plus d'avenir et qui s'en fout, et Miguelita appuyée au bastingage regardait le fond de la mer comme si c'était la première fois qu'elle voyageait en bateau

je me suis assis sur un rouleau de cordages qui sentait la graisse de moteur, ai remonté les genoux jusqu'au menton, essayant de comprendre ce qui m'était arrivé, quelles forces contre lesquelles il était inutile de lutter m'avaient condamné à vivre ce que je ne voulais plus vivre, à suivre des voies que je n'étais plus en âge de suivre, depuis que j'avais rejoint l'île pour y passer ce que je croyais être le reste de mes jours, c'est-à-dire et au mieux une dizaine d'années d'une vie saine dans un corps à peu près sain, au-delà de quoi, et la maladie aidant, il est toujours vain de ferrailler et plus raisonnable de mettre fin à ses jours

la mer à perte de vue repliée sur elle-même dormait encore, se contentant de pousser quelques soupirs, et l'hélice du bateau qui n'en demandait pas tant en profitait pour propulser sans effort l'embarcation à la surface de ces eaux délivrées du mal

où en étais-je ?

à cette île je crois, demeurée à peu près vierge au large de Saint-Gabriel, et sur laquelle j'avais acheté une maison et joué à l'anachorète, sans oser imaginer qu'un jour une femme pourrait m'imposer sa présence, et bien au-delà de sa présence me forcer à la suivre, moi qui durant des années m'étais contenté de survivre dans le liquide amniotique d'un long coma, et qui ressuscité des morts m'étais cru à l'abri d'une rencontre avec une femme de la trempe de Chloé, parce que j'étais vieux, fatigué, et que je broyais du noir un jour sur deux dans mon rôle d'ermite barbu et déguenillé, mais voilà Chloé ne m'avait pas vu comme moi je me voyais tous les matins dans le morceau de miroir que j'avais accroché derrière la porte, et tant pis si j'étais vieux, fatigué, si je broyais du noir et ne bandais plus qu'une fois sur dix, elle se foutait bien de faire ou de ne pas faire l'amour, ce qu'elle voulait c'était un homme décidé à fuir avec elle la dérive de ceux qui, après ce qu'il faut bien appeler le juste châtiment des eaux du déluge, s'étaient emparés du pouvoir dans la France tout entière, un homme capable de sécuriser sa fuite et celle de ses enfants, et de tuer sans état d'âme ceux qui chercheraient à lui barrer la route, et c'est ce que j'avais accepté de faire, moi qui croyais être débarrassé de mes pulsions, j'avais accepté de reprendre les armes et de tuer, et donc d'allonger la liste de celles et ceux que j'avais assassinés

Miguelita a fini par se retourner, dérangée sans doute par mon regard qui demeurait braqué sur les ramages bariolés de sa robe, elle m'a souri en même temps qu'elle venait vers moi pour me dire

— Où va-t-on encore ?

— Si je savais…

elle a passé un bras autour de mon cou, m'a embrassé sur la joue, et puis elle s'est éloignée en jouant avec ses membres engourdis, étirant bras et jambes, pliant et dépliant son corps alors que derrière le gouvernail Alfonso jetait des coups d'œil intéressés aux formes que la gymnastique improvisée de Miguelita soulignait malgré l'ampleur de la robe, courbe moelleuse et lourde des seins, galbe enflammé des hanches, rondeur des fesses partagées par une raie qu'il n'était pas bien difficile de deviner

malgré moi je posais sur le corps de Miguelita le même regard qu'Alfonso, et pourtant loin de moi cette hâte fiévreuse et insatiable, cette rage machiste du désespoir de tant d'hommes en manque de sexe, car depuis mon coma, et déjà bien avant, j'avais perdu toute attirance pour le corps des femmes, ce n'était pas venu du jour au lendemain, non, ça s'était glissé en moi comme une maladie grave, de celles qui font leur travail de sape en silence et bien cachées dans vos entrailles, ça avait lentement raboté mes sens, refroidi mes couilles, anéanti les ardeurs de ma queue

que racontes-tu, Théo ?

mais ça ne m'affectait pas, j'estimais avoir passé mon temps, ressuscité des morts je n'avais plus le désir de rien, plus même celui de terminer ce recueil de poèmes que j'avais abandonné à Chloé, à quoi bon ? puisque plus personne ne lisait de poèmes, et que par voie de conséquence plus personne ne se risquait à en publier pour s'opposer à cet effondrement d'un monde à jamais perdu à présent le soleil inondait le pont d'une lumière si crue qu'il était plus prudent de se réfugier à l'ombre, et c'est ce que nous avons fait Miguelita et moi, rejoignant l'arrière du bateau protégé par l'ombre portée de la cabine, il n'était pas loin de midi, ou peut-être qu'il n'était que dix heures, peu importait puisque j'avais faim et que je sentais le manque de nourriture au creux de mon estomac

— Tu as faim, Lita ?

elle a haussé les épaules, rejetant de son geste habituel ses cheveux derrière ses oreilles

— Un peu

j'ai sorti de mon sac des conserves de thon et du pain de mie achetés à prix d'or au Rosario, et demandé à Alfonso si ça lui disait de partager notre repas, non ça ne lui disait pas, m'expliquant qu'il était bien trop tôt pour lui, qu'il s'était accoutumé à ne manger que le soir, mais qu'à ce moment-là il dévorait comme un cannibale tout ce qui était à sa portée, et en se grattant le ventre il a ri, de ce rire sonore qui lui servait de viatique dans les moments difficiles

Miguelita a confectionné des sortes de sandwichs avec les tranches de thon et le pain de mie, et nous avons dévoré cette nourriture frugale qui n'avait rien d'alléchant et qui pourtant n'a cessé d'intéresser les mouettes aussitôt rassemblées au-dessus de nous, l'œil aux aguets et le bec avide, dans l'attente de quelques miettes de thon ou de pain, mais nous avions trop faim pour gaspiller de cette manière nos maigres provisions, si bien qu'il a fallu sans cesse les chasser, faire avec nos bras de grands moulinets pour tenir la curiosité vorace de ces bestioles à distance

sans cesse battant des ailes à moins d'un mètre des tranches de thon étalées sur notre pain, et répétant cent fois les mêmes figures dans le vent de mer et le soleil, soudain s'éloignant pour mieux revenir et plonger sur nous en poussant de terribles plaintes qui nous perçaient les tympans

et à la fin nous avons rangé à l'abri les restes de nos provisions, bu au goulot de la gourde une gorgée d'eau, avant de nous allonger, épuisés et en sueur, dans l'épaisseur des cordages, Miguelita a niché sa tête sous mon bras et n'a pas tardé à s'endormir, bercée sans doute par la houle et le ronronnement du moteur, et j'ai envié son insouciance, moi qui n'avais plus l'âge de trouver le sommeil à ces heures du jour

moi que la vieillesse condamnait à enregistrer jour et nuit les degrés de déliquescence de notre humanité

les yeux grands ouverts j'ai passé le temps à regarder les immensités de ce ciel marin qui n'avait le secours d'aucun appui aux quatre coins de l'horizon, et qui d'un moment à l'autre aurait très bien pu s'écrouler sur nos têtes, engloutir le bateau et nous engloutir comme si nous n'étions que des éléments négligeables dans ces espaces venus d'un temps où l'eau et le ciel n'avaient pas d'égal et se suffisaient à eux-mêmes, des temps difficiles à imaginer puisqu'ils étaient sans mémoire aucune

mais leurs formes sans cesse renouvelées et leurs couleurs sans cesse réinventées avaient-elles besoin de mémoire ?

depuis que les avions civils ne sillonnaient plus le globe, depuis que la plupart des gouvernements en avaient interdit la fréquentation à leurs citoyens, l'œil pouvait à nouveau errer tranquillement dans les cieux, plus de ces longs panaches de fumée grise, de ces ailes d'acier déchirant l'azur, de ces passagers coincés sur des sièges qui ne permettaient pas l'obésité, de ces touristes connectés qui traversaient la planète pour de monstrueux séjours dans de monstrueux palaces construits et décorés à leur image ce sont les lieux sans mémoire qui ont encore un sens, le ciel, la mer, quelques îles sans nom, quelques hectares de forêts encore vierges, les plus hautes terres du globe, le Dolpo, le Mustang

et sur ce rafiot crasseux, rouillé de toutes parts, qui avait perdu cent fois sa peinture et qui cent fois avait été repeint aux couleurs du hasard, je me sentais enfin libre, débarrassé du poids d'un passé que mon très long coma n'avait pas réussi à effacer, le cerveau nettoyé, les poumons regonflés, et dans mes membres le sang attaquant une bourrée joyeuse, c'était comme si je venais à peine de sortir des cuisses de ma mère

— Théo ?

c'était Alfonso qui m'appelait

— Théo ?

j'ai bondi sur mes jambes, sorti soudain de ma dérive, et mes pieds nus ont retrouvé d'un coup le contact brûlant du pont de cette *Calypso* dont je découvrais le nom inscrit en noir à l'entrée de la cabine par une main bien naïve, et qu'une autre main plus facétieuse s'était crue obligée de prolonger par ces mots : *Vaincre ou Périr*

— Prenez ma place, Théo, j'ai un filet et des lignes à la poupe, et il faut que je m'en occupe si on veut manger du poisson ce soir

j'ai empoigné le gouvernail, planté bien droit face à l'infinie surface de la mer je me suis efforcé de garder le cap que m'avait indiqué Alfonso, m'imaginant une sorte de héros conradien, un Marlow sorti des pages d'un livre qu'on ne lisait plus, que le siècle avait égaré avec tant d'autres livres dans la poussière des greniers et que des rongeurs affamés avaient fait disparaître une bonne fois pour toutes

puisqu'on ne lisait plus, pourquoi conserver des livres qui rappelaient une époque dont il était préférable de ne pas se souvenir ?

moi-même, me suis-je dit, moi-même qui ai eu le culot d'écrire ces foutus poèmes, je ne dispose plus d'aucun livre, pas même d'une page imprimée que j'aurais pu arracher à je ne sais quel volume des œuvres de... des œuvres de qui d'ailleurs ? de ce Conrad dont j'avais oublié jusqu'au prénom ? d'un Lowry ?

Ô, boutiques de cannelle, aux intérieurs mal éclairés
imprégnées d'une puissante odeur de laque
et de marchandises rares
on y trouvait des feux de Bengale, des coffrets magiques
les timbres de pays depuis longtemps disparus
des estampes chinoises, de l'indigo, de la colophane de Malabar
des perroquets et des toucans, des racines de mandragore
des boîtes à musique de Nuremberg, des homuncules en bouteille
de vieux in-folio pleins de gravures merveilleuses
et d'histoires éblouissantes

ou d'un Schulz ? de ce Schulz gravé dans quelque coin de ma boîte crânienne comme sur un cippe, et qui n'avait pas besoin des livres pour remonter à la surface et m'enivrer ?

j'ai regardé devant moi l'aveuglante lumière sans mémoire qui dansait sur des eaux si insouciantes, si délibérément insouciantes qu'une rage soudaine m'a gonflé la poitrine, l'envie de pousser des hurlements de loup à m'en déchirer la gorge, le désir fou de renverser le ciel, la terre et les océans, mais qui avait jamais donné ce pouvoir-là à l'homme ? vain et ridicule désir, me suis-je dit, n'as-tu pas déjà fait l'expérience de ton impuissance ?

et résigné j'ai reporté mon attention sur les flots pas aussi purs qu'ils en avaient l'air, par endroits tellement pollués qu'il me fallait être prudent et contourner des accumulations de cuvettes de chiotte, portières de voiture, chaises en plastique, panneaux solaires, et que sais-je encore ?

à la nuit tombée Alfonso avait dans ses filets suffisamment de maquereaux et de sardines pour nous trois, et pendant que je nettoyais les poissons il a stoppé le moteur du bateau, relevé ses lignes où il n'a trouvé qu'un bar d'à peine trente centimètres, il a haussé les épaules, passé la main dans ses cheveux en offrant son visage aux restes de lumière qui se teintaient d'incompréhensibles couleurs, écouté d'une oreille le silence qui avait remplacé le staccato du moteur et qui était tout imprégné de la joie très ancienne d'un monde encore plus ancien où rien n'avait d'autre poids que le poids de la vie livrée à elle-même, et dans ce silence bienvenu il a tourné la tête pour me prendre à témoin, pendant que de courtes vagues clapotaient contre les flancs du bateau, et que des poissons ivres bondissaient hors de l'eau en imaginant qu'il pourrait leur pousser des ailes

Miguelita est venue voir ce que je regardais, et je lui ai montré les feux changeants de ces restes de lumière qui lentement montaient se réfugier au ciel, pendant que sortaient de l'eau les premières ténèbres d'une nuit qui ne tarderait pas à tout envahir, tout escamoter, tout anéantir

— On se baigne ?

m'a-t-elle demandé

— Je n'en ai pas très envie

— Alors j'y vais seule

elle a passé la robe par-dessus sa tête et plongé aussitôt, son corps pénétrant comme une lame la chair offerte de l'océan

Alfonso a éclaté de rire, et peut-être que c'est son rire qui m'a décidé à la rejoindre, j'ai sauté dans l'eau sans trop penser à ce que je faisais, l'ai suivie un moment autour du bateau, avant de m'éloigner et de nager en droite ligne un crawl aussi lent que possible, et j'aurais pu nager des heures à ce rythme, ne plus m'arrêter, accepter de demeurer pour l'éternité dans le mouvement d'une réalité présente qui n'avait pas besoin de tracer des frontières, de dicter des lois, d'imposer des règles

et de la sorte abandonner le bateau et ses occupants

mais quelque chose en moi, un instinct de survie incompréhensible, m'a soudain obligé à stopper net mon élan, le bateau était déjà loin, si loin que la voix de Miguelita qui criait mon nom ne me parvenait que par intermittence, et trop essoufflé pour lui répondre je me suis allongé sur le dos, essayant de retrouver une respiration et des battements de cœur normaux, et me laissant ballotter comme un cadavre par des eaux qui ne demandaient qu'à m'engloutir, je le sentais bien, qu'à m'attirer dans leurs abysses rédempteurs

quelles forces en moi résistaient ?

lentement, en alternant des mouvements de brasse et de crawl, j'ai rejoint Miguelita et Alfonso qui se demandaient ce que j'étais allé chercher aussi loin du bateau

— Une bonne raison de faire demi-tour

leur ai-je répondu

je me suis accroché à l'échelle de coupée, j'avais les bras et les jambes qui tremblaient de fatigue, Miguelita m'a regardé d'un drôle d'air, les traits de son visage encore marqués par l'inquiétude

— Qu'est-ce qui t'a pris, Théo ?

j'ai haussé les épaules, ai retiré mon caleçon pour enfiler un pantalon, j'ai fait un geste dans sa direction, un geste qui coupait court à toute interrogation, je ne voulais plus penser qu'aux poissons à faire cuire

Alfonso avait installé son barbecue, mis le feu au charbon de bois, et commencé à étaler sardines et maquereaux sur la grille

— Occupez-vous de la table

a-t-il lancé à notre adresse

la table, c'était cette espèce de bureau bancal dans un coin de la cabine, nous l'avons transporté sur le pont, calé tant bien que mal au-dessous de la lampe à pétrole qui pendait à un câble entre le toit de la cabine et le mât, Miguelita a sorti du coffre des assiettes, des verres, des fourchettes et des couteaux, et j'ai rapproché les deux bancs, rempli une cruche au robinet de la réserve

d'épaisses fumées venues du barbecue passaient entre nous et allaient se perdre dans les ténèbres de la mer devenue invisible, retirée au plus profond d'un insondable abîme sans repères où notre bateau n'était plus qu'un refuge, et un refuge si dérisoire qu'il semblait condamné à disparaître dans je ne sais quel funeste maelström avant la fin de la nuit

Alfonso est arrivé en tenant à bout de bras le plat de poissons grillés, l'a déposé au milieu de la table avec une humilité évangélique, saluant le ciel de lui permettre de manger tous les jours à sa faim

— Que le ciel en soit remercié

et puis il a ri, embrassé la croix pendue à son cou, et il est allé chercher dans sa cabine une bouteille de rhum et a rempli nos verres

et dans la lumière tremblante de la lampe à pétrole qui s'efforçait de résister au terrible poids de ces ténèbres marines, nous avons dévoré maquereaux et sardines arrosés d'huile et de citron, bu le rhum et l'eau fraîche des cruches, repris en italien les chansons que nous chantait Alfonso, qui étaient des chansons de son arrière-grand-père pêcheur lui aussi, et pêcheur toute sa vie malgré les guerres qui avaient coulé deux de ses meilleurs bateaux

— Il faut être joyeux pour chanter des chansons, et comme nous ne le sommes plus, nous ne chantons plus

— Mais elle est encore en toi cette joie, puisque tu chantes

lui ai-je rétorqué en remplissant son verre

— Elle est en moi ce soir parce que je suis en bonne compagnie, que vous mangez mon poisson et buvez mon rhum, et que la nuit est paisible au-dessus de nos têtes, mais qu'en sera-t-il tout à l'heure si des pirates nous accostent et tentent de nous égorger pour nous prendre le peu qui nous fait vivre ?

— Nous riposterons

a répondu Miguelita

— Oui, nous tuerons sans état d'âme ceux qui nous attaqueront, toi Miguelita, et toi Théo, tout comme moi qui appuierai sans hésitation sur la détente de mon arme, parce que nous avons opéré une fantastique régression qui nous condamne à retrouver les gestes barbares des civilisations primitives pour demeurer en vie

dans le plat en fer-blanc il n'y avait plus que les arêtes des poissons, la chair avait été réduite en miettes et engloutie par nos mâchoires voraces qui se foutaient de ce que nous étions devenus, il était tard, et perdus au milieu de l'océan comme des naufragés sur une île notre premier souci d'êtres humains était de nous remplir le ventre, de nous rassasier de poissons grillés

Alfonso est parti chercher une seconde bouteille pendant que Miguelita allait s'allonger sur l'amas de cordes qui lui servait de matelas, et il a rempli nos verres vides, et nous avons bu l'alcool en silence, sans plus chercher la parole qui contrarie, laissant baller nos têtes entre nos épaules comme si nous étions déjà soûls, regardant au-dessus du bateau se promener ce qui nous semblait être des brouillards de chaleur, épais comme du coton, effilochés tout pareil

fermant les yeux et les rouvrant avec peine

et ce n'est qu'à la fin de la bouteille, lorsque Alfonso a retourné son verre et coincé une mouche à l'intérieur, ce n'est qu'à ce moment-là qu'il s'est décidé à me dire

— Il faudra faire gaffe

— Cette nuit ?

ai-je demandé

— Cette nuit, et les nuits suivantes ce sera pareil, c'est par des temps de brume que ces foutus pirates attaquent des bateaux comme le nôtre, et ils ne font pas de quartier

— Tu es suffisamment armé ?

— J'ai ce qu'il faut, fusils, pistolets, et un stock de munitions pour tenir tête à une armée

il a rigolé en frottant son visage alourdi par l'alcool

— Et puis surtout j'ai un putain de fusil d'assaut, un engin de l'armée américaine qui me crache sa mitraille calibre 12 à la moindre alerte

j'ai sifflé entre mes dents

— Tu vois vraiment grand !

— La plupart du temps je suis seul, et je tiens par-dessus tout à conserver et mon bateau, et ma vie

instinctivement j'ai fouillé les ténèbres autour de nous, et Alfonso a allumé un cigarillo qu'il a coincé dans le coin de sa bouche

— Je prendrai la première garde, et quand j'en aurai marre je te réveillerai

je suis allé chercher mon flingue, et j'ai rejoint l'avant du bateau, là où j'estimais avoir vue sur à peu près la totalité du pont.

•

Et c'est la deuxième nuit que nous avons été attaqués, une nuit aussi calme que la première, avec ses bancs de brume qui me cachaient la vue, j'étais de garde, assis sur une caisse, mon revolver sur les cuisses, et c'est d'abord la sensation d'une présence à proximité du bateau qui m'a soudain alerté, je me suis redressé, l'oreille aux aguets, et puis j'ai voulu m'approcher du bastingage pour mieux voir ce qui se passait autour de la *Calypso*

— Ne bouge pas

j'ai tourné la tête, Alfonso se tenait tout contre moi, le fusil d'assaut pendu en travers de sa poitrine

— Deux barques se sont approchées du bateau

— Combien d'hommes ?

— Huit ou neuf, prêts à nous sauter dessus, va réveiller Miguelita et donne-lui ce Colt

j'ai rampé en silence jusqu'à elle, lui ai touché l'épaule au moment où elle se tournait vers moi

— On est attaqués ?

— On va l'être

elle a pris aussitôt l'arme que je lui tendais, l'œil enflammé par je ne sais quelle excitation soudaine

courbé en deux j'ai rejoint Alfonso, et Miguelita a pris position à tribord, derrière des caisses qui avaient vue sur une autre partie du pont

au-dessus de nous la lune semblait s'être figée, comme si elle redoutait quelque événement sanglant, un étripage en règle, un de ces corps-à-corps furieux comme il en existait chaque nuit à présent que les mers et les océans étaient hors contrôle, et pourtant sous ce ciel d'opérette semé d'étoiles, bercé par les soupirs d'une mer enjôleuse, il paraissait impensable que des hommes aient choisi un tel décor pour s'écharper

le rhum ne nous était-il pas monté à la tête ?

je commençais à me le demander, rien ne laissait soupçonner que notre bateau était menacé, hormis peut-être l'omniprésence d'un silence dont le poids si peu naturel pesait sur ma poitrine et sur mes nerfs à vif, et puis sans que l'oreille soit alertée par un quelconque bruit, aussi infime fût-il, j'ai vu soudain apparaître à la proue du bateau une ombre armée d'un fusil, elle s'est dressée de toute sa hauteur avant de disparaître derrière des cordages, et d'autres ombres ont très vite suivi la première, rejoignant à leur tour des abris de fortune

Alfonso m'a fait signe de ne pas bouger, d'attendre que ces cinq ou six assaillants avancent à découvert

j'ai hoché la tête, la tactique d'Alfonso était de ne décharger son arme qu'à coup sûr, tuer à bout portant sans qu'aucun assaillant n'ait le temps de se replier, mais le risque était grand de se prendre tous les deux une balle en pleine tête, il fallait compter sur l'effet de surprise qui nous laisserait un avantage de quelques secondes pour tirer les premiers

l'attente a été longue, plus longue que je ne l'aurais cru, j'en étais à me demander si c'étaient bien des pirates que j'avais vus surgir à la proue du bateau, à trois mètres de moi Alfonso me jetait des coups d'œil inquiets, redoutant sans doute que je trahisse ma présence par quelque mouvement d'impatience, mais j'ai tenu bon, et lorsqu'il a pointé un doigt en avant, me signalant ce que je n'avais pas encore vu, j'ai compris que l'attaque était imminente

à la proue du bateau six hommes torse nu, bandeau autour de la tête et revolver au poing, ont commencé à progresser dans notre direction, ils avançaient comme des crabes, tantôt de face, tantôt de profil, en prenant leur temps, et c'est seulement lorsqu'ils n'ont plus été qu'à quelques mètres de nous qu'Alfonso a dressé son fusil d'assaut et ouvert le feu, tuant de plusieurs balles dans la tête et dans la poitrine les trois premiers pirates, pendant que je tirais à mon tour sur ceux qui me faisaient face, abattant une espèce de géant au crâne rasé

— Attention !

m'a crié Alfonso

déjà les deux autres assaillants fonçaient sur moi en déchargeant leur revolver, tout comme je déchargeais le mien sur eux, les balles se sont croisées dans la lumière blafarde de la lune pétrifiée, mais aucune n'a atteint sa cible, et j'ai reçu en pleine poitrine deux torses nus en sueur qui m'ont renversé, roulé sous la masse de leurs muscles, et Alfonso qui ne pouvait pas tirer sans risquer de m'atteindre a utilisé la crosse de son fusil pour ouvrir le crâne de l'un, pendant que je m'occupais de crever avec mes pouces les yeux de l'autre qui ruait sous moi en hurlant

— De l'autre côté !

a soudain crié Miguelita

et je l'ai entendue tirer dans cette autre direction, mais Alfonso avait déjà retourné son fusil et arrosait en rafale le pont arrière, un pirate s'est écroulé aussitôt en se tenant le ventre, un autre a reçu en plein front la balle de Miguelita qui s'est précipitée en avant pour neutraliser l'homme en planque derrière la cabine

— Fais gaffe !

mais il était trop tard pour la retenir, elle a contourné la cabine avant que je puisse faire quoi que ce soit, vidant à l'aveuglette son chargeur

— Je l'ai eu !

et dans le brusque silence qui a suivi la fusillade, Miguelita est réapparue avec un air de triomphe

Alfonso tout comme moi n'osions faire un geste, nos yeux continuaient de fouiller les ténèbres, pendant que nos cœurs battaient la chamade, que la sueur nous inondait le visage et les reins, combien d'hommes avions-nous tués ? et mentalement nous comptions les morts, cinq à la proue, trois à la poupe, le neuvième assaillant que j'avais énucléé agonisait dans un coin

— C'est fini

a ajouté Miguelita, comme si elle aussi s'était empressée de faire le compte des morts

et sans avoir besoin de se concerter, sans même ajouter un quelconque commentaire au combat qui nous avait dressés les uns contre les autres, enragés humains, nous avons rassemblé les cadavres et les avons passés par-dessus bord, avons coupé les cordes et renvoyé aux enfers ces barques de malheur.

•

C'est au quatrième jour que nous avons atteint la côte de Santa Marta

le dos calé contre le mur de la cabine qui gardait encore la trace des balles, le corps tout entier abandonné au peu de fraîcheur que dispensait cette aube tropicale, promenant entre mes dents le bout mâchonné d'un cigarillo qui sentait la bouse j'observais depuis un moment la lente progression de la lumière au ras des flots, partie des confins orientaux du ciel elle était passée du gris au rose, légère comme une aile elle avait progressé, et à présent elle se renforçait sous les coups de boutoir d'un soleil qu'on devinait proche de l'horizon, et en se renforçant changeait encore de couleur, virait au miel, et caparaçonnait la croupe des collines qui grandissaient à vue d'œil à la proue du bateau, comme si dans ce miel pouvait encore renaître le paradis perdu

— Tiens

Alfonso me tendait une tasse brûlante, je l'ai prise entre mes mains, ai bu une gorgée de son espèce de café

— Sans votre aide j'aurais pu y passer

— Ton fusil d'assaut ne leur laissait pas beaucoup de chances

— Ça ne suffit plus

il a vidé sa tasse, s'est resservi

— Parce qu'un fusil d'assaut, aussi redoutable soit-il, ne sera jamais qu'un garde-chiourme sans cervelle. Crois-moi, après le déluge les temps à venir inventeront d'autres stratagèmes pour se débarrasser des restes de cette pitoyable communauté humaine

— Je sais

Alfonso a secoué la tête, regardé les mouettes perchées sur le toit de la cabine et qui nous surveillaient d'un œil méfiant

— Même elles sont sur le qui-vive

— Elles l'ont toujours été

le bateau se rapprochait de la côte, et Alfonso a réduit sa vitesse

— Tu as des enfants, Théo ?

— Non

— Moi non plus je n'en ai pas

j'avais répondu sans réfléchir, et soudain je me suis souvenu que j'avais eu une autre vie

— Il y a longtemps, autant dire dans les temps de Mathusalem, j'ai eu un garçon et une fille, mais je ne sais pas ce qu'ils sont devenus

Alfonso m'a regardé, cherchant sans doute à imaginer ce qu'avait bien pu être cette autre vie, et puis il a coupé le moteur et jeté l'ancre le soleil, sorti des eaux tout échevelé, dardait à droite et à gauche des rayons qui éclaboussaient l'œil, j'ai chaussé des lunettes et suis retourné à la poupe de la *Calypso*, Miguelita dormait encore, lovée comme un animal dans les plis de sa robe, je l'ai réveillée, et nous avons pris nos sacs et débarqué en compagnie d'Alfonso dans ce qui avait été un port et n'était plus qu'un amas de ferraille, dans ce qui avait été une station balnéaire et n'était plus qu'un capharnaüm d'immeubles écroulés

— C'est pire qu'à Panama

nous a prévenus Alfonso

— N'allez surtout pas traîner sur la plage

il nous a conduits dans une gargote tenue par un ami allemand, parce qu'il était sûr que c'était là et pas ailleurs qu'on trouverait un moyen de continuer le voyage, nous nous sommes attablés à l'ombre de trois flamboyants, et nous avons mangé la totalité d'une marmite de poisson en sauce, ensuite un homme qui se prétendait canadien s'est assis à notre table pour dire qu'il avait un bateau, et qu'avec ce bateau il s'apprêtait à rejoindre l'île de Curaçao

c'était la bonne direction

j'ai donc passé avec lui le reste de la journée à négocier un prix qui corresponde à peu près à la moitié de l'argent qui me restait à dépenser, mais on a fini par trouver un terrain d'entente

— Où va-t-on encore ?

a répété Miguelita

— Cette fois je sais

— Alors dis-le-moi

j'ai observé à travers mes lunettes l'éclat de ses yeux qui n'avaient jamais peur

— Jusqu'au delta de l'Orénoque.

LE PARADIS

À L'ENTRÉE du delta, des cabanes d'un autre âge constituaient une espèce de comptoir où un grand diable de Noir à barbe et cheveux blancs vendait toutes sortes de choses qu'il avait récupérées lorsque les eaux tumultueuses du déluge s'étaient retirées, si bien que dans un fouillis à peine descriptible s'entassait ce que l'homme avait produit cinquante années durant pour satisfaire les désirs algorithmiques des habitants de la planète

Miguelita tournait autour des montagnes d'écrans plats, de smartphones et de leurs batteries shootées au lithium, des congélateurs aux allures de cercueils, et des cercueils aux allures de fantômes alignés debout épaule contre épaule, s'arrêtait devant des entassements de baskets orphelines et d'assiettes ébréchées, des enchevêtrements inextricables de paires de lunettes, touchait d'un doigt prudent des objets qu'elle n'arrivait pas à identifier, me questionnait du regard sans que je sois capable de lui répondre, j'ouvrais des mains impuissantes, front barré de plis et bouche dessinant une moue si comique qu'elle éclatait de rire, passait son bras autour de ma taille et me secouait, comme si en me secouant elle espérait réveiller en moi une mémoire que j'avais décidé de réduire à sa plus simple expression

mais finalement on a fini par trouver ce qu'on cherchait, une barque à fond plat, des rames, des ustensiles de cuisine et des boîtes de conserve, et quelques outils de jardinage mal en point bien qu'encore utilisables pour qui saurait les rafistoler

— Vous allez où ?

nous a demandé le grand diable de Noir

— On ne sait pas très bien

ai-je répondu

— Parce que si votre idée est de remonter le fleuve, autant vous dire que vous ne trouverez plus rien, plus rien d'humain je veux dire, la jungle a repris ses droits et grouille de lépidosirènes, d'anacondas bouffeurs de jaguars, d'anguilles électriques et de poissons à mamelles, on raconte même que des tribus d'Indiens anthropophages sont descendues des hauts plateaux pour reprendre les terres que les Blancs leur avaient volées du temps de leur surexcitation criminelle

et il s'est esclaffé, visage incliné vers le ciel pour postillonner à son aise en direction du soleil qui était en train de disparaître derrière les obélisques vert-de-gris des arbres millénaires

le soir nous avons dormi dans une de ses cabanes qu'il avait l'habitude de louer aux touristes du temps des cadences infernales de l'aviation civile, mais c'en était fini de cette époque, le ciel s'était vidé de ses Boeing et de ses Airbus le jour où d'un commun accord les gouvernements avaient décidé de fermer une bonne fois pour toutes les aéroports, et il s'en désolait tout grand diable de Noir qu'il était, il s'en désolait parce que ça l'avait bien amusé de voir défiler chez lui à prix d'or ces troupeaux d'apprentis conquistadors, amateurs de sensations fortes

— Fallait les voir, plongés comme des gosses dans le grand jeu vidéo de l'Orénoque, mais ça c'était avant le déluge…

et il riait une nouvelle fois, se tapait sur les cuisses en rallumant une espèce de pétard dont il tirait d'épaisses bouffées arc-en-ciel

à la fin il nous a invités à partager sa table, pourvu qu'on veuille bien l'aider à sortir les nasses qu'il avait plongées dans le fleuve, des nasses en osier dans lesquelles toutes sortes de poissons se retrouvaient pris au piège, et ce sont ces poissons qui n'avaient pas de nom qu'il a fait griller et que nous avons mangé pendant qu'il nous racontait sa vie de Noir dans les Caraïbes, il était né en Guadeloupe, son père avait voulu l'appeler Napoléon, mais sa mère avait préféré Léopold, et tout le temps de son enfance et de son adolescence il avait vécu là-bas, heureux comme un petit pape entre ses parents et ses grands-parents, et à l'âge adulte il se souvenait de s'être marié avec une Guadeloupéenne, une femme hors du commun, qui avait été élue deux fois Miss Guadeloupe, c'est dire si elle était belle, avant de lui faire deux, trois ou quatre enfants, il n'était plus très sûr du compte, de beaux enfants ça c'était certain, mais la belle vie n'avait pas duré, la reine de beauté l'avait trompé avec un autre homme, il l'avait su et de rage avait poignardé à mort le maudit amant, avant de s'enfuir et de se réfugier sur les bords de l'Orénoque, montant sa petite affaire touristique avec laquelle il avait gagné beaucoup d'argent avant que le monde ne s'écroule aux quatre points cardinaux de la planète, et dans les Caraïbes comme ailleurs où les eaux de la mer étaient montées d'un mètre et avaient envahi villes et villages, pendant que les pluies continuelles des ouragans détruisaient les abris où s'était réfugiée la population

— Est-ce que j'y peux quelque chose ?

et il a encore été secoué par ce rire de poitrine que l'âcre nuage d'un nouveau pétard a fini par étouffer, combien en fumait-il par jour de ces pétards roulés comme des cigares par les mains expertes d'une tribu d'Indiens réfugiés sur les îles du delta ? il a montré d'un geste vague l'immensité des eaux et a haussé les épaules, le chiffre lui importait peu, l'essentiel était qu'il soit ravitaillé, et il l'était Dieu merci, en échange de quoi il permettait aux Indiens de trifouiller à leur aise dans son capharnaüm et de charger leurs pirogues de tout un fatras technologique qui ne leur serait sans doute d'aucune utilité, ils en étaient conscients, mais ça les amusait ce troc infructueux, ça leur apportait de la distraction

— Notre fatras technologique peut bien s'être cassé la gueule, ça ne les inquiète pas, ils pensent que l'homme a besoin de très peu de choses pour vivre, et je ne suis pas loin de le penser également

la nuit était venue, alors que surgissait de quelque cabane un domestique à la peau aussi blanche que celle de Léopold était noire, et qu'en silence il allumait les lampes à carbure dispersées autour de nous, une nuit lourde de ténèbres humides, de papillons et de moustiques, grouillante d'une vie qui échappait à l'entendement humain, une nuit veillée par le saint suaire d'un ciel débarrassé de ses long-courriers et de ses satellites, tout brasillant d'étoiles rassérénées

je n'en avais pas demandé tant, d'ailleurs qu'étais-je en droit de demander ? et pourtant, à ce point du globe qui était l'endroit où les eaux boueuses d'un fleuve immense se mêlaient avec beaucoup d'efforts et de précaution aux eaux voraces d'un océan, cela m'était offert, et cette offrande inattendue m'émouvait jusqu'aux larmes, sentant soudain des bras puissants m'arracher à ma condition de paria pour me ramener au jour, à la lumière, à la vie, moi qui étais par mon âge si proche de la mort.

•

À l'aube, alors que Léopold dormait encore, nous avons entassé au fond de la barque sacs, outils, hamacs et boîtes de conserve, défait le nœud de la corde passée dans l'anneau d'amarrage, et à grands coups de rames nous nous sommes éloignés du rivage

des oiseaux par centaines montaient au ciel pour saluer le retour de la lumière, et leurs cris aigus creusaient dans l'espace des sillons d'ivresse

devant moi Miguelita plongeait profondément le manche de sa rame dans le bouillon terreux du fleuve et poussait de toutes ses forces comme si elle redoutait que notre barque ne s'enlise, les cheveux noués par une ficelle dans son dos, et je devinais son visage tendu en direction de l'ouest, là où elle savait que l'Orénoque enfonçait ses bras de fer d'abord dans les marécages et plus loin entre les falaises des hauts plateaux américains

s'imaginait-elle pouvoir tenir ce rythme ?

accordé à son geste je ramais moi aussi avec une énergie égale à la sienne, peut-être parce qu'en moi il y avait tout autant qu'en elle le désir de fuir, et que la nature sauvage et sans limite qui s'ouvrait à nous exaltait ce désir au point de nous rendre presque fous à l'idée de nous perdre à tout jamais dans les profondeurs utérines de la forêt vierge

et une heure durant nous avons remonté le fleuve à la vitesse de cette folie qui décuplait nos forces, gonflait nos muscles, emballait les articulations de nos membres, pendant qu'une sueur libératrice noyait notre visage, nos mains, les racines de nos cheveux, et nous aveuglait, et nous assourdissait comme si notre corps tout entier délivré du carcan des vieilles habitudes était en crue, débordait, se débarrassait de ses mauvaises eaux, pouvait-on espérer meilleure fortune ? et nous étions si débordants de joie que Miguelita tout comme moi avons éclaté de rire, et qu'un rire tonitruant nous a secoués longtemps, courant et rebondissant sur les eaux brunes du fleuve jusqu'aux rivages enchevêtrés de branches et de lianes pour revenir décuplé tourner autour de nos oreilles et les électriser, un rire des temps si anciens que personne n'en avait plus la mémoire

et une heure durant nous avons résisté à la fatigue, aux insectes qui nous assaillaient, au soleil qui montait insensiblement dans un ciel sans nuages

et à la fin sans même nous concerter nous avons lancé la barque en direction d'une crique pour nous écrouler dans le sable, reprendre notre respiration et manger un paquet entier de gâteaux secs offert par Léopold qui ne savait plus quoi faire de ses stocks de nourriture périmée

— C'est ce que tu voulais, Théo ?

m'a demandé Miguelita

j'ai regardé derrière moi la forêt qui allongeait ses ombres inextricables sur le sable, et l'envie était forte d'aller voir ce qui se cachait derrière l'exubérant fouillis de feuilles, de palmes et de fleurs

— Sans doute

ai-je répondu en lui montrant à moins de dix mètres de notre barque le corps immobile d'un caïman à moitié sorti de l'eau, la mâchoire enfouie sous les racines d'un palétuvier

— Ne t'inquiète pas, il dort

m'a-t-elle dit, pendant que ses mains dénouaient la ficelle retenant ses cheveux, et cherchaient dans son sac la brosse qui lui servait tous les matins à se coiffer, elle a penché la tête, m'a regardé derrière les mouvements de sa brosse, une sorte de sourire taquinant ses lèvres prêtes à se moquer

— Et je peux savoir jusqu'à quand on va pagayer ?

— Jusqu'à ce qu'on n'en puisse plus et qu'on finisse par trouver un endroit qui nous plaise

et nous sommes repartis sans que le caïman daigne ouvrir un œil, ramant à présent avec cette lenteur calculée des gens qui ont l'infinité du temps devant eux et qui veulent aller loin

le premier soir nous avons tendu nos hamacs entre les murs écroulés de ce qui avait été sans doute une église, un reste de Christ en bois moisissait sur un tapis de mousse, je l'ai pris, ai frotté contre ma paume le visage douloureux de ce Jésus des tropiques, avant de lui trouver une place dans la niche encore intacte d'un pan d'abside, et puis j'ai rassemblé du bois et allumé un feu, pendant que Miguelita entassait dans notre marmite les larges feuilles d'une plante que je ne connaissais pas

— Qu'est-ce que tu cueilles, Lita ?

— Des feuilles de malanga

— Pour les manger ?

— Bien sûr

et à la nuit tombante, éclairés par les flammes de notre feu qui tentaient de repousser les myriades d'insectes attirés par notre présence, nous avons ouvert une boîte de sardines et mangé ces sardines à l'huile rance accompagnées des feuilles cuites du malanga, et c'était bon, c'était bon parce que nous avions faim et que nous étions heureux de manger

— Alors ?

j'ai secoué la tête, lui ai pris la main pour embrasser ses doigts

dans le ciel au-dessus de nous il n'y avait plus rien, comme il n'y avait plus rien dans le sombre dédale des centaines de milliers d'arbres qui nous entouraient, plus rien non plus à la surface des eaux de ce fleuve immense dont il était inutile de chercher la source, plus rien de rien, plus rien que nous deux revenus comme Adam et Ève sur les traces de ce paradis dont ils avaient été chassés par le doigt de Dieu dans les temps immémoriaux de la Genèse

mais blottis dans nos hamacs, la peau de nos corps gluante d'humidité, pauvre Adam et pauvre Ève devenus, nous avons eu du mal à trouver le sommeil, le visage pourtant enfoui dans un linge il a fallu lutter contre les attaques incessantes des moustiques, des araignées et autres bestioles en mouvement dans l'air, s'habituer au coassement continu des crapauds-buffles, se rassurer en identifiant les bruits étranges qui nous parvenaient aux oreilles, stridulations, hoquets, cris, clameurs, mugissements, courses éperdues de quelque mammifère, glissades sournoises de serpents chargés de venin

— Ne bouge plus, Théo

me répétait Miguelita en cherchant ma main

— C'est ce que j'essaye de faire

habituée à ces terres des tropiques où elle était née, m'avait-elle raconté, quelque part dans les langes d'une cabane de la jungle costaricaine, elle a été la première à s'endormir d'un sommeil de jeune fille, à la fois tournée vers moi et vers la lune qui s'était levée, pendant que je regardais et comptais les va-et-vient paisibles de son corps assoupi, la lente inspiration de sa poitrine, et la plus lente encore expiration

— Dix-neuf, vingt, vingt et un

à quatre cent cinquante-quatre je n'avais pas encore trouvé le sommeil, et il a fallu que je me perde dans mes comptes d'apothicaire bien au-delà de la millième respiration pour qu'enfin je m'endorme, non pas d'un sommeil paisible, loin s'en faut, mais de celui d'un Adam à qui les temps modernes auraient scié les nerfs

combien d'heures ? je veux dire combien d'heures avons-nous dormi ? comme s'il était utile de le savoir

nous nous sommes réveillés, ou plutôt Miguelita m'a réveillé aux premières lueurs du jour pour embarquer au plus vite et profiter des heures sans soleil, sur le fleuve l'eau et la lumière que la nuit avait confondues cherchaient à se déprendre alors que les dernières ténèbres se glissaient entre les troncs des arbres pour retrouver les profondeurs bien gardées d'une jungle grouillante de lianes et de plantes innommables, et dans ce mouvant silence traversé de cris nous avons ramé comme si notre survie dépendait de la force de nos muscles, et chaque plongée de la rame dans les eaux de l'Orénoque, chaque poussée qui projetait en avant la barque et l'éloignait du chaos de ce monde effondré où nous étions bien sûrs de ne plus avoir envie de vivre, était une victoire de notre corps tout entier, de notre raison si malmenée

que nous importait de suer sang et eau, puisqu'on avait décidé de serrer les dents, de puiser sans compter dans les réserves de nos entrailles

et trois jours, quatre jours sans émettre une plainte, huit jours durant nous avons remonté l'entaille liquide et bouillonnante comme une artère pulmonaire du grand fleuve, l'irréductible fleuve américain, nous réfugiant sous les ramures d'un arbre aux heures les plus chaudes, et repartant, et ramant jusqu'au crépuscule, avant de mettre pied à terre sur des berges où venaient s'abreuver des colonies de hérons

— Ce soir c'est moi qui fais le feu

déclarait Miguelita, et elle allait se perdre dans les hautes herbes, réapparaissait en tenant sur son ventre une brassée de branches mortes, et le feu qu'elle allumait était toujours mieux construit que le mien, durait toujours plus longtemps, les mains sur les hanches elle contemplait son œuvre

— Est-ce qu'il n'est pas beau ?

je secouais la tête

— Il est magnifique, Lita

et satisfaite elle s'accroupissait pour préparer ce que nous allions manger, le plus souvent pas grand-chose, une boîte de maïs ou de haricots noirs réchauffée dans une casserole, quelques anchois qu'elle prélevait avec une fourchette dans le baril qui les conservait au milieu de beaucoup de sel et que Léopold nous avait vendu en jurant ses grands dieux que les années passées – une bonne quinzaine selon la date inscrite sur le couvercle – n'avaient en aucune façon gâté la chair du poisson, et dans deux assiettes en fer-blanc elle partageait la nourriture, posait les assiettes sur un tronc d'arbre, s'installait à califourchon face à moi comme s'il était indispensable de se retrouver l'un en face de l'autre pour manger

— *Buen apetito*

me disait-elle avec ce sourire malicieux qui me troublait chaque fois parce que je n'arrivais pas à bien identifier ce qu'il cachait

et ce que nous mangions n'avait pas d'importance, je crois que nous aurions pu avaler n'importe quoi, pourvu que notre faim dévorante soit rassasiée

— Moins tu manges vite, plus tu calmes ta faim, ne le sais-tu pas, Théo ?

commentait-elle lorsqu'en un clin d'œil mon assiette était vide

— Bien sûr que si, mais c'est plus fort que moi, j'ai le besoin urgent d'ingurgiter au plus vite la nourriture, comme si manger était une perte de temps

— Quel temps, Théo ?

je levais les yeux au ciel avant de répondre

— Celui que nous avions créé pour notre usage quotidien, un temps qui n'a jamais été qu'au service des riches

— Par bonheur nous n'étions pas riches dans ma famille, et au fin fond de notre jungle nous sommes demeurés à l'écart de ce temps de malheur qui vous a tous rendus fous

c'étaient des paroles en l'air qui se mêlaient si bien au bourdonnement des insectes dans nos oreilles qu'elles perdaient très vite leur sens habituel, et conscients de ce qui nous arrivait nous cessions alors cet inutile bavardage, dodelinant l'un et l'autre de la tête, fatigués au-delà de ce que peut être la fatigue, et en se tenant par la taille, ou par la main lorsque c'était sa main que me tendait Miguelita, nous allions rejoindre nos hamacs, nous y nicher avec des manières de cigognes fourbues, avant de sombrer dans ce sommeil de migrateurs délivrés de toute angoisse

et une semaine a passé, peut-être plus tant nos heures interminables de navigation se ressemblaient, monotones et silencieuses, suffocantes, dressées comme des obstacles à franchir les uns derrière les autres, une longue semaine durant laquelle nous n'avons pensé qu'à notre progression, notre lent et têtu cheminement sur des eaux que nous imaginions complices, et peut-être l'étaient-elles malgré la menace constante des caïmans et autres piranhas de sinistre mémoire, si bien qu'au matin d'un énième jour le bras de rivière que m'a montré Miguelita, la croix d'un clocher qui étincelait par-dessus les arbres, et une espèce de môle branlant qui se détachait de la berge nous sont apparus comme des signes qu'il ne fallait surtout pas ignorer, et d'un commun accord nous avons viré de bord et engagé la barque sur ce bras de rivière en direction du môle

avais-je trouvé ce que je cherchais ?

nous avons attaché la barque aux pilotis qui soutenaient encore le môle vermoulu, mais pour combien de temps ? et nous nous sommes avancés dans le sentier pavé de galets, évitant le débordement sauvage des bananiers qui étalaient en travers de nos jambes leurs feuilles ondulantes

avais-je trouvé ce que je cherchais ?

au-dessus de nos têtes s'enfuyaient hérons, perruches et perroquets arc-en-ciel, pendant que des singes hurleurs dérangés par notre présence bondissaient par les fenêtres des cabanes en ruine, s'accrochaient aux lianes et grimpaient à toute vitesse dans les hauteurs des arbres centenaires en nous montrant du doigt, nous avons fini par déboucher sur une espèce de place dominée par l'église que nous avions aperçue du fleuve et qui étalait au soleil sa façade à peu près intacte à laquelle des stucs ocre-rouge donnaient une allure coloniale, c'était un édifice modeste, comme en construisaient les Pères venus évangéliser tout ce qui avait allure d'homme sur ces terres de barbarie, bâti au temps des conquêtes espagnoles pour accueillir celles et ceux qui voulaient bien se convertir et ramener ainsi leurs pauvres âmes égarées dans le bercail des races supérieures

— Elle ressemble à l'église où je suis allée au catéchisme

a dit Miguelita, grimpant les marches du parvis et passant la tête dans l'entrebâillement de la porte

j'ai inspecté la place, les maisons basses qui ouvraient leurs portes dégondées sur le vaste espace de l'esplanade, les cabanes croulantes au milieu de jardins envahis de lianes silencieuses, sans rencontrer personne, sans qu'un dernier habitant vienne me saluer, la vie s'était enfuie, la vie humaine je veux dire, s'était enfuie ou avait disparu pour la même raison qu'elle avait disparu ou était en train de disparaître en Amérique du Nord, en Europe ou en Asie

revenu sur la place, j'ai appelé Miguelita qui s'était glissée à l'intérieur de l'église et que j'entendais fourgonner dans ce que j'imaginais être un capharnaüm de bondieuseries abandonnées aux outrages des siècles, pour employer la pompeuse expression des poètes

— Lita ?

comme si le temps qui passe en se foutant de tout cherchait à outrager qui ou quoi que ce soit !

— Lita ?

elle a fini par réapparaître en me montrant ce qu'elle brandissait au-dessus de sa tête, et que j'ai identifié comme étant le corps décapité de la Vierge Marie, rien de moins, le corps de la Sainte Vierge agenouillée dans ses voiles azurés, joignant des mains translucides contre sa poitrine martyrisée par les vers

— Je n'ai pas encore retrouvé la tête

je me suis approché d'elle

— Dis-moi, Lita, si on arrêtait de courir et qu'on s'installait ici ?

elle a regardé autour d'elle avant de me répondre

— C'est à toi de décider

— Alors je décide qu'on s'arrête et qu'on s'installe

elle a sans doute été heureuse de la décision que je venais de prendre, puisqu'elle m'a sauté au cou et embrassé sur les deux joues.

•

Dans le jardin qu'on a défriché Théo dort. Il a installé un hamac entre deux troncs et il dort d'un sommeil lourd de vieil homme. Et pendant ce temps je traîne entre les cabanes qui servaient autrefois aux domestiques indiens. Des papillons se posent sur mes mains lorsque je les sors des poches de ma robe. Ils viennent sucer le sel de ma sueur, ils s'en gorgent et s'en vont sur leurs ailes maladroites rejoindre l'ombre des arbres. Je sais pas combien de temps on va rester, et ça n'a pas d'importance. Parce que si c'est son idée de rester jusqu'à ce qu'il trouve la mort, je me vois pas lui dire que c'est une mauvaise idée. De toute façon qu'est-ce qu'on pourrait faire d'autre ? et puisque nous dormons tout notre soûl et que nous mangeons à notre faim, y a pas de raison d'aller ailleurs. J'offre une dernière fois mes mains aux papillons, et puis les fourre à l'intérieur de ma robe et m'appuie contre un mur tout boursouflé de lézardes, ferme les yeux et m'oublie, oublie que j'ai chaud, que je transpire, que malgré moi l'air se faufile dans mes narines pour m'oxygéner les poumons, malgré moi un sang libéré de toute angoisse circule dans mes veines et alimente mon cœur. Et dans cet oubli je ne suis plus la toute petite fille que mes parents ont mise au monde, et nourrie pour que je grandisse et travaille et ouvre les cuisses, je ne suis plus la femme obligée de monnayer le désir des hommes, je ne suis plus forcée de jouer le rôle de putain costaricaine. Et les mouches qui me tournent autour, les papillons, les bourdons noir de suie le savent, tout comme les araignées pendues à leur fil.

J'ai beau avoir les yeux fermés, je recommence à voir ce que je ne voyais plus. La danse du ventre des nuages dans le ciel, la couleur de l'eau, l'insouciance d'une feuille d'arbre. Et prise de vertige ma tête tout entière bascule sur mon épaule, mes jambes tremblent, des frissons s'enroulent autour du mamelon de mes seins, creusent le sillon de mes reins, lèchent mon ventre, là où la peau semée de poils est si sensible que j'en ai le souffle coupé. Je n'entends plus que la rumeur d'outre-tombe des grandes obscurités de la forêt vierge. Comme si le chœur de tous les mystères du monde avait décidé de m'ensorceler. Chœur qui enfle, m'emplit d'une joie primitive, m'invite à la révolte. Pauvre Miguelita. Et sans doute me serais-je évanouie ou envolée, est-ce que je sais ? si les abois du chien que j'ai apprivoisé ne m'avaient pas soudain ramenée sur terre. J'ouvre de grands yeux, retrouve mes bras, mes jambes, le mur contre lequel mon dos est appuyé. Un oiseau moqueur pousse un hoquet et s'envole dans un éclat de rire, pendant que le chien s'obstine à aboyer du côté du fleuve. Qu'a-t-il découvert ? « J'arrive, le chien, calme-toi ! » Et je quitte l'ombre du mur, et je trébuche, et je déploie les ailes de mes bras pour traverser la place et le rejoindre.

•

Ça ne fait pas un mois que nous nous sommes installés dans ce village qui n'a pas de nom, qui a dû sûrement en avoir un avant d'être abandonné, mais qui n'en a plus, et qui n'en aura jamais plus, un mois ou presque que nous brûlons tout ce qui est à brûler, arrachons ce qui étouffe, chassons ce qui dérange le sommeil, et c'est comme si nous y vivions depuis des années il n'y a personne ici, en un mois je n'ai vu qu'un tapir qui vient farfouiller dans nos affaires, des singes pendus aux arbres, ouvrant de grands yeux curieux de voir ce que nous allons faire, et un énorme giboya vivant comme un pacha dans les ruines d'un silo à l'entrée du village

et pourtant je sais bien qu'il y a dans la forêt des Indiens qui ont repris possession de leurs terres, qui ont troqué leurs jeans et leurs tee-shirts pour des pagnes de corde, et ces Indiens-là n'ont pu que sentir notre présence, la repérer très exactement en voyant tous les soirs les fumées de notre feu monter au ciel, et peut-être qu'ils se cachent aux alentours du village, et qu'ils nous observent, et qu'ils cherchent à savoir si oui ou non nous sommes armés, dangereux, si oui ou non nous portons malheur, parce que si c'est le cas ils feront le choix de nous abandonner à notre sort, ou de nous tuer peut-être, qui sait ? puisqu'ils ont fini par comprendre que la présence soudaine d'un homme trop blanc est un mauvais présage, et qu'il ne faut surtout pas lui laisser le temps de s'enorgueillir, de prendre le moindre prétexte pour appuyer sur la détente de ses armes de guerre et semer la terreur

on a choisi de vivre dans la maison qui se dresse en face de l'église, un bâtiment à un étage qui aurait pu servir de caserne tant il y a de couloirs et de pièces et d'escaliers, il faut voir ce que nous autres Blancs étions capables de construire à n'importe quel endroit du globe, ça dépasse l'imagination, et ce n'était qu'une maison pour un seul homme et sa famille, dans la vaste cuisine on a trouvé deux frigos, une cuisinière et un four à bois, et des tables, des chaises et des commodes que cet homme avait sans doute achetés à Caracas et transportés en bateau jusqu'ici pour son confort à lui, à sa femme et à ses cinq enfants qu'on voit photographiés autour du cadavre d'un caïman transpercé de flèches mais il n'y a pas que ça

dans presque toutes les pièces du rez-de-chaussée trônent des horloges, des fantômes d'horloges qui dressent contre les murs leurs squelettes mangés de vers et leurs cadrans figés dans une espèce d'attente de je ne sais quel miracle, comme si le propriétaire avait eu peur d'oublier le rythme de son temps d'homme blanc qu'il voulait à tout prix maintenir en vie au milieu de la jungle, et à tout prix entendre battre ses minutes, sonner ses heures, quel que soit le moment du jour ou de la nuit

et au premier étage des armoires à double porte qui débordent de dentelles et de cotonnades miteuses, de tout un fatras de linge de maison dans lequel des colonies d'araignées, de scolopendres et de fourmis rouges ont inventé le réseau gluant de poussière, de graines et de déchets d'une gaze qui a figé pour l'éternité des piles de draps, des amoncellements de serviettes, des pyramides de nappes à présent inutiles, mais dont le rôle était de parer d'un blanc immaculé lits et tables de réception qui s'ouvraient, j'imagine, nuit et jour pour accueillir l'incessant ballet des invités tout émoustillés par l'exotisme d'une maison des tropiques, en cette époque où l'âme en peine des humains n'avait d'autre occupation que de trimballer sans cesse valises à roulettes et sacs à dos d'un bout à l'autre de la planète

d'un commun accord Miguelita et moi avons décidé d'occuper les deux chambres les plus vastes

— Je prends la bleue

a-t-elle annoncé

— Alors je prendrai la verte qui est à côté de la tienne, un écran de télévision est encore fixé au mur

— Qu'est-ce que tu racontes ?

et d'un bond elle a franchi le seuil de la porte qui séparait les deux chambres, est allée regarder de plus près la vieille Samsung, traçant avec le doigt une diagonale dans la poussière

— Elle ne marche plus ?

— Ça doit faire très longtemps

— Mais elle a marché ?

— Comme ont dû marcher les frigos et le micro-ondes dans la cuisine, sans doute qu'il fut un temps où la maison était équipée de panneaux solaires pour fabriquer de l'électricité

— Le temps où je n'étais pas encore née

a-t-elle répondu en jouant des intonations malicieuses de sa voix, et puis elle a écarté les bras, fait trois tours sur elle-même pour aller rejoindre la fenêtre qui ouvrait sur la place et les stucs tarabiscotés de l'église

— Je ne sais pas quand tu es née

— Comment pourrais-tu le savoir, je le sais pas moi-même

et nous avons passé trois jours à nettoyer les chambres, balayer les planchers, dépoussiérer les murs, vider le foutoir tropical des armoires pour y ranger nos pauvres nippes, et sortir les paillasses, les secouer et les étaler sur les dalles brûlantes du perron de l'église

excitée, Miguelita sautait sur mon dos et me demandait de faire le cheval jusqu'à la rivière, me cravachant les reins sans se soucier de la fatigue de mes pauvres jambes, et je n'avais le droit de souffler qu'après l'avoir déposée sur les planches branlantes du môle, rompu et crachant mes poumons pendant qu'elle ôtait au plus vite ses vêtements et plongeait tête la première dans l'eau verte qui s'ouvrait comme un fruit au passage de son corps, et il s'écoulait un temps toujours trop long avant qu'elle ne réapparaisse à la surface de la rivière, que sa tête débarrassée des sueurs poussiéreuses du travail ne jaillisse dans la lumière du soir, ruisselante d'un bonheur qui n'avait jamais été le mien

— Fais attention aux piranhas !

ne pouvais-je m'empêcher de crier

— Ça fait longtemps qu'il n'y a plus de poissons dans les rivières, je te l'ai dit

me répondait-elle

— Et les serpents ?

— Les serpents, ils me fuient

elle sortait de l'eau en oubliant de se rhabiller, courait nue sur le sentier jusqu'à la maison, suivie de loin par cinq ou six singes qui sautaient de branche en branche en arrondissant des bouches gourmandes, et moi je me contentais de ramasser ses vêtements pendus aux piquets du môle et de suivre son sillage humide

c'était le soir, l'exact moment où le soleil passait sans transition de vie à trépas en un bourdonnement tonitruant d'insectes, et dans ce temps béni par des lumières d'absinthe il était difficile de ne pas être ragaillardi, moi-même marchant comme un Robinson de l'arrière-garde humaine je l'étais presque, tant la nature dans ses débordements crépusculaires avait un effet bénéfique, chaque pas, chaque mouvement de mes jambes qui projetaient l'une après l'autre mon corps en avant était une réconciliation, une communion fraternelle avec les papillons, les tapirs, les araras parés d'or

j'atteignais comme un somnambule la première cabane et l'œil crevé de son unique fenêtre, débouchais sur la place et m'arrêtais un peu ivre, m'asseyais sur les marches de l'église parce qu'il me semblait que je n'avais pas la tête bien vissée sur les épaules, et fermais les yeux, et me laissais dériver jusqu'à ce que je m'aperçoive qu'en face de moi

Miguelita me regardait, assise sur le rebord de sa fenêtre et enroulée dans un drap qu'elle avait repêché au fond de je ne sais quelle armoire

— Qu'est-ce que tu regardes ?

— Quoi ?

répondait-elle en penchant l'oreille, comme si ce mouvement de tête allait lui permettre de mieux m'entendre, et moi qui avais avec elle l'indulgente patience d'un maître pour son élève je gonflais la poitrine et reformulais ma question d'une voix de stentor capable de réveiller cent esprits tapis dans les ombres les plus secrètes de la forêt

— Qu'est—ce—que—tu—re—gardes ??? !!!

Miguelita éclatait de rire, secouait sa chevelure humide pour en chasser les insectes

— Toi

esquissait un geste tendre de la main dans ma direction

— Y a-t-il quelqu'un d'autre par ici ?

je haussais les épaules

— Tu pourrais regarder l'église, les singes, la forêt, le ciel qui s'éteint…

— Peut-être, mais c'est toi que je préfère regarder, et tu veux savoir pourquoi ?

non, je ne voulais pas savoir pourquoi, et le lui montrais en secouant la tête de droite à gauche et de gauche à droite

— Je vais quand même te le dire : parce que ton allure de vieux cheval fourbu, revenu de toutes les misères de ce monde, me fait du bien, me calme les nerfs, me donne bizarrement envie de continuer à vivre ma vie sans avenir

farfouillant dans la broussaille de ce qui me restait de cheveux, alors qu'une armada de moustiques attaquaient mes mollets mis à nu par le pantalon que j'avais coupé aux deux jambes, j'ai pensé que de tous temps il en avait été ainsi, la vie n'avait jamais eu d'avenir, quelles que soient les formes qu'elle ait pu prendre.

•

Délivrés des turpitudes du passé comme de l'avenir, nous avons joué aux bons sauvages, grattant, réparant, cultivant des carrés de terre où Miguelita a planté les graines de manioc, de maïs et de patates douces achetées au magasin de Léopold

et chaque soir nous avons pris l'habitude d'aller jusqu'à la rivière avec nos seaux en fer-blanc trouvés dans la remise, chantant des chansons qui nous passaient par la tête, expliquant aux singes, que notre présence ne dérangeait plus, ce que nous étions en train de faire, pendant qu'ils se grattaient le ventre, clignaient de l'œil, et allongeaient le cou pour voir si par hasard il n'y avait pas quelque chose à manger au fond des seaux

et nous revenions en tanguant sur nos jambes, un seau plein au bout de chaque bras, alors que le jardin à présent dans l'ombre guettait notre arrivée en agitant mollement les palmes de ses trois bananiers, les arbres fruitiers comme les graines enfouies dans la terre n'en pouvaient plus de ce soleil infernal, et l'eau que nous répandions était bue avec cette avidité hors du commun de la terre longtemps abandonnée, des bruits de succion, des gargouillis, des soupirs couraient le long des sillons, si bien qu'il nous fallait presque toujours retourner à la rivière, remplir de nouveau les seaux et avec les mille précautions du jardinier les offrir genoux fléchis à ces plantes miraculeuses, miraculeuses pour moi je veux dire, moi qui avais imaginé la poussée phénoménale des premières tiges venues des fins fonds de la terre, là où nos mains confiantes et industrieuses avaient disséminé les graines, et qui à présent observais leur surgissement craintif à la lumière du ciel, et qui trottinais deux fois par jour pour mesurer la longueur toujours supérieure des tiges, l'épanouissement des feuilles devenues aussi larges qu'une main et que le moindre souffle d'air animait de tremblements.

•

Un matin, je dis un matin comme je pourrais dire un jour, et d'ailleurs peut-être qu'un jour serait mieux, parce qu'un jour sous-entend un espace plus étiré du temps, et de fait le temps qui avait passé aurait pu se compter en mois, si les mois avaient existé bien sûr, mais ils n'existaient pas, dans ce foutoir animal et végétal les trente ou trente et un jours qui forment le mois n'avaient aucune réalité comptable

un jour donc, alors que j'étais encore au lit, en train de griffonner deux ou trois vers sur un papier d'emballage trouvé dans le tiroir de la commode

Ne me jugez pas
——— *Vous qui êtes je ne sais où*
Roulés, torturés, écharpés
Par les cruautés multiformes et irréductibles des guerres

j'ai entendu soudain la voix de Miguelita

— Théo, descends !

une voix qui n'avait pas son ton habituel

— Viens vite !

j'ai enfilé une chemise par-dessus le pantalon coupé aux genoux et je suis descendu, il était tard, une lumière aveuglante entrait par les portes et les fenêtres, et une fois dehors j'ai vu plantés devant notre maison deux Indiens à demi nus, vêtus d'une espèce de pagne qui leur cachait le sexe

— Ils disent s'appeler Emydio et Tiburcio

j'ai incliné la tête, leur montrant du bras que la maison était ouverte et qu'ils pouvaient entrer pour discuter

— C'est pas la peine, ils sont seulement venus pour nous inviter à faire la fête avec eux, ils vont manger et boire toute la nuit

— Où ça ?

— Dans leur village… par là…

et Miguelita a indiqué vaguement une direction avec le bras

— Ils viennent d'où ?

— De très loin, autrefois ils travaillaient sur des chantiers à Caracas, et puis le déluge, les guerres et les incendies les ont obligés à se réfugier dans la forêt, ça fait plusieurs années qu'ils y vivent, comme y vivaient leurs ancêtres

Emydio, celui que je supposais s'appeler Emydio, homme tout en muscles, torse et visage tatoués, et qui arborait une prodigieuse couronne de cheveux crépus traversée de plumes, s'est approché de moi et a posé sa main sur mon épaule, me parlant et pour cela utilisant une langue abrupte qui résonnait à mon oreille comme un appel de zog-zog, ces singes empanachés dont les voix tiraient tous les matins la forêt de son sommeil

— Qu'est-ce qu'il me raconte, Lita ? je ne comprends rien

devant ma mine ahurie l'homme a commencé à rire, ouvrant grand une bouche noircie par je ne sais quel champignon tropical qui avait charbonné ses dents et obscurci ses yeux perdus dans une brume hallucinogène

— Il te demande de pas avoir peur, il est un ami

— Pourquoi j'aurais peur ?

Miguelita a haussé les épaules, elle aussi riait

et c'est comme ça que ce matin de je ne sais quel mois nous avons suivi nos deux Indiens hilares dans le dédale des chemins d'une forêt sans repères, accompagnés d'abord par des singes qui se balançaient d'un arbre à l'autre en commentant notre progression maladroite au milieu des fougères, et puis par la sarabande habituelle des perruches, perroquets, toucans et autres colibris

nous traversions sur des planches des eaux dormantes gorgées d'une soupe épaisse de pollen et de pourriture, grumeleuse par endroits, huileuse ailleurs, bourdonnante d'insectes fiévreux, pataugions dans la vase d'une mousse verdâtre, grimpions en nous accrochant aux branches des pentes qui menaient à de vastes étendues de pierres plates libérées de l'humidité gluante des fonds, avant de redescendre dans les profondeurs obscures de quelque marécage, et de remonter encore

et au centre d'une espèce de plateau nous avons enfin trouvé une trentaine de huttes groupées autour d'une clairière où des femmes et des hommes à demi nus entretenaient un feu, effrayés des chiens se sont mis à aboyer, des perroquets rouge feu à hoqueter, et des poules à glousser, avant de s'enfuir en battant des ailes, renversant des gamelles en fer-blanc, des claies où séchaient des fruits tranchés en deux, tout un fatras qui servait au quotidien de ces gens paisibles qui ont tourné la tête en nous voyant, Miguelita et moi, affublés de vêtements d'un autre monde, d'un autre temps, et mi-sérieux mi-moqueurs ils se sont inclinés bien bas avant de se coller à nous, les hommes se frottant chacun leur tour contre les fesses de Miguelita, les femmes me caressant la poitrine avec la pointe de leurs seins

— Qu'est-ce qu'ils font, Lita ?

— Ils nous montrent combien notre venue les réjouit

des bandes d'enfants nous ont très vite entourés et ont voulu aussi nous toucher, savoir d'où nous venions, eux qui étaient nés dans la forêt et qui n'étaient jamais allés et n'iraient jamais à Caracas, ce que nous étions en train de faire par ici, et Miguelita qui ne comprenait qu'à moitié le langage de ces gosses s'efforçait de leur répondre, inventait des mots, en traçait d'autres avec ses mains, riait lorsqu'ils se moquaient d'elle

et puis Emydio, l'homme coiffé de plumes, nous a invités à prendre place parmi eux, dans un coin de la clairière, là où à l'ombre des arbres de longues tables rudimentaires avaient été dressées pour fêter les accordailles d'une femme avec deux frères qui étaient tous les deux amoureux d'elle et se sentaient prêts à la partager

— Emydio trouve cet arrangement plutôt honorable

a traduit Miguelita, après avoir écouté le discours de notre hôte

— Et en l'honneur de cette femme et de ces deux hommes le village a préparé un cahouin, avec ragoût de haricots, patates douces et piments

— Qu'est-ce que c'est, ce cahouin ?

— Un breuvage du diable

— Ça promet

d'autres feux ont été allumés pour réchauffer les marmites de ragoût, des femmes sortaient des cabanes bancs et tabourets et les installaient autour des tables, d'autres apportaient assiettes, cuillères et calebasses

et c'est comme ça qu'en fin d'après-midi tout le village s'est retrouvé attablé, heureux de faire la fête les femmes comme les hommes avaient les yeux qui brillaient d'excitation, le rire sonore, le geste large et caressant au diable les incendies ! les guerres ! au diable les maladies qui sautaient à la gorge des survivants !

les femmes comme les hommes voulaient oublier le passé calamiteux de leurs congénères, comme j'avais décidé de l'oublier moi-même, et emporté par la liesse contagieuse de ces gens je me suis redressé, ai levé ma calebasse débordante d'alcool et porté un toast à la révolte de tous ceux qui avaient choisi de rejeter ces temps soi-disant glorieux et qui n'avaient été que des temps de destruction

— Que les virus et leurs variants, la fièvre jaune et le choléra éradiquent une fois pour toutes la race des exploiteurs et des destructeurs

ai-je tonitrué, avalant une large rasade de cet alcool à tuer un bœuf

et Miguelita s'est empressée de traduire ma diatribe, applaudie aussitôt par toutes les tablées, et par les chiens qui humaient l'odeur diabolique du ragoût, et par les perroquets pourtant toujours prêts à se moquer ceux-là

— *Gracias a todos*

je me suis rassis, fier de moi comme on peut l'être à mon âge, n'avais-je pas bien parlé ? n'avais-je pas dit ce qu'il fallait dire ? sûrement que ma parole alcoolisée avait touché l'assemblée, parce qu'en bout de table la femme aux deux hommes qui était une femme à la beauté incomparable, belle comme pouvait l'être ma Costaricaine Miguelita, en bout de table cette Rosario s'est levée d'un bond, a couru jusqu'à moi, pris ma tête dans ses douces mains chaloupeuses et posé sur mes lèvres ses lèvres humides, m'embrassant longuement, et introduisant en moi son haleine lumineuse de sorcière tropicale descendue du ciel, et puis elle est retournée à sa place sous d'autres applaudissements

— Mangeons à présent

a dit Rosario

et des femmes en sueur ont sorti des flammes les marmites fumantes, ont traversé la clairière et les ont posées sur les tables comme des trésors que nos ventres se devaient d'honorer jusqu'à notre dernier souffle, et nous avons dévoré des assiettes pleines de haricots, pendant que des hommes finissaient de griller la viande de tapir, là-bas sur d'autres feux, et que des plats entiers de cette viande nous étaient apportés

je regardais les lèvres huileuses de Miguelita, sa manière de fermer les yeux de plaisir lorsqu'elle avait la bouche pleine, et je regardais le ciel

au-dessus des toits de paille il ne restait plus rien de la lumière du jour, la nuit était venue, avait densifié encore l'obscurité éternelle des forêts que j'imaginais étalées jusqu'aux confins des horizons comme un vaste océan qui à la fois libérait de toute entrave et enfermait, un océan d'arbres serrés les uns contre les autres, et passant de l'immobilité silencieuse lorsque le ciel était au beau à la houle la plus vertigineuse quand le vent des tempêtes tropicales s'engouffrait entre les branches et malmenait le sommeil millénaire des troncs enracinés jusqu'au tréfonds de la terre

et dans ce maelström où était ma place ? et m'en avait-on seulement attribué une ? moi qui m'étais si longtemps fourvoyé ?

un homme est allé chercher une guitare, et un autre deux tambours parce que les marmites étaient vides à présent et qu'il fallait digérer l'orgie de haricots et de viande de tapir, on s'est levés, on s'est attrapés à bras-le-corps et on a dansé autour du feu les danses sauvages des tribus, buvant toujours de pleines calebasses de chicha, la tête ivre, la poitrine en feu, l'œil pris de folie dans son orbite

qu'arrivait-il ?

les arbres ondulaient comme des bayadères d'un autre temps, les huttes se chevauchaient, le ciel se craquelait de mille et mille fissures, tout près de lâcher ses monstres ténébreux et vengeurs sur ce qui restait de notre planète, et il n'était pas en notre pouvoir de pauvres femmes et de pauvres hommes de reprendre en main ce désordre et de le remettre sur pied

qu'arrivait-il ?

Miguelita dansait entre deux hommes qui étaient en train de la déshabiller, et des femmes presque nues venaient s'échouer contre mon corps désarticulé, j'attrapais des hanches, des seins qui riaient aux éclats pendant qu'on me forçait à boire des calebasses gargouillantes, et je ne sais par quel miracle c'est Rosario soudain qui est apparue devant moi, tout écumante de désir, les cuisses et le ventre luisants de sueur, les seins gonflés d'une arrogante sève que ma bouche a voulu recueillir sans que je sache vraiment si mon désir à moi ne dépassait pas les bornes de cette bacchanale improvisée, mais pouvait-il y avoir des bornes, foutredieu ! l'alcool qui circulait en toute impunité dans nos veines gonflées était un mascaret barbare contre lequel il eût été ridicule de lutter

Rosario m'a empoigné les cheveux, et m'a redressé d'un mouvement brusque, et a fourré sa langue épaisse dans ma bouche, et entrechoqué ses dents contre les miennes, m'ouvrant et s'ouvrant elle-même à je ne sais quelle envie sauvage de dévoration

— Viens

m'a-t-elle soufflé à l'oreille

— Tu parles français ?

— Un petit peu… à Caracas

elle a fait avec sa main un signe qui voulait dire que le temps de la capitale était trop loin pour qu'elle s'en souvienne et elle m'a entraîné dans sa hutte, m'a fait boire et a bu elle-même une calebasse de chicha, avant de défaire son pagne et de s'allonger sur un lit de corde assez grand pour occuper la moitié de la cabane

— Viens

j'ai retiré ma chemise et mon pantalon, je bandais comme je n'avais pas été capable de bander depuis des lustres, et à la clarté des feux de la fête mon membre s'impatientait au-dessus du corps qui s'offrait à lui, ces bras qui se tendaient, ce ventre qui se creusait, ces jambes qui s'écartelaient pour mieux l'accueillir

— Viens

je me suis glissé entre les cuisses de Rosario, m'abandonnant à l'impatience de ses mains, au rythme de son ventre, à la douceur de sa peau qui avait l'ensorcelant pouvoir des eaux du fleuve, et nous nous sommes étreints, et nous nous sommes aimés comme je croyais qu'il n'était plus possible de s'aimer, même si cet amour partagé n'a pas duré longtemps, et qu'à la fin de ce temps béni Rosario s'est redressée, m'a embrassé une dernière fois sur le front et s'est enfuie dans un grand éclat de rire pour aller retrouver la musique et la danse autour du feu

mais ça n'avait pas d'importance, j'étais au-delà de l'ivresse, dans un état de surexcitation incontrôlable qui faisait battre mon gland contre le fourreau de ma main

je suis sorti de la cabane, et j'ai crié

— Lita ! Lita !

courant dans tous les sens, bousculant les étreintes des danseurs enlacés les uns aux autres, celles des coqs agrippés aux poules, des chiens collés pour longtemps aux vulves de leurs femelles consentantes, et chassant les perroquets moqueurs qui venaient répéter sur mon épaule

— Li-ta ! Li-ta ! Li-ta !

elle était introuvable, Miguelita, et de désespoir j'ai décidé de grimper aux branches du grand arbre qui dominait le village, et je suis monté haut pour mieux voir

— Lita !

pour enfin la découvrir derrière quelque bosquet, ivre morte sans doute, ou en train de forniquer avec je ne sais quel Indien déchaîné, mais que pouvaient voir mes yeux ? tout dansait la gigue devant moi, tout se trémoussait, ondulait, se fracturait

— Lita !

et au moyen de mes bras et de mes jambes aux muscles tremblants j'ai continué de me hisser de branche en branche jusqu'au sommet de l'arbre, jusqu'à ce que j'imaginais être le sommet de l'arbre

et puis, inexplicablement, je suis tombé.

•

Je crois qu'il est l'heure pour moi de sortir du lit. J'enfile une chemise, descends l'escalier à pas de loup dans le bruissement permanent des insectes que la chaleur énerve. Le chien sur mes talons je traverse la cuisine et ouvre la porte de la chambre que j'ai aménagée pour Théo, le pauvre Théo qui a dégringolé de l'arbre où il s'était perché je sais trop comment. J'étais aussi soûle que lui cette nuit-là. Et depuis sa chute il a perdu l'usage de ses jambes. Il peut plus monter les escaliers, il peut plus aller à la rivière, pas même au jardin que j'ai agrandi et dans lequel à présent je fais pousser, en plus du maïs et du manioc, plusieurs plants de piments, des chiabos, de la canne à sucre et des haricots. C'est vraiment pas de chance. Pourquoi a-t-il voulu monter à cet arbre ? Pour me retrouver, m'a-t-il avoué. Alors que j'étais en train de baiser avec ces deux Indiens qui me voulaient absolument. Et il est tombé de l'arbre. Sainte Vierge de l'Espérance, il aurait pu se tuer. Et miraculeusement il s'est pas tué, les esprits du ciel ou de la forêt l'ont épargné, bien que le sort qui lui a été réservé ne soit pas très enviable, il faut le dire. Mais Théo s'en fout, il accepte sa condition d'estropié avec bonne humeur, il a encore ses yeux tout pleins de vie, ses bras et ses mains qui gesticulent pour un rien, Dieu merci. Et moi j'ai demandé au village qu'ils me fabriquent une brouette, et ils me l'ont fabriquée et apportée avec un rembourrage à l'intérieur pour que je puisse y installer Théo sans qu'il se plaigne d'avoir mal aux os. Il est si maigre depuis son accident. Mais sa maigreur n'est pas du tout un signe d'abattement, au contraire il n'a jamais été aussi content de vivre, lui comme moi rions de tout, chantons les chansons de la forêt que je lui ai apprises, buvons et fumons une herbe que je vais chercher au village, restons des heures heureuses à regarder pousser les plantes du jardin, se disputer les trois poules que m'a données Rosario, cette femme si belle qui nous rend visite au moins une fois par semaine, et qui embrasse Théo comme si c'était encore son amant. Quelle santé, cette femme ! Aujourd'hui, ce matin je veux dire, lorsque j'entre dans sa chambre et que le chien comme à son habitude bondit sur le lit pour se fourrer sous les draps, Théo est déjà réveillé. Il écrit je crois, ou il essaye d'écrire, ce qui n'est pas tout à fait pareil, parce que s'il a réussi à écrire il est d'une humeur si joyeuse qu'elle durera jusqu'au soir. S'il n'écrit pas, c'est autre chose. Bref, je m'approche et me penche au-dessus de lui qui se redresse en tenant ma tête entre ses mains qui tremblent. J'y suis habituée, c'est la vieillesse qui le fait trembler, rien de grave. Je l'embrasse sur ses deux joues couvertes d'un poil rugueux, et je lui dis que ce matin nous allons aller plus loin que d'habitude, suivre plus longtemps le chemin de la forêt pour voir où il mène. Et la décision que j'ai prise lui plaît beaucoup, il me demande seulement si je serai capable de pousser la brouette aussi longtemps. Il est pas lourd, me dit-il, il mange peu pour justement limiter mes efforts quotidiens. Et je lui réponds que j'ai les muscles d'une Costaricaine, que rien ne me fera jamais peur. Il rit en voyant l'expression de ma volonté crisper ma mâchoire. Je l'aide à sortir du lit, le prends à cheval sur mon dos et le porte jusqu'à la table de la cuisine, l'assois sur une chaise, et prépare le maté.

•

Je n'ai plus de jambes, et alors ? mon corps n'a plus le soutien de ces deux échasses naturelles aux muscles de coureur de fond qui depuis l'enfance lui ont permis de se déplacer en toutes circonstances, et alors ? les perroquets, aussi bien que les poules, le chien, et les singes qui s'essuient le menton et se grattent le front de perplexité en me voyant brinquebalé entre les planches de la brouette, tous me traitent comme avant, attentifs au moindre geste de mes bras, à mes cris de joie, aux refrains des chansons que je chante à tue-tête lorsque le soleil disparaît et que dans ce clair-obscur verdâtre de forêt vierge, calé sur une chaise perchée comme un trône sur le parvis de l'église en ruine, j'improvise un récital pour la seule personne qui a pris place sur le banc des spectateurs, comme Miguelita et moi l'appelons, lequel certains soirs se voit également occupé par un couple de singes apprivoisés qui posent sans vergogne leur cul pelé sur ce banc, dans l'attente impatiente de mes vocalises de vieil ivrogne

♫♫ *Orénoque, cher Orénoque*
vous qui n'avez pas de sein droit
vous nous en racontez de loufoques
mais vos chemins sont étroits ♫♫

je m'égosille avec un plaisir toujours renouvelé, me souvenant du poème d'un anthropologue arrangé à ma sauce et sur lequel je plaque un refrain assez gai que goûtent fort Miguelita et apparemment les deux singes qui ne manquent jamais d'applaudir dès que j'entame ma ritournelle

♫♫ *Orénoque, cher Orénoque* ♫♫

et j'ouvre les bras pour saluer mon public qui ne se limite pas, je m'en suis vite aperçu, au banc de mes trois spectateurs habituels, mais s'est au fil des jours multiplié au point de rassembler des bandes entières de perruches, perroquets, coqs-hérons, martins-pêcheurs et autres cormorans perchés dans les arbres comme d'avertis amateurs de musique, des colonies de coléoptères guillerets, une armada de papillons diurnes et nocturnes qui ne se gênent pas pour danser la gigue autour de moi, allez ! sautez, pirouettez, chauffez-vous la couenne bombyx, phalènes et machaons !

je me prends pour le ténor vedette de l'opéra de Manaus, chante de plus en plus faux au fur et à mesure que ma voix s'éraille, s'enroue, se casse, et la mort dans l'âme je dois saluer bien bas l'auguste aréopage et me taire un moment pendant que Miguelita allume des feux aux coins du parvis, et va se rasseoir en roulant son premier pétard de la journée

— Maintenant tu vas me réciter le poème de Victor Hugo

— Je te l'ai récité hier soir

— Et alors ? hier soir les martins-pêcheurs étaient occupés ailleurs, ce soir ils sont là et ils veulent t'entendre

nous jouons Miguelita et moi un jeu dont nous inventons les règles au fur et à mesure que les jours passent, peaufinons des dialogues sans cesse enrichis par notre imagination, ignorant l'un et l'autre les inlassables nuages de moucherons, les attaques en vrille de moustiques, et l'ivresse têtue des abeilles qui n'ont qu'une idée en tête, pomper la sueur aux coins de nos yeux et de nos bouches, sans se préoccuper de nos mains assassines qui les écrasent par dizaines

— D'accord, va me chercher à boire

elle se lève avec l'envie de rire, mais vite se retient pour ne pas trahir son rôle, traverse très dignement la cour, va prendre dans la cuisine la bouteille de chicha, revient avec la bouteille dans une main et deux verres dans l'autre, me tend un verre plein que j'avale d'un coup

— *Le Crapaud* ?

— Oui, celui-là

il fait nuit à présent, et les flammes de nos pauvres feux qui repoussent comme elles peuvent l'immense obscurité de la forêt vierge s'épuisent pour rien, il fait nuit partout, une nuit antédiluvienne comme il en existait avant le déluge, pas le nôtre, celui de la Bible je veux dire, et que nous autres humains avions fini par oublier, tant il nous importait de repousser les ténèbres le plus loin possible de nos activités de démiurges

une nuit à la fois épurée et grouillante, parfaite pour faire le malin et débiter des vers de poète

sacredieu ! surtout que ce poème je le connais par cœur depuis l'enfance, depuis que ma mère un jour de punition en avait profité pour graver au fer rouge ces cent soixante-quatre vers de Victor Hugo au fronton de ma mémoire encore peu encombrée de rabâchages scolaires, Pour ton bien ! avait-elle décidé de sa voix coupante, Pour ton bien mon fils ! braquant sur moi l'autorité vengeresse de ses pupilles de femme abandonnée

je claque des deux mains les coins de ma bouche, écrase d'un coup trois abeilles, avant de saluer mon public, et de lever comme un bon Samaritain les yeux au ciel

Que sommes-nous ? qui donc connaît le fond des choses ?
Le couchant rayonnait dans les nuages roses...

avant d'oublier que pour venir au monde il a bien fallu que je sorte des cuisses d'une mère

Près d'une ornière, au bord d'une flaque de pluie,
Un crapaud regardait le ciel, bête éblouie...

•

Pendant que Miguelita était partie au village chercher quelques provisions, farine de manioc, viande séchée, miel, chicha, j'ai fait ce qu'elle m'interdisait de faire, je suis sorti du lit et, sur des béquilles de fortune je me suis traîné jusqu'au jardin, le chien sur mes talons, et les deux singes apprivoisés m'ouvrant le passage entre les herbes folles, prêts à m'avertir au moindre danger, comme si le giboya du silo attendait dans un coin le moment propice pour me sauter dessus

je suis arrivé au jardin trempé de sueur, m'écroulant dans les ombres des calebassiers, la main sur le cœur, et cherchant à retrouver ce souffle de vieillard qu'un rien détraque, au-dessus de moi les ramures gigantesques des arbres, leur vie autonome entre ciel et terre, les chants, les cris, les stridulations qui peuplaient leurs branches, les fuites et les glissades qui agitaient leurs feuilles me donnaient l'impression que ma vie à moi, ma vie d'humain à l'insignifiante destinée, ne tenait plus qu'à un fil, et que ce fil pouvait rompre à tout moment, me laisser choir dans les profondeurs humides et sans fond de cette terre tropicale que je nourrirais, comme la nourrissaient depuis des millénaires les chairs humaines et animales, et cette révélation loin de m'attrister donnait un sens profond aux dernières années de mon existence, me réconciliait avec mon éphémère et incompréhensible passage dans un monde où je n'avais pas réussi à être heureux

j'ai fermé les yeux, ouvert les bras en croix, pendant que le chien lapait la sueur qui m'inondait le front et que les deux singes tournaient autour de moi en poussant des grognements de protestation

— Qu'avez-vous, les singes ?

ils n'acceptaient pas la faiblesse de mon corps, auraient voulu que je me secoue, retrouve par miracle l'usage de mes jambes, et que j'aille gambader avec eux dans la forêt, courir entre les fougères rouillées d'humidité, sauter par-dessus les termitières, me pendre aux lianes arachnéennes

mais je n'ai pas bougé, gardant cette immobilité de momie qui me permettait sans effort de m'accorder au silence heureux du matin, lorsque la lumière des premières heures du jour s'effrite au contact des arbres et touche en mille éclats irisés le capharnaüm de nos deux vies si peu exigeantes, brouette, pelles, seaux, bancs, chaises, hamacs, caisses, et puis le toit de notre demeure et de ses appentis, les ruines de l'église, les pavés de la cour, le jardin encore tout enchevêtré de ténèbres, oui, de m'accorder et de goûter les saveurs de miel et la fraîcheur de l'air, d'être enfin l'égal de n'importe quel animal de ce royaume végétal, débarrassé des us et coutumes d'une société dans laquelle j'étais né et où j'avais bien été forcé de grandir, et délivré du poids d'une civilisation mortifère

peut-être ai-je dormi une heure ou deux, avant d'ouvrir à nouveau les yeux et de m'apercevoir que le soleil avait eu le temps de grimper haut dans le ciel, que la chaleur était revenue, et qu'avec la chaleur des nuages d'insectes bourdonnaient autour de moi, mais ce n'étaient ni la chaleur, ni les insectes qui m'avaient réveillé, c'était une espèce de rêve que j'avais fait, un rêve où je me retrouvais, après une longue course dans la jungle, face à face avec un jaguar, une bête impressionnante qui aurait dû se jeter sur moi, et qui se contentait de me fixer, pour me dire quoi ? qu'il ne me voulait pas de mal ?

— Qu'est-ce que pouvait bien me vouloir ce jaguar ?

la question a immobilisé les deux singes qui s'étaient perchés sur la branche du calebassier le plus proche et mangeaient des noix

— Alors les singes, qu'est-ce que vous en pensez ?

mais ces deux-là se foutaient du jaguar comme de tout le reste

— Donnez-moi des noix, j'ai faim

ils m'ont tendu ce qui leur restait, noix tocari et graines de cajou, et puis ils sont partis en vitesse pour en cueillir d'autres, c'est vrai que j'avais faim, et soif aussi, heureusement que je me débrouillais toujours pour avoir dans la poche de ma chemise une flasque de chicha qui me servait de remontant aux heures trop chaudes, j'en ai bu deux gorgées, les ai laissées descendre dans mon corps, avant de me traîner sur le ventre jusqu'au mur de la cabane qui servait à ranger les outils, parce qu'ici j'étais sûr d'être à l'ombre jusqu'au soir, protégé par la hauteur du mur en pisé, bâti sans doute pour conserver le frais, et j'y ai calé mon dos, aussi confortablement que possible, ai respiré un grand coup en pensant que je ne pouvais pas trouver position plus appropriée à mon corps infirme

ce soir Miguelita allait rentrer les bras chargés de provisions, joyeuse comme elle l'était toujours après sa visite au village, peut-être lui avait-on donné de la viande à griller, et cette perspective m'a occupé l'esprit un bon moment

et puis j'ai sorti de mon autre poche la feuille de papier kraft et le crayon qui restaient toujours à portée de ma main, et j'ai relu ce que j'avais écrit je ne sais plus quand, quatre malheureux vers pour lesquels je n'avais aucune confiance, et c'était bien ça le problème, la confiance perdue que je n'arrivais pas à retrouver

Ne me jugez pas
——— *Vous qui êtes je ne sais où*
Roulés, torturés, écharpés
Par les cruautés multiformes et irréductibles des guerres

j'avais pourtant pris mon crayon, le tenait d'une main ferme au-dessus de la feuille, mais ici ce geste avait quelque chose de ridicule, de dérisoire, d'insignifiant, alors que devant moi des nuages d'insectes dansaient le long des tiges de maïs et de yucca, entre les feuilles des plants de patates douces, et qu'un gros lézard se chauffait tranquillement le dos dans les sillons de terre brune.

•

Au village Rosario m'a donné une hotte pour transporter la nourriture que tous m'offrent de bon cœur, et je marche sans me presser sur le chemin du retour, à travers cette forêt que je commence à connaître, qui n'est pas celle de mon enfance, mais qui me rappelle quand même ce que j'étais à cette époque. Ce que je croyais devenir et que je ne suis jamais devenue parce que le monde s'est écroulé. Pas celui qui est au-dessus de ma tête, mais l'autre, celui sur lequel je marche encore aujourd'hui, je ne sais trop par quel miracle. Moi qui aurais dû mourir comme sont morts ceux que j'aimais. Un serpent traverse le sentier, et je m'arrête pour le laisser passer. J'ai le souffle court, la sueur qui me couvre tout le corps. En repartant il me faut courber un peu plus l'échine parce que la hotte est lourde sur mon dos, et que la courroie qui y est attachée et ceint mon front comme un bandeau tire sur ma tête et me raidit le cou. J'ai toujours voulu être un animal, quelque bestiole qui se déplace sur ses quatre pattes, mais je me serais contentée d'être transformée en serpent. À l'époque où j'étais petite j'aimais tellement pas être une fille que j'aurais accepté d'entrer dans la peau de n'importe quel animal. J'éclate de rire, jette un œil entre les arbres où les oiseaux du soir se sont réveillés et volent en poussant des cris aigus, et finis par voir un tapir qui trottine dans ma direction. À ma vue il se fige, et puis me tourne le dos. « Pourquoi tu fuis, tapir ? » Mais ma voix ne sert qu'à l'effrayer un peu plus. « Qu'est-ce que je t'ai fait pour que t'aies si peur de moi ? » Et c'est en chantant l'histoire du tapir que j'invente au fil de mes pas, c'est dans cette ivresse du soir que j'atteins notre église, traverse la cour sous les cris des singes et les gémissements des perruches, et me débarrasse de la hotte au milieu de la cuisine. « Théo ? » J'appelle mon homme, mon vieil homme canaille, mon sorcier du Pays de l'Abondance qui ne dépend plus que de mon bon vouloir. Dort-il ? Il ne fait que dormir depuis que ses jambes ne savent plus marcher, et comme il répond pas, je vais voir ce qu'il trafique dans son lit de sorcier. Mais il est vide, son lit, et vide est sa chambre abandonnée aux fantômes de l'autre monde, celui d'où il vient et qui est de l'autre côté de la mer. « Théo ? » Je retourne dans la cour, regarde d'abord la façade assombrie de l'église, et puis du côté du jardin les restes de lumière qui s'accrochent aux arbres. C'est de là que le chien accourt, agitant la queue et gémissant comme savent gémir les animaux domestiques, il s'arrête tout contre moi, me renifle les jambes avant de se dresser sur ses pattes arrière. « Qu'est-ce qu'il y a, le chien ? » Il enfonce son museau dans mon ventre, et puis tourne la tête en direction du jardin. « J'ai compris, c'est pas la peine d'en rajouter. » Je traverse la cour derrière lui, franchis la barrière de bambous et vois Théo affalé contre le mur, les yeux clos, ses deux jambes molles traînant entre les pattes des singes qui lui tiennent compagnie. Il pourrait être mort, mon vieil homme boucané, son cœur s'être lassé de cette vie de cul-de-jatte, et les mouches aux aguets des moindres chairs gangrenées ont senti l'aubaine, déjà elles le taraudent, entrent dans ses oreilles, sa bouche ouverte, les trous de son nez, suivies par des colonies d'abeilles ivres de la sueur des hommes. Est-il vraiment mort ? Il me faut m'approcher, m'accroupir et chasser les insectes qui le dévorent. Mais non, il n'est pas mort, Sainte Croix il n'est pas mort du tout ! Il dort, et par sa bouche entre et sort l'air nécessaire à sa vie. Je pose la main sur son front qui transpire. Il ouvre les yeux, me regarde comme si j'étais l'apparition de la Vierge. « Tu es revenue ? me dit-il de sa voix pâteuse de dormeur. — Oui. Et j'ai des choses très bonnes à manger. » Il se redresse, me prend la main qu'il serre contre sa poitrine. « Quoi ? Dis-moi quoi ? » Le chien lèche l'une après l'autre ses jambes mortes. « Tu verras. Mais avant il faut que je me lave. Je t'emmène ? » Il secoue la tête d'un air grave, comme si c'était de son devoir de m'accompagner. Je l'installe dans la brouette et le pousse sur le sentier de la cascade que nous avons découverte il n'y a pas si longtemps. C'est là que je prends à présent l'eau que nous buvons, et c'est là que je me lave, que je lave le chien quand il sent trop mauvais. Il chante, mon vieil homme poète

♬♬ *Farewell et adieu à vous, dames espagnoles !*
Farewell et adieu à vous, dames d'Espagne ♬♬

il chante sa chanson de marins aux arbres du soir et aux oiseaux de nuit qui se réveillent d'une dure journée de chaleur. Et les singes de tous les alentours accourent pour le voir gesticuler. Ça leur fait une distraction, et ça m'en fait une aussi. Moi qui n'ai pas connu beaucoup de joie dans ma vie, je me rattrape avec Théo, même si ce n'est pas facile de s'occuper de lui, de déplacer cette brouette avec son poids d'homme. Il s'arrête de chanter, me crie : « Lita, pour rien au monde je ne reviendrais en arrière ! » Je voudrais bien savoir ce que c'est pour lui, cet arrière, alors je le lui demande. « Un pays comme tu n'en as pas seulement idée ! Un pays qui avait choisi depuis longtemps la voie du malheur, et qui a fini par tomber dedans ! » Ça le fait rire à présent, il s'en fout. Et lorsque j'arrive à proximité de la cascade, le voilà qui veut lui aussi se baigner, prétendant qu'il peut nager avec ses seuls bras, sans avoir besoin de ses jambes. Je dois le porter sur mon dos jusqu'à la cascade. Et sans attendre mon aide il se laisse tomber dans l'eau, bat des bras, et de toutes ses forces s'éloigne de la berge. Il va jusqu'au milieu du bassin, se tait, ferme les yeux. Et dans ce silence retrouvé, dans cette eau miroitante qui est comme un morceau de lumière du soir, j'entre à mon tour, aussi nue que le papayer penché au-dessus de nous et qui a perdu ses feuilles.

•

Je suis demeuré longtemps au milieu de l'eau, libéré du poids de mes jambes mortes, c'était comme si les arbres qui m'entouraient, et leurs racines lovées à la manière des couleuvres dans la terre, et leurs feuilles gavées d'averses, de soleil et de lune, avaient soudain uni leurs forces miraculeuses pour me changer en poisson, autour de moi la lumière du soir vibrait encore de mille imperceptibles mouvements de la forêt, mais elle était en train de se calmer, de s'adoucir, de coaguler en caillots de sang noir qui serviraient plus tard aux manœuvres de la nuit pressée de combler au plus vite les derniers trous du ciel, et je sentais des odeurs de bois de rose et de fruits annoncées en fanfare par l'avant-garde des colibris étincelants, des pixcoys au chant si mélancolique, des guacamayos empanachés, des jacamins bavards rêvant de graines tendres, et mon corps qui n'était plus qu'écailles frissonnait d'une joie sans pareille.

•

Miguelita a commencé par allumer les feux, ils se dressaient aux quatre coins de la cour et l'éclairaient à peu près toutes les nuits, mais ce soir-là elle y a entassé plus de bois que d'habitude, et les flammes plus hautes ont éclairé plus fortement l'espace, et puis elle a installé la table au milieu de la cour, l'a recouverte d'une sorte de nappe jaune et rouge, et a posé en son centre le chandelier à six branches, des écuelles en faïence, des fourchettes et des couteaux noircis par l'oxydation de ce temps tropical qui n'épargne rien

et moi assis sur ma chaise bancale, que Miguelita a décorée de fleurs et de fruits tel le trône de quelque satrapie créole, je ne pouvais rien faire d'autre que la regarder s'activer dans sa robe mangée aux mites trouvée dans une armoire et qui l'habillait comme une Parisienne

— Qu'est-ce que tu regardes ?

m'a-t-elle dit, et avec malice elle s'est déhanchée et a pris la pose dans un froufrou de soie

— Ce que la robe fait à ton corps

— Qu'est-ce qu'elle fait ?

— Elle le rend encore plus désirable

— Ne fais pas tes yeux de coyote affamé, c'est plus de ton âge

et elle a éclaté de rire, et elle m'a attrapé la tête à deux mains et embrassé au milieu du front, elle sentait le jasmin d'Arabie, ce parfum découvert au fond d'un tiroir et que la maîtresse de maison avait dû adorer car au moins dix fioles étaient rangées là, à l'abri de la lumière

— Il te va bien, ce parfum

— C'est la première fois de ma vie que je parfume mon corps

elle a presque rougi, et puis elle s'est enfuie en dansant

— Lita, qu'est-ce qu'on mange ce soir ?

— Que des bonnes choses, puisque tu m'as dit que c'était l'anniversaire de notre arrivée ici

elle se tenait dans l'encadrement de la porte comme une phalène prise au piège de la lumière des feux

— Si mes calculs sont bons, il y a tout juste un an qu'on vit là, à quelques jours près mais Miguelita s'en foutait, un mois, un an, dix ans, qu'est-ce que ça représentait pour elle ? même son âge, elle n'était pas sûre de le connaître, on était jeune quand on avait toujours faim, et vieux quand l'estomac s'était refermé

je l'ai entendue fourgonner dans la cuisine, et de nouveau seul au milieu de la cour j'ai posé les coudes sur la table et regardé danser les flammes des feux, si hautes et si joyeuses qu'elles semblaient vouloir attaquer le ciel, ses ténèbres et son millier d'étoiles postées comme des gardiennes aux endroits stratégiques, gardiennes de quoi ? j'aurais été bien incapable de le dire

Miguelita est revenue avec une carafe de chicha et deux verres ébréchés sauvés du désastre, deux verres qui avaient encore miraculeusement leurs pieds, elle s'est assise en face de moi, a sorti de ses poches de l'herbe et une pipe en bois

— Buvons et fumons en attendant que cuise le ragoût de perroquet

et dans cette nuit qui n'était qu'à nous, l'un après l'autre nous avons vidé nos verres de chicha, et fumé à pleins poumons l'herbe tassée dans le fourneau de la pipe, une espèce de calumet à long bec qui nous servait au moins une fois par semaine, sinon une fois par jour, à basculer le monde cul par-dessus tête

— Ne nous emballons pas

j'ai posé la main sur le bras nu de Miguelita, derrière les mèches électrisées de sa chevelure elle avait déjà les yeux qui lui sortaient de la tête

— Commençons par manger ce que tu as préparé

— Du ragoût de perroquet

— Et puis ?

— Plein de choses : un bouillon de poule, des courges rôties, des galettes farcies de haricots noirs, et puis des tamales au sucre, à la cannelle, aux graines de loroco

j'ai levé mon verre, l'ai vidé d'un coup en l'honneur de ce repas, dressant jusqu'au ciel ce verre à présent vide dans lequel la lune a versé illico un rayon de lait

— Va me chercher tout ça !

elle a sauté sur ses pieds, est partie en courant, pour revenir triomphante, la tête haute, et portant au-devant d'elle un plateau chargé de deux soupières fumantes, de bols et de calebasses débordants de tamales, galettes et légumes grillés saupoudrés de coriandre et de piments rouges

et on s'est jetés à pleins doigts sur cette nourriture du diable, broyant, déchirant, rongeant tout ce que les sorcelleries de Miguelita offraient à nos appétits barbares, et mastiquant, triturant et avalant, tous deux bénis comme il se doit par la lumière virevoltante du chandelier à six branches, et se foutant, mais oui ! se foutant de la réprobation des étoiles et des singes pendus aux arbres

d'ailleurs des centaines d'yeux droit sortis de la jungle ne faisaient-il pas cercle à quelque distance prudente des feux ? des jaguars, des tapirs, des caïmans n'étaient-ils pas en train de saliver devant l'étalage de notre nourriture gargantuesque ?

en tournant la tête je les voyais presque rouler des pupilles, je les entendais presque se passer la langue sur les babines

— Lita, je crois que des envieux nous observent

— Tant mieux

m'a-t-elle répondu en enfournant les restes d'une galette aux piments

j'ai levé mon verre en l'honneur de cette ménagerie, mais mon verre était vide, bordel ! vide comme il n'aurait jamais dû l'être

— Lita, qu'est-ce qui se passe ?

j'avais beau secouer la carafe, rien n'en sortait, pas même une goutte

— J'y vais

elle s'est haussée au-dessus de la table, mal assurée dans sa robe de Parisienne, cherchant un équilibre qu'elle n'arrivait pas à trouver, et elle a ri en ouvrant une bouche démesurée, toute tapissée de salive, et a respiré un grand coup avant d'empoigner la carafe et de se lancer dans la traversée de la cour

— Fais attention, mille yeux te regardent ! et mille becs, mille mâchoires gourmandes !

elle a trébuché sur une pierre, marionnette qu'un fil invisible a aussitôt et heureusement redressée et soutenue jusqu'à la porte, et puis elle a disparu dans le labyrinthe du couloir

j'ai renversé la tête en direction du ciel criblé d'étoiles, m'abandonnant aux frissons de l'ivresse galactique qui me délivrait du poids de mon corps plus que jamais alourdi par l'âge, je trouvais ici, sur les bords d'un fleuve qui avait repris tous ses droits, la simplicité d'être un homme heureux, et plus qu'heureux, au comble du bonheur

j'en avais les larmes aux yeux

Miguelita est ressortie pour se vider un seau d'eau sur la tête, et sa robe aussitôt trempée m'a montré ses seins et son ventre qui n'avait jamais fait d'enfant, et qui n'en ferait sans doute jamais

— Ça va mieux

m'a-t-elle lancé en essorant la natte de ses cheveux

— Tu as dessoûlé ?

— Un peu

pendant que son visage composait une affreuse grimace

et puis elle est allée remplir la carafe de cette chicha trop fermentée que les gens du village fabriquaient en se souvenant de la recette ancienne de leurs ancêtres, et elle est revenue toute triomphante, portant comme un trophée au-devant d'elle la carafe pleine, et s'agenouillant pour me l'offrir

— À présent c'est à toi de remplir nos verres

et c'est ce que j'ai fait, nos deux verres à pied pleins à ras bord nous avons trinqué au bonheur et à ses enchantements, et mangé ce qui restait de ragoût de perroquet, de galettes et de tamales, comme si la nuit qui nous était donnée, et dans laquelle nous avions creusé au moyen de ces quatre feux notre puits de lumière, était devenue par notre seule volonté un royaume qui nous offrait le droit de vivre éternellement

— À notre éternité !

ai-je crié en levant un verre tremblant au-dessus de nos têtes

— Oui, si tu veux, à notre éternité !

m'a-t-elle répondu

en quelques verres nous avons retrouvé notre folle ivresse, nos débordements d'intrépides et lumineux ivrognes, effrayant même les mouches et les moustiques qui préféraient se tenir à bonne distance de notre peau noyée de sueur

— Attends, j'ai une surprise pour toi

Miguelita a couru faire je ne sais quoi dans la maison, et lorsqu'elle est réapparue j'ai failli être éjecté de mon trône, tant a été grande ma surprise, ce n'était plus ma Miguelita fille indienne du Costa Rica avec qui j'avais parcouru des centaines et des centaines de kilomètres, mais une diablesse sortie tout droit des plus obscures forêts vierges, elle était nue ou presque, une seule tresse végétale lui enserrait la taille, passait entre ses cuisses et retenait au bas de son ventre un triangle d'étoffe qui lui cachait tant bien que mal le sexe, mais ce n'était pas tout, dans ses cheveux des plumes bleues, rouges et or de toucan et d'arara changeaient de couleur à la lumière des flammes, et son visage et ses seins, ses genoux et ses chevilles étaient enduits d'une pâte rougeâtre, qu'on aurait crue confectionnée dans les chaudrons de l'enfer pour un sabbat rimbaldien, qu'allais-je chercher là ! et pourquoi ce poème me revenait-il en mémoire ? et puis elle avait accroché autour de son cou un collier de crocs de jaguar ou de quelque autre fauve, et tenait d'une main un hochet, de l'autre un bâton décoré de feuilles

oh Miguelita de mes entrailles réveillées !

elle a commencé à danser autour de la table en poussant des cris, sauvages d'abord, plaintifs ensuite

oh Miguelita de mon cœur ragaillardi !

et les singes sont descendus des arbres et se sont approchés pour mieux voir de leurs yeux ébahis le miracle de cette femelle qui ne ressemblait à aucune autre des femelles qu'ils avaient pu croiser ou fréquenter dans leur vie aléatoire, et les fauves frémissant du museau ont allongé le cou en direction de cette proie qui offrait son poil et ses plumes sans plus de façons

oh Miguelita de mes sens ressuscités !

et les oiseaux de tous horizons ont entamé à leur tour une farandole au-dessus de ma bayadère des tropiques qui caracolait de concert avec eux, pendant que des nœuds de cascavels tintinnabulaient de leurs trente-six mille clochettes, et que des jacarés se roulaient par terre en montrant leur ventre blanc rongé de vermine

y avait-il meilleure manière de se foutre du monde ? et en même temps de saluer une dernière fois les restes de la divine Création ?

Miguelita a remercié cet auguste aréopage, offrant son corps de Tristessa en joie aux chaleureux rayons d'une lune hilare, frappant le sol de ses talons, creusant le ventre, agitant les semences de son hochet, laissant échapper de sa poitrine en feu un son rauque et animal qui s'élevait comme un chant nouveau au-dessus des arbres, au-dessus de la forêt tout entière endormie et qui commençait à se réveiller, à tendre l'oreille, et qui commençait à ouvrir ses yeux de harpie à mamelles, et puis Miguelita est tombée à genoux, la tête chavirant de droite et de gauche, le cou tendu en direction du ciel, elle n'en pouvait plus, avait le souffle court, le cœur près de s'arrêter, et lentement elle s'est calmée, son âme de petite Indienne est retournée habiter son corps, et de sa poitrine il n'est plus sorti aucun son

nous sommes restés un moment à dériver comme des naufragés au milieu de ce silence inhabituel, attentifs soudain au moindre de nos gestes, et il était de notre devoir de ne pas lâcher prise, de continuer par tous les moyens à alimenter notre folie

— Lita, j'ai soif !

électrisée par l'autorité de ma voix, Miguelita a sauté sur ses pieds

— Tu as soif, mon vieil homme ?

— Oui, j'ai soif, et il n'y a plus de chicha !

elle s'est précipitée dans la cuisine, toutes plumes au vent, et a réapparu en brandissant une bouteille

— Il n'y a plus de chicha, mais il y a du rompopo !

nos verres pleins nous avons trinqué deux ou trois fois, Miguelita accordant sa voix à mes chants ouvriers de liberté que l'alcool me poussait à chanter une dernière fois, retrouvant les paroles dérisoires d'un peuple mort et enterré

— Allons dans la forêt, Lita, et réveillons les ténèbres ! osons réveiller ce qui en eux y dort depuis des temps immémoriaux !

elle a empoigné la brouette, m'a fourré dedans, et comme un diable rouge royalement emplumé, elle a demandé aux singes et aux fauves qu'ils s'écartent pour la laisser passer, et moi, vautré dans mes coussins, la bouteille de rompopo dans une main, l'autre marquant la mesure de mes chansons révolutionnaires, je les ai salués comme il se doit

— À vous tous qui nous permettez de vivre en votre compagnie !

et, chien en tête, nous avons disparu dans les irréductibles obscurités de la forêt, le diable rouge poussant le vieil homme blanc, buvant l'un et l'autre à chaque halte des gorgées de rompopo, et chantant, chantant à pleine gorge ce qui nous passait par la tête, pendant que sautaient de branche en branche les oiseaux qui suivaient notre grand-guignolesque progression, tout comme nous suivaient les singes et les fauves qui avaient eux aussi décidé de nous accompagner

louée soit la sainte alliance retrouvée !

et d'un coup, par je ne sais quel miracle voilà que mes créatures aux yeux rouges sont réapparues, se mêlant aux singes et aux oiseaux, voltant et virevoltant entre les troncs millénaires de la forêt vierge, enjouées comme elles ne l'avaient jamais été avec moi, par centaines célébrant nos retrouvailles, par milliers soulagées qu'il ne me fût plus possible de leur échapper

et tu fais semblant de ne pas les avoir vues, tu as le culot de faire semblant de ne pas les avoir vues, pourtant tu n'es pas mécontent que ces créatures t'aient retrouvé, tu en serais même soulagé, alors parce que tu penses qu'il n'y a pas d'autre manière de les bien saluer, ces foutues créatures, tu empoignes la bouteille de rompopo et tu bois, tu bois jusqu'à ce que le trop-plein de l'alcool que ton corps finit par refuser s'échappe par tes narines, et par tes oreilles, et par ta bouche grande ouverte

inexplicablement j'ai senti dans la poitrine une exaltation peu commune, en même temps qu'une douleur fulgurante

oh, pauvre vieil homme blanc, qu'auras-tu fait sur cette terre ?... et qu'auras-tu appris ?...

•

J'ai habillé Théo d'une chemise et d'un pantalon propres, l'ai parfumé pour qu'il ne sente plus l'alcool, avant de l'enrouler dans plusieurs draps blancs, de le ficeler et de l'attacher à une planche aussi large et longue que son corps, et finalement de l'installer tant bien que mal dans la brouette. Ensuite j'ai enfilé la seule robe noire que j'ai trouvée, pendue au crochet d'une armoire et dévorée de mites. Et puis j'ai empoigné les bras de la brouette et l'ai poussée, tirée jusqu'à la rivière qui n'est qu'un bras du grand fleuve Orénoque. Ça m'a pris toute une journée ces préparatifs, toute une journée de chaleur insupportable, de moustiques et d'abeilles, mais avais-je le droit de me foutre des dernières volontés de mon vieil homme blanc ? Et à présent je suis là, plantée comme une prêtresse déchue au bord de l'eau, encore parée de quelques plumes et le visage tout barbouillé de rouge, et je prie pour que les puissances du ciel me donnent la force d'abandonner Théo à la rivière. Santa Cruz aidez-moi, je vous en prie, aidez-moi. Les singes perchés dans les arbres cherchent à savoir ce qui se passe, je les entends cancaner, comme j'entends le chien gémir autour de la brouette. Sainte Croix aidez-moi. Et soudain je ne sais trop par quel miracle je suis pour une fois entendue, du ciel apaisé par le coucher du soleil m'est envoyée cette force tant implorée, cette force qui me donne le courage de prendre à pleins bras le corps mal ficelé à sa planche et de le déposer sur l'eau, et de le pousser dans la direction du courant, et de le laisser me quitter à jamais sur cette planche qui lui sert de pirogue et qui l'entraîne en direction du grand fleuve et de la mer. Bientôt il n'est plus qu'un point blanc dans le fouillis d'arbres et de lianes. Un point blanc qui danse sur l'eau, et d'un coup disparaît. Sainte Vierge de l'Espérance ouvrez-lui les portes de votre paradis.

•

Je vais quitter la maison. Je vais rejoindre mes amis du village. Je le dis tous les jours, et je le fais pas. En fouillant dans les affaires de Théo j'ai trouvé le poème qu'il essayait d'écrire. L'a-t-il terminé ? Je serais bien incapable de le dire et je m'en fous. Ce que je veux c'est apprendre par cœur ce qu'il a écrit, ça me suffit. Et je ne fermerai pas la porte de cette maison avant d'avoir accompli ce travail. Je lui dois bien ça, à mon vieil homme blanc. Alors tous les soirs au coucher du soleil je m'installe sur le parvis de l'église, les singes font cercle autour de moi, les oiseaux se perchent sur les stucs et dans les lézardes de la pauvre façade, et le giboya lui-même sort de son silo pour venir s'enrouler à mes pieds. Je m'incline et salue ce drôle de public. Dans mes robes d'un autre temps, et chaque soir de couleur différente, j'ai l'air de quoi ? Peu importe, ma feuille noircie de mots pas toujours compréhensibles, je me calme les nerfs, aspire un grand bol d'air et lance d'un coup

ORÉNOQUE
X

Je n'ai plus rien à perdre
Je n'ai plus rien à perdre puisque j'ai tout perdu
Vieux je suis devenu
Et le temps que m'accorde quotidiennement le ciel
N'est plus qu'une diagonale
Une diagonale alcoolo
Qui vient je ne sais d'où et ne va nulle part
Je suis libre
Mon Dieu je suis libre
De disposer à ma guise
Des diagonales de chaque jour
Qui longent les bords de l'Orénoque
Et vont se perdre dans l'antédiluvien dédale de la forêt

Ne me jugez pas
——— Vous qui êtes je ne sais où
Roulés, torturés, écharpés
Par les cruautés multiformes et irréductibles des guerres
Et acculés au désespoir
Face aux manœuvres tectoniques de cette terre rancunière
Et poussés au suicide, et peut-être ensevelis à jamais
Ne me jugez pas
——— Et vous qui m'avez sans doute aimé
Et qui ne m'aimez plus
Clara, Basile et Lucie, où que vous soyez
Sur la terre comme au ciel
Bénissez mon vieux corps de vieil homme fourbu

——— Et vous trois que je n'ai pas oubliés
Et que je n'oublierai plus
Chloé, Joan et Hugo, où que vous soyez
Sur la terre comme au ciel
Je vous en prie
Bénissez aussi mon vieux corps de vieil homme rompu

Les arbres qui l'air de rien me condamnent à plus ou moins long terme
Ces arbres, la large paume de leurs feuilles je veux dire
Ont au-dessus de moi, de ma ronde tête chenue d'Européen en fuite
Des attentions qu'avaient autrefois les nourrices pour les enfants en bas âge
Ils m'apaisent, me délivrent, m'emmaillotent des chevilles aux oreilles
Dans l'ombre tropicale de leurs rêves les plus sorciers

De la sève point aux branches de mes doigts, je suis arbre moi aussi
Ou si je ne suis pas arbre, je suis en train de le devenir
J'ai les pieds dans la terre, dans la boue de charogne et de glaires
Mes orteils sont des larves de papillon, des lombrics hydrophiles,
Des termites couverts de gale
Dans ma bouche et mes oreilles éclatent des bourgeons
Tout comme il en éclate d'autres centaines
Dans les pupilles de mes yeux, dans le trou de mon cul
Et dans mes couilles délivrées des servitudes humaines
Je suis l'arbre, regardez-moi bien ! je suis l'arbre
Que chauffent les rayons aztèques du soleil
Je suis l'arbre plein de sève, qui tète au matin la rosée
Et se gave au crépuscule du chant des crapauds-buffles

J'entends qu'on se moque
Est-ce vous les singes ?
Nom de Dieu ! est-ce vous ?
Ou bien vous les piranhas, caïmans et autres engeances du Grand Fleuve ?
Non, c'est plutôt vous ! et vous ! et vous !
Alors hors de ma vue !
Allez, ouste ! fuyez, singes velus
Qui avez le cul plus rose et plus ridé que la paume de ma main !
Fuyez !

Et puis j'ouvre grand les ailes de mes bras, et je suis oiseau
Oiseau guacamayo aux trois couleurs de la vie
Couleur blanche pour l'amour et rouge pour le désespoir
Couleur noire pour le deuil
Qu'on se le dise dans les eaux vertes de l'Orénoque
Et les fanges des terres vierges
Je suis l'oiseau guacamayo
Qui dit adieu à grands coups d'ailes aux dernières merveilles
D'une planète à l'agonie
Fuyez, tapir et fuyez, tortues
Fuyez, singes velus
Il ne vous reste que si peu de temps à vivre
Qu'il ne sert à rien de se moquer de moi
Et de me prendre pour un fou
——— *Fou je ne suis pas et n'ai jamais été*
Pauvre peut-être, oui, pauvre sans doute
Pauvre Théo
Malmené comme fétu d'un bout à l'autre de l'existence

Sans qu'il lui vienne un quelconque secours
Sans qu'il lui soit permis d'apercevoir une quelconque lumière
Pauvre Théo
Que lui reste-t-il ?
À qui diable pourrait-il adresser sa supplique
Sans qu'on se moque de lui
Sans qu'on le prenne pour un fou ?

Ô Dieu qui êtes aux cieux comme un oiseau sur sa branche
Je vous en prie, si par habitude votre oreille est sourde
Au moins ne riez pas vous aussi à mes dépens
Gardez la bouche close et la mine grave
Pour qu'en toute innocence je continue à bourgeonner
Et à voler de mes propres ailes enfantes au-dessus de la terre et des eaux
C'est ma joie dernière
Mon unique échappatoire
——— Comprenez-moi
Ma presque liberté
Avant de disparaître à tout jamais

et je me tais, moi Miguelita la Costaricaine, je me tais tandis que mes joues sont envahies de larmes. À présent que tu es mort, Théo, qui me voudra du bien ? Qui ? Longtemps j'attends un quelconque miracle. Et dans cette attente les singes, tout comme les oiseaux et le giboya, me tournent le dos et s'en vont retrouver l'immense royaume de leurs ténèbres.

*« Au-dessus de moi le silence du ciel était impressionnant,
un silence tout piqueté d'étoiles, que la folie des hommes
ne pouvait plus souiller, et qui demeurerait pour la nuit des temps tout aussi
immaculé qu'il l'était à cet instant, et cette certitude pénétrait en moi par tous les
pores de ma peau, comme un baume qui adoucit, régénère, redonne quelques forces
quand tant ont été perdues et le sont encore dans les batailles d'arrière-garde
de notre monde condamné. »*

C'est sur cette vision de Mathieu Belezi
que nous achevons d'imprimer en juin 2025
ce premier tirage de *Cantique du chaos*,
habités par la certitude que ce roman
vaut bien des ciels étoilés.

Composition et mise en pages
Nord Compo à Villeneuve-d'Ascq

Imprimé en France sur du papier issu de forêts gérées durablement.

Achevé d'imprimer en mai 2025
par Normandie Roto Impression s.a.s.
61250 Lonrai (Orne)
N° d'édition : 68686/01 – N° d'impression : 2502453

Robert Laffont